黑龙江省哲学社会科学研究规划项目（编号：15ZWE02）

黑龙江省优势特色学科建设项目：DF-2017-10233-牡丹江师范学院-01-地方语言文学

牡丹江师范学院科学研究项目（编号：YB2018015）

牡丹江师范学院博士科研启动基金资助（编号：MNUB201706）

施新佳 著

中国新文学史上的西南联大与"桌艺"

中国社会科学出版社

图书在版编目(CIP)数据

中国新文学史上的西南联大与"鲁艺" / 施新佳著 . —北京:中国社会科学出版社,2019.12
ISBN 978-7-5203-5627-5

Ⅰ.①中… Ⅱ.①施… Ⅲ.①中国文学—现代文学史—文学史研究 Ⅳ.①I209.6

中国版本图书馆 CIP 数据核字(2019)第 246545 号

出 版 人	赵剑英
责任编辑	王 衡
责任校对	沈丁晨
责任印制	王 超

出　　版	中国社会科学出版社
社　　址	北京鼓楼西大街甲 158 号
邮　　编	100720
网　　址	http://www.csspw.cn
发 行 部	010-84083685
门 市 部	010-84029450
经　　销	新华书店及其他书店

印　　刷	北京明恒达印务有限公司
装　　订	廊坊市广阳区广增装订厂
版　　次	2019 年 12 月第 1 版
印　　次	2019 年 12 月第 1 次印刷

开　　本	710×1000　1/16
印　　张	17.75
插　　页	2
字　　数	239 千字
定　　价	85.00 元

凡购买中国社会科学出版社图书,如有质量问题请与本社营销中心联系调换
电话:010-84083683
版权所有　侵权必究

目　　录

绪论　西南联大、"鲁艺"与中国新文学史 ……………………（1）

第一章　战争语境下的建校历程与校园氛围 ……………………（6）
　第一节　抗战烽火下的艰难起步 ……………………（7）
　第二节　冲突渗透中的思想指引 ……………………（12）
　第三节　矛盾交融中的教育导向 ……………………（26）

第二章　救亡强音中的个体与群体 ……………………（38）
　第一节　抗战救亡话语的出场与沸腾 ……………………（38）
　第二节　西南联大：群体呼号中的个体诘问 ……………………（53）
　第三节　"鲁艺"：个体认同后的群体"聚焦" ……………………（60）
　第四节　个体与群体的纠结 ……………………（67）

第三章　现实观照中的思想启蒙 ……………………（74）
　第一节　西南联大：批判现实的延续 ……………………（74）
　第二节　"鲁艺"：歌颂与批判的交响 ……………………（81）
　第三节　启蒙、革命与农民书写 ……………………（91）
　第四节　知识分子的精神气度与思想改造 ……………………（99）

第四章　生命存在与人性深度的探询 ……………………（112）
　第一节　生命存在：诗性品格、救世情怀的对立
　　　　　与对话 ……………………（112）

第二节　救亡、革命、爱情、自我多重碰撞中的人性……（125）

第五章　文学创作的体式探索与语言风貌……………………（138）
　　第一节　战争不同阶段的文体选择与语言风貌……………（138）
　　第二节　西南联大：学院派的文体实验与"新文言"
　　　　　　的沿用……………………………………………（148）
　　第三节　"鲁艺"：民族形式的新变与革命白话的
　　　　　　兴起………………………………………………（158）

第六章　外国文学资源的移植与价值取向…………………（174）
　　第一节　现代主义文学在西南联大的盛行…………………（174）
　　第二节　苏联文学对"鲁艺"的吸引…………………………（182）
　　第三节　"亲欧美"与"亲苏俄"的价值取向…………………（188）

第七章　精英文学与工农兵文学的生成与建构……………（198）
　　第一节　"社会场域"的浸染与文学空间的形成………（200）
　　第二节　精神传统的赓续与文学观念的再认………………（213）
　　第三节　主体定位的选择与文学价值的追求………………（224）

第八章　精英文学与工农兵文学的龃龉及文学史价值……（233）
　　第一节　精英文学与工农兵文学的龃龉……………………（233）
　　第二节　多样现代性的分化与融合…………………………（240）
　　第三节　两种文学样态的文学史价值及当下启示…………（247）

结语　话语讲述的时代和讲述话语的时代…………………（259）

参考文献………………………………………………………（264）

后记……………………………………………………………（279）

绪　论
西南联大、"鲁艺"与中国新文学史

中国现当代文学自诞生起至今正好跨越百年，在这百年的历史中，演绎过众多的主义，也发生过无数的争论，启蒙与救亡、自我与集体、批判与歌颂、娱情与经世等问题不断纠缠人们，拨弄着知识分子敏感而又脆弱的神经，众说纷纭，莫衷一是，而且每每到了历史的转折时期，相似相近的问题又会重新面临。抗日战争爆发后，各种各样的主义、思想在国统区和解放区的论争愈发凸显，交流碰撞也格外突出。在这样的情况下，1938年4月分别由国共两党主导，在不同区域内同时创办的两所学校，即位于国统区的国立西南联合大学和位于陕甘宁边区的鲁迅艺术学院便具有重要的意义。在战火纷飞的年代，两所高校汇聚了众多新文学名宿，他们以不同的文学风貌谱写着抗战文学景观，其文风、理念、资源在延续着"五四"以来的新文学传统的同时，又在彼时彼地播撒着意识形态的不同因子，成为文坛各种矛盾的集中爆发地，对当代文学的发展走向产生了非同寻常的影响。

"五四"时期，新文化先驱们大刀阔斧地打破封建主义桎梏，倡导人的文学和平民文学观念，文学不再是帝王将相、才子佳人的专属舞台，而开始表现世间普通男女的人生遭际、悲欢离合。文学创作也不再是封建礼教的宣讲物，而是在科学、民主精神的指引下迈向了现代化征程，一批具有世界视阈的知识分子广泛引进西方批判现实主义、浪漫主义、现代主义学说和思潮，思考人性的健全与发展，探索生命的存在样态。鲁迅、郭沫若、茅盾、朱自清、叶圣陶、郁达夫、老舍、巴金、沈从文、闻一多、冯至等人的文学创作丰富了中国新文学的发展。不幸的是，1931年"九·一八"事变的爆发改变了新文学的发展走向，也打破了文人安稳舒适的生活环境。1937年，"卢沟桥事变"爆发后，北京大学、清华大学、南开大学受教育部的命令，南渡长沙，组建长沙临时大学，不久又因战事吃紧，迁至昆明，更名为国立西南联合大学。战争虽然打破了既定的生活、教学秩序，但没有割断内在的文学理路。朱自清、闻一多、冯至、沈从文、杨振声等一批名师带领着无数学子，在中国偏远的西南一隅继续思考着人的存在方式，书写着"五四"的启蒙主题，孜孜探索着生存、死亡与人性，在战火纷飞的时刻，保持着精英文学的本色。

与此同时，另一种文学范式也在维系和展开，这便是工农兵文学。从历史的角度看，将文学赋予重要的工具作用，自古有之。在漫长的封建社会，文以载道的观念深入人心。清末，梁启超将文学拉入政治的麾下，期待以文学革新政治、新国新民；20世纪20年代，在马克思主义思想风起云涌，越来越多的人信奉社会主义可以拯救中国时，革命文学风生水起；30年代的左翼文学也将文学纳入到政治斗争的阵营。20年代、30年代的文学浪潮虽然以凌厉激进的姿态颠覆与批判了"五四"文学，但直到40年代的工农兵文学，文学才真正走入社会的中心，与政治、革命、社会、经济、教育发生密切的关联。"鲁艺"作为中国共产党创办的第一所艺术院校、文化人士最为集中的地方，积极响应着毛泽东的号召，其文学创作和毛泽东的《在延安文艺座谈会上的讲话》（以下简称《讲话》）一起开启了工农兵文学方向，师生们也真正见证了文学与政治联姻，为政治服务的历史进程，并经历了从传统知识分子走向有

绪论 西南联大、"鲁艺"与中国新文学史

机知识分子①的过程。

两校的办学理念、教育方针迥异,两校的文学在主题内容、文体类别、话语风格方面也大相径庭,形成了两种不同的文学体系——精英文学和工农兵文学。西南联大秉承学院派的通识教育,赓续的是"五四"精英文学传统;"鲁艺"坚持实践化教育,形塑的是解放区的新生活、新秩序。无论哪种文学体系,都在新文学史上书写了浓墨重彩的一笔。新中国成立后,以"鲁艺"为代表的解放区文学掌控全国,延安时期文学的生产机制、话语类型、批评策略得以延续,并继续影响"十七年"文学、"文革"文学。以西南联大为代表的精英文学则在压抑中潜滋暗长,在新时期终于迎来复兴的春天,追赶上世界现代主义文学的步伐。在当下,多种文学形态相互竞生、共同发展,谱写着多元的文学前景。

两种文学样态虽然有着不同的思想理路和话语资源,但又相互生发与影响,并在战争的硝烟中有着共同的推进社会进步的精神向度。一定意义上,西南联大的精英文学与"鲁艺"的工农兵文学分别引领了20世纪中国文学的上、下半区,新文学史上几乎所有的文学现象都可以直接或间接在它们身上获得合法性解读,它们负载着丰饶的社会、历史、文化、美学信息,至今仍葆有一定的生命力和鲜活性。

首先,西南联大与"鲁艺"的同时竞存显示出不同文学话语的同质与张力。抗日战争构成了它们共同存在的时代背景与社会场域。1931年,抗日战争爆发,这对于安稳的校园知识群体和激进

---

① 葛兰西在《狱中札记》中提到了有机知识分子这一说法,与之相对的是传统知识分子。传统知识分子指的是在社会发展过程中,仍然与过去的经济生产方式相联系的、保持稳定地位的知识分子群体,而有机知识分子是指随着新型社会的建立和新阶级的出现而一道产生的知识人员,"每个社会集团"都会"有机地制造出一个或多个知识分子阶层",并对其不断加以完善,使其"不仅在经济领域而且在社会与政治领域将同质性以及对自身功用的认识赋予该社会集团"。[意]安东尼奥·葛兰西:《狱中札记》,曹雷雨等译,中国社会科学出版社2000年版,第1页。

的左翼文化人士来说，都是一件大事。在亡国灭种的危机下，无论是国民党主张的军队抗战，还是共产党主张的全民抗战，抗战救亡都成为时代的首要话题。1937年，国共再次合作，中国共产党在延安的政权得到了国民党的承认，中国共产党很快着手以马克思主义意识形态为指导，建设独立的政权、司法、财政、文化与教育，并继承左翼精神传统，规约了战时的文学发展。国民党虽然撤退到西南，立足于陪都重庆，但在昆明仍有一定的势力影响，也以三民主义为思想主导，要求着西南联大的文学形态，但西南联大在地方势力龙云的保护下，努力摆脱国民党的思想控制，延续"五四"的校园文学理路。因此，从战时背景解读，两校文学同有战争的文化心理的渗透，呈现出抗战救亡的同质性，但若从各自的文艺链条来看，又存在很大的分野，放在40年代的同一平台上，更显示出或精英或大众的内在张力。这种同质与张力，显示出中国文学的深广度与丰富性，不同文学范型的相互渗透与介入，也显示出文学发展的动态性与复杂性。

其次，在两校迥异的文学范式背后隐藏着复杂的信息符码，具有重要的历史意义与现实价值。某种程度上，战争时期的文学，无论是致力于追求美，还是效力于社会，都已打上救亡图存的烙印，绝非是纯然的艺术形态。并且，处在国统区和解放区不同的"场域"，国共两党不同的意识形态也渗入两校的办学理念、文体形式和话语风格中，这使两校的文学呈现出明显的战争、社会、政治、革命、经济、文化等多重印痕，因此，考量两校的文学范型，对于深入理解社会发展沿革具有一定的益处，也使文学评价告别了单一的审美维度，更加客观与公正。

再次，研究两校的文学创作、话语方式，不仅是一种历史回望，也是一种现实前行，能为当下及未来的文学创作提供理论和实践支持。两校的文学形态、生产机制、批评策略还延伸到了新中国成立后，文学纷争与思想之辩也为此后的文学运动进行了预演。

"十七年"文学、"文革"文学、新时期文学、新世纪文学都可以在这里找到代表思想或话语源头,因此,解读两校的文学作品,是考量新中国成立后文学发展的一把钥匙,也是观照当下文学创作的一个窗口。

需要说明的是,本书中的"鲁艺"主要指的是延安期间的"鲁艺",西南联大不仅指迁到西南以后,还包括长沙临时大学时期。与之相应,本书涉及的作品也大多是师生在此阶段创作的,离校后的个别作品因其重要性也有所强调与解读。此外,本书的关注点是文学作品中的思想,或者说是西南联大和"鲁艺"师生的文学创作倾向,而不是思想史意义上的意识形态之争、"左""右"之争。

第一章
战争语境下的建校历程与校园氛围

抗日战争的爆发对中国产生了深远的影响。"九·一八"事变后，日军加强了对东三省和华北的侵略，中国高校曾经安宁的校园氛围被打破了，在战火纷飞的30年代，在民主与和平纠结的40年代，"华北之大，已经安放不得一张平静的书桌了！"① 在长达十四年的抗战进程中，中国的政治、经济、文化等各项事业都遭受到重创，教育更是遭受到不可想象的摧残，尤其是华北、华东的高等学校遭到猛烈轰炸。"据统计，从抗战爆发到1938年8月底，我国的108所高校，有91所遭到破坏，10所遭完全破坏，25所因战争而陷于停顿。"② 为了保存中国的教育事业，延续文化薪火，延续民族精神，国民政府做出内迁决定。一时间，机关、工厂、企业、学校纷纷踏上南迁的征程。北京大学、清华大学、南开大学、浙江大学、中央大学、复旦大学、同济大学、山东大学、武汉大学、东北大学等高校陆续向贵州、重庆、云南、四川等地转移。由此，在战火纷飞的抗日战争中，中国的教育没有停滞，在远离战火的大后方继续弦歌不辍，并创造出不逊于甚至超过战前教育和文化的成绩。与此同时，以延安为中心的陕甘宁边区和各个抗日根据地也在紧锣

---

① 清华大学救国会：《告全国民众书》，《怒吼吧》1935年第1期。
② 苏智良：《去大后方：中国抗战内迁实录》，上海人民出版社2005年版，第198页。

密鼓地开展着新民主主义教育，大量高校在战时延续中国文化血脉。其中，两所在文学创作上颇有成绩并影响深远的高校，几乎在国统区和解放区同时创立，它们就是位于云南昆明的西南联合大学和位于延安的鲁迅艺术学院。

第一节　抗战烽火下的艰难起步

在高校内迁的壮阔洪流中，享誉海内外的北京大学、清华大学、南开大学无疑最引人注目。1937年8月，北大、清华的知识分子开始陆续南下，教育部筹划在长沙建立临时大学，任命三校的校长蒋梦麟、梅贻琦、张伯苓为筹备委员会的常务委员，杨振声为秘书主任。1937年9月，国民政府教育部正式宣布三校及中央研究院组成国立长沙临时大学，三校师生踏上了内迁的征途。师生们先前往长沙，理学院、法商学院等租用长沙韭菜园圣经学校，文学院设于南岳圣经学校分校。在不停息的炮火中，师生们克服种种困难，终于在11月1日复课。不久，因武汉震动，长沙告急，立足未稳的国立长沙临时大学继续西迁，在1938年春迁至昆明，更名为国立西南联合大学。

按照学校的要求，师生们迁至昆明，可以选择内地步行；或借道湘桂公路，经过桂林、柳州、南宁，经过安南（现越南社会主义共和国），进入云南省；或选择铁路，经由中国广州市、香港（现中国香港特别行政区）、安南（现越南社会主义共和国），进入中国云南省。三种内迁途径中，属黄钰生、曾昭抡、闻一多等11位教师和200多位学生组成的湘黔滇旅行团的步行最令人震撼与敬佩。师生们艰难跋涉，共历时68天，行程近3500华里，他们跋山涉水，忍受着狂风暴雨的侵袭，夜宿荒村茅舍、野店破庙，并经历了土匪出没、疾病相扰等磨难，终于在1938年4月28日抵达昆明，完成了世界教育史上的长征。事实上，内迁的旅程并非只是

"逃难",校方要求把行军的过程当作教学任务来进行,组织学生在途中开展社会调查、采集标本、摄影写生。刘兆吉同学便在老师闻一多的指导下,沿途采集民歌两千多首,后遴选出精华,辑成了《西南采风录》一书,真正实现了"五四"时期的歌谣化目标。同时,一路上艰难坎坷、重重磨难,也使以往温室中生活的学子增长了见闻,对农村的悲惨状况有了真切的认识。众多文学作品留下了他们的所见所闻所感。林蒲的文章《湘黔滇三千里徒步旅行日记二则》、周定一的诗歌《赠林蒲(并序)》、向意的散文《横过湘黔滇的旅行》、穆旦的诗歌《原野上走路——三千里步行之二》等作品记录了师生风尘遮面、辛苦赶路的感受。

周定一写道:"北地的风尘,/还遥遥在背后追赶"[1]。穆旦书写学子们离开渔网似的城市后,来到了自由阔大的原野,"在我们的血里流泻着不尽的欢畅"[2],面对"波动又波动的油绿的田野"[3],我们多么欢快,内心燃烧着希望,而"中国的道路又是多么自由而辽远呵……"[4]

年轻的学子们置身于阔大的乡野中,全身心感受着自然的丰饶与多彩。林蒲在离开昆明后的1940年还根据远行的见闻,发表了《湘西行》。这种罕见的求学经历,成为学子们宝贵的人生财富,也展示出中国教育界在战争时期坚持教育、培养人才的信心和气魄。

西南联大的校歌如此唱道:"万里长征,辞却了五朝宫阙",无数师生在战时离开了生养他们的京津故土,告别了中国政治文化的中心,忍受着国土沦丧的悲哀,辛苦跋涉3000余华里,"绝徼移栽

---

[1] 周定一:《赠林蒲(并序)》,杜运燮、张同道编选:《西南联大现代诗钞》,中国文学出版社1997年版,第281页。
[2] 穆旦:《原野上走路——三千里步行之二》,重庆《大公报》1940年10月25日。
[3] 同上。
[4] 同上。

桢干质",来到了偏远的西南小城。辗转来到大后方后,师生们又面临着校舍不足的问题,为此,学校大量借用昆明各处的房子,如昆华中学、昆华工校、昆华师范、昆华农校、迤西会馆,以及文林街、文化巷等民居。后期,为躲避空袭,教授们还纷纷搬到更为偏僻的郊野山中。当时社会上有这样的说法:"昆明有多大,西南联大就有多大。"①1938年到1939年,西南联大在昆明西北城外建造了一些校舍,彼时请来著名建筑学家梁思成、林徽因夫妇担任校舍建筑工程的顾问,但囿于经费的短缺,梁思成的设计稿一让再让,最后只能让师生们在铁皮屋顶、土坯墙的简陋平房中,致力于学术研究和文学创作。不仅校舍,图书、仪器的奇缺也困扰着师生们,虽然清华大学校长梅贻琦未雨绸缪,从1935年便开始转移设备器材与图书,保证了工学院日后的设施完备,但是相较于战前,各系部拥有的器材、图书还是明显匮乏。此外,日常吃的含有稗子、石头等的"八宝饭",学校配给的煤油箱子②,初来昆明经受的地方病侵袭等,也都在考验战时人们的神经。在硝烟弥漫的战争岁月,舒适怡人的生活已渐行远去,师生们在文化尚不发达、物质条件又匮乏的西南边陲,继续筦吹弦诵。此时,众多名师在这里相聚:朱自清、杨振声、闻一多、沈从文、吴宓、陈铨、冯至、钱锺书、李广田、卞之琳等,他们在这里和学子们以强烈的求知、求学的热情,共同创造了中国教育史和文学史上的奇迹。

历史是如此的巧合。同一时间,在延安另一所学校也刚刚创建。全面抗战后,陕甘宁根据地成为中国政治版图上与重庆国民政府分庭抗礼的又一权力中心,集中了中国共产党中央的主要机构和领导人员。1937年9月,蒋介石承认了中国共产党的合法地位,

---

① 傅举晋:《我在西南联大的岁月》,《钟山风雨》2010年第1期。
② 装煤油的铁桶,外面有一个木头箱子,铁桶拿到机场上去,木头箱子没用时,送给学校,学校分给每个学生两个煤油箱子,用于装书和日用品。张曼菱:《西南联大行思录》,生活·读书·新知三联书店2013年版,第144页。

给予其行政、司法、财政、教育、文化、治安多方面的权力，这使得中国共产党可以在陕甘宁这一领地合法地实施马克思主义政权，全面地建设符合马克思主义意识形态的政治、经济与文化制度。1939年，中国共产党发布了《大量吸收知识分子》一文，众多信仰马克思主义或追求革命事业的知识分子涌向延安，其中以文艺知识分子居多，这批怀揣着理想主义激情的知识分子以强烈的热忱投入到新生的革命文化事业中，极大提升了延安的文化层次，为延安建设以马克思主义理论为指导的无产阶级的革命文学提供了文化基础与平台。当时，延安已经有培养抗战需要的政治、军事干部的中国抗日军政大学、陕北公学等，还没有一所专门培养艺术干部的院校。党的领导干部强调抗日工作需要艺术的配合，也十分重视革命文艺的发展，早在中央苏区时，就曾创办过八一剧团、工农剧社、高尔基戏剧学校等艺术团体，此时借助外来的文艺人士培养抗战文艺干部，实行统一战线下的抗战教育，以文艺的力量推动革命进程，成为多数人的共识。此外，众多文艺人士的到来，如何安置他们的工作也是领导人急切要解决的问题。1938年初，话剧《血祭上海》演出成功，这为"鲁艺"的建立提供了契机。在中共中央领导人亲临的演出座谈会上，有人提议创办一个艺术学院，得到了与会者的热烈拥护，也获得了中央领导人的积极支持。由毛泽东、周恩来等人发起倡议，1938年4月10日，一所艺术学校正式成立了。为表达对鲁迅先生的敬意和继续向他开辟的道路前进的决心，学校决定以鲁迅先生的名字命名，定名为鲁迅艺术学院，1940年改名为鲁迅艺术文学院，1943年，根据中共中央西北局常务会议的决定，鲁迅艺术文学院并入延安大学，成为其中一个学院，更名为鲁迅文艺学院，三阶段共同简称为"鲁艺"。周扬担任延安大学的校长，兼任"鲁艺"的院长。"鲁艺"是一所专门致力于培养抗战艺术干部的学校，也是中共中央领导下的第一所高等艺术学校，它的建立、成长一直伴随着党中央的直接关怀与指导。

第一章　战争语境下的建校历程与校园氛围

在延安,"鲁艺"师生与其他单位的人一样,住窑洞,吃小米饭,穿粗布衣服,忍受着物质的匮乏。成立之初,"鲁艺"暂借凤凰山麓鲁迅师范学校的房子,后将校址定于延安北门外西侧山洼的半坡上。师生们在原有的两排20多孔土窑洞的基础上,进行修葺整理,又修造了十余间平房,挖了两排新的土窑洞,并利用山下的旧文庙遗址,以此作为校部的教学、办公场所和师生们的宿舍。1939年8月,"鲁艺"搬到了延安东郊的桥儿沟天主教堂旧址。艰苦的物质条件并没有阻碍大量知识分子的到来。周扬、何其芳、周立波、陈荒煤、严文井、曹葆华、张庚、冼星海、江丰、华君武、萧三、舒群、萧军、艾青、孙犁、公木、邵子南等一批名家在这里任教,沙汀、卞之琳、茅盾等国统区知识分子也曾来这里小住。虽然条件艰苦,但是学生们的学习热情格外高涨,他们抓紧时间读书、创作、绘画、排戏、练声。曹葆华的诗歌《鲁艺一日》记录了教员辛苦备课、鼓舞学员,学员积极学习的情景。赵自评的诗歌《带露珠的心情》渲染校园美好的晨读氛围:同学们吸着新鲜的空气,看书、唱歌,校园里充满了信仰与快乐。作者感慨道:"我的生命从来/没有这样舒展啊!"[1] 决心去除"思想上情感上的污泥"[2],更加抱紧信仰,热爱生活,快乐地成长。作者用"洋槐花的香味"、"含苞带露珠的花朵"[3] 形容"鲁艺"的校园氛围和青春学子们,营造了一种朝气蓬勃、欣欣向荣的气息。

这批投奔革命的知识分子,放弃以往优越的生活环境,来到延安追求光明与进步。他们怀揣着对新中国的热烈向往,响应着党的号召,开展了新秧歌剧、传统戏改编、木刻画等大量革命文艺活动,加入到为抗战而歌的队伍中,充分发挥了文艺的政治效能,也

---

[1] 赵自评:《带露珠的心情》,《草叶》第1期,1941年11月1日。
[2] 同上。
[3] 同上。

中国新文学史上的西南联大与"鲁艺"

经历了解放区文学范式从初试到成型的曲折过程。1945年8月，抗战胜利后，"鲁艺"的成员奉命奔赴祖国的东北、华北和山西等地，开始新的学习和工作建设。

第二节　冲突渗透中的思想指引

在大学这一方天地里，校长、教师、学生的教学与文化活动共同形成了校园的某种风气。学校的指导思想、院系设置、课程安排、社团活动，教师的教学科研，学生的学习生活，校园出版物的发行……都形成了校园的文化精神与氛围气质。师生浸濡在这种风气中，为这种思想所影响浸濡，形成自身的思想观念与价值标尺，反过来，个体的精神特征又强化了校园的总体文化氛围。西南联大与"鲁艺"作为一方校园，某种程度上，不可能是一片净土，多元思想在这里冲突碰撞，彼此交叉互渗，呈现出复杂的面貌。相对来说，两校更多受到各自主导思想的指引。

西南联大的校园氛围与指导思想保持着民主自由的底色。这来自北大、清华、南开三校固有的精神传统与校园风气，也与师生们的观念认知有关。清华大学的前身是1911年创办的"留美预备学校"，1925年学校设立了大学部，1928年正式更名国立清华大学，由于有着庚子赔款的资金，清华大学基本实践着民主办学；北京大学的渊源可追溯至1898年创办的京师大学堂，蔡元培在1916年12月担任北大校长后，进行的一系列改革深入人心，其大学理念基本可以概括为三点："第一，'兼容并包'与'思想自由'；第二，外争独立思考，内讲专深学术；第三，以'美育'养成人格。"[1] 其中，蔡元培尤其重视"思想自由"的精神。他强调在大学中，学者有自由发表自己思想的权利，"不受任何宗教或政党之拘束"[2]，以

---

[1] 陈平原：《触摸历史与进入五四》，北京大学出版社2005年版，第117页。
[2] 蔡元培：《蔡元培全集》第5卷，中华书局1988年版，第507页。

此才可以保证大学教学、学术的独立性。这种思想在北大师生中广泛流传,影响深远。南开大学于1919年由张伯苓创办,在"公能""实干"精神的指引下,重视培养学生的应用能力。此外,三校的知识分子多留学欧美,民主、自由是其稳定的心理结构,因此,尽管他们的思想不尽统一,却共同有着自由、独立、民主的精神取向。

西南联大的规章制度体现出民主、自由的精神。常务委员会是学校的最高行政领导机构,北大校长蒋梦麟、清华校长梅贻琦、南开校长张伯苓和秘书主任杨振声是校常务委员会委员,由于张伯苓担任国民政府的行政职务,蒋梦麟平常在昆明,实际掌管校务的是梅贻琦。梅贻琦对政治上的"左""右"力量一视同仁,对党派和政治都不感兴趣,他认同并推崇蔡元培的大学理念,强调"对于校局则以为应追随蔡孑民先生兼容并包之态度,以克尽学术自由之使命。昔日之所谓新旧,今日之所谓左右,其在学校应均予以自由探讨之机会,情况正同。此昔日北大之所以为北大,而将来清华之为清华正应于此注意也"[①]。正是他的自由立场和大局意识,使学校能在各方力量的角逐中稳步前进,也使西南联大的校风在吸收北大、清华、南开三校精神的基础上,既保持了各校的独立性,又显现出了相互砥砺、相得益彰的光辉。西南联大实行的是"教授治校"的体制,延续的也是蔡元培执掌北大时期的做法。彼时,蔡元培效仿德国式的教授会办法在北大建立了教授组成的评议会,此评议会为全校最高权力机构。在蔡元培执掌北大的十年时间内,实行了教授治校的体制。在1931年梅贻琦担任清华校长之前,清华也开始采用教授治校的体制,梅贻琦担任清华校长后,积极支持这一体制,在负责西南联大的事务后,将其移用在西南联大。"教授治校"充分给予教授权力,保证了教授在处理大学事务、决定学院设

[①] 《近代史资料:总70号》,中国社会科学出版社1988年版,第171页。

立与设置规程等方面,有权决定学校的重大事务,使学校的教学工作与行政工作紧密相连。

不仅规章制度,学校的教学活动、科学研究也追求自由与独立。"联大老师讲课是绝对自由,讲什么、怎么讲全由教师自己掌握。"① 讲课时,教师没有标准的教材、大纲,考试也没有标准答案,完全推崇个人的独立见解。在课程安排上,有时同一门课程好几位教授在授课,如"楚辞"一课,闻一多、游国恩、罗庸同时讲授,彭仲铎、唐兰也开过此课;"庄子"课程也是闻一多、刘文典等人同时开设。教师们从不同角度将各自的研究成果传授给学生,授课内容的多样性,体现出学术研究的独立与自由。汪曾祺十分欣赏西南联大的自由研究风气,他说:"联大中文系读书报告不重抄书,而重有无独创性的见解。"② 学生的观点只要证据确凿,言之成理,同样能够得到老师的重视。授课时,如果有学生对老师的观点提出了异议,教师会平等地对待学生,与学生继续讨论,甚至会因为学生的观点胜于自己,推崇学生的看法。傅斯年在招收研究生时,录取了曾质疑他观点的学生;杨振声鼓励学生吴宏聪在毕业论文中持有和自己相左的看法,吴宏聪在得到老师的肯定后,颇有感慨地说:"深深感到先生言传身教,把'五四'科学民主的气氛和追求个性的学术传统也带到西南联大来了。"③ 何兆武对学校的自由风气也极为赞赏,他说:"联大三个学校以前都是北方的,北京、天津不属于国民党直接控制的地区,本来就有自由散漫的传统,到了云南又有地方势力的保护,保持了原有的作风:没有任何组织纪律,没有点名,没有排队唱歌,也不用呼口号,早起晚睡没人管,不上课没人管,甚至人不见了也没有人过问,个人行为绝对

---

① 何兆武:《上学记》,文靖撰写,木马文化出版 2011 年版,第 124 页。
② 汪曾祺:《西南联大中文系》,《汪曾祺全集》第 4 卷,北京师范大学出版社 1998 年版,第 358 页。
③ 吴宏聪:《忆恩师杨振声先生》,《现代教育报》2004 年 3 月 19 日。

自由。"① 邹承鲁也认为西南联大培养出众多人才的原因，就是自由②。这种不涉及思想教育的自由风气保障了学子们的兴趣爱好，学生可以尽情享受思想的自由和个性发展的权利，充分调动起主观创造性。当然，学校考核制度的严格也是有目共睹。对于西南联大自由的风气，王浩曾说，在联大，"教师之间，学生之间，师生之间，不论年资和地位，可以说谁也不怕谁"③。师生真正推崇的是知识与学术。

当然，西南联大并非只有一种色彩，多元思想在这里争锋交会，甚为激烈。作为教育部管理的公立院校，西南联大在思想、制度、管理、财务方面不可能不听命于国民政府的领导，学校建立有国民党直属区党部、三青团直属西南联大分部。国民政府也在学校不断强化着党化教育，以政策、规章、课程、活动等种种手段，对学生进行着思想规整。1928年国民党完成全国统一后，重新倡导早在1926年广州国民革命政府时期提出过的"党化教育"的主张，加紧对教育界进行思想控制。1928年5月，第一次全国教育会议召开，确定废止"党化教育"的说法，取而代之的是"三民主义教育"，虽然当时尚未获得批准，但已出现这一说法，直至1929年3月，国民党第三次全国代表大会才正式提出了三民主义的教育宗旨，此后，陆续制定了一系列政策法规。1938年1月，陈立夫担任教育部部长。陈立夫是国民党中央组织部部长和CC首领，陈立夫上台后，极大强化了教育界的党化色彩，制定了一系列的制度规定，以党化教育的思想统治教育界。从1938年开始，"三民主义""伦理学"等党化教育的加强；为规整学生思想，要求实行的导师制；直属区党部、三青团直属分团部、训导处等部门的成立；统一

---

① 何兆武：《上学记》，文靖撰写，木马文化出版2011年版，第112—113页。
② 同上书，第113页。
③ [美] 王浩：《谁也不怕谁的日子》，《云南文史资料选辑》（第三十四辑）"西南联合大学建校五十周年纪念专辑"，云南人民出版社1988年版，第66页。

课程和教材；要求院长以上行政负责人加入国民党；把蒋介石向"五四"宣战的《中国之命运》一书作为必读；试图更改青年节……种种践踏科学、民主精神的高压措施，都激起了知识分子的抵触和反弹。在西南联大开设的党义必修课，师生们消极应对，既未听讲，也未按规定交读书报告；教育部命令的训导工作，学校也是按照自身情况有所调整和变通；教育部要求各大学通用的《大学国文选目》，西南联大在使用部定教材的同时，又以另编的《大一国文习作参考文选》为补充，争取语体文和文言文的平等地位；就连教育部要求各学校统一校训，联大也认为不能代表自身的办学精神而未遵循。面对国民政府强加给学校的种种限制，教授会据理力争，维护学校的教学独立、思想自由的传统，使学校的教学和行政工作未受到直接的影响和冲击。

在国民党积极进行思想控制的同时，中共也在逐渐渗透与传播马克思主义理论。北大、清华、南开三所院校原本就有一些中共地下党员，在抵达昆明后，他们自动组织联合起来。中华民族解放先锋队和云南当地的抗日民族解放先锋队合并，成立了中华民族解放先锋队云南地方队部，开展了多样的抗日宣传活动。1938年10月，成立了中共西南联大地下临时支部，11月，成立了中共西南联大地下党支部，此后改为总支委员会。当时的学生"分左、中、右三种，中间分子居多。以中共地下党员及其领导的外围组织为一方，以国民党员、三青团员为一方，都在争取中间同学的支持和拥护，以争夺学生自治会的领导权为目标……双方对中间同学的争取，都以开展各种课外活动为手段"[①]。中共地下党员主要集中于"群社"，他们以"勤学、勤业、勤交友"为方针，积极在广大同

[①] 黄钰生：《回忆联大师范学院及其附校》，西南联合大学北京校友会编：《笳吹弦诵情弥切——国立西南联合大学五十周年纪念文集》，中国文史出版社1988年版，第318页。

学中做工作,又成立了歌咏队、体育会等很多进步团体,逐渐在同学中拥有了较高的威望,在掌控学生自治会后,带领进步学生社团开展了抗日、反蒋的活动,在学校"民主墙"上发表进步言论,并在"五四""七七""九·一八""一二·九"等爱国纪念日时,开展各种各样的纪念活动,使西南联大的爱国民主活动开展得如火如荼。1942年1月,千余名学生上街游行示威,声讨孔祥熙,开展了声势浩大的"倒孔运动"。抗战后期,国民党的专制独裁促使联大爱国民主力量逐渐壮大,"随着时局的发展,中间同学渐渐向左靠拢,到1944年以后更加明显"[1]。1945年4月,西南联大学生自治会通过了《国立西南联合大学全体学生对国是的意见》[2]。《现实》《生活》壁报也都发表反对内战的言论。不仅学生们思想日益进步,教师们也在"皖南事变""倒孔运动""一二·一"等事件中,毅然走出象牙塔,来到十字街头,批判国民党的专制独裁和腐败堕落,呼吁社会的公平与正义。

某种意义上,西南联大师生们积极介入现实、批判国民政府的做法,一方面来自"五四"传统和社会现实的推动。"五四"时期,知识分子以科学与民主精神反对封建主义;抗战虽使他们流徙四方,却也提供了接触民众的因缘际会。南迁路上,触目所见民众的贫困潦倒;通货膨胀时,自身被甩入底层人民的阵营,而国民党特权分子却不顾人民死活,空运自家洋狗与抽水马桶。"朱门酒肉臭,路有冻死骨"的现实激发起他们对贫富两极分化、社会不平等的彻骨认识,使他们自然从情感上、精神上贴近了广大劳苦大众。另一方面,中共意识形态的渗透也起到重大作用。一些热血青春的学子不仅在"五四""一二·九"期间是急先锋,抗战岁月,他们

---

[1] 黄钰生:《回忆联大师范学院及其附校》,西南联合大学北京校友会编:《笳吹弦诵情弥切——国立西南联合大学五十周年纪念文集》,中国文史出版社1988年版,第318页。

[2] 即《国是宣言》。

较强的批判意识和正义感推进了民主事业的发展,也加速了一些教授思想立场的转换。南迁时期,生活空间狭小,师生之间的距离明显拉近,他们在奔赴国难时相互扶持,跑警报时生死与共,日常生活中往来频繁,学生们的进步思想,无疑推动了教师对时代、社会、政治予以新的观照与理解。加之中国共产党地下组织的有力指导,延安的各种文献资料传入大后方,毛泽东的《新民主主义论》《在延安文艺座谈会上的讲话》等吸引了不少进步人士。解放区的抗战歌曲、朗诵诗、广场戏剧等大众化文艺也传播到了昆明,渗透到师生的日常生活中,这都整合着知识者的立场态度,加速着其与工农大众结合的步伐。除了国民党和共产党的政治力量,中国民主同盟的组织也在西南联大开展着社会活动。

战争时期,知识分子的思想在某种程度上发生了转变,或走向不同的政治立场,或保持无党派的身份,无论哪种,思想独立、言论自由是他们的精神底色。学校也为师生们提供了自由言论的沃土,师生们可以任意表达对时政的看法。在校园一进大门的右边,有两排长长的墙壁,贴满了各样的壁报,常配合当时的政治形势,宣传民主科学的思想,这两排墙壁被称为西南联大的民主墙。学生们以壁报《微言》《联大青年》《指南针》《明报》《群声》《热风》等自由表达着对时局、社会、青年等问题的看法,进行着激烈的论争。教授们也办过不同政治倾向的刊物,自由表达着对时局的意见,他们中的一些人虽然加入了国民党、共产党、民盟等政治团体,依然有着自由议政的习惯。在联大,"师生对任何学术性或敏感性政治问题都可以公开讨论,气氛极其热烈,不同观点各持己见的争论,不能不激发人去思考寻求合乎真理性的答案"[①]。学校也常邀请校外的知名人士来做前方战况或世界形势的演讲。著名华侨

---

① 李广深:《在西南联大求学的日子里》,云南西南联大校友会编:《难忘联大岁月——国立西南联合大学在昆建校六十周年纪念文集》,云南教育出版社1998年版,第83页。

领袖陈嘉庚的"西北考察观感与南洋侨胞近况",著名记者陆诒的"目前抗战形势",范长江的"抗战与云南",第49师梁化中将军的"国军入缅作战经过",英国剑桥大学李约瑟博士的"科学在盟国战争中的地位",滇西远征军司令长官部司令陈诚的"民生主义与民生问题",原国民党励志社第四任书记、力行社负责人刘健群的"抗战建国的核心问题",昆明防守司令杜聿明的"总反攻滇缅路问题"等讲演,都开阔了学生的视野。此外,国民参政会参政员褚辅成、美国哥伦比亚大学新闻学教授贝克尔等人也都在西南联大进行过演讲。从1942年4月开始,学校举办了国际形势系列演讲,钱瑞升、周炳琳、邵循恪、皮名举等人陆续发表见解。1945年3月28日,学生自治会举办国是与团结问题座谈会,曾昭抡讲"军队统一问题"、吴晗讲"团结问题"、王赣愚讲"国民大会与政党"等。1945年7月7日,西南联大学生自治会参与举办了时事座谈会,潘光旦、吴晗、罗隆基、闻一多等人参加。抗日战争胜利后,西南联大师生明确表示反对内战,要求民主团结。联大和其他团体不仅联合发表了《迎接胜利反对内战通电》,张奚若、周炳琳、朱自清、李继侗、吴之椿、陈序经、陈岱孙、汤用彤、闻一多、钱瑞升十位教授还在1945年10月发出《为国共商谈致蒋介石、毛泽东两先生电》,一致要求停止内战。李何林还在公开场合传播毛泽东的《讲话》精神。知识分子们积极为国家发展、国计民生献计献策。有学者曾言:"西南联大当时被称为'民主堡垒',在思想上继续五四的传统。那时在属于北大、清华一系的教授群中,思想的主调还是'民主'与'科学'。"[1]

正是有赖于这种校园风气,西南联大真正建立起独立、自由的学院空间,在战乱频仍的西南边陲,师生们得以张扬精神,沉潜于思想深处,教学、学术、创作、文化活动散发出灼热的知性

---

[1] 谢泳:《西南联大与中国现代知识分子》,福建教育出版社2009年版,第26页。

光芒。学生们也养成了民主自由的思维方式和人生观念。此种风骨，正如《国立西南联合大学纪念碑碑文》所云："以其兼容并包之精神，转移社会一时之风气，内树学术自由之规模，外来民主堡垒之称号"①。

解放区的文化建设旨在宣传共产主义思想，"鲁艺"作为党中央直接领导的一所艺术院校，高度强调着文艺的革命性与功利价值。1938年4月，"鲁艺"举行了成立典礼大会，毛泽东等领导人对师生们用文艺服务于抗战，表达了热切的期待。建校后，毛泽东还亲临"鲁艺"，向师生发表讲话。在1940年1月发表的《新民主主义论》中，毛泽东认为"五四"以后中国的新文化，是新民主主义性质的文化，属于世界无产阶级社会主义文化革命的一部分，强调了文艺的政治性。在党中央领导人的殷殷期待下，"鲁艺"的指导思想和教育方针有着明确的意识形态诉求。《鲁迅艺术学院创立缘起》鲜明表达着对艺术工作的看法，强调培养艺术工作干部的重要性。"艺术——戏剧、音乐、美术、文学是宣传鼓动与组织群众最有力的武器。艺术工作者——这是对于目前抗战不可缺少的力量。因之培养抗战的艺术工作干部，在目前也是不容稍缓的工作。"②"鲁艺"的教育方针也是经过中央宣传部的讨论、中共中央书记处的通过，才确定下来，罗迈在《鲁艺的教育方针与怎样实施教育方针》中说道："以马列主义的理论与立场，在中国新文艺运动的历史基础上，建设中华民族新时代的文艺理论与实际，训练适合今天抗战需要的大批艺术干部，团结与培养新时代的艺术人才，使鲁艺成为实现中共文艺政策的堡垒与核心。"③"我们应当把马列

---

① 冯友兰：《国立西南联合大学纪念碑碑文》，王学珍等主编，北京大学等编：《国立西南联合大学史料》1总览卷，云南教育出版社1998年版，第284页。
② 《鲁迅艺术学院创立缘起》，《新文化史料》1987年第2期。
③ 罗迈：《鲁艺的教育方针与怎样实施教育方针》，《延安文艺丛书》文艺理论卷，湖南文艺出版社1987年版，第794页。

主义运用到鲁艺的全部实际生活中来,用马列主义来改善鲁艺的全部工作,提高全部人员的思想意识,团结全体教职学员,建立优良的校风。加强政治教育,并使理论与实践联系一致,这是建设鲁艺的重要关键。"① 这些方针与要求强化了学员坚定的政治思想立场,形成以文学服务于社会、政治工作的意识。

在管理体制上,"鲁艺"听命于党的领导。1941 年出台的《关于延安干部学校的决定》规定了"鲁艺"直属中央文委,由中央宣传部协同各主管机关对学校课程、教员、教材及经费进行统一的计划、检查与督促。副院长沙可夫说:"鲁艺是在中国共产党直接领导与扶助之下创立并壮大起来的,我们要使鲁艺成为实现中共文艺政策……的堡垒与核心。"② 第三届副院长赵毅敏也说:"鲁艺的力量……在于它有中共中央的领导。"③ 此时,"鲁艺"还实行了当时延安学校普遍采用的军事化管理制度,将学生组织成大队和区队的编制④,后在罗迈的提议下,将"鲁艺"由"偏重自上而下的军队式的'管理制'",变为"领导与自治并重的委任与民主并用的制度"⑤。虽然在管理方面,较其他大学更为自由、民主,但是,在总体上"鲁艺"还是紧密服从党的领导。

在课程设置上,"鲁艺"注重政治理论课的比重,将其作为必修课。"除平时的政治辅助教育外(课外读物、座谈会、讨论会、

---

① 罗迈:《鲁艺的教育方针与怎样实施教育方针》,《延安文艺丛书》文艺理论卷,湖南文艺出版社 1987 年版,第 800—801 页。
② 沙可夫:《鲁迅艺术学院创立一周年》,《新中华报》1939 年 5 月 10 日。
③ 赵毅敏:《鲁迅艺术学院的展望》,《新中华报》1939 年 5 月 10 日。
④ 钟敬之说:"与当时延安其他干部学校同样,鲁艺也以抗大为榜样树立革命的作风,在学习生活和教学工作中都有一派紧张活泼的气象。那时各系学生在学习组织上,按系别成立大队,设大队长,并有指导员负责学生的生活、学习和思想工作。大队分若干区队,设区队长,班组设班组长。生活军事化,政治气氛浓厚,学习空气紧张,抗日战争的烽火怒焰,燃烧着这座革命熔炉。"钟敬之:《延安鲁迅艺术学院概貌侧记》,《新文学史料》1982 年第 2 期。
⑤ 罗迈:《鲁艺的教育方针与怎样实施教育方针》,《延安文艺丛书》文艺理论卷,湖南文艺出版社 1987 年版,第 803 页。

演讲等），每周政治必修课为六个小时。"①"鲁艺"还请专门的理论家，甚至是老革命家亲自来授课，杨松讲授过"列宁主义"，李卓然讲授过"中国革命问题"，李富春讲授"中国共产党"，艾思奇讲授"辩证唯物主义和历史唯物主义"，这些课程加强了学员的马列主义理论知识，使其树立了坚定的革命理想。此外，党的重要领导人、前线归来的将领和社会名流都曾来"鲁艺"进行过演讲，毛泽东、朱德、周恩来、贺龙、陈云、徐向前、徐特立等人强调师生们要响应党的领导，以文艺作为打击敌人的武器，为抗战服务。不仅政治课和政治报告如此，专业课也明确以政治为导向，强化学员对革命文艺理论的理解。周扬在1939年至1940年间给文学系学生讲授专业课《中国新文学运动史》②，他呼应了毛泽东《新民主主义论》中对于这段历史的定性，强调新文学的新民主主义性质，按照中国新民主主义革命的历史分期，将新文学史分为四个阶段，宏观梳理与评判"五四"新文学的历史，并采用社会、历史学的批评方法分析作品。这种以政治为导向的文学史讲授与研究影响十分深远。此外，学校的各种活动也注重加强学员的政治思想认识，帮助学生树立革命的人生观③。

"鲁艺"师生还用党的思想指导艺术创作。歌颂新社会、共产党，讴歌人民当家做主成为"鲁艺"文学的基本主题。《我歌唱延安》《我为少男少女们歌唱》《生活是多么广阔》《一个早晨的歌者的希望》《我看见了八路军》《我，延安市桥儿沟区的公民》等都

---

① 宋侃夫：《一年来的政治教育的实施与作风的建立》，文化部党史资料征集工作委员会、《延安鲁艺回忆录》编委会编：《延安鲁艺回忆录》，光明日报出版社1992年版，第57页。
② 留有不完整的《新文学运动史讲义提纲》，《文学评论》1986年第1、2期。
③ 如针对学员岳忠想要离开延安回四川原籍的做法，学校组织学员讨论，明确这种做法是革命理想动摇，脱离革命的作为，从而提升了广大学员的政治认识。龚亦群：《党的艺术教育事业的辛勤开拓者——沙可夫同志》，刘运辉、谭宁佑主编：《沙可夫诗文选》，文化艺术出版社1990年版，第391页。

表达出明确的意识形态诉求。赵自评在诗歌《带露珠的心情》中，大声表达着学习马列主义的决心："信仰是和快乐结合着的，/我要用马列主义的圣水，/洗去我那/思想上情感上的污泥。"① "在我们的艺术学校里，/吸收着新鲜的空气。吸收着马列主义的营养，/吸收着阳光，/在起劲的生长。"② "鲁艺"的木刻也具有鲜明的政治色彩。古元的《铡草》《减租会》、彦涵的《当敌人搜山的时候》、力群的《帮助群众修纺车》、罗工柳的《马本斋的母亲》、沃渣的《把牲口夺回来》等都表现了共产党的战斗伟绩、边区民众在党的领导下的新面貌和新生活。

在学术研究上，师生们也紧密围绕马列主义思想理论。《马克思·恩格斯·列宁论艺术》③、《斯大林与文化》④等的译介，显示出"鲁艺"人对马列思想的重视。周扬也根据当时的政治形势和思想导向，强调苏俄文艺理论与延安现实相一致的部分，1942 年，他撰写了《唯物主义的美学——介绍车尔尼舍夫斯基的"美学"》，翻译了车尔尼雪夫斯基的《生活与美学》。在毛泽东对文艺工作指示部署后，周扬紧密结合毛泽东的思想，发表了一系列阐述毛泽东思想的文章。1944 年 3 月，他根据毛泽东的《讲话》精神编纂了《马克思主义与文艺》，书中囊括了马克思、恩格斯、普列汉诺夫、列宁、斯大林、高尔基、鲁迅，还有毛泽东的文艺思想，首次将毛泽东与马列作家相提并论，周扬还从马列主义文艺思想的发展角度，高度评价了毛泽东的思想，认为毛泽东的《讲话》"是马克思主义文艺科学与文艺政策的最通俗化、具体化的一个概括，因此又是马克思主义文艺科学与文艺政策的最好的课本"⑤。此时，周扬

---

① 赵自评：《带露珠的心情》，《草叶》第 1 期，1941 年 11 月 1 日。
② 同上。
③ 曹葆华、天蓝翻译，1940 年 6 月鲁迅艺术文学院出版。
④ 曹葆华翻译，1941 年 9 月新华书店出版发行。
⑤ 周扬：《马克思主义与文艺·序言》，《马克思主义与文艺》，解放社 1950 年版，第 1 页。

中国新文学史上的西南联大与"鲁艺"

的《关于政策与艺术——〈同志,你走错了路〉序言》①、《略谈孔厥的小说》②、《表现新的群众的时代——看了春节秧歌以后》③、《论赵树理的创作》④等批评文章也浸透着浓郁的政治色彩,以反映论和阶级论解读作品,强调作家创作的意识形态因素。

毋庸置疑,战争时期的延安也并非是铁板一块,这里有密切党政的思想,也有知识分子的自由意识。尤其对于文化人士高度集中的"鲁艺"来说,更是并存着革命、政党、自由等多元思想。"鲁艺"校董委员会名单中包含着各党派人士⑤,显现出学校抗日民族统一战线的性质。对于校园师生来说,虽然他们和其他单位的人一样,接受着高度军事化的管理,保持着整齐划一的集体主义状态,积极贯彻党的基本思想,但是,作为深受"五四"思想影响,并从大城市来的知识分子,他们中的一些人对思想独立、言论自由的生活方式始终萦绕于怀,他们希望维护自我精神空间,保留批评的权利⑥,

---

① 周扬说:"艺术反映政治,在解放区来说,具体地就是反映各种政策在人民中实行的过程与结果。"周扬:《关于政策与艺术——〈同志,你走错了路〉序言》,《解放日报》1945年6月2日。

② 周扬赞赏孔厥"由写知识分子(而且是偏于消极方面的)到写新的,进步的农民,旁观的调子让位给了热情的描写","这在作者创作道路上是一个重要的进展"。周扬:《略谈孔厥的小说》,《解放日报》1942年11月14日。

③ 周扬称赞延安秧歌剧表现"新的内容,反映了边区的实际生活,反映了生产和战斗,劳动的主题取得了它在新艺术中应有的地位"。周扬:《表现新的群众的时代——看了春节秧歌以后》,《解放日报》1944年3月21日。

④ 周扬说:"在被解放了的广大农村中,经历了而且正在经历着巨大的变化。农民与地主之间进行了微妙而剧烈的斗争","这是现阶段中国社会的最大最深刻的变化,一种由旧中国到新中国的变化",在这种变化中,赵树理因为塑造了新的人物,创造了新的语言,实现了"毛泽东文艺思想在创作上的实践的一个胜利",周扬说:"我欢迎这个胜利,拥护这个胜利!"周扬:《论赵树理的创作》,《解放日报》1946年8月26日。

⑤ "鲁艺"校董委员会名单:毛泽东、张闻天、王明、周恩来、康生、凯丰、徐特立、林伯渠、周扬、成仿吾、蔡元培、宋庆龄、何香凝、邵力子、陈立夫、于右任、郭沫若、茅盾、田汉、洪深、许广平、潘梓年。鲁迅艺术文学院旧址·陈列展厅,《鲁艺校董委员会名单》。

⑥ 何其芳在来延安的路上期待着能够保留批评的权利,想起倍纳德·萧离开苏维埃联邦时的一句话:"请你们容许我仍然保留批评的自由。"何其芳:《一个平常的故事——答中国青年社的问题:"你怎样会来到延安的?"》,《中国青年》第2卷第10期,1940年8月5日。

于是，强调自我，突出个性的表现在这里随处可见。日常生活中，一些人偏爱歪戴帽子，翻出制服里面的花领子①，"打着大领结蓄着长发"，"不少女同志看了小说《安娜·卡列尼娜》后，穿着黑色衣服学着安娜的仪态"②，师生们热爱着周末的舞会……这些无不体现出知识分子的生活情调。此外，由于物质条件的限制、照明灯油的宝贵，师生们常在饭后长时间地散步。对于他们来说，散步不仅可以健身，更是一种思想交流的方式。在散步的闲暇时间中，他们可以自由、大胆地畅谈人生的迷惘与困惑、精神的孤寂与烦恼，以及对未来的憧憬与追求，漫游在这宝贵的精神世界里，他们充分享受着个人精神空间的独立③。从 1939 年 11 月周扬任"鲁艺"副院长起，"鲁艺"开始了正规化、专门化的教育，各种思想、学说流行开来，精致艺术、自由言论也多受到师生的推崇。在学院教育和文学创作发展过程中，知识分子的思想和行为受到多元思想的左右。大致来说，他们一方面延续以往的自由主义思想，保持着传统知识分子的独立性；另一方面，受到政党思想的牵引，逐渐步向有机知识分子的轨道。知识分子经历着两种思想的争夺，校园也呈现出多元思想的张力。但是，"鲁艺"毕竟是中国共产党一

---

① "鲁艺"音乐系学员莎莱说："把对襟的那种衣服改成列宁式的，然后自己再搞一个翻领。""鲁艺"音乐系学员李一非说："反正衣服都是制服嘛，大家翻着领子，帽子就是有时候歪戴一下，把头发弄出来，就是跟人家不一样，异样。""鲁艺"音乐系学员孟于说："从大后方来的人啊，有一点儿花的衣服，大伙儿就翻，把她们好看的衣服，比如到女大来了，有一件旗袍好看，大家一人扯一条，做一个领子，这么个花的领子，这就很漂亮的。"中央电视台、陕西广播电视台《大鲁艺》摄制组著，闫东主编：《大鲁艺》，中国民主法制出版社 2014 年版，第 70 页。

② 孙铮：《延安"鲁艺"学习生活片段》，《上海戏剧》1962 年第 Z1 期。

③ 冯牧说："除了下雨天，几乎每一个黄昏，我都会和几个知交朋友和同学相约到延河岸边去作长时间的散步，一直到暮色四合，天边出了星星，才回到我们居住的窑洞中去。""我在那里和伙伴们认真地谈论文学，谈论理想；我在那里向我所信赖的同志倾诉自己的希望和苦恼；我在那里和朋友们畅怀地吟诵、歌舞，尽情地享受着青春的欢乐。""我和许多我的同代人，就是这样在延河边度过我们的无数美好的黄昏的。"冯牧：《延河边上的黄昏》，文化部党史资料征集工作委员会、《延安鲁艺回忆录》编委会编：《延安鲁艺回忆录》，光明日报出版社 1992 年版，第 515 页。

手扶持的院校，强调马列主义意识形态是党的领导人的期望与要求。战时队伍也更需要思想一致与步调统一。延河边的大规模散步被视为是脱离群体，追求个人精神自由的做法①。整风运动后，师生们回归到了马列主义的思想轨道，配合着文艺领域的意识形态运动。

第三节 矛盾交融中的教育导向

战争对正常教育无疑构成了强大的冲击，是适应战时的社会形势，倡导服务于抗战、革命的实践教育，还是致力于培养全面人格的通识教育，反映了学校领导者不同的教育理念，也折射出学校的社会、革命、政治等的话语力量。西南联大与"鲁艺"都经历过教育方法的讨论，也不同程度地实践了两种教育思想，但是，两校的主导教育理念还是有着显著的区别。

抗日战争的隆隆炮声打响后，西南联大的师生们就展开了关于是否进行战时教育的争论，"同学们要求学校实施战时教育，他们觉得这种平时的教育已经不太适合战时的需要，学生应该随时准备以身报国，一旦国家危急，总不能还抱着庄子楚辞或是莎士比亚上前线"②"同学中一部分觉得应该有一种有别于平时的战时教育，包括打靶，下乡宣传之类"③。一些教师也认为战争时期，教育应该和平时有所不同，增加一些与战争有关的课程，闻一多说："我们有的人，等着政府的指示：或上前方参加工作，或在后方从事战

---

① "当时校内外颇有些人把晚饭后到延安河边、城墙上去长时间散步，八九点钟还不回到学校，看作是文化人的自由主义的一种表现。"王培元：《延安鲁艺风云录》，广西师范大学出版社2004年版，第52页。
② 《我们的道路（代序）》，西南联大《除夕副刊》主编：《联大八年》，西南联大学生出版社1946年版。
③ 闻一多谈话，际戡笔记：《八年来的回忆与感想》，西南联大《除夕副刊》主编：《联大八年》，西南联大学生出版社1946年版。

时的生产，至少也可以在士兵或民众教育上尽点力。"① 一些名人的演讲也鼓舞了师生们关于实施战时教育的热望，他们希望能从事一些与抗战直接相关的工作。师生们的主张在抗战初期泛起了层层涟漪，学校设置了一些与战事相关的系科②，为适应战时环境开设了一些专业课程③，举办了译员训练班，并在大量美军来到昆明后，为协助美军抗战做了大量的工作④。一些学生甚至直接奔赴了战场，但是，学校总体上坚持国民政府的"抗战""建国"并重，"战时须作平时看"的教育方针，保持了正规大学的教学秩序。梅贻琦等人延续着蔡元培的教育思想，坚持学校的课程设置、管理体制与西方大学接轨，实施通识教育，侧重人格培养，坚持着正规大学的办学标准。

西南联大延续了三校注重发展学生人格的教育理念，尤其保留了北京大学蔡元培的思想。蔡元培执掌北京大学时期，强调培养学生的人格，他认为教育的目标不仅是服务于国家的经济、文化、制度，培养各机构需要的事务人员，更重在使学生树立良好的人生观与世界观，形成超越现实的素养和品格，实现个体人格的发展。为

---

① 闻一多谈话，际戡笔记：《八年来的回忆与感想》，西南联大《除夕副刊》主编：《联大八年》，西南联大学生出版社1946年版。

② 1938年7月，西南联大工学院设立航空工程系（王学珍等主编，北京大学等编：《国立西南联合大学史料》1总览卷，云南教育出版社1998年版，第134页），1939年1月，工学院设立电讯专修科（西南联大北京校友会编：《国立西南联合大学校史：1937至1946年的北大、清华、南开》，北京大学出版社1996年版，第389页），以此培养军事人才。

③ 土木工程系增加了"堡垒工程""要塞工程""野战堡垒""军事运输""军用桥梁""军事卫生工程""军用结构""飞机场设计""船舶设计""航空测量""公路管理"等课程（西南联大北京校友会编：《国立西南联合大学校史：1937至1946年的北大、清华、南开》，北京大学出版社1996年版，第332—333页）。机械工程系增加了"兵器学""兵器制造"等为抗战服务的课程（西南联大北京校友会编：《国立西南联合大学校史：1937至1946年的北大、清华、南开》，北京大学出版社1996年版，第349页）。

④ 美军大量来到昆明后，"工学院结合当时局势创办了清华服务社，其中土木工程部承建来华参战美军营房，进行机场测量，土壤试验等工作"（西南联大北京校友会编：《国立西南联合大学校史：1937至1946年的北大、清华、南开》，北京大学出版社1996年版，第328页），协助美军抗战。

此，他提出了"美育代宗教"的理论，强调美术、音乐、文学等课程对于培养学生人格素养的作用。三校联合后，梅贻琦更是强调这种思想，并以自身的言行示范。虽然是工科出身，但在兴趣爱好上，梅贻琦极具人文修养，他精通四书五经，热爱书法、绘画、音乐、戏剧，同时，也常涉猎史地、社会科学方面的书籍。这种各学科融会贯通的态度，无形中引领学校形成通识教育的氛围。1941年，在《大学一解》①中，梅贻琦引用《大学》中的名句"大学之道，在明明德，在亲民，在止于至善"，表述了他对于大学培养目标的认识，他认为大学重在培养学生的品德、素养和学识，而非为社会培养技术工人。在此观念指导下，西南联大实行的是注重学生文化素质和人文底蕴的通识教育。

西南联大保持着正规大学的教学方式。初创时期设有文学院、理学院、法商学院、工学院、师范学院共5个学院，下设26个学系，2个专修科，1个先修班。注重学生的文理知识的融通。在考核方面，最初实行学分制，此后，修订为学年制兼学分制，本科生的学制为4年，师范学院另增1年的教育实习，延长为5年。4年中学生只有修满了132分学分、师范学院修满了156分学分才可以毕业。总学分确定后，学校进一步细化，要求每个学期学生所修的学分不得低于14分，也不得超过20分，这样既避免了个别学生贪多求全，也避免了学生懒惰的可能，从而尽可能地实现所学习知识的广度与深度。学校在科目上也有规定，文学院学生必须修一门数理化的科目，理学院的学生必须修一门文科的课程，以追求文理兼备。为了保证通识教育的实施，学校在八年间共开设1600多门课程，平均下来每年都有300多门，并要求学生必修课和选修课的选课比例为50∶86。赵瑞蕻回忆说："联大实行'通才教育'，即'自

---

① 梅贻琦：《大学一解》，王学珍等主编，北京大学等编：《国立西南联合大学史料》1 总览卷，云南教育出版社1998年版。

由教育'……必修课外，开了许多选修课，甚至一门相同的课，由一至二三个教师担任，各讲各的，各有其特色，这就有'唱对台戏'的味儿，起着竞赛的互相促进作用了。"① 大量的选修课程，既为学生完成学业、实现知识的完备与丰富提供了条件，同时也重视教师个人的见解，形成了极为浓郁的学习氛围。学校的选课制度也颇为合理，学期开始后的两周内，若学生发现自己选错了系，只要系主任同意，都可以改选或退选。

与此同时，讲座、社团活动也令人应接不暇。教师们以各种讲座贡献自己的学术研究成果。沈从文的"小说作者与读者"、冯至的"《浮士德》里的魔"、闻一多的"什么是诗"、金岳霖的"小说和哲学"等，都是丰富的学术盛宴。1942年上半年，中文系的"国文学会"举办了"中国文学12讲"，无论是刘文典的《红楼梦》、朱自清的《诗的语言》、沈从文的《短篇小说》，还是冯友兰的《哲学与诗》都带给读者极大的精神启发。从1942年11月到1943年暑假，国文学会和历史学会合办了几十次文史讲座。1944年，国文学会邀请罗常培、冯至、朱自清、孙毓棠、沈从文、卞之琳、李广田、闻一多、杨振声、闻家驷等人畅谈五四运动与新文艺的发展。此外，罗常培、汤用彤等人应昆明广播电台邀请做文史专题讲座，朱自清、楚图南等人参加文协昆明分会主办的暑期文艺讲习班。校外的茅盾、萧乾、孙伏园、巴金、老舍、林语堂等名家也来联大办讲座。茅盾的"文艺问题的两面看法"、萧乾的"关于文学创作"、孙伏园的"鲁迅先生之作品及其生平"、老舍的"抗战以来文艺发展的情形"、林语堂的"精神文明与物质文明"等，都吸引众多听众，影响甚大。

多样的社团也显示出西南联大活跃的校园氛围。最早的文学社团是1938年5月20日成立于蒙自分校的南湖诗社，此后的高原文

---

① 赵瑞蕻：《离乱弦歌忆旧游》，文汇出版社2000年版，第13页。

中国新文学史上的西南联大与"鲁艺"

艺社、南荒文艺社、冬青文艺社、文聚社、文艺社、新诗社,在教师闻一多、朱自清、冯至、卞之琳、李广田等人的指导下,都开展了丰富多样的活动,创办了诸如《南湖诗刊》《高原》《冬青》《布谷》《文聚》《文艺》《耕耘》等刊物,他们收集整理民间歌谣,举办各种各样的艺术讲座、文人集会、文艺晚会,举行诗歌朗诵会、演讲会,讨论并纪念鲁迅、罗曼·罗兰、阿·托尔斯泰、高尔基、马雅可夫斯基等文化名人,还为贫病作家募捐。此外的群社、引擎社、戏剧研究社、边风文艺社、神曲社、布谷文艺社、剧艺社、国文月刊社、时代评论社也都吸引了众多师生。

在风雨如晦、战火纷飞的局势下,师生们极其珍惜这样的一方"乐土",不仅是授课,学术气氛也极为浓郁。系统的学术研究转化成课堂上可供学习、传承的知识,课堂上的理论成果介绍与艺术经验探讨,更推动了西南联大的文学创作实现与世界文学同步发展的节奏。西南联大虽然在战争岁月创造了不逊于战前的累累硕果,但这里并非世外桃源,学生也并非不问世事、终日闭门读书,相反,师生们对于抗战一直有着极大的关注,校园内的抗战活动也在如火如荼地进行,只不过这并未冲淡学校通识教育的底色。

如果说西南联大的通识教育注重正规化和学院化,致力于培育学生的人格素养,那么"鲁艺"作为一所服务于政治的战时学校,则充分进行着革命文艺教育,强调实践人才培养的速成性,将文艺的实用价值发挥到了极致。其实,这种教育理念自全面抗战爆发以来便已明确。毛泽东在 1937 年 7 月 23 日主张实施"国防教育"[①],在 8 月 25 日提出"抗日的教育政策"是"改变教育的旧制度、旧课程,实行以抗日救国为目标的新制度、新课程"[②]。1938 年 4 月,

---

[①] 毛泽东主张实施"国防教育","根本改革过去的教育方针和教育制度。不急之务和不合理的办法,一概废弃"。毛泽东:《反对日本进攻的方针、办法和前途》,《毛泽东选集》第 2 卷,人民出版社 1991 年版,第 348 页。

[②] 毛泽东:《为动员一切力量争取抗战胜利而斗争》,《毛泽东选集》第 2 卷,人民出版社 1991 年版,第 356 页。

毛泽东、张闻天、艾思奇等人在边区国防教育会第一次代表大会上再次明确了抗战教育方针,确定了教育的原则与内容。"鲁艺"呼应着领导人的主张,《鲁迅艺术学院成立宣言》中说道:"鲁艺"的成立"是为了服务于抗战,服务于这艰苦的长期的民族解放战争。……使得艺术这武器在抗战中发挥它最大的效能"①。1942年2月修订的《鲁迅艺术文学院教育计划及实施方案》规定:"本院以理论与实践的统一为教学之最高原则。"② 周扬也说:"艺术工作必须和军队工作、政权工作、文化教育工作配合起来。"③ 在"鲁艺",教学、艺术活动都建立在与客观实际的密切联系上,学校采用了理论与实践相结合、学用一致的教学方式。

"鲁艺"虽然倡导理论与实践相结合的原则,事实上疏于理论、偏重实践,注重培养、锻炼学生的实践能力,倡导学以致用,与一般意义上的正规教育尚有一定距离。学院的第一、二期,设置了"三三制"的学制,要求学生入学后,先在学校学习3个月,然后到前线、部队、机关、团体等地实习3个月,再回到学校继续学习3个月。这种短训性质的教学和实习安排,充分立足于服务抗战现实的需要。第三期将学习时间延长到8个月,分为初级、高级2个阶段。初级阶段学习必修课,高级阶段学习专业选修课。在系科设计上,考虑到革命实践的需要,第一届只开设了音乐、美术、戏剧3个系。1938年8月,招收第二届学生时,又增设了文学系。鉴于前方队伍更需要全才,1939年春,学校在专修科之外,开办了包括各专业的普通科,训练具有全面才能的文艺人员。为指导各剧团的排练演出活动,学校还设立了艺术指导科。在延安办学期间,

---

① 鲁迅艺术学院:《鲁迅艺术学院成立宣言》,《新文化史料》1987年第5期。
② 延安革命纪念馆馆藏文献资料,转引自王培元《延安鲁艺风云录》,广西师范大学出版社2004年版,第36页。
③ 周扬:《艺术教育的改造问题——鲁艺学风总结报告之理论部份(分):对鲁艺教育的一个检讨与自我批评》,《解放日报》1942年9月9日。

"鲁艺"共培养学生685名，综观历年的毕业生人数，文学系最多[①]，文艺宣传工作的重要性得到了充分体现。由此可见，"鲁艺"既看重常规的艺术教学、研究工作，注重培养技术人才，也根据解放区的实际情况，增加了直接服务抗战的科目。

实践性教学贯穿在"鲁艺"的各教学环节中。各系在正规的理论课讲授之外，都有实习课，供学生学以致用。文学系有创作实习，音乐系有作曲，戏剧系要创作剧本、有导演实习，美术系有创作。学生们在老师的指导下开展多样的活动，实习结束后，师生就实习成果进行讨论与研究。文学系的创作实习课要求学生每月至少交2篇作品，教师阅读后，选择优秀的篇章让学员们讨论，并根据学生创作中出现的问题，进行讲解和分析。周扬曾在创作实习课对学员们的习作进行点评，肯定了康濯、岳瑟、江湄、艾提等人的作品，鼓励学员们多写解放区的新生活、新人物。潘之汀因短篇小说《喀喀王三》表露出对农民的同情和关爱，受到何其芳的大加赞赏，作品不仅在同学中传阅，还发表在学校的文学刊物《草叶》上。在创作实习课，教师们很少讲抽象的文艺理论，而多结合学生的作品，讲解创作方法、语言风格、技术技巧等问题，这推动很多文艺青年走向文学创作的道路。"鲁艺"还经常开展实习表演或创作展览的活动。每年校庆的重要内容之一就是进行大型的创作展览，诗歌、散文、小说、音乐、美术类的作品都进行展出，以此检阅学生们这一阶段的学习情况。

1938年，毛泽东去"鲁艺"讲话时，曾提出"鲁艺"是"小观园"，抗日民主根据地是"大观园"，号召师生们走出"鲁艺"的"小观园"，到太行山、吕梁山等抗日根据地的"大观园"中

---

① 并入延安大学前，鲁艺共办了五届，培养学生685人，其中：文学专业197人，戏剧专业179人，音乐专业162人，美术专业147人。孙国林：《延安鲁艺——革命文艺的摇篮》，任文主编：《永远的鲁艺》上册，陕西师范大学出版社有限公司2014年版，第4—5页。

去，用文艺的形式为抗战服务。在"鲁艺"建校一周年时，毛泽东、朱德、刘少奇、李富春等党中央领导人纷纷为"鲁艺"题词，对师生创作大众文艺表示了期待与要求。师生们也积极响应号召，周扬说："我是主张创作家多体验实际生活的，不论是去前线，或去农村都好。"① 学校多次派遣师生深入农村、前线，师生们也以所学的才能积极从事抗战文艺宣传工作，自觉为民族解放战争服务。1938年，沙汀、何其芳和一些同学前往二十里铺参加秋收，以此深入农民生活，进行创作实习。一周后，师生返校，完成了10篇左右反映延安附近农村面貌和新型农民的散文报道，结集为《秋收一周间》②。1938年9月，中共中央六届六中全会召开，号召广大文艺工作者到抗日前线，以文艺的形式服务于抗战，更掀起了师生们奔赴前方的热潮。1938年11月，沙汀和何其芳带领文学系、音乐系、戏剧系、美术系的21名学生，跟随贺龙师长到晋西北前线。他们编写剧本、排练节目、谱写歌曲、采编稿件、刻板印刷……投入到热火朝天的抗战宣传工作中。孔厥利用战斗的空隙时间，和战士们一起编排了活报剧《英勇牺牲》；日后，康濯完成了报告文学《捉放俘虏记》，沙汀完成了《随军散记》等文章。1938年底，另一些学生被分配到晋东南八路军总司令部实习。1939年3月，学校派遣实验剧团、文艺工作团等奔赴晋东南前线。陈荒煤带领黄钢、梅行、葛陵等学员，在前线编辑出版文艺刊物与报纸、编印文化教材、建立图书馆、培训文艺通讯员，还积累了大量文学创作的素材。实验剧团在前方9个月的时间内，从事了十分繁重的演出、宣传、创作、开会等工作③。木刻工作团也深入到太行山、冀

---

① 周扬：《文学与生活漫谈》，《解放日报》1941年7月18日。
② 沙汀：《漫忆担任代主任后二三事》，《文艺报》1988年4月16日。
③ 仅就戏剧演出一项，据统计，开晚会112次、话剧26个、京剧6个、杂技12个、歌曲39个、小调29个、讲课71次、排戏90次、教歌275次。其他街头宣传、创作戏剧、举行会议更是达到几百次。鲁迅艺术文学院旧址·陈列展厅，《实验剧团在前方九个月的工作统计（1939.3—1939.12）》。

中国新文学史上的西南联大与"鲁艺"

南平原敌后根据地,为抗日战士和当地群众展览木刻作品,从事木刻宣传近3年之久,他们还以春节年画这一传统形式向当地百姓传播了抗战救亡的思想,其显著的工作成绩获得了朱德、彭德怀的赞赏①。民歌的搜集与整理也受到"鲁艺"音乐系的重视。师生们深入到部队、农村、工厂、边区中,搜集了大量的民歌和器乐曲牌,在此基础上,他们加工改编成了《东方红》《翻身道情》《十里风雪》《扎红头绳》等广泛传唱的歌曲,以及《哀乐》等国家通用的曲调。某种意义上,"鲁艺"对民间音乐的搜集整理超越了新文学以来的任何时期。此外,从1940年到1941年,一些毕业留校工作的学员被派入基层②;1941年3月,严文井组织岳瑟、杨思仲、毛星、梅行、黄钢等学员到前方、群众中体验生活,进行文学创作;戏剧系进行实习演出③;师生们组织各种社会活动④,都加强了与群众的联系。师生们下农村、上前线,自觉将所学的文艺技能熔铸到抗战烽火之中。

---

① 彭德怀亲自写信祝贺他们"勇敢的尝试已经得到了初步的成功。许多艺术工作者口喊着大众化,实际上并没有真正做到,而你们则已经向这方面走近一步了。……我诚恳地希望你们不断的进步并且祝你们不断的成功!"鲁迅艺术文学院旧址·陈列展厅,《彭德怀致鲁艺木刻工作团的信》。

② 美术系毕业留在美术工场工作的古元和文学系毕业留在文学研究室工作的葛洛、孔厥、岳瑟、洪流被派到基层去深入生活。(王培元:《延安鲁艺风云录》,广西师范大学出版社2004年版,第84页)

③ 戏剧系的学生潘之汀和张云芳在1939年5月被派往晋南中条山地区实习,他们带领当地少年儿童在中条山一带下乡宣传抗日救亡,动员农民群众组织起来保卫家乡,演出自编自导的小型歌剧和话剧。(王培元:《延安鲁艺风云录》,广西师范大学出版社2004年版,第66页)

④ 1942年2月,"鲁艺"组织"鲁艺河防将士慰问团";(艾克恩编纂:《延安文艺运动纪盛(1937年1月—1948年3月)》,文化艺术出版社1987年版,第312页)1943年3月,"鲁艺"秧歌队赴金盆湾、南泥湾等地劳军;(艾克恩编纂:《延安文艺运动纪盛(1937年1月—1948年3月)》,文化艺术出版社1987年版,第431页)4月初,"鲁艺"文学部欢送30多名学生到农村和部队去;(王培元:《延安鲁艺风云录》,广西师范大学出版社2004年版,第324页)12月初,"鲁艺"工作团开赴绥德、米脂地区;(王培元:《延安鲁艺风云录》,广西师范大学出版社2004年版,第324页)1944年,"鲁艺"文学部又抽调学生和研究人员,以普通士兵的身份到驻南泥湾的359旅去当兵。(王培元:《延安鲁艺风云录》,广西师范大学出版社2004年版,第283页)

培养大量文艺人才是"鲁艺"教师的自觉。学员们毕业后除留校外,大部分被分配到了部队与根据地①,成为前方文艺工作的骨干。在延安办学期间,"鲁艺"还设立过各类培训班②。为改善各抗日根据地迫切需要文艺工作的状况,从1939年起,"鲁艺"先后在晋察冀、晋东南、晋西北、华中新四军等地创办了很多分校,培养了大批文艺骨干。这些社会实践活动和培训艺术人才的举措不仅充分发挥了文艺的社会功效,也让师生们在深入基层的过程中,体会到文艺宣传在调动大众情绪方面的积极作用,从而树立起革命功利主义的文艺观,这对他们日后的文学创作、学术研究都有着深远的影响。

当然,"鲁艺"并非只有实践教育,其也进行过正规、专门的教育活动,并取得了不斐的成绩。1939年4月10日,中共中央干部教育部副部长罗迈提出:"鲁艺""不仅要训练大批适合于今天抗战需要的一般艺术工作的干部,并且要培养许多新时代的文艺人材;许多专门家,不仅要有一般的艺术能力,并且要深研理论与实际"③。师生们也对"教育行政和教学秩序总是被不断举行的晚会所支配所紊乱的那种不正常的状态"有所微词,不满学校的"游击作风"④。对此,为培养高水准的文艺人才,建设新民主主义的文化事业,1939年11月起担任"鲁艺"新任院长的吴玉章、主管学

---

① 鲁艺历届学员工作分配统计:部队116人,根据地146人,友区55人,转学28人,留校157人,共502人。鲁迅艺术文学院旧址·陈列展厅,《鲁艺一至四期学员毕业分配情况表》。
② 如部队艺术干部训练班(简称"部干班")、前方干部班(简称"前干班")、地方干部班(简称"地干班")、西北战地服务团二团、东北战地服务团二团、西北青年救国会剧团三团、七月剧社、前线剧社、抗战剧团、奋斗剧社、黄河剧社等,多个边区和前方部队成员来这里艺术进修。
③ 罗迈:《鲁艺的教育方针与怎样实施教育方针》,《延安文艺丛书》文艺理论卷,湖南文艺出版社1987年版,第796页。
④ 周扬在《艺术教育的改造问题——鲁艺学风总结报告之理论部份(分):对鲁艺教育的一个检讨与自我批评》中提到这种情况,《解放日报》1942年9月9日。

校日常工作的副院长周扬等人，在1940年7月制定了趋向于正规化、专门化的教育方案，实行了后来被批评为"关门提高"的教育方针。校领导希望以此培养各方面的专门人才，具备社会历史和文学艺术的相关修养。可以说，这一目标已不仅是服务于抗战需要，更着眼于新民主主义革命胜利之后的建国大业与文化发展。这一时期，"鲁艺"的课程设计逐渐高深，系部调整日趋精细，从第四期起各系学制延长为3年，第1年强调基础知识的学习，后2年注重专业的发展。尽管此时校方仍派学生深入基层，参加各种实践活动，实验剧团、平剧团、音乐系也多次演出，但是各种临时性的演出活动大大减少了，学生的实习也基本在陕甘宁边区进行，这保证了学校正规化教学活动的开展。但是随着1942年被批评为"关门提高"，师生们对此进行了积极的检讨，制订出新的教育计划，重新回归到文艺密切服务抗战的轨道上来。

"鲁艺"师生在硝烟弥漫的战争岁月，走出校园，走向前线、边区和工厂，将创作贴近时代与革命，同时不忘追求艺术的美学质素，使文艺并未流于战争的宣传品。在这里文学起步的贺敬之就创作了很多献给学校的诗歌。《不要注脚——献给"鲁艺"》决心以鲁迅为旗帜，小说、音乐、戏剧、木刻各门类都紧密地贴近生活，表示"在艺术的／兵营和工厂，／我们是／战斗员和突击者，／工作不息！"[1] 另一首《我们这一天》讲述从走进艺术学院后，"我们"便听从组织的要求，"像铁链／挂上齿轮"[2]，马雅可夫斯基、保尔·柯察金、《联共党史》、《论持久战》、《铁流》对"我们"进行着无产阶级的意识锻炼，"我们"认识到诗歌创作的重要意义。"在这里，／诗人和他的诗，／就是／工人和他的铁锤；／就是／农民和他

---

[1] 贺敬之：《不要注脚——献给"鲁艺"》，贺敬之著，周良沛编：《贺敬之诗选》，人民文学出版社1997年版，第45页。

[2] 贺敬之：《我们这一天》，贺敬之著，周良沛编：《贺敬之诗选》，人民文学出版社1997年版，第47页。

的镰刀；/就是/战士和他的枪。"①

尽管西南联大与"鲁艺"在不同时期、不同程度地践行了通识教育和战时教育的方针，西南联大发生过战时教育的争论，"鲁艺"也有过正规化教育和学院式的讲学方式，但是相对来说，两校的主导教学理念是迥异的。前者主张实行通识教育，为社会培养具有一定人格与文化知识的通才，后者制定了紧密结合抗战的实践化教学方法，致力于培养从事无产阶级文化事业的工作者。两种教育导向关联着不同的文学观念，也谱写着多元的文学景观。

---

① 贺敬之：《我们这一天》，贺敬之著，周良沛编：《贺敬之诗选》，人民文学出版社1997年版，第50页。

第二章
救亡强音中的个体与群体

抗日战争的全面爆发，使中国各地域、各层次的人民结成了广泛的抗日民族统一战线，面对亡国灭种的民族危机与国难民艰的社会现实，救亡图存与国家重建成为压倒一切的首要话题，也激发起知识分子强烈的民族精神与坚定的抗战情绪，他们将目光转向了受难的民族与酷烈的战争。同时，以天下兴亡为己任的思想，也促使他们自觉承担起拯救世事的重任。他们以强烈的忧患意识和参与精神，热切地希望民众共同抵御外侮、推进民族解放。此时，"五四"时期思想启蒙的立人主题和民族国家重建的立国主题，共同指向了抗战救亡。不同思想理念的作家自觉转向了社会本位。当然，启蒙先驱们在歌颂民族与国家时，并没有忽略对个体生命的关怀，而革命拥护者则将兵将精神、阶级意识和共产主义信念张扬到了极致。

第一节 抗战救亡话语的出场与沸腾

战争年代，抗战救亡主题的作品大规模地出场，这是时代对文学的要求，是作家以创作呼应社会的体现，也是大众对文艺作品的期待。一时间，抗战救亡成为压倒一切的主流话语，创作呈井喷之势。民族的危亡、抗战的紧迫也暂时使不同地域之间的文学分歧消失了,无论是西南联大,还是"鲁艺",都自觉加入到主流话语的书写中。尤其是抗战进入相持阶段之后,知识分子自近代社会以来习用的审视、批评声音削弱了,他们不再激烈否定传统,而专注于思索民族与国家的命运,希望从华夏的悠久历史和中华民族的精神中,攫取激发民众动力、弘扬民族信心、调动抗战热情的因素,因此大量作品高扬着民族意识和战斗精神。

西南联大的师生将广大人民视作民族的代言人,他们礼赞人民,呼唤民族凝聚力,表达着高涨的民族意识。1939年2月,穆旦创作了诗歌《合唱》,诗作气势恢宏,磅礴有力。在其一的"当夜神扑打古国的魂灵"[①]中,诗人面对辽阔的神州,讴歌悠久的华夏文明,呼唤炎黄子孙在祖国遭受苦痛时勇敢一搏;在其二的"让我歌唱帕米尔的荒原"[②]中,诗人歌唱帕米尔高原、昆仑山、喜马拉雅山、天山、黄河、扬子江、珠江,认为它们是民族精神的象征、生命力的源泉,不仅歌唱祖国的壮丽,诗人还要和广阔的山川融合在一起,和祖国的命运荣辱与共。在《中国在哪里》中,穆旦在第一部分讲述城市生活令人疲倦,农民祖祖辈辈在田野里辛苦劳作,而有钱人却贪图金钱和女人,只知道享受。在第二部分,诗人在乡野的劳力身上看到了祖国,祖国母亲贫困落后,饱受蔑视,但是"我们"必须扶助,因为"我们"是祖国的孩子。穆旦在1941年12月创作了诗歌《赞美》,他强烈地抒发着对人民的热爱。面对灾难深重的祖国历史,"我有太多的话语,太悠久的感情"[③],诗人将这股深沉的感情寄托在民族的象征体——农民身上。正是在这些背负着沉重历史、经受着无尽耻辱与恐惧,却又从来不抱怨、只知默默忍受的农民身上,作者发现了民族的永恒耐力与精神力量。

[①] 穆旦:《合唱》,《穆旦诗集(1939—1945)》,1947年版,第1页。
[②] 同上书,第2页。
[③] 穆旦:《赞美》,《文聚》第1卷第1期,1942年2月。

"我要以一切拥抱你,你/我到处看见的人民呵,/在耻辱里生活的人民,佝偻的人民,/我要以带血的手和你们一一拥抱,/因为一个民族已经起来。"① 穆旦的诗歌内聚着一种对农民、民族、国家的大爱。如果说,在创作《中国在哪里》时,穆旦对人民更多是一种远景式的客观描绘,那么,在《赞美》中,他对广大民众的感情则从冷观转为热赞,对人民内在力量的认识也更为深入。穆旦在离开西南联大后的1945年还创作了诗歌《旗》,再次热烈赞美人民的强大力量,歌颂了伟大的民族精神。

太平洋战争爆发后,海上交通已经被截断,滇缅公路成为中国与国外相通的唯一道路,只有通过此条公路,外国的援华物资才能输送到中国,因此,滇缅公路是否畅通直接影响到中国抗战的成败,而这条号称"抗战生命线"的公路,竟然是滇西人民凭借双手在悬崖峭壁与沟渠河谷中开通出来的!面对这项伟大的工程,杜运燮在诗歌《滇缅公路》中发出了真诚的赞美:"新的路给我们新的希望"②,滇缅公路"狂欢地运载着远方来的物资"③,诗人由此赞颂修筑滇缅公路的工人,高呼"坚韧的民族更英勇"④,提出了希望:"它,不许停,这是光荣的时代,/整个民族在等待,需要它的负载。"⑤ 杜运燮从滇缅公路中发现了伟大的民族精神,由赞美公路上升到对人民意志力与精神品格的敬颂。

西南联大师生的一些作品深入到民族的深处,挖掘坚韧顽强、乐观通达的精神品格。穆旦在1941年2月创作了诗歌《在寒冷的腊月的夜里》,描述了一幅寻常的北方夜景图,这里田野枯干、小河冻结、牲口休息、乡人安睡,整个乡村的祖祖辈辈都延续这样的

---

① 穆旦:《赞美》,《文聚》第1卷第1期,1942年2月。
② 杜运燮:《滇缅公路》,《文聚》第1卷第1期,1942年2月。
③ 同上。
④ 同上。
⑤ 同上。

生活模式，乡人也承载着民族的力量和希望。老人"厚重的，多纹的脸"①印证了民族多灾多难的历史和民众坚忍顽强的生存意志；哭喊的儿郎显示出民族的繁衍生息、代代相传。正是这些普通的农民彰显出坚忍顽强、永不言败的民族精神。在诗歌《小镇一日》中，穆旦描述过客眼中的小镇是陈旧的、荒凉的、渺小的，小镇人过着"贫穷和无知中的人生"②，但小镇有着它独特的风俗信仰和"完美"的人，有着自己健康正常的生活方式，而无数个小镇就是"祖国的深心"③，凝聚着强韧有力的民族力量。沈从文此时也从普通乡人身上发现了民族的内在精神。小说《王嫂》表现乡野妇人王嫂每日勤于喂养家畜、洗衣做饭，她乐观通达、坚韧顽强，信奉"生死有命，富贵在天"，即使生活有变，也不大悲大痛，而是独自消化痛苦，承担不幸。抗战期间，这种坚忍、顽强的生活态度正是国家与社会需要的。方敬在毕业后创作的散文《司钟老人》，回忆了求学、工作时所接触的三位司钟老人，他们无一例外忠于职守，与世无争，毫不懈怠地完成着自己的工作，用踏踏实实的工作态度诠释了认真负责的民族精神。

西南联大师生还深入到民族内部寻找精神支撑，挖掘民间原始野性、勇猛彪悍的反抗力量。闻一多欣赏民间的生命强力，在湘黔滇旅行时，他从无数坚忍执着的普通民众身上看到了民族中兴的希望，在他的指导下，学生刘兆吉采集、整理了大量民歌，精选了771首，出版了民歌集《西南采风录》，这些囊括情歌、抗日歌谣、采茶歌、民怨等六大类别的诗歌，彰显出了乡民野蛮彪悍的精神气质。闻一多在为《西南采风录》作序时，热烈呼吁抗战时期正需要此种强力。他说："我们文明得太久了，如今人家逼得我们没有路

---

① 穆旦：《在寒冷的腊月的夜里》，香港《大公报》1941年2月22日。
② 穆旦：《小镇一日》，《穆旦诗集（1939—1945）》，1947年版，第57页。
③ 同上书，第58页。

走，我们该拿出人性中最后最神圣的一张牌来，让我们那在人性的幽暗角落里伏蛰了数千年的兽性跳出来反噬他一口。"① 正如闻一多所言，抗日战争给衰老的民族打了一剂强心针，人们呼唤人性中兽性的复苏、民族强力的爆发，决心以野性、不羁的力量反抗一切外来的侵犯。这一阶段，闻一多还筹划演出了高扬野性力量的《原野》，激赏彝族原始的歌舞，认为田间的诗歌让人想起非洲土人原始鼓的"疯狂、野蛮，爆炸着生命的热与力"②。不独闻一多，穆旦也借助野兽在深夜中"叫出了野性的呼喊"③，"是一团猛烈的火焰"④，表达对野力的推崇与向往。朱自清在蒙自居住时感受到了此地浓郁的抗战气息。在散文《蒙自杂记》中，他描写抗战时期蒙自家家户户贴门对儿的现象："城里最可注意的是人家的门对儿。……最多的是抗战的门对儿。……多了，就造成一种氛围气，叫在街上走的人不忘记这个时代的这个国家。"⑤ 民间以贴门对儿宣传抗日，蕴藏着一股众志成城、团结抗日的强大力量。朱自清还描绘了蒙自的彝族火把节的盛况：无数男女老幼沉浸在光火的世界中，憧憬着光明、希望与未来，作者由此提升了火把节内蕴的抗战精神："在这抗战时期，需要鼓舞精神的时期，它的意义更是深厚。"⑥ 此后，"火"成为联大青年表达激情和力量的重要载体，火炬游行、火炬竞走等都由此衍生。知识分子由民间挖掘出原始、热情的反抗强力，这吸引着他们完成思想的转变，自觉地走向民间，到民众中取

---

① 闻一多：《西南采风录·闻序》，刘兆吉编：《西南采风录》，商务印书馆1946年版，第3页。

② 闻一多：《时代的鼓手——读田间的诗》，《生活导报周年纪念文集》1943年11月13日。

③ 穆旦：《野兽》，穆旦著，李方编：《穆旦诗全集》，中国文学出版社1996年版，第35页。

④ 同上。

⑤ 朱自清：《蒙自杂记》，《朱自清全集》第4卷，江苏教育出版社1990年版，第399页。

⑥ 同上书，第400页。

暖，与民众团结一致，走向最后的胜利。

帝国主义的武力侵略激发起中华儿女强烈的民族意识，他们要挽救灾难深重的祖国，建设现代的民族国家，在这种思想指引下，民族与人民的重要性被不断提出，知识分子在民众身上寻找坚忍顽强的精神力量，寻觅原始的反抗力量，也高扬起中华民族的不屈精神。正是这种精神与意志，推动着中华民族勇往直前，英勇战斗。

高涨的民族意识，激发起国民坚定昂扬的战斗精神。对日寇的入侵，他们表现出强烈的愤慨，也深知"天下兴亡，匹夫有责"，自觉承担起自己的那一份责任。知识分子以文学作品表达着对日本侵略者的仇恨，他们赞叹民众的觉醒与反抗意志，批判阻挠民族解放的弊端，相信抗战必胜。在他们的笔下出现了许多可歌可泣的英雄形象。这些英雄坚定勇敢、视死如归，在生与死的火热战斗中，谱写着民族解放事业的恢宏画卷。

西南联大的师生以作品诉说着对敌人的仇恨，表达着中华民族不可征服的意志和决心。1938年9月昆明遭受日军空袭后，校舍被炸毁，人员伤亡严重，死亡的阴影笼罩着刚刚安稳下来的师生们。当空袭警报响起，人们匆忙跑警报时，不能不激起对敌人的刻骨愤恨，也坚定了反抗的决心。穆旦的长诗《一九三九年火炬行列在昆明》、赵瑞蕻的诗歌《一九四〇年春：昆明一画像——赠诗人穆旦》表现了空袭时人们的愤慨、勇气和反抗。人们"高唱着悲壮的歌"，相信"中国必胜！"① 此外，祖文的短篇小说《老瘸子》讲述了乡野人对日本人的刻骨仇恨。辛代的散文《弟弟》《平原》、小说《九月的风》《孩子们的悲哀》，秦泥的诗歌《碉堡与白云》，萧荻的诗歌《晨曲》《最初的黎明》《祝》《保证——献给屈原》，歌咏战争中奋勇前进、斗志昂扬的精神。袁可嘉的诗歌《我歌唱，

---

① 赵瑞蕻：《一九四〇年春：昆明一画像——赠诗人穆旦》，昆明《中央日报》1940年5月29日。

在黎明金色的边缘上》表达了抗战后期人们英勇、决绝的抗争姿态，传递出战争必胜的信念。血与火的战争激发出华夏子孙内心深处的反抗意识，一向以人性叙说为主的沈从文也创作了战斗气息颇浓的小说《芸庐纪事》。

生死存亡的危急时刻，中华儿女迸发出强烈的抗战热情，这种热情充溢在每个青年人的胸中，促使他们义无反顾地追随革命，走上沙场，谱写了一首首慷慨壮阔的勇士之歌。西南联大并非是远离世事的象牙塔，这里自始至终凝聚着斗争的力量，蓬勃着保家卫国的精神。早在内迁途中，一些热血青年不愿躲到千里之外，他们希望在炮火中冲锋陷阵，打击敌寇，大量学生投身了沙场。学校颁布了《长沙临时大学关于学生参加国防机关服务的优待办法》（简称《办法》），允许学生参战后回校继续就学，从1937年12月公布《办法》到此后的不到两个月，就有近300名学子走出校门，奔赴抗日前线[1]，完成了以热血之躯报效祖国的夙愿，一些人甚至在作战中流血牺牲。1939年，刘兆吉根据经济系三年级学生何懋勋在鲁西北游击战中英勇抗敌、不幸牺牲的事件，创作发表了话剧《何懋勋之死》。在学校再次向昆明迁徙及到达昆明后，尽管当局没有强行征调学生参军，各校还是不断掀起投笔从戎的高潮，学子们也创作了相关的作品。祖文的小说《端午节》讲述沦陷区青年不甘忍受屈辱，坚定地要去南方的故事；周正仪创作了独幕剧《告别》，讲述年轻医生立志到前方医院服务的故事，这些作品都表现出彼时热血青年的积极有为。

1941年初，美国政府派遣飞机及飞行员援助中国的空防和高山运输工作，之后，陈纳德组建了美国志愿航空队，即"飞虎

---

[1] "这些同学的去向大致可分为两类，学习工程技术的同学大多到军事系统从事技术工作，其余的大部分都参加了战地服务团，一少部分去延安学习。"西南联合大学北京校友会编：《国立西南联合大学校史：1937至1946年的北大、清华、南开》，北京大学出版社1996年版，第76页。

队"，来到了中国，鉴于前线急需大量翻译人员的情况，国民政府开始征调知识青年从军，要求内迁各大学的外文系三、四年级男生应征，担任1年的翻译工作。1942年1月，日军进攻缅甸，企图切断中国唯一接受外界援助物资的滇缅公路，中国远征军随后入缅，在英军、美军的协助下，开始了艰苦惨烈的作战。1943年10月，教育部要求西南联大等高校所有身体合格的应届四年级男生都要应征为美军翻译员。在几次征调的过程中，联大的师生踊跃入伍。1942年3月，穆旦参加了中国远征军，奔赴缅甸抗日战场，在杜聿明所统率的第五军中，任参谋长罗又伦的翻译，并经历了酷烈的"滇缅大撤退"的战役。在被迫退入野人山的过程中，他经历了粮食的短缺，痢疾的肆虐，蚂蟥、蚊子等的侵袭，以此遭遇和感受，穆旦创作了《森林之魅——祭胡康河上的白骨》。杜运燮也走向了战场，他先在"飞虎队"做了一年的翻译，然后到印度比哈尔邦的"蓝伽训练中心"，担任了"中国驻印军"的翻译，此时创作的诗歌记录了他的感受。如果说，在走上战场之前，他创作的《给——》鼓舞前方战士时内容还稍显空洞，那么，真正走上战场后，他的诗篇则能深入到战争的深处，探讨战争的残暴，情感也更为丰沛。《给永远留在野人山的战士》与穆旦的《森林之魅》同样是抒发对野人山战役的感受，但由于战争形势的不同，杜诗远比穆诗要乐观、轻松。诗作赞颂那些死在野人山的战士英勇、无畏，称赞他们的壮举永远给人们以精神鼓舞。此外，《露营》讲述了在印度夜行军时的感受，写于缅甸胡康河谷的《林中鬼夜哭》以一个日本士兵鬼魂的倾诉，谴责战争的罪恶。在更有影响的《恒河》中，杜运燮赞咏恒河魁梧的身材、丰沛的生命力与光荣的历史，认为即便是在杀戮与黑暗中，"有你哺育着，/喜马拉雅高照着的虔诚人民/将永远有自由沐浴的快乐"[①]。诗歌气势恢宏、壮阔，显示出穿过黑夜、

---

① 杜运燮：《恒河》，《文聚》第2卷第3期，1945年6月。

走向光明的必胜信念。外文系的缪弘也曾应征入伍,在收复广西平南附近的丹竹机场时,壮烈牺牲,留下了《缪弘遗诗》。这本辑有22首诗歌的诗集,抒发了缪弘青春与时代郁结后的苦闷情绪、对未来出路的积极思考,以及热血满怀的爱国思想,其中《血的灌溉》激昂地宣称:"没有足够的食粮,/且拿我们的鲜血去;/没有热情的安慰,/且拿我们的热血去"[①]。激扬壮阔的英雄主义精神振奋着人们的抗战情绪。

抗战对中国产生了深远的影响,偏远乡民和普通市民也开始关注国事,力图报效祖国。辛代的散文《野老》讲述在闭塞大山中的一个野老,虽然一生不曾走过十里外的地方,却深晓民族大义,支持儿子去打日本鬼子。散文《酒仙》中的湘西酒店老板听说南京、北平等地已经收转回来,笑不拢嘴。卞之琳的短篇小说《一元硬币》从经济、货币角度入手,表现普通人对国家、战事的关心。乡野之人不仅关心战事,更受到民族精神的感召,奋勇杀敌,无所畏惧。在李广田的短篇小说《子午桥》中,乡民英勇地与日本人拼命,最后死得其所,赢得了大家的敬重。向意的短篇小说《兽医》讲述一个兽医在被日本兵抓住后,利用医治病马的机会,毒死了日军军营里的马,杀死了日本兵,但在泅水逃生中,他的腿被敌人打断了,有如此壮举,兽医却毫不张扬。此外,杨振声的短篇小说《荒岛上的故事》表达了民众的觉醒过程;向意的诗歌《火》讲述普通市民在战火中精神得以历练,自觉投入到伟大的战争之中;马尔俄的短篇小说《逃去的厨夫》讲述原本怕枪的厨夫,当明晓战争的意义后,坚定地抗日打鬼子;林蒲在毕业后创作的短篇小说《二憨子》,赞赏一个地道的乡巴佬二憨子在伏击战中当机立断、沉着机智,展现出卓越的战斗智慧与指挥策略。

---

① 缪弘:《血的灌溉》,杜运燮、张同道编选:《西南联大现代诗钞》,中国文学出版社1997年版,第472页。

第二章　救亡强音中的个体与群体

一些具有国际主义精神的作品赋予西南联大的抗战文学以更宽广的视野。卢静的短篇小说《夜莺曲》，讲述美国"飞虎队"飞行员的英勇事迹。奈尔有着击落14架敌机的战绩，但"为了这新生的古国，也为了人类"[①]，他在援助中国的战役中英勇献身。奈尔对昆明、对中国文化的热爱，拉近了中美之间的距离，赋予了小说浓郁的文化气息，该小说后来还扩展为中篇[②]，产生了较大反响。马尔俄的《飓风》讲述了英国飞行员克服种种困难，援助我国抗战的故事。抗战时期，无数的华侨机工在滇缅公路上承担着物资的运输工作。林蒲毕业后完成的报告文学《人》讲述了活跃于滇缅公路上的司机达拉新的故事。达拉新是印度人，为了友情和正义，他决心到中国参加抗日战争，为此不惜更改为中国国籍。在中国广袤的大地上，达拉新每日驾驶着汽车忙碌地运输抗战物资，体现出令人感佩的国际主义精神。西南联大师生也对被侵略的国家表现出同情与希望。向意的诗歌《吊捷克》对捷克的不战而亡深表遗憾，期望他们能保卫自己的家园。

西南联大的师生们关心着抗战进展，1938年5月，蒋梦麟、梅贻琦致函云南省政府主席龙云，祝贺滇军在台儿庄战场获得大捷。学生们成立了歌咏团、话剧团，开展多样的抗战救亡活动。歌咏团演唱了《五月的鲜花》《中国不会亡》《黄河大合唱》《游击队歌》《抗敌歌》《旗正飘飘》《太行山上》《胜利进行曲》等抗战歌曲，激昂奋进的救亡歌曲使人们心潮澎湃。话剧团演出了陈铨改编的剧本《祖国》，激荡起昆明市民的抗日热情。《放下你的鞭子》《三江好》《最后一计》《夜光杯》《全民总动员》《夜未央》等抗日救亡剧和揭露国民党黑暗统治的《雾重庆》《刑》的演出，也掀起了广泛的抗日热潮。师生们还多次举办募捐，以募集到的寒衣和钱款慰

---

① 卢静：《夜莺曲》，《人世间》1942年第2期。
② 卢静：《夜莺曲》，文化生活出版社1948年版。

中国新文学史上的西南联大与"鲁艺"

问前方的战士①；成立了劳军工作队，以歌咏、戏剧慰劳驻军和将士②。此时，慷慨激昂的爱国演讲也出现了振臂一呼、应者云集的场景，让人们看到西南联大民族精神的沸腾激荡。

同样是表现民族解放意识和昂扬的战斗精神，"鲁艺"人多在抗战过程、日常劳作中升腾此情怀。邵子南的诗歌《大石湖》叙述了阜平城大白山里的大石湖游击组与敌斗争的故事。在与日寇周旋时，战士们跳崖躲避；在遭到日寇的黑枪袭击时，袁凤南倒下了，无数的人继续投入到战争中，"袁凤南就这么埋葬，/人们就这么使着他的撅枪；/人死了，枪还在，/枪在就又打得响"③。大石湖的小伙子一个个走向武装队伍，誓死保卫大石湖，大石湖的游击战争就是晋察冀抗日根据地的缩影，无数英勇不屈的人们挺起了中华民族的脊梁，而中华民族就像大石湖一样地坚固："钢一般，铁一般；/饿不死，吓不死，/锤不扁，敲不烂。"④胡征的诗歌《打水的人》赞美天没亮就起来打水的人，他们日复一日地辛勤工作，

---

① 1938年11月，西南联大学生举办游艺会，演出话剧《暴风雨的前夜》，为筹募寒衣、慰问前方将士捐款；1939年5月，西南联大学生参加云南青年"五四"纪念活动，举办救国献金；1939年6月，西南联大全体教职员以一个月月薪实收的6%捐献作本年度"七七献金"；1939年10月，西南联大教职员按月薪5%捐助本年度前方将士寒衣；1945年6月，西南联大捐献2万元，慰劳湘西前线抗日将士。（西南联大北京校友会编：《国立西南联合大学校史：1937至1946年的北大、清华、南开》，北京大学出版社1996年版，第493、498、498、502、548页）

② 1944年8月，基督教青年会军人服务部和学生救济委员会组织本校和昆华女中学生组成暑假学生劳军工作队赴驻在昆明市郊区的云南地方部队（第十八师）和中央军第五军进行劳军活动；1945年1月，基督教青年会军人服务部和学生救济委员会组织寒假劳军工作队，到建水滇军暂编第二十二师进行劳军活动，宣传抗日爱国思想，工作队主要由西南联大学生组成；1945年7月，基督青年会军人服务部、学生救济委员会再次组织学生暑假劳军工作队到建水滇军暂编第二十二师进行劳军活动，宣传团结抗日和反对内战，工作队主要由西南联大学生组成，其中有中共地下党员，多数是"民青"成员。（西南联大北京校友会编：《国立西南联合大学校史：1937至1946年的北大、清华、南开》，北京大学出版社1996年版，第540、544、549页）

③ 邵子南：《大石湖》，《解放日报》1945年1月17日。

④ 同上。

"没偷过懒"①，勤劳、坚韧、顽强，"用各种各样的歌/和他的工作/教我们去怎样生活，怎样战斗……"②贾芝的诗歌《拦牛》表现了陕北农民李有福每日拦牛放牧的故事，他默默无闻，甘愿付出，每天从早到晚辛勤工作，有着对劳动"可爱的无限的忠诚"③。这种坚韧与持久，正是陕北农民及中国广大农民的特点，而中华民族也正是依靠无数默默付出的劳动者，才具有强大的力量，抵御外侮，迎接光明。白原的诗歌《秋天的道路》表现在解放区新的天地里，人民辛勤劳作，耕种收割，建筑了工厂、窑洞，旋动了洪钟、机轮，复活了纺车，繁忙的物资运输也复活了古道。面对此景，诗人赞美道："我看见一个新的种族，/诞生在这一块复活了的古老的土地上。"④

"鲁艺"师生也以大量的作品表示出激越昂扬、永不服输的战斗精神。何其芳的诗歌《革命——向旧世界进军》洋溢着一种向旧世界进军的激情；周立波的诗歌《我们有一切》表示面对抽打者的鞭子绝不屈服；陈荒煤的短篇小说《无声的歌》赞叹了革命者的坚定斗志；天蓝的诗歌《车子辘辘走你门前过——寄F.Y》《雪底海》号召"年青而勇敢的人呵，/跃入大时代冷峻的战斗"⑤；创作于1941年1月皖南事变之后的诗歌《预言》，也鼓励人们对于未来怀有必胜的信念。

"鲁艺"人注意到无数中华儿女被时代浪潮所激荡，离开安逸的生活，毅然走向革命，开始了新的人生。陈荒煤的短篇小说《只是一个人》⑥中的半仙师傅便是其中一员。抗战前，半仙师傅开着小茶馆，享受着刚刚娶妻的甜蜜生活，日寇的到来使这个幸福的小

---

① 胡征：《打水的人》，《希望》第1卷第3期，1946年3月。
② 同上。
③ 贾芝：《拦牛》，《解放日报》1942年5月8日。
④ 白原：《秋天的道路》，《十月》，五十年代出版社1951年版，第27页。
⑤ 天蓝：《雪底海》，《文艺突击》第1卷第4期，1939年2月1日。
⑥ 曾易名《一个人的觉醒》。

中国新文学史上的西南联大与"鲁艺"

家庭就此灰飞烟灭,面对妻子被奸污、杀害的惨痛现实,他悲痛欲绝,反抗意识也被充分召唤出来,新四军来后,他第一个报名参了军,在为部队送情报的路上,为掩护传令兵突围,半仙师傅与敌人同归于尽,壮烈牺牲。抗日战争的圣火不仅促使普通百姓走向革命,也使一些出身富贵之人明晓了人生的意义。陈荒煤的另一篇报告文学《一个厨子的出身及其他》这样说:"抗战在中国激起了太大的动荡,像从一个大摇篮里,把许多许多生活在安逸中的青年荡了出来。"[①] 文中的主人公原在长沙有着一千多顷地,酒店的生意极为红火,他的生活也极其奢靡腐朽。战争爆发后,他奔向延安,在抗大毕业后被调到了厨子的岗位,他不仅踏实工作,还认真地学习着理论知识。作品通过这一从"被毁灭了的财富的废墟中间站了起来"[②] 的青年人的生活经历,表现抗日战争改变了许多人的生活,也使其心灵接受了洗礼。严文井的短篇小说《一家人》讲述了抗战时期国统区儿女追求进步的故事,尽管父亲冷漠顽固,也无法阻挡3个孩子奔赴革命的坚定步伐。

相对于西南联大师生多描述正面战场的战斗场景,"鲁艺"人讲述了游击战、地雷战中英雄们与敌人斗智斗勇的故事。陈荒煤的短篇小说《支那傻子》以张红狗参加抗日游击队的故事展开,张红狗穿着日军服装独自随日本败兵混入了城里,在敌人毫无防范时,吹起了我军的冲锋号,使敌人误以为中国人来进攻,在慌乱中互相射击,死伤无数,张红狗后被日本人发现,英勇牺牲。一个年仅17岁的青年人将生死置之度外,以行动诠释了真挚的爱国情思。马烽的短篇小说《第一次侦察》讲述部队里人送绰号"黑旋风"的"我"第一次侦察的故事。由于毫无经验,"我"还未到侦察地

[①] 陈荒煤:《一个厨子的出身及其他》,《大众文艺》第2卷第2期,1940年12月1日。
[②] 同上。

金庄，就上了武装汉奸的当，好在成功脱险，并得到了情报。邵子南的短篇小说《李勇大摆地雷阵》①塑造了晋察冀边区爆破英雄李勇的形象，李勇带领着乡亲们巧布地雷，使日寇尸横遍野，闻风丧胆。邵子南的另外两篇小说《贾希哲夜夜下西庄》和《阎荣堂九死一生》也讲述了在反扫荡斗争中，英勇机智的贾希哲、阎荣堂与日寇斗争的故事。

相对于这些战场上的英雄，解放区的平凡劳动者也意气风发、斗志昂扬，谱写着全民抗战的感人诗篇。卞之琳于1939年11月创作了《慰劳信集》里的诸多篇章，他"完全以无党无派身份"，表现"全国上下人士团结抗战"②的状况，诗集中，"慰劳"的对象涉及新战士、政治部主任、放哨儿童、勇士、抬钢轨以及煤窑工人等各种人物。在作者的笔下，这些平凡又英勇的工作者的某一动作或某一句话都"蕴含无限的意义，引发绵延不绝的感情，鼓舞人心"③。

"鲁艺"师生还对阻挠民族解放的弊端进行了批判，披露了汉奸和国民党反动派分裂投降的罪恶行径。黄钢以汪精卫在公开场合的露面及演讲为素材，创作报告文学《开麦拉之前的汪精卫》。作品以蒙太奇的手法展示了汪精卫数次在开麦拉④之前的表情与动作。虽然他貌似有着谦虚的外表、合度的笑容、优雅的步伐，似乎极有风度，实际上，高水平的演技掩饰的是他丑陋的汉奸本相。"鲁艺"师生不仅批判汉奸，也敏锐地捕捉到了国民党消极抗日的气息。彼时国共合作统一战线已经建立，但是国民党却屡屡破坏一致抗战的约定。陈荒煤的报告文学《抬一口棺木回来吧》，以对比的

---

① 后改名为《地雷阵》。
② 卞之琳：《读宗璞〈野葫芦引〉第一卷〈南渡记〉》，《卞之琳文集》中卷，安徽教育出版社2002年版，第400页。
③ 卞之琳：《〈十年诗草〉重印弁言》，《卞之琳文集》上卷，安徽教育出版社2002年版，第5页。
④ 即摄像头。

手法展现出抗战时期八路军艰难抗日，国民党浪费民力的现象。在黄河以南的游击区，国民党从各方面限制八路军，使其弹药匮乏、棉衣不足、粮食不够、运输物资的民夫和牲口极难雇到，即便将士牺牲也只能就地掩埋，相反，国民党却以大量人力物力运输着奢侈品和老爷姨太太，将士牺牲也要雇用 30 多个民夫将尸首抬回大后方。文章痛斥了国民党限制八路军，滥用民力，祸国殃民的行径，歌颂了共产党克服艰难险阻，英勇抗日的高尚行为。国共两党的做法导致的民心向背也异常清晰：民众对国民党怨声载道，却自发为牺牲的八路军立碑纪念，从而可见作者的写作态度。孔厥的短篇小说《收枪的人》以英勇的抗日部队缺乏武器装备，暗讽国民党政府的消极抗日；潘之汀的《喀喀王三》讲述了抗战时期国民党抓农民当壮丁，不是去打日本人，而是准备打共产党，并把一个勤劳隐忍的农民虐待致死；林蓝的短篇小说《不幸的遭遇》批判国民党的特务组织对进步青年的杀害，烘托出险恶莫测的社会氛围。沙汀到延安后，随贺龙去晋西北和冀中体验生活，在晋西北前线创作了短篇小说《联保主任的消遣》，作品虽然创作于解放区，但是作者讽刺的对象却是国统区一些消极抗日、贪图享乐的官僚。小说讲述联保主任彭㳠发行救国公债后，坐酒馆、逛公园、学二胡，在消遣游玩时，随意决定乡民是否摊派公债，作者以此揭露国民党政权貌似抗日，实则营私的本质。当然，"鲁艺"师生并非只将批判的利箭射向国统区，他们也发现了身边人的问题。孔厥的短篇小说《一个非党布尔塞维克》[①]便讽刺了一个怕吃苦、图享受，总爱以"过来人"身份自居的"非党布尔塞维克"。

如同西南联大的萧荻创作了诗歌《云的问讯》，表达了向往和平、反对战争的心愿，"鲁艺"的白原和何其芳也分别贡献出了诗歌《碉堡》与《虽说我们不能飞》，诉说着反对战争、希望战争早

---

① 又名《过来人》。

日结束的期盼。何其芳在 1938 年至 1939 年，跟随贺龙的部队深入到华北前线，回到延安后，他以前线的见闻与感受创作了散文《老百姓和军队》，在这篇作品中，作者毫不隐瞒曾经有过的反战思想，曾认为战争是人类大规模的自我屠杀，但是，抗战使他知晓了正义的解放战争和非正义的侵略战争具有实质性的不同，并且感受到了身为中国人的责任与使命。

此外，"鲁艺"师生进行的音乐戏曲、演讲座谈、广场宣传等活动，也积极呼应着抗战的步调。音乐系师生创作的《军民进行曲》《救国军歌》《到敌人的后方去》《只怕不抵抗》《在太行山上》《游击队歌》《毕业上前线》《打到东北去》《大刀进行曲》《纺车歌》《八路军进行曲》等抗战歌曲，走进了千家万户。被周恩来誉为"为抗战发出怒吼，为大众谱出呼声"①的冼星海的《黄河大合唱》更是传遍了大江南北，妇孺皆知。

两校师生讲述了众多中华儿女前赴后继、浴血奋战的故事，描绘了他们的勃发英姿与壮烈情怀，也以文学作品的形式记录了中国人民热血沸腾的抗战情绪与精神风貌。毋庸置疑，激越沸腾的战斗气息、坚定有力的民族情绪、抗战救亡的热烈呼号，成为两校文学的重要组成部分，两校也以共同的粗犷昂扬的曲调，弹奏了令人振奋的救亡强音，实现了文学的时代价值。当然，具体到民族情绪的表现、抗战英雄的塑造、个体群体问题的思考等方面，两校还存在着差异。

第二节 西南联大：群体呼号中的个体诘问

现代社会中，个体与群体是常被谈论的一组概念，某种意义

---

① 1939 年 7 月，周恩来同志在听了《黄河大合唱》演唱后给冼星海的题词。鲁艺文学院校友会编：《延安鲁迅艺术文学院建院 50 周年纪念》（1938—1988），内部资料，1988 年版。

上，这是现代性知识范畴中"主体—他者"这一关系的衍生物，强调的是二元对立的关系。这里的"群体"可以指民族国家、阶级、政党，突出的是群体性的组成。相对来说，"个体"指的是个人、自我，是与群体对立性的存在。战争时期，西南联大诉求抗战救亡，进行群体呼号的同时，并没有忘记对战争环境下个体生命的体恤。他们透过宏大战争的屏障，观照一个个鲜活的生命，对他们坎坷多难的生活与多舛不幸的命运表示出深切的同情，体现出作家宝贵的人道主义精神与现代性认知。这种对个体生命的关注，使其作品具有了穿越历史的永恒魅力。

西南联大师生从民族精神中寻求抗战的力量，表现人民众志成城的反抗决心，彰显无数学子走向战场的壮烈情怀，再现着边远乡民的英勇行径，他们将对抗战的热烈诉求融入民众的呼号中，融汇进紧贴现实、群体救亡的宏大话语中，但是，在关注群体、发出众口一声的救亡强音的同时，他们也对个体生命表现出了难能可贵的人性体恤，对个体的存在状态进行了执着的诘问。

战争对日常生活的破坏和对普通人命运的改写在这里得到重视。李广田的短篇小说《活在谎话里的人们》讲述两个老人在儿子离家后，整日盼望儿归，老头子得知儿子在战争中死去，为安慰老太婆，他编织了儿子娶妻生子幸福生活的图景，老太婆以此为精神支撑，获得了短暂的心理安慰，但儿子的迟迟不见，让她再度绝望，最终抱憾而死，丧妻后的老头子沉浸在自己编织的谎言中，认真细致地为儿子归家做着准备。李广田的另一篇小说《两老人》，讲述狭窄又污秽的小巷子里的两个老人终日盼着去前线打仗的儿子回来，等待的焦虑苦苦折磨着他们脆弱的神经。同样表现战争戕害人们灵魂的是向意的小说《许婆》。许婆原本过着富足平静的生活，但是战争改变了一切。面对儿子死掉、自己失去工作的现实，她的精神受到了极大刺激，她被人们视为"疯子"，遭到周围人的嫌弃。孤苦空虚中，许婆想到了死，死让她精神开阔，看到希望。作者没有表现血雨腥风的战场，而是以许婆为代表，显露出战争破坏普通家庭的安宁，带给人们沉重的精神灾难乃至死亡的本质。在林元的小说《海河庄》中，滇池旁边的大淼哥俩与奶奶原本生活得安静祥和，大淼也即将与青梅竹马的小菁喜结良缘，奶奶为孙儿的婚事快乐地忙碌，但是，战争打破了乡野儿女的幸福遐想，大淼抽中了当兵的签儿，只能离开故土，留下了天天企盼战争结束的奶奶和小菁①。林元毕业后还创作了小说《归家》，描绘了因战事南渡，归家不成的人间悲剧。此外，在刘兆吉毕业后发表的散文《老乡》里，因杀死日本鬼子而逃难异乡的马聚金一家忍受着对故土的彻骨思念；刘北汜的小说《山谷》里，伢子爷爷隐瞒了儿子因修筑防御日军的飞机场而被炸死的事实，试图保护孙子的幼小心灵；白炼的小说《恨》里，由于战争失去了家人的聪明小女孩未来要走向何方；田堃的小说《这就回到家了——纪念春妹》里，父亲在逃难中失去爱女何等的撕心裂肺，都触及战争环境下个体生命的存在问题。

如果说战争给无数老百姓带来了难以抹除的心灵创伤，那么对于普通士兵来说意味着什么？杜运燮的诗歌《命令》给出了答案。战争中，"命令是必要满足"②，士兵必须服从命令，等待他们的也只有两种结局：要么死掉，要么残废成为英雄。《一个有名字的兵——轻松诗试作》也钩织了士兵的悲惨命运：麻子张必胜在家里种田时"好比铁做的牛，/犁田割稻样样都行"③，在对未来充满期待，即将迎娶媳妇过门时，他被抓了壮丁。当了伙夫的他以憨厚勤

---

① 林元毕业后将小说作了修改，删掉抗战胜利三年后大淼仍未回来的情节，提炼成短篇小说《哥弟》，主题表达更为集中。
② 杜运燮：《命令》，桂林《大公报》1943年3月14日。
③ 杜运燮：《一个有名字的兵——轻松诗试作》，《诗四十首》，文化生活出版社1946年版，第117页。

劳、能干隐忍"震醒了全连"①，但在一次送饭途中，张必胜被流弹打中了腿，"他在野地里躺十天十夜，/腿上都长满了蛆，/身旁的草都吃得精光，/仿佛还淋过一夜雨"②，在听到双腿要被锯掉时，"麻子一闭眼就看到母亲，/这是他第一次流泪痛哭"③，在排长让他回家娶老婆时，"麻子的眼前忽然变得漆黑：/这是第一次他真正想到'老婆'"④，最后张必胜凄惨地死在了路旁。如果说，作为鲜活的个体，士兵只能宿命般地接受或死或残的结局，那么，死了之后，又会遭遇什么？杜运燮持续地关注士兵的存在状态，诗歌《埋葬》勾画了战争时期无数人死掉，悄无声息地腐烂的情景，死后若是有幸被埋葬则几乎成为妄想。诗歌《被遗弃在路旁的死老总》里的"死老总"想到死后要被狗、野兽、黑鸟等撕扯吞食，便感觉彻骨的寒战，于是恳切地希望："给我一个墓，/随便几颗土。/随便几颗土。"⑤"死老总"对死后肉身被吞噬的恐惧是如此强烈，请求的口吻又是如此哀切，足以见出人们对最基本人性需要难以实现的痛苦与悲哀。

1945年9月，穆旦以在滇缅大撤退中退入野人山的经历与感受，创作了诗歌《森林之魅——祭胡康河上的白骨》⑥。诗作以直面战争的勇气，书写残酷的野人山战役，真实地再现了1942年缅甸撤退中，士兵在原始森林里由于饥饿、毒虫、痢疾、疲惫、恐惧而成群死亡的惨状，诗人本人也经历了难以想象的精神炼狱。"日本人穷追。他（引者注：穆旦）的马倒了地。传令兵死了。不知多

---

① 杜运燮：《一个有名字的兵——轻松诗试作》，《诗四十首》，文化生活出版社1946年版，第122页。
② 同上书，第125页。
③ 同上书，第126页。
④ 同上。
⑤ 杜运燮：《被遗弃在路旁的死老总》，《诗四十首》，文化生活出版社1946年版，第113—114页。
⑥ 原题为《森林之歌——祭野人山死难的兵士》。

少天,他给死去战友的直瞪的眼睛追赶着。在热带的豪雨里,他的腿肿了。疲倦得从来没有想到人能够这样疲倦,放逐在时间——几乎还在空间——之外,阿萨密的森林的阴暗和寂静一天比一天沉重了,更不能支持了,带着一种致命性的痢疾,让蚂蟥和大得可怕的蚊子咬着,而在这一切之上,是叫人发疯的饥饿。但是这个廿三岁的年青人结果是拖了他的身体到达印度。"[1] 沿途触目所见腐烂的尸身,甚或是累累白骨,使穆旦不仅经受着肉体的磨难,更经受着精神上的恐惧与胁迫,这种绝域考验远比湘黔滇步行酷烈。在普遍昂扬抗战情绪的时期,穆旦真实地展现了个体生命在战争中的饥饿、恐惧和绝望感受,揭露了极端情绪对人的伤害,也对战争的残酷性做了客观的估计。他认为,战争除了带给人类无尽无止的灾难外,并不能促进社会问题的解决,更妄提社会的进步,因此,在这首诗中,诗人不仅表达了缅甸战场体验,也完成了对战争与生命的哲学思考。毋庸置疑,穆旦、杜运燮都有着强烈的民族情感和坚定的正义感,他们反对日本侵华,为此走到了抗战的前线,但战争对个体生命的伤害、对普通人心灵的摧残,却又使他们厌恶战争,流露出反战的情绪。他们热爱生命,尊重生命,对个体生命的陨灭表露出极大的悲恸。

战争对民族的神经末梢与希望的寄托——知识分子也产生了深远的影响。无数文化人被战争大潮荡了出来,告别以往安逸的生活,服从于颠沛流离的战时安排,他们的精神状态与人生体悟自然会被师生们浓墨重彩地书写,这在本书的第三章第四节有着详细的论说。

战争不仅影响了普通民众、士兵与知识分子,也牵涉汉奸与日本侵略者,出于对普泛人性的正视与尊重,师生们还描写了他们,并可贵地深入到其内心深处。辛代的短篇小说《纪翻译》表现出汉奸的内在悲哀。小说以日军中尉翻译官纪天民在一个夜晚的意识流

---

[1] 王佐良:《一个中国新诗人》,《文学杂志》1947年第二卷第二期。

动为线索，讲述了这个曾经立下过"汗马功劳"、检举过大量"思想犯"、置很多人于死地的汉奸，虽然，像狗一样地效忠参事官小野田，却要忍受心爱女子被小野田霸占的现实，并受到小野田的羞辱："亡国奴有恋爱么？小心你自己！"① 纪天民想起了父母和以往的自由生活，感受到人格丧失后的侮辱，又感觉"好像有无数幽灵向他索取性命"②，从而陷入深深的恐惧中。

不仅汉奸产生了深刻的恐惧，日本侵略者也拥有丰富的心理活动。卞之琳的短篇小说《一，二，三》讲述战争时期人性的相通，无论是一个日本兵，两个朝鲜人，还是三个"皇协军"，都希望战争尽快结束，回归稳定和平的生活。在王佐良的短篇小说《老》中，田中少佐和两个中国人商讨如何使武汉商业繁荣起来，田中少佐因意识到日军只能倚靠衰老的中国人，而他们又互相推诿与指责，深感烦恼，"为什么帝国的威望，帝国的财富就只能吸收几个老头子呢？"③"这个老的过去的中国早已成了'历史'的渣滓……。帝国需要行动，而老头子的中国是只会谈天的。"④ 依靠力量的不济与青年中国实力的强大，让他意识到："无数英年的手之林，几乎是除了这二只老了的干枯的手以外，在拖着三十师团的皇军向一个地方走：那是泥淖，那是无收获的胜利，那是灭亡！"⑤ 此时，窗外传来了青年中国人炸毁日军机场、轰炸油库的声音，面对蓬勃热烈的反抗形势，田中少佐深感恐惧与无奈，他强撑着胜利者的姿态，却难以掩饰内在的恐慌，不禁"觉得活得厌烦了"⑥，对统治中国也失去了信心，因为他们掌控的中国实在是"太旧太老"⑦

---

① 辛代：《纪翻译》，李光荣编选：《西南联大文学作品选》，人民文学出版社2011年版，第311页。
② 同上书，第312页。
③ 王佐良：《老》，李光荣编选：《西南联大文学作品选》，人民文学出版社2011年版，第263页。
④ 同上。
⑤ 同上书，第265页。
⑥ 同上书，第267页。
⑦ 同上。

了。西南联大师生描写日本人,多将其放置在战争的非常情境中,描摹其微妙复杂的心理活动,展现其内在的悲哀与惊悸,这突破了一般小说对侵略者凶神恶煞的形象刻画,呈现出真实、丰富的人性图景。一些小说甚至显现出了一定的怜悯与同情。卞之琳的《山山水水》中的《春回即景二》便流露出对侵略者生命个体的精神关怀。小说讲述汉口空袭时,林未匀随同朋友寻找被击落的飞机,看到了日本飞行员烧焦的尸体,她关注的不是战争胜利的宏大政治意义,而是眼前这个曾经活生生的人被"烧成了焦黑的肉块"[①],而他的怀里还有一个日本女人的肖像,可以想到这个死去的敌人也曾经是一个有情有爱的丰沛生命。战争时期,此种书写某种意义上虽然不尽合乎潮流,却有着基于人道主义的生命尊重与人性体恤。

西南联大人展现了抗战英雄的壮举,关注群体的抗战热情,更注重思考个人的存在状态,关注普通人在战事下的生活变化与精神感受。师生们继承了西方人文主义思想,接受了个体本位的价值观,延续着"五四"人性书写的传统,从个体的角度介入世界,力图避免意识形态的影响,反对把个体作为表现整体、反映现实的工具,而是致力于表现个体的真实生活,真正把人作为文学创作的中心点,尊重人基本的生存需要,关怀人在战争中的血泪创伤,体恤人在极端状态下的本能感受。他们所揭示的战争对生命个体的伤害、所引起的杀戮与死亡,表现出对战争的深入思考、对战争负面效应的认识,一些作品还流露出反战的意味,这在需要调动全民抗战情绪的时期,不可避免地显示出某种不合时宜,但是,他们从人性关怀的角度出发,超越了具体的某场战争,思考着全人类的命运,体现出了师生们浓郁的人文情怀与卓越的美学思想。

---

① 卞之琳:《春回即景二》,《卞之琳文集》上卷,安徽教育出版社2002年版,第303页。

第三节 "鲁艺":个体认同后的群体"聚焦"

在硝烟弥漫的抗日战争中,无数优秀的革命战士前赴后继,勇往直前,他们以强烈的使命感和责任感,谱写了令人感佩的抗战传奇。"鲁艺"师生在上前线、随军采访过程中,亲身接触到这些最可爱的人,知识分子的情感诉求与革命英雄的重要地位,使革命战士在"鲁艺"人的文学创作中占有举足轻重的地位。相对于西南联大师生在群体呼号中侧重关怀个体生命,"鲁艺"人塑造了一个个坚定有力、敢想敢干的勇士形象,他们以社会主义、共产主义信念武装头脑,具有爱憎分明的阶级意识与国家至上的献身精神,在共产党的英明领导下,赢得了广大群众的支持和配合,推动了抗战的胜利,但某种程度上,作者以"小我"的形式写"大我",发出的还是"大我"的声音。

抗战时期,无数英勇的将领和士兵进入了"鲁艺"人的视阈,给他们巨大的思想感动与精神砥砺。师生讲述将领们叱咤风云的英勇事迹,刻画其内在的精神品质。在报告文学《随军散记》中,沙汀根据前线时期与贺龙交往的印象,描述了贺龙高远的革命理想、踏实的敬业态度、爱憎分明的情感,以及开朗乐观、平易近人的性格。在另一篇《贺龙将军印象记》中,沙汀留下了贺龙在"鲁艺"演讲时亲切随和、亲民爱民的风貌。陈荒煤也创作了大量的报告文学,《刘伯承将军会见记》突出了刘伯承将军战胜困难的决心和勇气;《陈赓将军印象记——鲁艺文艺工作团报告之一》展现陈赓将军将一切献给革命,关怀下一代成长的优秀品格。此外,贺敬之颂扬毛泽东的《太阳在心头》,歌颂朱德使"我们"不再受苦受难、带领"我们"勇往直前的《朱德歌》,赞美刘志丹英雄气概的《罗峪口夜渡》，胡征赞颂毛主席"他永远是我们的"① 的《他是我们的》，贾芝称誉"八路军将军的马飞奔地走着"② 的《八路军将军的马》，这些诗歌也都感情炽热、文字滚烫。

师生们也将目光对准了忠诚无比、奋不顾身的普通士兵，并萌生了学习、效仿的决心。曹葆华的诗歌《西北哨兵》歌颂西北哨兵的飒爽英姿与精神气度，赵自评的诗歌《民兵》赞美边区民兵保卫家园、从事农业生产，何其芳的诗歌《我把我当作一个兵士》将学习的决心灌注到诗句中，坦承自己在感到工作疲乏、生活单调时，"我就想我是一个兵士"③，"我"要学习士兵的冲锋陷阵的精神，不容自己懈怠，不畏困难险阻，诗人自我改造的决心通过首尾两节予以反复强调："我把我当作一个兵士，/我准备打一辈子的仗。"④此外，穆青的通讯《我看见了战士们的文化学习》、思基的小说《信》描述了兵团战士高涨的学习热情，康濯的报告文学《捉放俘虏记》、孔厥的活报剧《英勇牺牲》、陈荒煤的独幕话剧《我们的指挥部》，也都展现出了革命将士的美好品质。

一定意义上，革命将领和士兵的大规模出场，一方面源于文化人意识到了抗战英雄的重要作用；另一方面，也受到解放区文学"工农兵方向"的政策指引。这种潮流之下，革命将士的坚定信念、不屈意志、高尚情操与阶级觉悟……都得到了有力地渲染和张扬，相同的革命目标与阶级属性，使无数个体组成了众志成城、万众一心的群体。因而，某种程度上，"鲁艺"师生表现个体，还是在"聚焦"群体。

作为革命的群体，党的军队表现出了坚定的革命意志、顽强的斗争精神、高尚的道德情操和强大的感召力。1938 年 8 月，卞之

---

① 胡征：《他是我们的》，《胡征诗选》，陕西人民出版社 1984 年版，第 3 页。
② 贾芝：《八路军将军的马》，《贾芝诗选》，大众文艺出版社 1996 年版，第 86 页。
③ 何其芳：《歌六首·我把我当作一个兵士》，《解放日报》1941 年 12 月 8 日。
④ 同上。

中国新文学史上的西南联大与"鲁艺"

琳到达延安,11月,他跟随朱德总司令部人员过黄河,进入晋东南,深入到太行山根据地,访问期间创作了系列通讯《晋东南麦色青青》。1939年春在"鲁艺"文学系代课时,卞之琳根据八路军第772团政治部副主任卢仁灿的日记,结合自己在772团的所见所闻,开始创作报告文学《第七七二团在太行山一带一年半战斗小史》。文章叙述了八路军第772团的将士们在太行山内外,抗击日本军国主义武装侵略中国的情况,讲述了他们的日常斗争和生活情形。1940年,黄钢跟随陈荒煤带队的"鲁艺"文艺工作团深入到晋东南抗日根据地,在他耳闻目睹了八路军的日常生活后,创作了报告文学《我看见了八路军》,文章从官兵平等、政治民主、全员学习等事例入手,证明了这是一支精锐上进的部队,当然,作者也不讳言八路军部队里存在着消极落后的现象。但是,受主导性进步力量的牵引,这最终会被战胜和克服,于此可见共产党军队强大的凝聚力与感召力。黄钢还以跟随陈赓将军在晋中作战的经历,创作了报告文学《树林里——陈赓的兵团是怎样作战的之一》和《雨——陈赓的兵团是怎样作战的之二》,以具体的事例展现了共产党军队内官兵同甘共苦、惩罚分明的优良作风,后者受到了毛泽东的称赞。1940年,沙汀在《全民抗战》等刊物上发表了报告文学集《敌后琐记》,其中的《小鬼》《过去》《老乡们》《游击战》等都反映了冀中敌后抗日根据地八路军120师与民众水乳情深、齐心抗战的事实。当时,反动派在大后方散布着关于八路军"游而不击"的谣言,沙汀作品在大后方问世后,成功击破了上述谣言,使人们认识到中国共产党在抗战中艰苦卓绝的努力,是抗战的重要力量。此外,何其芳的通讯《七一五团在大青山》讲述七一五团的团长和政治委员带领战士们从敌人统治下夺回大青山,建立了抗日根据地。诗歌《夜歌(六)》将共产党与大禹、墨翟并举,讴歌共产党"从人民中来/而又坚持地为人民做事的"①,均产生了较大影响。

---

① 何其芳:《夜歌(六)》,《诗文学》第2辑,1945年5月。

党的领导使革命将士克服了缺点，成长为"最可爱的人"，邵子南的短篇小说《李勇大摆地雷阵》中的李勇便是如此。由于擅长摆地雷阵，使日寇死伤无数、闻风丧胆，22岁的李勇在晋察冀边区鼎鼎有名，领导和群众喜欢他，称赞他是"我们的英雄"①，不知不觉中，李勇滋生了骄傲情绪，经过党组织的教育，他改掉了缺点，变得谦逊和善、稳重成熟，拉近了与老百姓的距离，他英勇抗敌的经验也启发了部队和群众，边区涌现出越来越多的李勇，推动了抗日游击活动的开展。对于李勇而言，无论是受人称赞，还是患病无法工作，他总是自责辜负了党的培养，时时自省自查，从而改掉了缺点，保持着可爱的本色。为纪念抗战一周年，戏剧系在延安演出的话剧《流寇队长》讲述的也是具有流寇作风的旧军队在党的领导下改造为抗日武装的故事。

强大的感召力也吸引着无数勇士，使他们无论身在何方，都热切渴望回到党的怀抱，而他们在"归家"途中遭遇的艰难险阻、历经的千难万险，也彰显出革命战士坚韧的斗争意志和赤诚无悔的精神情怀。胡征的诗歌《我回来了（红军西征纪事）》，讲述在红军西北征途中一个受伤的士兵掉队了，他战胜了"沙漠的海"上的大风沙，历经了疲倦、孤独、险恶、恐惧，忍受着致命的干渴，经受着枪声的惊吓，终于"找到了队伍／找到了母亲"②。在颇有抒情意味的叙述中，诗人抒发了脱离党的队伍的痛苦和重回队伍的兴奋。黄钢的散文《新疆归来者》中的红四方面军的300多名战士由于张国焘的错误领导，远离党中央达四年之久，他们热切地向往延安、想念毛泽东，最终回到了党的怀抱。这些同志的热切归家，显示了党强大的号召力与凝聚力，也足见八路军的钢铁意志。

---

① 邵子南：《李勇大摆地雷阵》，《解放日报》1944年9月21日，后改题为《地雷阵》。
② 胡征：《我回来了（红军西征纪事）》，《胡征诗选》，陕西人民出版社1984年版，第33页。

将士们坚信无产阶级革命事业必定会取得最终的胜利，这种信念使他们坚定不屈、无所畏惧，即便或血染沙场，或狱中受难，在他们看来也是在悲壮中实现了人生价值的升华。在诗歌《革命，向旧世界进军》中，何其芳先历数1927年以来的革命形势，向经历过监狱折磨、枪林弹雨、长征磨难、一家十二口人都为革命牺牲的人致敬，认为他们印证了斯大林的话："我们共产党人是特殊样式的人，/我们是由特殊的材料制造成的！"① 诗歌不仅纵向梳理了中国革命的长期性与残酷性，也在横向上展示了中国目前光明与黑暗交错的革命形势，由此呼唤："全中国的兄弟们，/站到革命方面来！"②"革命，进军！/我们紧紧地跟着你前进！"③ 在丰沛的激情和强大的气势下，诗人充分肯定了延安革命的进步意义，自认该诗是《夜歌》集里"最有革命气息的一首"④。周立波的小说《纪念》回忆30年代初期上海监狱的革命同志和敌人的斗智斗勇、坚强不屈，正是依靠坚定的共产主义信念，无数将士奋勇向前，不畏牺牲。

革命将士在党的领导下紧密团结、英勇无畏，也来自他们较高的阶级觉悟，对于同志，他们团结友爱；对于敌人，则刻骨仇恨。天蓝的诗歌《我，延安市桥儿沟区的公民》讲述边区的劳苦大众都是阶级兄弟，"我从有产万千的人，/走到无产半文的人，……我渴饮着无产者人们永远相爱的灵魂，/那毫无保留地相爱的灵魂"⑤，无产者相亲相爱，共同走在"中国人民战斗的道路"⑥上，共同听从着"中国布尔什维克党的行进的号声"⑦。无产阶级革命同志们

---

① 何其芳：《革命，向旧世界进军》，《解放日报》1941年5月25日。
② 同上。
③ 同上。
④ 何其芳：《夜歌·后记（二）》，《何其芳全集》第1卷，河北人民出版社2000年版，第523页。
⑤ 天蓝：《我，延安市桥儿沟区的公民》，《谷雨》第1卷第2、3期合刊，1942年1月15日。
⑥ 同上。
⑦ 同上。

手挽手、肩并肩，带着对现实斗争的清醒认识，共同走向光明的未来。何其芳的诗歌《让我们的呼喊更尖锐一些》表达着对无产阶级国家苏联的声援。在周立波的小说《第一夜》中，"我"因煽动罢工，被关押在拘留所，虽然身陷囹圄，遭遇严讯拷问，但是"我"仍担忧那些被装入米袋、投入江中的同胞。小说《阿金的病》讲述狱友们克服重重困难为患有湿气病的阿金买来了药膏，使阿金"深深感到了愁苦中间的同志的友爱"①与"人间的温暖"②。在阿金和巡捕发生冲突后，大家感到"我们不能缺少他"③，直到阿金回来，"大家都感到平安的珍贵的意义"④。胡征创作于1942年的诗歌《白衣女》回忆一位救过"我"性命的白衣女子，虽然"我们"素不相识，但在"我"生命垂危的时刻，"从你的左臂/抽出了50西西血液/给我注射"⑤，使"我"在这圣洁的同志之爱中，得以复活，并继续奔走于抗战中。在解放区，阶级兄弟亲密无间，人们可以称呼"亲爱的"⑥，"牵着手臂……打一个亲切的招呼"⑦，但是对待敌人，则如严霜般冷酷。

在《李勇大摆地雷阵》中，刻画日寇踩到地雷，人仰马翻、血肉横飞的场景时，作者用了这样的比喻："这吓（下）子，红的白的闹了一地，好像日本鬼子卖豆花，担子翻了；长腿，短胳膊，脑袋，烂皮，碎肉，摆了遍地，好像日本鬼子在学水浒传上孙二娘开人肉作坊；军帽，军衣，飞上树梢，枪筒，子弹，摆了一地，好像日本鬼子在开杂货铺。"⑧虽然血肉横飞的是敌人，但这种对生命

---

① 周立波：《阿金的病》，《铁门里》，工人出版社1955年版，第29页。
② 同上。
③ 同上书，第33页。
④ 同上书，第34页。
⑤ 胡征：《白衣女》，《希望》第1卷第3期，1946年3月。
⑥ 井岩盾：《不要责备我吧》，《摘星集》，作家出版社1958年版，第7页。
⑦ 井岩盾：《黄昏》，《摘星集》，作家出版社1958年版，第8页。
⑧ 邵子南：《李勇大摆地雷阵》，《解放日报》1944年9月21日，后改题为《地雷阵》。

的漠视、戏谑的态度，还是有着阅读的不适感。其他表现日本侵略者的作品，也有着明确的指向性。1939年冬天，陈荒煤访问八路军政治部敌军工作部，从被俘日军那里了解到敌军内部的状况，根据这次访问，创作了报告文学《我看见了敌人底自供》，在作者笔下，被俘的日本兵的"眼光是柔和的"①"常常低着头，怕触及我们的眼光"②，在朱总司令为他们着想时，日本兵流露出了"湿润的眼光"③。作者以人道主义的眼光打量着这些日本兵，更多是因为他们已经被俘虏，并加入了八路军，成为"我们"的兄弟。据他们的自供，日军士兵普遍产生了厌战情绪，思乡酗酒，火并杀戮，兵将之间多有冲突，日军头目对"圣战"也信心动摇，兵将们陷入到一种"无望的、困窘的丑态"④中。文章一方面表现日本人在归顺八路军后积极的精神状态，另一方面渲染敌军内部消沉倦怠的情绪，如此行文彰显了中国抗战的正义性质和必胜决心，以及八路军强大的凝聚力和亲和力。康濯的散文《捉放俘虏记》讲述了两个日本俘虏被优待后，受到感化，决心反法西斯。胡征的诗歌《樱花舞》讲述延安成立了由日俘组成的日本工农学校，日俘跳起樱花舞，"高唱中国的民主赞歌"⑤。这些篇章借日本战俘的反战决心，表现的是我军的宽大政策。

毫无疑问，在解决民族危机方面，群体的力量是十分重要的。坚定有力的政党领导、整齐划一的集体行动，是战争必需的条件。"鲁艺"文化人渲染党的领导对于解放事业的重要意义，表现革命者勇往直前的态度、坚定的共产主义信念、强烈的归属感和爱憎分明的阶级意识，营造了解放区颂扬共产党、革命领袖、无产阶级战

---

① 陈荒煤：《我看见了敌人底自供》，《荒煤散文选》，人民文学出版社1983年版，第88页。
② 同上。
③ 同上。
④ 同上书，第89页。
⑤ 胡征：《樱花舞》，《胡征诗选》，陕西人民出版社1984年版，第22页。

士的浓郁氛围，相应地，小我的情怀也在生与死的集体战斗中愈加薄弱。当然，在"鲁艺"文学多是大爱大恨时，也有孙犁清新雅致的《荷花淀》《芦花荡》等小说问世。在孙犁的作品中，白洋淀抗日根据地的民众在共产党的领导下积极抗战，尤其一些农家妇女富有民族正义感和大局感。作者以诗意的笔触描写了这些勇敢活泼、美丽温柔的美好人物，烘托出了她们丰富细腻的内心世界，但是受制于时代环境等因素，对这种人性美、人情美的追求某种程度上很难获得彼时延安主流文学界的欣赏。

第四节　个体与群体的纠结

现代社会中，个体与群体的关系纠缠不清。西南联大师生持有个人主义为本位的价值理念，强调个人独特的声音；"鲁艺"师生在整风后，融入集体队伍中，推崇集体的思想与话语。两校的知识分子在处理个体与群体关系时，呈现出明显的分流。

自"五四"运动起，个人被发现，现代中国人开始拥有独立的人格。郁达夫说："五四运动的最大的成功，第一要算'个人'的发见。"[①] 在新文化先驱筚路蓝缕、大刀阔斧的改革下，个人终于告别了依附状态，拥有了独立的生命与存在价值，实现了真正意义上的人的觉醒。西南联大的知识分子延续着"五四"注重个体的精神传统，结合着他们在欧美留学时受到的以个人为本位的西方近代思想的影响，视独立、自由为人的基本权利，任何外界力量不可剥夺，对个体与集体的关系也格外敏感，时刻警惕着外来势力对自我存在的侵犯。

1943年，任教于西南联大的卞之琳完成了长篇小说《山山水

---

① 郁达夫：《中国新文学大系·散文二集·导言》，良友图书印刷公司1935年版，第5页。

水》，虽然全部书稿曾被作者销毁，但现在仍遗留下来几个片段——《春回即景一》《春回即景二》《山水·人物·艺术》《桃林：几何画》《山野行记》《海与泡沫》《雁字：人》。卞之琳展示了知识分子在抗战时期辗转于武汉、成都、延安、昆明等地时的生活状况。相对来说，在这一系列片段中，《海与泡沫》写得最出众。小说讲述知识分子来到延安后，被分配到各个院校，纷纷投入到生产开荒运动中，无数个体淹没在一片开荒的大海中，汇成了集体的大潮。在这大潮中，知识分子无法忘记自我的存在。开生活讨论会时，他们爱表达意见，争取个人权利。这些个人思想，在作者看来，处于延安的汪洋大海中成了泡沫："这些思想，这些意象，可不就是漂浮在上面的浪花吗？"①"浪花，也就是泡沫"②，作者将集体比喻为海，将个体比喻为泡沫，一方面认为："海不也就以浪花，以泡沫表现吗？"③ 他强调个人独立存在的重要意义；另一方面他又看到在这里"浪花还是消失于海"④，即"我"消失于"我们"。在作者看来，让知识分子从事开荒的体力劳动，是要知识分子抛弃自己的思想，认同体力劳动的重要地位，承认个体从属于集体。延安的集体化潮流引起了卞之琳的思考，衍射到文中，便是男主人公对只承认海、忽视浪花的做法保持着警惕。联系这组片段的其他章节，梅纶年和林未匀对艺术的探讨，主张人与自然的和谐统一，均可见出作者一以贯之地对独立人格的重视，对人的精神品格的维护。小说中，来到延安的知识分子普遍感到空虚，也说明彼时的个体还保留着自我精神的独立性，尚未完全集体化，无独有偶，此种心理感受也出现在延安整风之前何其芳的部分作品中。杜运燮的《浮沫》提供了另一种个体生存体验，诗歌描述"我"飘浮于社会或

---

① 卞之琳：《海与泡沫：一个象征》，《明日文艺》第 2 期，1943 年 11 月，署名大雪。
② 同上。
③ 同上。
④ 同上。

组织之上，面对黑暗、不幸、谎言、虚伪的社会，提醒自己不要糊涂，不能陷入这一罪恶的组织中，不能从众满嘴谎话，但"我"又生活其中，无法摆脱，显示出怀疑、否定、尴尬的存在状态。

卞之琳、杜运燮的作品从两个方面展示出外界社会对个体的影响，对于他们，尤其是卞之琳笔下的知识分子来说，人生的价值与意义不是归属到集体与"大我"中得到实现，自我的权利与尊严也不是借助外界的政治制度、革命规章、道德规范、生活习俗才能获得合法性。他们秉持着人文主义精神，坚定地认为自我权利与尊严与生俱来，思想自由、个体独立是神圣不可侵犯的事物，只有首先保障了个人的自由与尊严，才能谈及建设外界规范的可能。

如果说，西南联大人表现了知识分子对自我心灵的珍视，那么，"鲁艺"师生则表现出个体对群体的向往。文化人在来到延安后，感受到人与人之间的平等、集体的温暖与团结，真诚地为这片土地赞美。他们讴歌同志间的温暖，感喟找到家的幸福，为融入集体兴奋激动，一篇篇作品强调着告别"小我"，走向"大我"，并由此实现了新生。冯牧的诗歌《当我走进了人群——短歌四章》描述了个人走入集体的幸福感。"我"要忘记"那有着像苔藓一样的阴影的/二十年的过去"①，因为"我"已经"走进了人群，/生活在革命的队伍里"②，"我要歌唱着，/我找到了好的生活，/而且我找到了理想和工作"③。不仅诗人自己，来到延安的每个人都焕发出青春和活力，"来自各个遥远的角落的人，/都变成了更亲爱于兄弟的兄弟……"④，而诗人也要永远地融入集体中："呵，我将永远

---

① 冯牧：《当我走进了人群——短歌四章》，绥德《新诗歌》第 6 期，1942 年 1 月 25 日。
② 同上。
③ 同上。
④ 同上。

/游泳在人群的海洋里,/如同一只自由地游泳着的鱼,/海水将永远洗浴我,/使我游得更强更美丽……"① 不仅要融入集体的海洋里,诗人也相信有集体的关爱与教导,自己会更加强大。贺敬之的诗歌《雪,覆盖着大地向上蒸腾的温热》、井岩盾的诗歌《冬夜之歌》渲染了同志间的温暖、集体的关怀。知识分子在温暖和谐的集体生活中,与战友凝聚成坚固的革命力量,共同投身于保家卫国的集体斗争。

知识分子的思想丰富细腻,惯有的自我、个性意识不时地浮出水面,这使他们在融入群体、倍感充实的同时,也感慨着失去自我的苦恼,但若拥抱自我,又会饱尝空虚苦涩的滋味。何其芳的诗歌捕捉到了文化人在此过程中的矛盾心理,一些诗歌真诚地表达着融入集体的快乐。在《一个平常的故事——答中国青年社的问题:"你怎样会来到延安的?"》中,诗人说:"在这里,我这个思想迟钝而且情感脆弱的人从环境,从人,从工作学习了许多许多,有了从来不曾有过的迅速的进步,完全告别了我过去的那种不健康,不快乐的思想,而且像一个小齿轮在一个巨大的机械里和其他无数的齿轮一样快活地规律地旋转着,旋转着。我已经消失在它们里面。"② 在诗歌《从那边路上走过来的人》中,感叹着"我们从许多不同的道路走到了一起真不容易!"③《快乐的人们》更是决心要汇入到集体的"巨大的合唱里,/在那里面谁也听不出/我的颤抖,我的悲伤,/而且慢慢地我也将唱得更高更雄壮!"④ 消失自我,融入集体,齐心协力、秩序井然地工作,是何其芳追求的生存状态。

---

① 冯牧:《当我走进了人群——短歌四章》,绥德《新诗歌》第 6 期,1942 年 1 月 25 日。
② 何其芳:《一个平常的故事——答中国青年社的问题:"你怎样会来到延安的?"》,延安《中国青年》第 2 卷第 10 期,1940 年 8 月 5 日。
③ 何其芳:《歌六首·从那边路上走过来的人》,《解放日报》1941 年 12 月 8 日。
④ 何其芳:《快乐的人们》,《夜歌》,诗文学社 1945 年版,第 100 页。

一向喜欢美人鱼的他,还以美人鱼向往人类生活的童话,表露自己对集体的渴慕①。但是,尽管何其芳一次次地强调着走入集体的快乐,却无法忽略来自内心的声音。他既决心与同志们并肩战斗,又难以忘记自己的知识分子身份,时时强调独特的文人情怀,难以舍弃个人的精神空间。在诗歌《叫喊》中,作者决心和生活目标相同的人,各条战线上付出辛苦劳动的人,"一起叫喊!"②"我要证明/一个今天的艺术工作者/必须站在群众的行列里,/与他们一同前进。"③ 也强调自己既是一个"热心的事务工作者,/也同时是一个诗人"④,有着独立的精神与气质。在诗歌《多少次呵我离开了我日常的生活》中,诗人讲述来到延安后,因为日常生活的喧嚣与琐碎,感到了重压与苦恼,所以常常离开日常生活,一个人"投在草地上"⑤,忘掉一切烦恼,投入到个人的世界,但是,"很快地我又记起了我那现实的生活"⑥,表示"我是那样爱它,/我一刻也不能离开它"⑦,急切地想回到日常生活中去,走在不洁净的街道,走入拥挤的人群,"呵,我是如此愿意永远和我的兄弟们在一起"⑧。在诗人看来,融入集体很充实,却无法忘记自己;沉浸于个人世界很自我,又会感到空虚孤寂,何其芳的这些诗篇真实展现出文化人的矛盾心理。

---

① 在诗歌《这里有一个短短的童话》中,何其芳写道:"这里有一个短短的童话,/一个想变成人类的女人鱼/借了女巫的魔法失掉了尾巴,/而且和人住在一起后/不久就学会了说话。/她说:'人呵,你们是这样美丽,/你们能够在空气里游戏,/你们又能够用声音交换情感和意义。请不要责备我为什么这样羞涩,/为什么这样口吃,/因为我还不习惯这一切。'/于是有人走拢去拥抱她,/而且接着放开了她,/她全身轻轻地颤抖/而且流出了她第一次的眼泪,/她又笑出了她第一次的笑。/自从有了笑和泪,/她就真正变成了人类,变成了人的姊妹。"《夜歌》,诗文学社 1945 年版,第 165—166 页。
② 何其芳:《叫喊》,香港《大公报》1941 年 3 月 13 日。
③ 同上。
④ 同上。
⑤ 何其芳:《多少次呵我离开了我日常的生活》,《解放日报》1942 年 4 月 3 日。
⑥ 同上。
⑦ 同上。
⑧ 同上。

毋庸置疑，集体有着吸引人的独特魅力，尤其是对于奔赴延安的知识分子，他们渴望寻找集体、拥抱同志，因为只有融入同志的大家庭中，他们才能寻觅到长期匮乏的爱与温暖，感受到兄弟姐妹般的关怀，也只有融入集体，他们才能遗忘痛苦而孤独的过往，以集体的共同志愿与行动取代个人的焦灼与痛苦。正是这样一种心理，让冯牧、贺敬之、何其芳等人自觉地走入了集体的生活。他们欢唱着找到"家"的喜悦，却也无法忽略丰富善感的心灵。严文井的短篇小说《罗于同志的散步》还触摸到了一些知识分子在延安精神生活不如意，缺少谈心的朋友的落寞情绪，"一个人有时稍微有点发懒，不爱说话，想一个人坐着发发呆，就要给人家批评，说是不接近群众"①。某种程度上，在大力推进物质建设的解放区，知识分子的习性气质、自我想象一时间还难以得到广泛的认可与回应。

在宏大的革命理想与整齐划一的集体生活中，知识分子重新定义自我的存在方式。在解放区，"五四"时期文化先驱标榜的自我与个性，此时被视为是脱离革命、落后于时代的缺点，只有融入工农大众的阶级阵营，服膺于政党的领导，才具有革命性和进步性。他们的个人自由、公民权利也只有在国家政治制度保障下才获得了存在，与此同时，传统文化也激发着知识分子的群体承担精神。他们努力地将自我融入群体中，与大众发出同样的吼声，成为阶级、集体的代言人，毋庸置疑，在思想深处要整合进集体的巨轮中还需要一个过程，自我、独立、自由的理念还根深蒂固地镌刻在他们的脑海中。但是，彼时的延安急切需要的是众口一声、步调一致、集中全部力量应对严酷的战争形势，事事都爱标榜个性、动不动就谈论个人不被理解、集体生活孤寂空虚，显示出知识分子强烈的书生气。经过延安文艺座谈会和整风运动，知识分子融入到了群体的

---

① 严文井：《罗于同志的散步》，《解放日报》1941年10月17日。

"大我"中,在社会主义建设的术语中,也常和"齿轮""螺丝钉"联系在一起。

个体与群体的纠结成了两校共同的主题,这是"五四"时期个人主义、人的解放的话语的延伸,也是文化人思考自我存在方式的一种表现。面对群体,西南联大与"鲁艺"的知识分子表现出或游离,或归顺的不同姿态。西南联大的师生作为传统的知识分子,他们不依附任何政治团体,以自由的思想与独立的态度,在社会发展中发挥着批判现实、进谏政府、甄别优劣、价值重建等作用。"鲁艺"师生在阶级学说的盛行下,将个体融入革命群体,努力与工农大众相结合。其实,个体与群体既是对立的,也是共生的,相对来说,西南联大人崇尚"个人的发现",强调文学的个性化,"鲁艺"师生在整合思想后众口一声地指向国家民族的建设。

第三章
现实观照中的思想启蒙

知识分子的身份标识是启蒙者,他们乐于以思想的光亮使他人从因欠缺"别人的引导"而陷入"不成熟状态",成长为一个"有勇气运用你自己的理智"的人①。这种启蒙的观照使知识分子针砭时弊,省视人性,推动历史的进步与社会的发展,但启蒙能否实现,还要取决于社会环境,以及个体与环境的关系。相对来说,个体若与周遭处于或紧张对立,或爱之深、责之切的关系时,往往会投以批判的眼光;若个体突然来到向往已久的环境时,多会毫无保留地歌唱、赞美。在不同的场域中,知识分子反思、批判的对象也明显不同。西南联大与"鲁艺"的师生在观照社会现实,审视农民、知识分子时,呈现出了较强的互异性。

第一节 西南联大:批判现实的延续

康德认为启蒙不仅是人类要从"不成熟状态"中成长起来,同时要敢于认识、敢于批判。福柯也认为:"批判的任务仍然包含对启蒙的信念"②,可见,启蒙与认识、反思、批判存在着密切的关

---

① [德]康德:《答复这个问题:"什么是启蒙运动?"》,《历史理性批判文集》,何兆武译,商务印书馆1990年版,第22页。
② [法]福柯:《什么是启蒙?》,汪晖、陈燕谷主编:《文化与公共性》,生活·读书·新知三联书店1998年版,第442页。

第三章　现实观照中的思想启蒙

联。"五四"文化先驱开启的启蒙传统，促使知识分子发挥引导民众、认识社会、批判痼疾的效能。由古代士大夫入世传统而来的担当精神也推动西南联大师生义无反顾地指斥不合理的社会现状，他们对专制、丑恶的社会现象频频介入，表现出勇敢、坚决的批判姿态。

战争环境下，普通人在生存压力面前艰难求生、悲惨过活，某种意义上，他们的处境与遭遇折射出社会的落后与黑暗。李广田的几篇作品描述了战时人们的贫苦挣扎与血泪辛酸。散文《日边随笔》以悲悯同情的笔触写道："为了吃一口粗饭，人们把甚么方法都想到了。……我们这人间真够丰富，也真够惨！"[1] 散文《说吃》讲到无数饥民最大的愿望就是"吃"，短篇小说《吃石头的人》讲述江湖骗子为生存行骗。诗歌《我们的歌——拟民歌体》、散文《日边随笔（一）·生死之间》都对社会进行了控诉。这些挣扎在社会底层的普通人，为了基本的生存需要，不得不想方设法、投机撞骗，而造成他们或走投无路、或误入迷途的，正是不能给他们提供基本生存保障的社会。在缪弘的诗歌《补鞋匠》中，诗人从补鞋匠看行人鞋子的角度切入，"你该知道／人们是在走着怎样艰辛的路"[2]，诗人以补鞋匠"补缀了人们的贫苦"[3]，感叹世人生活的艰辛。田堃的《雨中》直接碰触了社会阶级对立的问题。小说讲述富人家的米是汽车装来的，穷人只能在规定的日子买米，还时常买不到，受人辱骂殴打。花妞陪娘去买米遭到了米店胖掌柜的殴打，气愤的她将此事告诉了一起玩耍的金公馆的小姐们，想让公馆的老张伯为自己报仇，却看到老张伯和胖掌柜在一起有说有笑，无助的花妞只能和娘抱头痛哭。穆旦的诗歌《控诉》不仅饱含着一个热血知识分子对社会的关注，也有对人性的思考。诗歌第一部分描写无数

---

[1] 李广田：《日边随笔》，《文聚》第2卷第2期，1945年1月1日。
[2] 缪弘：《补鞋匠》，李光荣选编：《西南联大文学作品选》，人民文学出版社2011年版，第67页。
[3] 同上。

人在战争期间经受着跋涉的痛苦、灵魂的迷失与怀乡的痛楚，另一些人却压榨他人以获得名誉，成为"社会的梁木"[1]；第二部分，诗人在控诉社会的同时，也思考着生命的诱惑使人们"在苦难里，渴寻安乐的陷阱"[2]。此外，杜运燮的诗歌《粗糙的夜》、穆旦的诗歌《报贩》《摇篮歌——赠阿咪》、李金锡的小说《晚安，年青的女工们》、李广田的散文《"少年果戈理"》都对现实社会吞噬着美好纯真的生命表示了担忧。

社会没有为人们发展提供良好的土壤，在强大的生存压力下，个体丰富的精神感受被扼杀了，冷漠自私、麻木苟安被放大了。西南联大的师生不乏批判愚昧民众之作，这在本章第三节有详细阐述，这里只是分析同样来自底层的知识分子所遭遇的启蒙困厄，以此折射现实社会的逼仄阴冷与黑暗残酷。刘北汜的小说塑造了一些底层的知识分子，生活环境的恶劣并没有阻挡他们启蒙的热情，不幸的是，他们启蒙失败，并饱尝着他人的奚落与嘲讽。小说《雨》里，李子魁在茶馆义务为人读报，却被茶客们视为"说谎大王"[3]，相对于报上的内容，他们更愿意听说书人讲彭公案，李子魁也被茶馆老板赶出门外。尽管李子魁生活朝不保夕，却有着强烈的启蒙意识，号召大家关心时事，不要沉迷于旧书，但自身的贫穷与社会的晦暗，使他无法获得大众的信任与理解。小说也提出了底层知识分子不团结的问题，李子魁和说书人为争饭碗，不惜彼此中伤，强化了小说的悲剧意味。另一篇小说《暑热》同样展现着知识分子的启蒙失败。正直善良的家庭教师住在底层人聚居的小院子里，这里的人贫穷、冷漠、麻木，家庭教师每每想要帮助或安慰别人，总被嘲笑和欺辱，最终被房东赶出了院子。相比家庭教师的落寞，主张发

---

[1] 穆旦：《控诉》，《穆旦诗集（1939—1945）》，1947年版，第65页。
[2] 同上书，第66页。
[3] 刘北汜：《雨》，《山谷》，文化生活出版社1946年版，第45页。

国难财的颜料商却大受欢迎,两相对照,显示出社会价值观的扭曲和知识分子的生存窘状。

西南联大人生活在大后方的昆明,感受到了现代都市带来的生活便利,也目睹了都市的罪恶和冷漠。在他们的笔下,都市蛮横霸道、冷漠无情,使无数底层人流离失所。俞铭传的诗歌《拍卖行》描述战争时期大量奢华珍贵的尤物被送到了拍卖行,失去了往日的荣耀。皮革、哔叽、绸缎、汽车、脂粉、香水以及梅毒,共同"酿造着都市的氛围"[1],烘托了都市奢华糜烂的气息。"它们果真失宠了呢,还是战争消瘦了的恩人"[2],原来"尤物"的落败是战争造成的,只要战争一过,都市还会恢复以往的纸醉金迷、灯红酒绿。秦泥的长诗《一个伤兵之死》讲述一个曾立下功勋的伤兵在城市乞讨,不仅没有得到怜悯与帮助,还在风雨交加的夜晚,被冷漠无情的城市推向了死亡。李广田的诗歌以都市的繁荣反衬穷人的艰辛。《山色》中,一边是城里人享受着美好的生活,一边是城外的山在"冷得发抖"[3],城市犹如有钱人,山好似贫民,有钱人生活优渥,穷人却衣不蔽体。诗歌用对比的手法彰显出悬殊的贫富差距。在另一首诗歌《城市的繁荣》中,城市依靠着穷人的力量愈发美丽,穷人却被城市的奢侈糜烂所吞没。此外,何达的《街》、王佐良的《他》、俞铭传的《北极熊》等诗歌也都愤怒地指斥着社会的贫富鸿沟与体制缺失。

战争激发起多数民众的参与热情和民族意识,但也有些人冷漠麻木、自私自利,他们在国破家亡的危急时刻,还苟安于个人的小天地,耽于享受舒适的生活,甚至大发国难财。刘重德的诗歌《太平在咖啡馆里》讲述抗战时期一些人不顾炮声、呻吟与血腥,悠闲

---

[1] 俞铭传:《拍卖行》,杜运燮、张同道编选:《西南联大现代诗钞》,中国文学出版社1997年版,第431页。
[2] 同上。
[3] 李广田:《山色》,《李广田文集》第4卷,山东文艺出版社1986年版,第85页。

地荡舟、痛饮、宴会，他们醉生梦死，贪图享乐，置国家民族的安危于不顾；杜运燮的诗歌《肥的岗位》讽刺有的人不顾国家兴亡，只饱个人私囊；李广田的短篇小说《星和女人》嘲讽不关心民族国家，贪图生活安逸的人；闻一多的诗歌《政治学家》也讽刺了人的固执、愚昧与势利。

大学生作为"天之骄子"，本应引领时代风潮，带给社会青春昂扬的气息，但是一些人却堕落颓废，缺失责任感，露出种种丑态。林元的"大学生原型"系列小说刻画了三种类型的大学生。第一篇《大学生》漫画式地勾勒出只顾享乐的张德华的丑态。张德华的口头禅是"所以我说在大学时期的唯一需要便是恋爱"①，他生活的全部内容就是恋爱，带着恋人每日出入于娱乐场所，读书、写文章、调查社会等一概被他嗤之以鼻；第二篇《王孙》讽刺了大学生求学为做官的心理；第三篇是林元毕业后创作的《大牛》，讽刺了大学生不知求学问，只顾跑仰光、做买卖、发国难财。在时代最需要热血青年的关头，张德华、王孙、大牛等人却在编织着个人升官发财、及时行乐的美梦，外界的刀光剑影丝毫没有在他们的心头留下印痕，他们似乎和贫苦大众生活在两个世界。他们游离于时代大潮，时代也必将抛弃他们。张德华考试不及格，王孙被开除，大牛一心赚钱讨女朋友欢心，女朋友却在进步思想的引导下与大牛渐行渐远，大牛只能落寞地独尝苦果。不顾时代与国家，满足于个人享乐的人注定要失败，同时，趋时附会的投机分子也不是抗战真正依靠的力量。刘兆吉短篇小说《木乃伊》中的"木乃伊"居静，虽然为适应抗战形势，从社会运动的旁观者一跃成为积极热烈的"战鼓"，但其变化的内因远非是了解战时宣传的意义，而是为了雪耻。他批判学校实行奴性教育，也是因为繁忙的宣传使其不胜学业的缘故。这种战时出现的投机分子，貌似迎合了时势要求，却更

---

① 林元：《大学生》，《中央日报》1939年7月28日。

暴露出人性的虚与委蛇和伪善圆滑。

抗战初期,国民政府尚能赢得民众的信赖,进入相持阶段后,国民党日益暴露出了腐化堕落的面目。1941年开始,大后方的官僚资本急遽膨胀,物价飞涨,广大民众生活艰难,西南联大的师生也一贫如洗,生活已经濒于绝境。为了生存,教授们典当衣物,外出兼职。闻一多治印贴补家用;朱自清披着赶马人的破毛毡代替棉衣;王力为了几文稿费,开始写小品文;学生们更是四处兼职。李广田的短篇小说《欢喜团》《木马》、散文《悔》《两种念头》直指抗战时期物价飞涨导致的生活黯淡。在广大师生忍饥挨饿、无衣无食时,国民党官员却营私舞弊、贪污成风,一些人甚至借机发起了国难财。杜运燮的诗歌《追物价的人》生动地描述道:"'物价'已是抗战的红人,/从前同我一样,用腿走,/现在不但有汽车,还有飞机,/还结识了不少要人,阔人,/他们都捧他,提拔他,搂他,/他的身体便如灰一般轻,/飞,但我得赶上他,不能落伍。"① 王季的散文《飞来的珍品》描写抗战后期的昆明,一面是穷人的饿殍,另一面是有钱人疯狂地消费着奢侈品。王季的另一篇散文《纵横篇》、俞铭传的诗歌《金子店》、萧荻的诗歌《不要春天》也抨击着社会的贫富悬殊。

国民党不仅使经济通货膨胀、民不聊生;政治上,也是一党专政、独断专行,官员腐化堕落、胡作非为。行政院院长孔祥熙在香港沦陷时,不率先解救文化人士,而用飞机载回了孔二小姐的洋狗。军事上,国民党在1944年豫湘桂战役中消极抗战,节节败退,使大片国土落入敌手。可见,抗战后期,国民党已陷入经济、政治、军事的多重危机中,这引起了全国民众的普遍声讨。李广田的小说《引力》描写了大后方的昏天暗地,穆旦的诗歌《五月》抨击政府假装民主,立志"我要在你们之上,做一个主人"②。此外,

---

① 杜运燮:《追物价的人》,《诗四十首》,文化生活出版社1946年版,第107页。
② 穆旦:《五月》,《贵州日报·革命军诗刊》1941年7月21日。

李广田的《古国的传说》、穆旦的《悲观论者的画像》、罗寄一的《珍重——送别"群社"的朋友们》、沈叔平的《欺骗》、王季的《雾季的悲哀》、王景山的《颂扬之类》、何达的《罗斯福》《五四颂》《民主火》《写标语》《五四晚会》等,都表示要争取民主与自由。何达受田间的影响,战斗式、鼓点式的诗歌语言给读者以强烈的心灵震撼。此外,闻山的《山,滚动了!》、秦泥的《狂歌篇》也渲染了壮观猛烈的气势,"狂歌"更似一篇战斗檄文。

师生们将抗日爱国与争取民主自由的斗争紧密交织,要求民主政治、自由言论的呼声越来越高。学者中,闻一多率先实现了身份的转变,他不再蛰伏于故纸堆中,而是走到进步学生里,一次次发表鞭笞国民党罪行的言论,写下了《复古的空气》《家族主义与民族主义》《从宗教论中西风格》等杂文,旨在弘扬"五四"精神,反对封建复古思想。文风清新雅致的朱自清、侧重精神关怀的冯至也写作了现实批判性更强的杂文。冯友兰在1945年5月出席国民党六大期间,当面拒绝了蒋介石要他担任中央委员的提议。师生的强烈谴责遭到国民党变本加厉地干扰、破坏与恐吓。1945年12月1日,暴徒进攻西南联大,造成师生4人死亡,多人受伤,制造了震惊全国的"一二·一"惨案,全校师生严厉声讨暴徒的恶行。闻一多的《"一二·一"运动始末记》、冯至的《招魂——呈于"一二·一"死难者的灵前》、李广田的《"我听见有人控告我"——借用W.惠特曼诗题为"一二·一"惨案而作》《不是为了纪念》、卞之琳的《血说了话——悼死难同学》都声讨惨案制造者,呼唤正义、自由与光明。何达的《图书馆》、沈叔平的《悼潘琰》《奠与控告》、彭允中的《潘琰,我认识你》《灵前祭四烈士》、萧荻的《不仅是为了哀悼》《我们的死者,伤者》《绕棺》、马逢华的《诀别——给死难者》、街头剧《告地状》,以及史劲毕业后发表的《三万人的行列——记昆明"一二·一"死难四烈士的殡葬》都郁结着人民的愤怒,期许着继承死难者的遗志,继续向前。

作为引领民众的启蒙者，知识分子天然有着道德优越感，有着发声批判的冲动，尤其是面对黑暗腐败的社会现实，更强化了他们与外界的紧张对峙。师生们持守着这种心理定位，秉承着"天下兴亡，匹夫有责"的信条和"五四"批判现实的精神，以大量的作品描述社会的黑暗落后、民众的艰难困苦，也批评着国民的麻木冷漠。抗战时期，师生们盼望战争胜利、国泰民安，但美好的理想为现实所阻隔，知识分子的个体尊严权利也被忽略。兼及家国感怀与个人诉求，他们批判社会的专制与黑暗，追求社会的正义与美好。

第二节 "鲁艺"：歌颂与批判的交响

延安被众多进步青年视为"圣地"，无数知识分子抛弃优越的物质生活，怀揣着对新天地的向往，千里迢迢投奔而来。当踏上这片土地时，他们毫无保留地供奉出赤诚与赞美，解放区也以崭新的生活风貌和热烈的建设场景使他们纵情欢唱。知识分子强烈的自我实现渴望与解放区求贤若渴的人才呼唤、急切壮大的发展要求相遇合，使这片土地孕育着无限的生机与可能。一时间，颂歌、赞歌几乎席卷解放区，当然，知识分子的惯有思维也使他们发出了质疑、批判的调子，但这些不和谐的声调很快就在延安文艺座谈会与整风运动中得以调和，被规整到乐观主义、理想主义的宏大合唱中。

追求进步的青年们怀着"朝圣"的心情奔赴延安，当来到梦寐以求的革命圣地时，他们的心情无比激动，毫无保留地倾诉着对延安的热爱。文学系学员李清泉回忆道："当远远地遥望到宝塔山时，我虽觉很疲惫，扛着行李的身子也很不便当，仍然弯下腰，伸手抚摸延安的土地，用鼻子闻，用嘴亲。"[①] 陈荒煤借《在教堂歌唱的

[①] 李清泉：《回望延安》，《当代》1992年第3期。

人》中的人物之口说:"我刚到鲁艺来的第二天,正是旧历年的晚上,我第一次听见人群庄严的唱着国际歌,第一次看见了红五角星的灯,光辉地照耀着一群欢笑的脸,我的心激动得很厉害"①,"鲁艺"所在的桥儿沟天主教堂,在他看来"就是我底天堂"②。人们用炽热如火的感情歌唱这座向往已久的城市,延安也让外来者切实感受到了与国统区不同的气氛:这里精神上平等民主,人际关系方面简单淳朴,即使是党的领袖也和普通人一样衣着朴素,待人随和亲切。一些人将此视为人生新的开端,甚至更改了姓名。一时间,延安到处充满了欢声笑语,切合着"歌咏城"的称誉。"鲁艺"作为文化人才最多的地方,更是创作了大量的诗作与歌曲,由莫耶作词的《延安颂》就飘出了"鲁艺"校园,传唱在整个延安。何其芳来到解放区后,一改前期《画梦录》《预言》的唯美之风,热烈歌唱新生的力量。在来到延安后创作的第一篇散文《我歌唱延安》中,他热烈地称赞道:"我充满了印象。我充满了感动。然而我首先要大声地说出来的是延安的空气。自由的空气。宽大的空气。快活的空气。"③"延安这个名字包括着不断的进步。"④"延安的人们那样爱唱歌,……是由于生活太快乐。"⑤ 在诗歌《我为少男少女们歌唱》中,何其芳赞誉延安让他"失掉了成年的忧伤,／我重新变得年青了,／……对于生活我又充满了梦想,充满了渴望"⑥。在诗歌《生活是多么广阔》中,他赞叹无限天地展现在面前,广阔的生活充满了芬芳与快乐。何其芳的这些诗歌,字里行间灌注着热烈的情感,跳动着作者激情欢快的情思。同样倾诉热烈感情的是周立波,他的诗歌《一个早晨的歌者的希望》毫不吝惜地表达着对解放

---

① 陈荒煤:《在教堂歌唱的人》,《解放日报》1941年5月28日。
② 同上。
③ 何其芳:《我歌唱延安》,《文艺战线》创刊号,1939年2月16日。
④ 同上。
⑤ 同上。
⑥ 何其芳:《歌六首·我为少男少女们歌唱》,《解放日报》1941年12月8日。

区新生活、新人物的赞美。此外,胡征的《五月的城》、贺敬之的《自己的催眠》《生活》《雪花》、井岩盾的《幻象》《星》,都抒发着对延安的热爱。

解放区为人民提供了前所未有的生活,人民不再遭受压迫、剥削,开始当家做主,成为新社会的主人。他们在政治上翻身,拥有了民主的权利;在经济上解放,实现了"耕者有其田"的人生理想;在文化上提高,享有文化知识的权利。这种欣欣向荣的景象,为延安文学奠定了颂歌、赞歌的基调。"鲁艺"师生围绕政权建设、知识普及、移风易俗、农民新生等话题,全方位地表现了解放区人民的新生活、新气象。葛洛的短篇小说《风波》讲述刚刚翻身的农民对政府的信赖;天蓝的诗歌《我,延安市桥儿沟区的公民》、贺敬之的诗歌《我走在早晨的大路上》、胡征的诗歌《献——为陕、甘、宁边区第二届参议会而作》,赞颂在新民主主义社会人们拥有了参政议政的权利。诗人自豪地宣称:"我,天蓝,延安市桥儿沟区底公民……"①"政府是我们自己的"②,十八岁的公民来参加投票竞选,"在会议上允许我发言"③"是自己国度的先驱者"④。一些边区农民在政治上翻身做主,他们以热情的工作表示出对民主政府的拥护。孔厥的小说《农民会长》《病了的郝二虎》塑造了公而忘私、勤勤恳恳的农村干部形象,他们忠实地维护这种政治制度。"鲁艺"作家深入到农民的内心深处,展现出了农民在政治上的真正翻身。

解放区的生活欣欣向荣,到处洋溢着欢声笑语,畅享着新生活的人们也意气风发,以高涨的热情投身于热火朝天的革命生产中,

---

① 天蓝:《我,延安市桥儿沟区的公民》,《谷雨》第1卷第2、3期合刊,1942年1月15日。

② 同上。

③ 贺敬之:《我走在早晨的大路上》,绥德《新诗歌》第5期,1941年11月25日。

④ 同上。

中国新文学史上的西南联大与"鲁艺"

尤其在解放区遭遇国民党的经济封锁后,"鲁艺"师生与其他单位人一样,鼓足干劲,荷锄垦荒,他们将学习与劳动相结合,一边学习,一边投入到大生产中。开荒、种地、纺线、砍柴,热烈的生产劳动成为创作的不竭动力,也催生出一大批反映劳动生产的作品。白原的诗歌《延安》讲述面对敌人的威胁,延安的战斗者毫不屈服,自力更生、开荒种地,使这片"倔强的土地"[①]"养育了这些倔强的人们"[②]。戈壁舟的诗歌《军民开荒》展现蓬勃热烈的开荒场面,"到处的山头都在竞赛"[③]。贾芝的一些诗篇表现了延安人春种秋收的忙碌与喜悦,《春天来到陕甘宁边区的土地上》描绘春天到来后,人们响应政府春耕生产的号召,忙碌、愉快地工作;在《我们笑了》中,人们经过春天的辛勤劳作,秋天收获了丰盛的果实;《收获》表现人们沉浸在欢乐幸福的丰收喜悦中。在解放区,各行各业的劳动者知晓工作的意义,具有革命的信念。何其芳的《黎明》赞颂"一醒来就离开床,/一起来就开始劳作的人"[④];戈壁舟的《锄草》赞美天刚亮,除草班子就开始锄草;胡征的《钢版工作者》感叹刻钢版的"同志呵/用你的血丝和铁笔/刻出这个时代的花纹"[⑤]。此外,贺敬之的《十月》、孔厥的《郝二虎》、侯唯动的《美丽的杜甫川淌过的山谷》、井岩盾的《夜歌》……也都渲染了解放区欣欣向荣、紧张繁忙的景象。葛洛的《搬运》讲述警报响起后,师生们边跑警报边探讨美学问题,待空袭结束后,又热火朝天地继续工作,这在西南联大师生的诗歌中也有展现[⑥],可见,在40年代的战争环境下,跑警报、求学问是校园师生的共同经历。

[①] 白原:《延安》,《十月》,五十年代出版社1951年版,第7页。
[②] 同上书,第6页。
[③] 戈壁舟:《军民开荒》,《延安诗抄》,陕西人民出版社1978年版,第47页。
[④] 何其芳:《黎明》,《草叶》第1期,1941年11月1日。
[⑤] 胡征:《钢版工作者》,《胡征诗选》,陕西人民出版社1984年版,第41页。
[⑥] 赵瑞蕻:《一九四〇年春:昆明一画像——赠诗人穆旦》,昆明《中央日报》1940年5月29日。

根据地良好的家庭关系、文明的社会风气也在逐渐盛行。农民们表现出对文化知识的渴求,学子们在离开"鲁艺"后继续关注此现象。莫耶的小说《风波》与潘之汀的小说《满子夫妇》,表现学习文化知识不仅改变了农民的精神面貌,也改善了他们的家庭关系。在一些偏远地区,封建迷信思想、落后观念根深蒂固,但新民主主义社会的科学风气也影响到了每个家庭,葛洛的小说《卫生组长》讲述着科学战胜了迷信思想,全村形成了讲卫生的新风尚。

在解放区,孩子们得到了真正的爱护,二流子也实现了命运的改写。陈荒煤的报告文学《新的一代》讲述了失去家庭的孩子们重新体会到温暖,拥有着良好的学习、生活环境。边区政治稳定后,发展生产力成为一项重要工作,教育那些脱离正常劳动生活与道德秩序的二流子成为政府工作的重要内容。孔厥的小说《二娃子》讲述一个十一岁的农村苦孩子的经历,为了承担起生活的负累,他一直漂泊混饭,也染上了一身的坏习气,通过八路军的关怀与教育,他渐渐改掉恶习,拥有了健全的精神人格。秧歌剧《刘二起家》也描写了二流子的改造过程,表现出解放区新的社会风气。

"鲁艺"的小说洋溢着解放区农民翻身的喜悦,展现着农村蒸蒸日上的新风貌,也讲述着女性的新生与困惑。某种程度上,女性命运能显示出一个社会的发展程度。何其芳的诗歌《我们的历史在奔跑着》展现新旧两代女性不同的婚姻遭遇与人生命运,作者赞叹道:"我亲爱的姊妹,/年青的姊妹,/我们的历史在奔跑着,/你看它跑得多快!"[①] "你们这幸福的年轻的一代,/你们这些胜利的叛逆者,/你们这些能够主宰自己的命运的人!"[②] 相对于何其芳乐观、自信的女性赞歌,一些作品讲述了女性在实现自由后,或获得自我解放,或继续陷入心灵痛苦的故事。在孔厥的小说《凤仙花》

[①] 何其芳:《我们的历史在奔跑着》,香港《大公报》1940年11月22日。
[②] 同上。

中，一个遭受后爹虐待的农村小姑娘在八路军的教导下，勇敢地从阴霾的家庭中走出，融入解放区的新天地中。梁彦的《磨麦女》曾获得1941年延安各界纪念"五四"青年节征文奖文艺类甲等奖，小说讲述了桂英在森严陈腐的婆家受尽虐待，虽然公婆坚决不让她去妇女班学习，但聪明好学的桂英在紧邻的小院暗自旁听，思想有了很大的进步，在人民做主的时代，她在短训班工作人员的帮助下，终于冲出了黑暗专制的牢笼，获得了自由。孔厥的纪实性小说《一个女人翻身的故事——记边区女参议员折聚英同志》，讲述了童养媳折聚英参加红军后，发奋努力，刻苦学习，当选为学习模范和劳动英雄，成长为边区女参议员的故事。这些女性受到解放区新思想的影响，勇敢挣脱旧家庭的人身枷锁，争取了婚姻的独立与幸福，获得了人生的自主，寻找到了人格尊严。但是，解放区的抗日民主政权建立后，农村依然残存着浓厚的封建意识与落后思想，这给女性们带来无法解脱的精神痛苦，成为阻挡她们彻底解放的巨大障碍。孔厥的小说《苦人儿》①表现的就是封建剥削婚姻带给16岁的贵女儿巨大的精神抑郁。贵女儿在接受了新社会的教育后，自我意识开始觉醒，她对苦难生活中定下的婚约十分怨恨，但对多年来扶持家事的未婚夫丑相儿又充满了同情与怜悯，这种怨恨与怜悯交织共融的心理，使贵女儿陷入理智与情感的两难。在解放区新的天地中，农村女性由逆来顺受转变为追求独立人格、享有与男子平等社会地位的新人，同时也继续受到封建意识的禁锢，这使一些作家在为女性人格自主深感欣慰的同时，也对女性依然处于精神困境中备感忧虑。毋庸置疑，不管女性的解放是否彻底，她们的生活毕竟发生了明显的变化，这只有在解放区才能实现，"鲁艺"师生对边区女性命运的总体书写，也是立足于这一基本的认识。因而，无论是表现翻身的凤仙花、桂英、折聚英，还是展示贵女儿心灵的苦

---

① 后改题《受苦人》。

痛，都维系在对解放区民主思想逐渐深入人心、反封建斗争不断进行的期待中。

在歌颂解放区的新天地、新社会、新生活时，"鲁艺"师生经常使用新旧对比的手法。陈荒煤的《在教堂歌唱的人》讲述一个青年从小跟随外祖母到天主教堂做祈祷，尽管外祖母态度虔诚，但生活并未改善，外祖母也悲哀地死了。青年来到延安后，才真切感受到了生活的变化。在青年人的娓娓道来中，小说洋溢着动人的感召力量，并让人们坚信只有革命才会打造真正的精神圣殿。张铁夫的诗歌《乡村》展现了抗日根据地的今昔对比。旧社会，人们忍饥挨饿、卖儿卖女、打骂老婆；今日，人们悠闲自得地下棋、看电影、开会、学习，享受着民主自由的权利，每个人的身上都散发出朝气蓬勃的气息。"年青的乡村发着微笑，/在它的每个角落，飘送着愉快的歌。/因为那些饥饿和哭泣的日子，/已成了很远很远的过去。"① 何其芳的《郿鄠戏》、贺敬之的《我生活得好，同志》《我的家》《青竹竿，穿红旗》、白原的《中国，我呼唤你——长诗〈诞生〉序诗》、李方立的《高原的月》、骆文的《驮盐队的歌》，这些诗歌也都通过对比的手法展现了新社会的美好。不仅有纵向对比，一些作品也通过横向对比，表现解放区生活的优越性。黄钢的报告文学《两个除夕》，比较自己在国统区和解放区两个除夕夜的生活状态，在国统区"我"物质丰盈、精神空虚，"我以为我是一个幸福的人"②；在解放区，虽然物质窘迫粗糙，但"我"精神充实，"我已绝不类如一个好像是幸福的人，我真幸福"③，由此，作者对国统区和解放区的生活进行了明晰的价值判断。朱寨的散文《中秋节》、陈荒煤的报告文学《童话》、井岩盾的诗歌《在收割后

---

① 张铁夫：《乡村》，《草叶》第6期，1942年9月15日。
② 黄钢：《两个除夕》，香港《大公报》1939年8月4日。
③ 同上。

的田野上》、思基的小说《那边》，也以比照式的手法，衬托出解放区生活的美好。

"鲁艺"师生为解放区的新生活、新气象鼓舞激动，自觉地为解放区唱着颂歌与赞歌，但是"五四"思想资源中的批判黑暗痼疾、追求个性的精神传统，在他们来到解放区成为党领导下的"有机知识分子"后，一时间也难以去除，他们发现"圣地"并非只有神圣与光明，也残存着旧的意识观念，于是，在一派嘹亮的颂歌声中，出现了一些犀利尖刻的音调。1941年7月，严文井发表了短篇小说《一个钉子》，讲述在紧张的革命斗争、生产运动中，因为一个钉子的拔与不拔，两位革命同志产生了激烈的争论，事情虽小，却因两人的不同观念而泛起层层涟漪。10月，朱寨发表了《厂长追猪去了》，小说讲述延安附近一个工厂的厂长，深知在敌人经济封锁的情况下自身责任的重大，却常常陷入琐碎的事务性工作中，不能抓住厂里的主要工作，也未充分发挥工作人员的作用，相反降低了大家的工作热情。师生们还将目光对准了部队，思考部队内部的团结友爱问题。1941年冬，陆地调入部队艺术学校，并于1942年4月发表了《落伍者》。小说的主人公老张曾在旧军队中受伤，被八路军收容过来，成为一名炊事员，却难改自私自利、孤独傲慢的缺点，后在百团大战中掉了队，他的战友并未因为失去这名伙伴而感觉悲伤，唯独"我"在众人庆祝胜利的欢笑声中念念不忘这个落伍者。显而易见，作者对老张的态度是复杂、暧昧的，既不满意他身上的消极落后、自私顽固，也对这个不幸的小人物寄予了同情、悲悯与叹息。1942年3月，莫耶在离开"鲁艺"后创作发表了《丽萍的烦恼》，批评延安的革命干部思想专制，小资产阶级知识分子拈轻怕重、爱慕虚荣。小说中，小资产阶级知识女性丽萍参加革命不久嫁给一个老干部，婚后，丽萍虽然满足于家里的物质生活，但精神上却深感痛苦。这既因为丽萍本人害怕吃苦，也是老干部专制霸道的思想作风使然，作品提出了女性的自我解放问题。1942年2月15日至17日,华君武、蔡若虹、张谔三人举行了"讽刺画展",华君武展出了延安植树死掉的漫画《一九三九年所植的树林》等,针砭延安存在的官僚主义、形式主义等问题,其余的60余幅漫画也都讽刺着延安的某些不合理现象,大胆碰触着延安的一些缺点。

这些携带着启蒙思想、批判意识,大胆干预生活的声音,在发表当时就遭到了非议与批评。莫耶的《丽萍的烦恼》刊出不久,"鲁艺"的学生非垢就发表了《偏差——关于〈丽萍的烦恼〉》,批评莫耶开老干部的玩笑,认为作者以偏概全,晋绥军区还召开了批判会,发表此作品的《西北文艺》也被迫停刊。《落伍者》在延安文艺座谈会期间也产生了较大的争议。"鲁艺"文学系研究室的程钧昌发表《评〈落伍者〉》,认为《落伍者》不真实,陆地同情了"落伍者",抹杀了八路军对人的教育和感化的力量。在1942年2月17日,毛泽东参观了华君武等人的"讽刺画展"后,告诫华君武等人不要以偏概全,对于人民群众的缺点,少一些讽刺,多一些鼓励。领导者的规劝没有得到知识分子足够的重视。3月,延安文学界又出现了丁玲的《"三八"节有感》、艾青的《了解作家,尊重作家》、罗烽的《还是杂文的时代》、王实味的《野百合花》等杂文,以及《矢与的》等墙报,一股揭露延安落后现象的创作浪潮甚为壮观,这引起了中共将领们的反感与恼怒,他们开始属意于规整知识分子的自由主义思想。1942年4月13日,毛泽东邀请了"鲁艺"文学系、戏剧系的党员教师何其芳、严文井、周立波、曹葆华、姚时晓等进行了座谈,谈论文艺创作的暴露与歌颂的问题。在之后的《在延安文艺座谈会上的讲话》(简称《讲话》)中,毛泽东更是为解放区文学定下了歌颂的基调,他说:"苏联在社会主义建设时期的文学就是以写光明为主。他们也写工作中的缺点,也写反面的人物,但是这种描写只能成为整个光明的陪衬,并不是所

中国新文学史上的西南联大与"鲁艺"

谓'一半对一半'。"① 毛泽东对文艺如何处理光明与黑暗的问题，明确做了规定：社会主义文学只能写光明，即使是暴露问题，也只能是对光明的陪衬，作家们要坚定地歌颂新民主主义、社会主义、共产党、新社会，暴露只能针对敌人。5月30日，毛泽东来"鲁艺"讲话，再次教诲师生们要根据对象，区别运用歌颂、讽刺、暴露等手法[2]。

毛泽东的《讲话》和"整风运动"规整了知识分子的思想，"五四"暴露黑暗的传统在解放区遭到排拒。如果说师生们最初歌颂与赞美，批判延安的弱点和缺陷，是立足于希望延安建设得更好，诚如华君武等人所言："我们就将以这次的画展来表达我们的热爱"[3]，但是，这种形式与延安的社会氛围并不合拍，此后，知识分子选择何种表达方式有了明确的规定，对暴露与歌颂、光明与黑暗等问题的认识也发生了改变，启蒙主题基本销声匿迹，社会解放、阶级斗争成为主流话语，"鲁艺"师生也完成了从歌颂、批判的同在向歌颂一维的话语转换。对于彼时的文学主题，艾青说："把政治和诗密切地结合起来，把诗贡献给新的主题和题材：团结抗战建国，保卫边区，军民合作，缴公粮，选举，救济灾民……以及'今年打垮希特勒，明年打垮日本'，整顿三风，劳动英雄吴满有，模范工人赵占魁……等，使人们在诗里能清楚地感到今天大众生活的脉膊（搏）。"[4] 师生们以大量的颂歌、赞歌，参与着工农兵话语的构建，这使他们全力书写解放区的新气象，表现热火朝天的大生产运动。为了更好地歌颂新社会、新生活与新人物，知识分子

---

① 毛泽东：《在延安文艺座谈会上的讲话》，《毛泽东选集》第3卷，人民出版社1991年版，第871页。
② 陆石：《毛主席在延安鲁艺的一天》，《人民文学》1978年第9期。
③ 华君武、张谔、蔡若虹：《讽刺画展的"作者自白"》，《解放日报》1942年2月15日。
④ 艾青：《展开街头诗运动——为〈街头诗〉创刊而写》，《解放日报》1942年9月27日。

们还深入到民间传统文化中，寻找契合时代精神的民间艺术形式，秧歌、传统戏、章回小说等被改造利用。解放区的文风也发生了根本的改变，曲折隐晦的文风被坚决摒弃，冷嘲热讽式的杂文笔法被雪藏，文化人也形成了对革命现实的浪漫主义理解。柯蓝在毕业后创作了中篇小说《抗日英雄洋铁桶》[①]，之所以把艰难的抗日故事写成近乎浪漫的传奇，就是因为要"有意识地来集中反映我们人民愚弄日本帝国主义者，并最后击败了它，我也有意识地来集中反映我们人民的智慧、幽默和他们的斗争艺术"[②]。这种对革命的浪漫想象，放大了对战争的乐观主义态度，削减了战争本来的血腥残酷，也凸显了农民经过无产阶级革命教育后的英雄风范，表现出农民的新质素。此时，文化人一边迎接革命胜利，一边以浪漫的情绪建构着一个理想主义的艺术世界。

第三节　启蒙、革命与农民书写

启蒙的核心内容是立人。对于中国知识分子来说，自"五四"以来，文学启蒙的对象首当其冲地指向了占人口数量最多的农民。千百年来，农民在政治上受压迫，在经济上受剥削，一直处在被压迫、被奴役的地位，并且，在现代知识分子看来，农民在思想上也烙印着难以去除的"精神奴役创伤"，因此，某种程度上，从对农民的态度与书写上最能看出作家的思想态度。西南联大人延续新文化先驱对农民的认识，以启蒙的视角审视其精神痼疾，同时，战争也促使他们改变了对农民的态度，批判同情之余，不乏赞赏与敬佩。在解放区，农民成长为"新的人物"，生活状态与精神风貌发

[①] 又名《洋铁桶的故事》。
[②] 柯蓝：《洋铁桶的故事·后记》，《洋铁桶的故事》，作家出版社1955年版，第115页。

生了极大转变。"鲁艺"人在党的领导下,热情赞叹着农民身上的美好品质与英雄风范。

千百年来,面朝黄土背朝天的农民以辛苦劳作、春耕秋收喂养了尧舜大地的人民,某种意义上,他们又是最受欺凌、最无助的一群人。知识分子同情农民的处境,也赞赏其踏实肯干的品性。林蒲的诗歌《树与农夫》由树承受风雨酷热、严冬磨砺,联系到普通农夫不辞辛劳。抗战爆发后,数百万农民走向战场,成为抗战的主力,知识分子重新打量农民,意识到只有依靠广大农民,战争才能取得胜利,由此,农民在社会的认知与评价体系中发生了变化,农民形象逐渐高大起来,走上战场、壮烈牺牲的农民更是受到知识分子由衷地赞美。杨振声的《荒岛上的故事》、李广田的《子午桥》、向意的《兽医》、林蒲毕业后创作的《二憨子》等小说都表现出了农民的觉醒与成长。

尽管知识分子深知为战争付出巨大牺牲的农民理应得到尊敬,对农民的觉醒及其无所畏惧的抗日精神也表示出由衷的敬佩,但是在启蒙者的审视目光下,农民的保守、麻木、蒙昧仍是分明的。早在湘黔滇旅行团从长沙步行到昆明的路上,师生就看到了最本色的农民,并产生了心灵的震动,只是由于关注点的差别,不同作家产生了迥异的感受。闻一多赞叹民众的生命强力,刘兆吉整理民歌、挖掘农民的原始野性,更多知识分子在赞叹民众勤劳坚韧的同时,也痛惜农民的愚昧、麻木与落后。穆旦在诗歌《出发——三千里步行之一》描绘步行中所见到的情景:"一群站在海岛上的鲁滨逊"[1]看到这一切,"又把茫然的眼睛望着远方"[2]。在各地,他们看到了"广大的中国的人民"[3],"他们流汗还挣扎、繁殖!"[4] "孩子们坐

---

[1] 穆旦:《出发——三千里步行之一》,重庆《大公报》1940年10月21日。
[2] 同上。
[3] 同上。
[4] 同上。

在阴暗的高门槛上/晒着太阳，从来不想起他们的命运……"① 向意在散文《横过湘黔滇的旅行》中痛惜老百姓吸食大烟、遭受匪祸，感叹道："什么年代起这地方的人就变成了这样的苍白、孱弱和瘦削？"② "一路上简直就看不出什么战时的紧张状态"③。知识分子对农民被剥削、被损害的处境深表同情，对其麻木、愚昧的精神状态深深悲悯，也对其并不乐观的前途表露出无言的哀戚。

即使在战争时期，农民的愚昧麻木、自私浑噩也仍然触目惊心。李广田的短篇小说《没有名字的人们》保存着二三十年代乡土文学的遗绪，作者将批判的矛头指向了农民自我意识的严重匮乏。小说中的两个人一辈子没有自己的名字，人生的全部内容就是满足基本的生存需要，自我、人格与尊严似乎从未在其人生中存在过。这种无知无觉、浑浑噩噩的生存态度，令人震惊，也令人痛惜。千百年来，无数乡野人生得寂寞，死得黯然，他们如一根根野草无助地摇曳在风雨中，从未得到他人的注意，亦未曾得到自己的重视。鲁迅笔下的闰土、华老栓、祥林嫂、单四嫂，台静农笔下的翠姑、李小妻，彭家煌笔下的周涵海、静姑，蹇先艾笔下的骆毛，许杰笔下的香桂丈夫和兄弟，萧红笔下的金枝、月英、五姑姑的姐姐、呼兰河畔的乡亲们……都展现着农民不仅物质上被剥削，精神上也受损害，以及由此造成的麻木、落后与愚昧。辛代的散文《野老》也一笔带过乡野儿女不买邮票就将信塞进邮筒，还窃喜占了便宜的故事。联大知识分子延续着"五四"知识者书写农民的传统，以启蒙的眼光哀其不幸，怒其不争，又结合时代战争的变化，赋予其悲剧以新的表现形态。

按照现代启蒙思想，知识分子也发现农民兵缺失基本的人格尊

---

① 穆旦：《出发——三千里步行之一》，重庆《大公报》1940年10月21日。
② 向意：《横过湘黔滇的旅行》，李光荣编选：《西南联大文学作品选》，人民文学出版社2011年版，第144页。
③ 同上书，第145页。

严，对其处境和遭遇表示出深切的同情与悲悯。杜运燮在《草鞋兵》《一个有名字的兵》中，悲叹中国农民兵从未获得基本的人的权利与尊严，终生都在苦难中挣扎奔命。穆旦在离开西南联大后的1945年创作了诗歌《农民兵》，认为他们是被欺凌与压榨、沉默的一群。同时，知识分子又难以忽略农民兵肮脏、愚昧、无知、麻木等缺点。这种矛盾、纠结的态度流露在王佐良的作品中。《诗》毫不掩饰对农民兵"直立的身子"[1]的鄙视，在作者看来，这是思想愚笨的表现，他们"没有生命，没有享受，/也就没有死"[2]，"永远受城里人欺侮"[3]，而"愚笨是顽强/而不倒的，固执地，像你我的怪癖"[4]。用"又薄又闹"[5]的嘴唇诋毁愚笨的农民，其实，愚笨是民族不可遗忘的历史，"那点愚笨却有影子，有你我/脆弱的天秤所经不住的/重量"[6]。事实上，正是依靠农民兵走上战场、保卫家园才换来人们的和平生活，历史也正是依靠这些"愚笨"的战士才有所开创，"于是你的兄弟和我的丈夫/愚笨而强壮的男人，昨天/还穿了蓝布褂去叩头，今天/给虫蛀，人咬，给遗忘在长途，/背负着走不完的山，和城镇的咒骂，/给虱子和疥疮，给你我吞灭"[7]。农民兵的献身精神令知识分子自叹弗如！诗人一方面称这些农民兵是"贱命的"[8]，另一方面又将他们视为亲人，称其为"兄弟""丈夫"[9]，矛盾纠结的态度可见一斑。

这种对农民又爱又恨的态度，在"鲁艺"的文学创作中是少见

---

[1] 王佐良:《诗·六》，朱自清等编辑:《闻一多全集 3 诗选与校笺》，开明书店1948年版，第512页。
[2] 同上书，第513—514页。
[3] 同上书，第512页。
[4] 同上书，第514页。
[5] 同上书，第513页。
[6] 同上书，第512页。
[7] 同上书，第513页。
[8] 同上书，第514页。
[9] 同上书，第513页。

的。在解放区，农民已经成为新社会的主人，他们在政治上翻身、经济上解放，身心获得极大舒展，也自觉投入到抗日战争的洪流中，密切配合八路军共同抗日，在此过程中，他们的意志得到了提升，精神得到了净化，由普通人成长为了"英雄"。作为战斗的主体、夺取抗战胜利的主要力量，农民在抗战中的重要性得到社会的普遍认可。无论是出于对抗战胜利的期望，还是着眼于农民的新变化、新质素，"鲁艺"师生自然都要表现这些"新的人物"。同时，解放区的社会氛围也召唤知识分子深入到农民中去，向农民学习。因此，在崇拜眼光的打量下，农民滤去了千百年来的落后暗影，一跃成为社会发展的带头人，推动了革命的胜利与农村新风尚的实现。

抗战中，无数农民受到时代浪潮的冲击，产生了保家卫国的责任意识，全力保护着八路军，自身也在成长进步。骆文的长篇叙事诗《山野的故事》讲述原本畅享放牧乐趣，有着"老实的情爱"[①]的老两口，不料遭遇了"起变的日子"[②]，羊被烧，安稳祥和的生活一去不返。此后，老人当了民兵，形成了"坚固的信念"[③]。在风雪天里，不顾前行的艰难，坚持为部队引路，牺牲在路途中。老太婆在丈夫死后，接替了这项工作，使得"我们"最终战胜了日本兵。恶劣的气氛渲染和排比手法的运用，强化了老人牺牲的悲壮性。胡征的诗歌《鸡毛信》讲述老汉连夜送来了"皇军"的秘密。西戎的小说《我掉了队后》讲述掉了队的"我"藏在农民家里，面对日本鬼子来搜查，农民有勇有谋，保护了"我"的安全，第二天还把手枪、衣裳送到了"我"的连部，智慧和胆量都令人敬佩。何其芳的诗歌《〈北中国在燃烧〉断片（一）》，讲述行军的"我

[①] 骆文：《山野的故事》，《骆文文集》第2卷诗歌上，长江文艺出版社2007年版，第188页。
[②] 同上。
[③] 同上书，第190页。

们"在滹沱河旁休息，附近老百姓和区农会的干部都非常热情。诗歌重在表现和思考农民在斗争中的转变，"我在思索着有多少和他们同样的农民/经过了实际斗争的锻炼，开始认识了/他们自己的存在的重要和世界"①。在散文《老百姓和军队》中，何其芳讲述在作战期间，百姓为士兵们提供住房、送来衣食、担着伤兵、通风报信，甚至直接入伍参军，由此"了解了装备如此不完善的八路军为什么能够支持如此艰巨的华北抗战，了解了为什么最后胜利一定属于我们"②，从而指出只有依靠人民大众的支持，才能取得抗战的最后胜利。此外，胡征的诗歌《致敬》、骆文的诗歌《夜话》、苗延秀的小说《红色的布包》也表现出普通百姓对人民子弟兵的信赖、支持与崇敬。

抗日战争打破了民众安稳的生活，也唤醒了他们内心深处的反抗意识，他们勇敢地告别"小我"，奔向广阔的革命天地。在何其芳的长篇叙事诗《一个泥水匠的故事》中，泥水匠王补贵为了给死去的妻儿复仇，参加了八路军游击队，成长为一个有明确斗争目标的战士，最后壮烈牺牲，他宁死不屈的精神激励了很多人投奔八路军。一个普通的泥水匠入伍参军是为了给妻儿报仇，但经过战争的洗礼，他已超越了"小我"，觉悟到抗战更广阔的意义——实现人的自由，正如王补贵所说："我们要齐心打日本鬼子/不是为了报仇，/而是为了我们自己和子孙们的自由！"③战争时期，无数个王补贵离开既定的人生轨迹，走上了革命的道路。李方立的叙事诗《黑二孩》也讲述了一个乡下孩子踊跃参军的故事。在中国，士兵基本来自农民，农民入伍后，勇敢投入战斗，浴血奋战、英勇杀敌，成为具有无产阶级觉悟的先锋战士，他们的高贵品格在本书的

---

① 何其芳：《〈北中国在燃烧〉断片（一）》，《夜歌》，文化生活出版社1950年版，第275页。
② 何其芳：《老百姓和军队》，《大公报》1940年3月15日。
③ 何其芳：《一个泥水匠的故事》，《中国文化》创刊号，1940年2月。

第二章已有详细的阐述。

农民不仅英勇抗日,对国民党的压迫也进行了大无畏的斗争。苗延秀的小说《共产党又要来了》和《红色的布包》内容上有延续性,主人公都是侗族老太太王伯妈。王伯妈孤苦伶仃一人生活,靠砍柴卖柴为生,但捐税沉重,又遭到县长算计。看清县长的阴谋后,王伯妈放火烧了自家的房子,怀着对共产党的热爱,连夜奔向希望之地。一个普通农妇识破了敌人的阴谋,勇敢地打死了诱骗她自杀的装死鬼和看守她家房子的警士,英勇的行为令人敬佩。

农民不仅是战场上的革命英雄,在轰轰烈烈的大生产运动中,也是积极踊跃、大公无私、心系集体、关心国家的劳动英雄。在解放区,工农兵劳模代表人物吴满有、赵占魁、孙万福、黄立德,因为勤劳能干、任劳任怨,生产成绩突出,多次参加劳动英雄代表大会,受到毛泽东、周恩来、朱德、刘少奇等人的接见和表彰。劳动英雄们的伟大事迹和所获得的嘉奖赞许,自然也被"鲁艺"人写入作品中,无论在校与否,他们都自觉表现着劳模英雄。柯蓝的《吴满有的故事》、艾青的《吴满有》、贺敬之的《赵占魁运动歌》、陈荒煤的《模范党员申长林》、孔厥的《吴满有故事》等作品表现出农民生产的积极性,赞扬他们忠心耿耿地跟着党走,全心全意投入大生产运动中。孔厥的小说《父子俩》还围绕帮助灾区农民抗灾抢种的事情,反映出新一代农民的成长。

农民不仅是战场和劳动场上的英雄,他们拿起笔来,也开始了文学创作。自1942年10月起,延安出现了鼓励工农写文章的浪潮。周扬、柯仲平等人大力倡导,周扬撰文《一位不识字的劳动诗人——孙万福》[①],赞扬孙万福的口头创作表达了对领袖的诚挚热爱。《解放日报》多次发表工农兵作者的文章,积极为农民的文学创作提供条件。虽然一些作品经过了编辑意识形态化的编码,提

---

① 周扬:《一位不识字的劳动诗人——孙万福》,《解放日报》1943年12月26日。

升了农民原生态写作的社会价值,但是,已经显示出农民在解放区拥有了话语的表达权,有了发声的权利,实现了精神上的翻身做主。

在血雨腥风的时代,农民表现出高贵的献身精神和大无畏的英雄气概,社会对农民的评价也发生了改变。周扬说:"昨天还是落后的,今天变成了进步的;昨天还是愚蒙的,今后变成了觉醒的;昨天还是消极的,今天变成了积极的。"① 社会评价的转变,使农民们在文学话语中成为先进人物,改写了"五四"以来其蒙昧、落后的形象,知识分子在农民面前的精神优越感也明显丧失。事实上,战争放大了农民勇敢、顽强等优秀品质,突出了他们的伟大贡献,结合政治力量的干预,强化了农民的社会价值和政治价值,使农民成为时代精神的引导者,与此同时,也隐藏了农民千百年来的"精神奴役创伤"。众所周知,小农经济的社会形态使农民持守着根深蒂固的封建思想和落后意识,在战时,相对于他们的贡献,这些精神痼疾在某种程度上被忽略与无视了,但并非不存在,只是潜隐在他们的思想深处,随时有可能会阻碍革命事业的发展与进步。正视农民的精神弱点,帮助他们改正,会更利于社会的发展,但是在时代、社会、政治、革命等多重因素的作用下,揭橥农民的精神缺陷成为解放区文学的禁区,公共话语只允许对农民进行美化与歌颂,知识分子也对农民拔高与溢美,这不仅影响了一些农民形象的丰满立体,某种意义上,也显现出文学精神的羸弱。

当然,相对于西南联大师生对农民疾苦的同情和弱点的鞭挞,"鲁艺"学子孔厥的小说《父子俩》《郝二虎》也以启蒙的眼光指斥了自私、落后、狭隘的老一辈,但是这些文字大多是用于陪衬解放区新生力量的壮大。两校对农民的观照点是不同的,书写的重点

---

① 周扬:《新的现实与文学上的新的任务》,《解放》第 3 卷第 41 期,1938 年 6 月 8 日。

也有差异。如果说，西南联大人更多以"五四"的启蒙眼光审视农民，在赞赏他们英勇抗日的同时，依然不忘批判其愚昧、落后的一面，那么，"鲁艺"人对农民的态度则纯粹单一得多，农民们舍弃小家、追随革命，这一人生选择赋予他们原本平庸的人生以夺目的光辉，在党的关怀与指引下，农民跨越性地成长为战斗英雄与劳动英雄，也表现出令人敬佩的崇高精神。出于启蒙、革命等多重维度的观照，农民展示出了不同的面孔，西南联大和"鲁艺"师生也以自己的认知参与着对农民精神特质的思考和书写。

第四节 知识分子的精神气度与思想改造

以启蒙的光亮照耀他人的知识分子，引领人们从愚昧麻木中走出，但正如盗火者普罗米修斯要接受宙斯对他的惩罚，承受永难停息的痛苦与折磨，知识分子也遭遇了战争的严峻考验，他们思考着战时如何自处与他处，承受着自我的拷问，迎接着时代的吁求。如果说，西南联大的知识分子明确了文化救国的使命，升华起崇高的精神气度，彰显出文人的挺拔风骨，那么，"鲁艺"文化人则在社会时代的号召下，定位于政治的"齿轮"与"螺丝钉"，以文化工作助推着革命事业与社会建设。

抗日战争的爆发中断了校园知识分子的安逸平稳的生活，随着迁校、合并的命令，西南联大的师生踏上了前往内地的征程。一路上，他们颠沛流离，不断迁徙，忍受着种种难以想象的磨难与艰辛。辗转来到大后方后，又面临教学、生活环境的艰苦与窘迫。此情此景，使饱读诗书的他们思接千古，忆起史上数次的"南渡"之变。

在中国历史上，每当有强敌入侵，当朝不堪抵挡之时，便会仓皇"南渡"。冯友兰在《国立西南联合大学纪念碑碑文》中，钩沉了这样屈辱的历史："稽之往史，我民族若不能立足于中原，偏安江表，称曰南渡。南渡之人，未有能北返者。晋人南渡其例一也，宋人南渡其例二也,明人南渡其例三也。风景不殊,晋人之深悲;还我河山,宋人之虚愿。"① 三次"南渡",均未能北归,以灭亡而终。因此,"南渡"犹如国家覆灭的谶语,悬置在文人的心头。几次大规模的"南渡"经历,也形成了中国的遗民传统,给予后世巨大的精神资源。抗战时期,国民政府决定以空间换时间,放弃东北、华北的大片领土,举国向内地迁徙,这似乎重复了先民"南渡"的旧辙,成为现代史上新一轮"南渡"。当时,日本的经济、军事实力远胜于我国,积贫积弱的中国能否战胜强敌,文化人也没有把握。严峻的形势促使知识分子思考自身的处境与未来的命运,如果"南渡"而不能"北归",那就和史上的几次南渡者一样,成为遗民,必然要接受侵犯者的统治。联系起前几次南渡的结局,知识分子不能不为国家、民族、个人的命运担忧。中国传统感时伤世的精神传统,此时被战火再度点燃,知识分子们创作了大量古体诗。冯友兰感叹"亲知南渡事堪哀"②,陈寅恪自言"南渡自应思往事"③,吴宓唏嘘"西迁南渡共浮沉"④。查阅师生们的诗作,即便没有"南渡"字样,"飘零""漂泊""飘蓬""寥落"亦是高频词汇。陈寅恪的"剩将诗句记飘蓬"⑤ 记载了知识分子此时的悲观、愤慨的心境,流露出前景无望、寂寥落寞的心绪。与"文章下乡,文章入伍"、抗战通讯、报告文学的集体呼号不同,这些古体诗词更加个体化,注重抒发乱世流徙中知识分子的情感与思考,具有极强的历史意识与人文情怀。

西南联大的读书人身处战火正炽、炮火纷飞的岁月,无时不在

---

① 冯友兰:《国立西南联合大学纪念碑碑文》,北京大学等编:《国立西南联合大学史料》1总览卷,云南教育出版社1998年版,第284页。
② 冯友兰:《南渡》,《三松堂全集》第14卷,河南人民出版社2001年版,第508页。
③ 陈寅恪:《蒙自南湖》,《陈寅恪集·诗集》,生活·读书·新知三联书店2001年版,第24页。
④ 吴宓:《大劫一首》,《吴宓诗集》,商务印书馆2004年版,第328页。
⑤ 陈寅恪:《庚辰元夕作时旅居昆明》,《陈寅恪集·诗集》,生活·读书·新知三联书店2001年版,第29页。

惦念沦陷的国土，渴望回归故园。师生将自家的身世家国情怀融入到天下兴亡的感喟中，借离合之悲，抒家国情怀；借时代话语，显知识分子的精神追求。远离家乡，飘蓬南渡，斩不断师生对故土、亲人的真挚思念。杨振声借诗句"天涯无奈乡思渴，细雨疏帘酒当茶"排解忧思①；魏建功抒发乡愁："不寄家书为绝愁，愁来怕看水东流。"②"怀乡"母题给予读书人丰厚的创作资源，使之续接了家国书写传统，感慨遥深中意蕴丰厚。

汪曾祺1945年发表的散文《花园》，满篇凝聚着家的记忆。作者细数幼年时爱抚过的花鸟虫鱼，举目所触万物的生机盎然，在昆明回味童年充满乐趣的生活，感受生命律动的欢乐、成长过程中的收获与难过，谐趣的文字背后掩藏的是思家的心绪。赵瑞蕻也创作了诗歌《永嘉籀园之梦》③，作者自评此诗是一首"思念亲人、怀念故乡之作，结合着爱国救亡的感触"④的诗作，蒙自的南湖使诗人怀念起故土的籀园，诗人呼唤少年时代嬉戏游玩的落霞潭，那碧绿的水、啁啾的鸟儿、葱葱的树木、雪白的芦苇、安闲的野鸭、金闪闪的鱼儿，都成为遥远边城怀念故园的诗人梦中最美的景象。周定一的诗歌《南湖短歌》唯美、诗意："我远来是为的这一园花。/你问我的家吗？/我的家在辽远的蓝天下。"⑤来到小城里的诗人，在梦里听故国的钟声，见到江南的三月天，有着说不尽的惆怅和忧愁。杜运燮的诗歌《园》描述战时园中的景象，岁月的流逝与战火的焚毁使万物失去了生机，作者深深期盼能还原平静、祥和的园林。杜运燮的另一首《乡愁》在印度蓝伽怀念着故土的美丽景

---

① 黄延复：《杨振声和他的一首诗》，山东大学校史编写组编：《山东大学校史资料》1982年第2期。
② 魏建功：《杂诗用中华新韵》第9首，《魏建功文集》第5卷，江苏教育出版社2001年版，第624页。
③ 此诗后改名为《温州落霞潭之梦》《梦回落霞潭》。
④ 赵瑞蕻：《梅雨潭的新绿》，《离乱弦歌忆旧游》，文汇出版社2000年版，第50页。
⑤ 周定一：《南湖短歌》，杜运燮、张同道编选：《西南联大现代诗钞》，中国文学出版社1997年版，第276页。

象。萧荻的诗歌《牛铃——寄一个日本籍的老太太》怀念童年"那些和平而愉快的日子"①。此外,刘重德的诗歌《家乡的怀念》、秦泥的诗歌《二十五自吟》、辛代的散文《红豆》、马尔俄的散文《怀远三章》,也惦念战火中的家乡与亲友,怀念故乡的风物。这些怀乡的文字,宣泄了思乡者的低回愁绪,也抚慰了一批有着相似情感经验的游子。同时,战争时期的怀乡不仅延续了传统的乡愁母题,更和时代、社会的脉动紧密相连。师生们思念故乡,更忧患家国,时刻翘首着战争结束,复兴故土中华。

乱离之际,蒿目时艰,颠沛流离中的西南联大人自然想起了千余年前的诗人杜甫,与之进行潜在的对话,既共尝"漂泊西南天地间"的流徙滋味,也感同身受着"天下兴亡,匹夫有责"的担当精神。作为饱读诗书的知识分子,他们自幼接受着社会本位价值观教育,知晓民族道义,有着治国平天下的责任意识。"动荡纷乱的战争生活虽然使作家们失去了从容写作的环境和心情,却燃烧起了他们用自己的笔投身时代为国家民族效劳的愿望。中国文学'感时忧世'、'忧国忧民'的人文传统可以说正在这样的时代得到了进一步的发扬光大。"② 杜甫的"穷年忧黎元,叹息肠内热""不眠忧战伐,无力正乾坤",引起了无数知识分子的共鸣。吴宓感慨:"乱离流转未成诗,忧世祈天复自危"③,容肇祖指涉教授的打油诗"无忌何时破赵围"(柳无忌),"未达元希扫房烟"(吴达元),"汉家重见王业治"(杨业治)④,同样蕴藏着驱除敌寇的旨归。

知识分子不仅从先哲那里继承了忧国忧民意识,同时,也践行着"富贵不能淫,贫贱不能移,威武不能屈"的大丈夫精神。在儒

---

① 萧荻(施载宣):《牛铃——寄一个日本籍的老太太》,《最初的黎明——萧荻诗选》,内部发行,2005年版,第15页。
② 朱寿桐:《中国现代主义文学史》,江苏教育出版社1998年版,第520页。
③ 吴宓:《乱离一首》,《吴宓诗集》,商务印书馆2004年版,第328页。
④ 柳无忌:《南岳日记》,《柳无忌散文选》,中国友谊出版公司1984年版,第100—101页。

家思想体系中,学者是社会的精神领袖和道德楷模,引领民心走向,尤其在危难时期,知识分子必须成为中流砥柱,他们的自强不息、执着奋勇,会传导给民众坚定的信念和力量。早在抗战初期,南开大学校长张伯苓听说木斋图书馆被炸,就表明态度:"敌人此次轰炸南开,被毁者为南开之物质;而南开之精神,将(不)因此挫折,而愈益奋励。"[1] 闻一多在抗战开始便蓄须以明志,誓要在胜利时才剃掉。对于抗战,他们怀有必胜的信念。浦薛凤认为:"天崩地坼运非穷,故国新胎转变中。"[2] 朱自清翘首:"相期破虏收京后,社稷坛前一盏茶。"[3]《国立西南联合大学校歌》也壮志酬筹地唱响"千秋耻,终当雪,中兴业,须人杰。便一成三户,壮怀难折。多难殷忧新国运,动心忍性希前哲。待驱除仇寇复神京,还燕碣"[4]。民族危难之际,此种自信、坚韧的态度使读书人意气风发,汇聚成顶天立地的兴盛气象。冯至此时以著书立说、授课演讲的方式接近了杜甫,认为杜甫超越了100个王维,就是因为相较于王维的隐逸,杜甫更加关怀民生、积极入世。散文《杜甫和我们的时代》和诗集《十四行集》之十二盛赞杜甫对人们的精神引领。在诗歌《我们的时代》中,冯至认为在战争年代,知识分子仅仅延续人类的文明是不够的,还要共同分担人类的命运。闻一多在授课时也教导学生要学习杜甫广阔的胸怀[5]。可以看出,此时的中国知

---

[1] 梁吉生:《张伯苓》,《中国现代教育家传》第1卷,湖南教育出版社1986年版,第70页。

[2] 浦薛凤:《读史三律》,《浦薛凤回忆录》中册,黄山书社2009年版,第162页。

[3] 朱自清:《叠前韵赠今甫》,《朱自清全集》第5卷,江苏教育出版社1990年版,第303页。

[4]《西南联合大学校歌》,北京大学等编:《国立西南联合大学史料》1 总览卷,云南教育出版社1998年版,第38—39页。

[5] 闻一多"讲唐诗,讲到杜甫时最为神往。他在课堂上朗诵《茅屋为秋风所破歌》……闻先生告诉学生,对这样的诗,不仅要读,而且要用心去体会;并且说,这就是推己及人,是伟大的同情心,是艺术的起源。当时的昆明物价飞涨,广大人民生活很困难,冻馁而死者时有所闻。他联系杜诗,教学生要学杜甫的胸怀,不要只想到自己,更要想到别人"。李凌:《虽九死其犹未悔——纪念闻一多师》,云南西南联大校友会编:《难忘联大岁月——国立西南联合大学在昆建校六十周年纪念文集》,云南教育出版社1998年版,第32页。

识界正在有意识地通过挖掘历史英雄人物，以此编织战乱时期的民族想象共同体，激发读书人及广大民众御敌抗战的勇气和决心，引导大众的历史想象和精神认同。

如果说知识者以忧国忧民、自强不息的精神给予民众以信念和力量，那么箫吹弦诵、著书立说则切实体现了他们文化救国的理想。抗战初期，知识分子群体曾有过战时教育的争论。一些激进人士反对南渡，要求奔赴疆场，与敌人厮杀，但国民政府"战时如平时"的教育方针，稳定了知识分子慌乱不安的心灵。军队浴血抗战与知识分子传承文化的整体构想，强化了师生箫吹弦诵、著书立说的热情。此时，他们在艰苦环境中继续致力于教学与学术。从1941年到1945年，教师们的科研成绩最为突出，纷纷贡献出了自己重要的学术成果。冯友兰、金岳霖此时构建了个人的哲学体系。身处南岳时期，冯友兰感慨："所见胜迹，多与哲学史有关者。怀昔贤之高风，对当世之巨变，心中感发，不能自已。"[①] 基于这种强烈的民族国家危机感，和解决当下社会实际问题的使命感，冯友兰凝聚成集人类、社会、自然、历史、思想、文化、哲学等多方面思考的"贞元六书"；金岳霖此时致力于写作《论道》，期望以此张扬中国之道，弘扬民族士气[②]；闻一多、朱自清转向了古典文学研究，闻一多完成《神话与诗》《唐诗杂论》《楚辞校补》；朱自清写作了《新诗杂话》《诗言志辨》《经典常谈》；冯至致力于歌德、杜甫研究，完成了《歌德论述》《杜甫传》；陈寅恪完成了《唐代政治史论述稿》《隋唐制度渊源略论稿》；汤用彤完成了《汉魏两晋南北朝佛教史》；王力贡献出了《中国现代语法》《中国语法理论》，在国内首开"语言学概要"的课程；罗常培写作了《贡山球

---

① 冯友兰：《新理学·自序》，《贞元六书》上，华东师范大学出版社1996年版，第3页。
② 冯友兰说："金先生的书名为《论道》，有人问他为什么要用这个陈旧的名字，金先生说，要使它有中国味。那时我们想，哪怕只是一点中国味，也许是对抗战有利的。"冯友兰：《怀念金岳霖先生》，《哲学研究》1986年第1期。

语初探》《中国人与中国文》;罗庸完成了《鸭池十讲》;卞之琳专攻莎士比亚;吴宓埋头于古希腊文学……在这些著述文章的研究撰写过程中,民族兴亡的忧患激励着他们,建国复兴的重任催促着他们,他们以刚毅坚卓的精神,克服种种困难,于闭塞的内地箎吹弦诵,纷纷施展着学术救国的抱负。

抗战给万千知识分子带来了沉重灾难,也考验着他们的心智与耐力。殊为难得的是,他们能在人生困厄中汇聚起雄伟挺拔的精神气象,在扰攘的时代寻求到学者的报国路径。他们与古圣先贤进行潜在对话,寻找安心立命的精神依据,并传导给民众不屈的意志、必胜的信念。1946年7月,西南联大完成了战时使命,宣告结束,北大、清华、南开三校复员京津。"南渡"终于可以北归,师生欣喜于"不十年间收恢复之全功,庾信不哀江南,杜甫喜收蓟北"①。"南渡"已成历史,刚毅卓绝的校园精神却飘荡于大江南北,知识分子的精神气度历经岁月的淘洗,仍让人肃然起敬。

如果说,西南联大的师生在"南渡"过程中,升华了知识分子的精神气度,那么,"鲁艺"的知识分子则在延安经历了从个性张扬到自我改造的转变历程。他们原有的启蒙、独立的思想,在毛泽东的《讲话》与整风运动的洗礼后自觉抛弃,知识分子走向与工农大众结合的道路,并开始真诚地自我否定与思想改造。

知识分子来到延安后,为延安自由的空气发出过真诚的赞美,同时,潜隐于内心深处的启蒙意识也在慢慢复苏,这促使他们在延安继续着"五四"未竟的事业,揭示和批判着延安的落后与愚昧,自我主体意识也集中迸发。但是,在抗日呼声高于一切的形势下,批判话语在时代与现实的要求下逐步淡出,知识分子的启蒙角色也难以继续。革命根据地要求的是整齐划一、纪律严明、意志坚定,

---

① 冯友兰:《国立西南联合大学纪念碑碑文》,北京大学等编:《国立西南联合大学史料》1总览卷,云南教育出版社1998年版,第284页。

是一切服从于党的领导、服从于革命斗争。初来乍到的知识分子，还时常标榜独立与个性，这显然和执政者的期待有着距离。在1939年5月，毛泽东曾说："知识分子如果不和工农民众相结合，则将一事无成。革命的或不革命的或反革命的知识分子的最后的分界，看其是否愿意并且实行和工农民众相结合。他们的最后分界仅仅在这一点，而不在乎口讲什么三民主义或马克思主义。真正的革命者必定是愿意并且实行和工农民众相结合的。"[1] 在1942年5月的《讲话》中，毛泽东继续强调知识分子思想改造的必要性，他说："从亭子间到革命根据地，不但是经历了两种地区，而且是经历了两个历史时代。"[2] 毛泽东提出知识分子要进行思想改造，改造的途径便是与工农大众相结合。在领导者的要求下，知识分子不再以时代先觉者自居，也不像二三十年代的革命文学倡导者那样试图为大众代言，他们走向了批判自我、不断改造的路途。

某种程度上，铁与火的时代也使知识者深感自身的软弱与无力，他们深受着文化原罪的自责，开始了严峻地自审与反思。1939年，何其芳创作了散文《老百姓和军队》，回忆跟随贺龙部队到华北前线时，自己因摔坏了一只手臂，没办法去团里慰问，由此自责道："我用什么去慰问呢？用一些空话吗？我感到我身上带着的不是枪，不是手榴弹，而是一支自来水笔，已经很可羞耻了。倒是老百姓们的慰劳对战士们更有用一些。"[3] 其实，抗战时期，文人无用的思想在解放区知识分子中很是普遍，他们厌恶自己不能像士兵一样去前线冲锋杀敌，也对自己因受过教育不能与工农打成一片而心生愧疚，此时还尚未深刻意识到文化事业与抗战救国之间的联

---

[1] 毛泽东：《五四运动》，《毛泽东选集》第2卷，人民出版社1991年版，第559—560页。
[2] 毛泽东：《在延安文艺座谈会上的讲话》，《毛泽东选集》第3卷，人民出版社1991年版，第876页。
[3] 何其芳：《老百姓和军队》，《大公报》1940年3月15日。

系。强烈的自惭形秽心理使他们不仅严厉地自审,也对抗战时期的知识分子形象进行了不同程度的贬斥。孔厥在小说《追求者》中讽刺了一群投身于抗战工作,却胆怯浮夸、不能吃苦的小知识分子。严文井在《一个人的烦恼》中讲述在热火朝天的战争时代,一个想追求进步,却找不到出路的青年人的烦恼。这个未和群众结合,最终一事无成的人,很容易让人联想起路翎小说《财主底儿女们》中的蒋纯祖。这类知识分子的失败一方面要归咎于时代的低气压,另一方面,也与他们自身软弱、易动摇的性格脱不了干系。在小说的"再版前言"中,严文井说当年写此小说,是"要为一群软弱的、虚浮的、还没有定向的小知识分子立传,描绘他们那些形形色色的,实际是大同小异的肖像,窥测他们在不同的道路上可能面临的不同命运"[①],以此和"自己的'过去'告别"[②]。在整风运动进行之前,严文井已经开始着意批判知识分子软弱、苦闷的灵魂了,尽管作者并非有意迎合时代,甚至多年后还为这种以知识分子为主人公的写作忐忑不安[③],但审视与书写知识分子在大时代中的思想行为毕竟是彼时的潮流。

在社会现实、政党权威、文人自卑情绪等多重因素的作用下,大量知识分子放弃了启蒙身份,开始自我改造,接受工农大众的教育。胡征的诗歌《紫花藤》中,"我"对紫花藤的态度折射出了知识分子的精神变化。以前,"我"把心爱的紫花藤藏入海涅的诗

[①] 严文井:《〈一个人的烦恼〉再版前言》,《一个人的烦恼》,中国文艺联合出版公司1983年版,第2页。

[②] 同上。

[③] 严文井说:"四十多年过去了,现在重新校阅这本书的时候,我为当时的胆大妄为感到惊讶。我的行为近乎怪诞。我没有在死亡与生存,黑暗与光明激烈搏斗的时刻,反映当时最为人们所关心的巨大斗争,赞美真善美,抨击假恶丑,而是选择了这样一个侧面和这样一个没有深刻思想和强烈个性的,不甘于平庸却又没有多大作为的小人物来加以描绘和剖析。为他的苦闷、烦恼和那些环绕着他的琐事,那些空虚的人们的无尽无休的废话等等,费了不少笔墨。固然这些人和事也不失为那个时代的一部分生活,但到底是灰色的乏味的东西,加上我说话时那种近乎冰冷的态度,我到底会给读者们一些什么样的感受,这不能不是一个问题。"严文井:《〈一个人的烦恼〉再版前言》,《一个人的烦恼》,中国文艺联合出版公司1983年版,第3—4页。

集,"痴恋她紫红的颜色"①,内心也藏着秘密,但在大生产岁月中,"我"毅然抛弃了以往的柔情与爱恋:"我挥手将她斩去/连同柔情的记忆抛进崖谷。"② 紫花藤作为象征性的意象,寄予着作者对自我柔情的态度,从珍爱到斩去,足见作者改造决心之坚定。何其芳在诗歌《黎明之前——〈北中国在燃烧〉第一节》中,表示"我将埋葬我自己,/而又快乐地去经历/我的再一次的痛苦的投生"③,迎接未来美好的生活。一定意义上,知识分子通过走向工农大众,被其教育同化,存在感得到了增强。

整风运动后,知识分子在文学作品中比较少见,能够出现的多与大生产运动相关。1943年3月,党中央号召文艺工作者到农村去。延安文艺界的知识分子响应号召,自觉"到农村、到工厂、到部队中去,成为群众的一分子"。3月中旬,"鲁艺"秧歌队奔赴金盆湾、南泥湾慰问驻军。4月初,"鲁艺"文学部派30多名学生深入到农村和部队中。12月初,"鲁艺"工作团奔赴绥德、米脂工作。1944年,一些学生和研究人员被派到南泥湾359旅当兵。朱寨在1962年创作的日记体式的作品《向海洋》就回忆了延安文艺座谈会之后,"鲁艺"师生热烈学习《讲话》与整风文件,离开校园、开赴前线、深入敌后的经历。孙剑冰在《去南泥湾当兵》中也回忆了去南泥湾当兵的过往,并提到了向士兵学习中的呆气。知识分子在走向工农大众中,希冀通过生产实践改变原有的身份。1944年秋天,戈壁舟在"鲁艺"农业生产合作社,创作了诗歌《我生产了十七石》。某种程度上,此诗可以视为知识分子通过劳动,思想得以改造的代表。诗人讲述自己积极响应大生产运动的号召,

---

① 胡征:《紫花藤》,《胡征诗选》,陕西人民出版社1984年版,第9页。
② 同上。
③ 何其芳:《黎明之前——〈北中国在燃烧〉第一节》,《草叶》第4期,1942年5月1日。

"用我这摇笔杆子的手，/拿起粗重的镢头"①，经过淋雨流汗，历经一年，忍受着腰疼腿酸，战胜自己，终于自豪地喊出："我生产了十七石。"对于创造了如此辉煌的成果，诗人颇感欣慰："我再不是苍白的知识分子"②，并深信："世界再没有甚么叫做困难。"③艰辛的劳动也使诗人自豪地宣称："我作了农民的儿子。"④结尾处，作者升华了劳动生产的意义："我生产了十七石，/比我写一篇漂亮的文章，/比我发表一个动人的讲演，/更能减轻老百姓的负担。"⑤不仅如此，诗人还表态要继续改造："只是比起劳动人民呵，/这还是很小很小的一点。"⑥诗歌体现了知识分子在劳动中的自我改造与重塑。一些作品还讲述了转变过程中得到的工农大众的指导。思基的小说《我的师傅》以工人师傅教"我"拉锯这一具体劳动入手，叙说工人与知识分子之间的思想隔阂，书写了知识分子经过工人阶级的教育与劳动的历练，转变了思想，实现了改造。

综观40年代的中国文化版图，各区域的知识分子都开始了不同程度的自我审视与重新定位，自我质疑与批评的声音不绝于耳。1938年初，中华全国文艺界抗敌协会在武汉成立，发出"文章下乡，文章入伍"的号召，鼓舞知识分子走向抗战；1939年1月，郭沫若在重庆文化工作座谈会上作《战时文艺工作》的讲话，号召"文化人到农村去，到敌人后方去"⑦。在抗战时期，知识分子深入抗战已经成为时代的要求和趋势，西南联大师生也意识到了自身应

---

① 戈壁舟：《我生产了十七石》，《延安诗抄》，陕西人民出版社1978年版，第51页。
② 同上。
③ 同上书，第52页。
④ 同上。
⑤ 同上。
⑥ 同上。
⑦ 南方局党史资料编辑小组编：《南方局党史资料·文化工作》，重庆出版社1990年版，综述第12页。

承担的使命。1941年，穆旦创作了诗歌《鼠穴》，将知识分子比喻为"鼠"，以鼠在外界环境下苟且偷安、软弱妥协的做法，暗指知识分子的无所作为、随波逐流。严峻的语调隐含着诗人对知识分子的诘责。王季的杂文《轭》认为眼镜是累赘和羁绊，是读书人自己加上去的轭，毋庸置疑，眼镜代表的是知识，作者的态度事实上倾向于知识无用。在另一篇杂文《隔膜》中，王季讲述知识分子走入民间后，深感与民众的隔膜，经过严肃的反省自剖，决心改变自我，深入群众。在严峻的社会现实面前，知识分子真切感到自身的无力与渺小，与遭受更多苦难的人民大众相比，他们认为自己生活在腐化堕落中。自我无力感和道德上的罪恶感在战争的映照下分外突出。"百无一用是书生"，知识分子既无法走上战场与敌人厮杀，也不能在战争大后方起到救援作用，因此，他们真诚地否定自我，崇拜大众，试图改变过去悠闲的生活方式，身体力行地效仿工农，成为自食其力的劳动者，这种思想倾向在40年代一定范围内存在。但随着战争的深入与长期化，文化人对自我的作用有了更深入的认识，即知识分子是与军人不同的社会角色，话语方式具有独特性，具有与武装势力同等重要的力量。如果说，这种身份定位在西南联大得到高度重视，促进了知识分子升腾起精神气度，那么，在解放区，虽然也有表现知识分子正面形象的作品，如晋驼的小说《结合》塑造了文化教员李民的形象，李民坚定赤诚的革命态度、热情耐心的工作作风，都显示了知识分子身上的闪光点，但这样的人物也要通过与工农大众紧密结合，才能彰显自我的存在价值。

整体说来，在知识分子观照抗战时期的社会现实时，"五四"开创的思想启蒙传统出现了不同的走向。一方面，西南联大人在与古人对话的过程中，升腾起自身的精神气度，以卓越的精英意识审视社会，以启蒙者的身份批判不合理的社会状况，指斥农民的落后麻木，当然，其中夹杂着对农民又爱又恨的矛盾态度。另一方面，在解放区,"五四"启蒙传统却遭遇了断裂。"鲁艺"师生在新社会、新天地中,热烈赞美着政权的民主、工农的新生,虽然,偶尔也发出了不和谐的尖音,但在政治话语的规约下,最终回到了赞歌、颂歌的合唱中。

第四章 生命存在与人性深度的探询

当战争成为一个国家的主流话语,所有的话语言说自然都与之有着或疏或密的关系。如果说高涨的民族意识与战斗精神直接契合了战争的刚烈火爆,积极观照社会现实,审视农民、知识分子的存在感,是战争夹缝中的启蒙思考,那么此时期大量关于生命、存在、人性的话题,则和战争稍微拉开了一定的距离,但是,无论是思考生命存在的形态,抑或是探究丰富多元的人性,也都是通过战争这一外在事件,完成了对人类永恒的精神家园的探询。这种形而上的精神追问,赋予了此类作品深厚隽永的魅力。

第一节 生命存在:诗性品格、救世情怀的对立与对话

西南联大与"鲁艺"的作品虽然有战争的背景,但剥离表层的时代因素,还有更深一层的思想意蕴值得人们反复回味,因为它触及个体的生存内核,深入到普泛、永恒的人性,上升到生存、死亡、命运等精神层面。与抗战紧密相关的文学如此,那些"与抗战无关"的文学更是如此。无论哪种类型的作品,都具有穿越时空的永恒魅力。相对来说,西南联大的文学多是精英话语贯穿的精神体验,属于"生命的沉思",具有诗性的品格;"鲁艺"的创作虽然思考生命存在的意义,却具有明显的救世情怀,始终围绕着革命、

劳动、贡献等核心话题。两校关于生命存在的叙说构成了对立与对话的关系。

战争的血雨腥风、"南渡"的辗转漂泊，调动起了知识分子的精神气度，人道主义的思想使他们对战争中的个体给予温厚的理解与关怀，对生命存在的不倦思索，更使他们观照到复杂深邃的生命体验，这具体表现在：他们崇敬自然，在自然中发现了生命的律动和万物的关联；他们思考人类的存在形式，追求理想的、合乎本性的生命样态；他们也探索着生存、死亡、精神等永恒课题。这些深邃丰富的体验流，既体现出在多元文化思想的渗透下，知识分子自我认知与外界感悟的深度和广度，也标举出自"五四"文学以来，关于生命存在的思考达到的新高度。

战争的恢宏壮阔使知识分子深感自身的渺小与无力，他们无法抵抗战争的侵袭，也无法解决战争带来的新我与旧我冲突的矛盾，只能将目光转向自然，在与自然的亲近中，发现了宇宙万物的生机和活力；在与自然生命同一律动的过程中，他们认识、理解了自我，找到了灵魂的家园与归宿，某种程度上，忽略了战争带给人类的身心戕害。同时，西南联大的师生战前大多生活在都市，深感都市的沉沦堕落、现代人的倦怠迷惘，只有置身在山山水水中，他们才寻觅到了心灵舒展的精神家园，而自然山水也给予他们更多的生命启悟。1938 年 2 月至 4 月，穆旦参加了从长沙到昆明的湘黔滇旅行团，这次漫长的内地之旅，让穆旦真切触及了广阔的自然与社会，种种自然景物、人事现象沉淀在他的心底，增加了他对人生的感触与体验，加快了心灵成长的节奏，也成为他日后创作中关于生命、死亡、时间、永恒等重大问题的底色。《我看》就是根据内迁征程中的所见所感，在 6 月来到云南蒙自后创作的。在这首具有浪漫主义气息的诗歌中，诗人描绘了他眼中的自然：春风揉过青草，飞鸟吸入晴空，面对这幅充满了青春气息的画卷，他感受到了生命的勃发与张扬。相比较，人的欢乐、忧戚、迷惘、哀愁又是多么微小。自然浩瀚无边、永恒存在，短暂的生命只能"随着季节的起伏而飘逸"①，让生命融入自然之中，"让我的呼吸与自然合流"②，由此，个人的生命才能超越物理意义的生死界限，获得永恒，"像季节燃起花朵又把它吹熄"③。穆旦在诗歌中，将个人的生命融入自然中，以此获得了精神的永生。1938年8月，穆旦创作了诗歌《园》，此时穆旦即将随文、法两院由蒙自搬到昆明，面临人生不断的迁徙，诗人心中除了青春欢快的吟咏之外，又多了些许忧郁与悲伤。诗作吟咏着园子的自然景物，泥土、树枝、天穹、石墙，在大自然编织的明媚与幽静的景色里，生命也随之舒展欢畅，但心中的忧郁使这秀美的景色又变得色调多元。景色的变化与永恒，人生的迁徙与停留，让诗人感慨："当我踏出这芜杂的门径，/关在里面的是过去的日子，/青草样的忧郁，红花样的青春。"④ 如果说，穆旦在蒙自吟咏自然的诗篇还有青春的欢歌与忧伤，那么，此后自然在穆旦的眼中则是另一番景象。创作于1942年2月的诗歌《春》，在对春的描绘中，诗人表达着年轻人心灵的躁动与不安："绿色的火焰在草上摇曳，/他渴求着拥抱你，花朵。/反抗着土地，花朵伸出来，/当暖风吹来烦恼，或者欢乐。/如果你是醒了，推开窗子，/看这满园的欲望多么美丽。"⑤ 春天万物复苏，一切充满了生机和活力，在春的召唤下，20岁年轻人的欲望也被点燃，他渴望打破冰冷的桎梏，实现身心的舒展与自由。林蒲毕业后发表的诗歌《乡居》以素描般的笔法编织了一幅静美和谐的乡村图，阶前的山茶花、蜷伏在门槛外的猫、摸捉鱼虾的鸭、蹲在池畔的牛……这些

---

① 穆旦：《我看》，穆旦著，李方编：《穆旦诗全集》，中国文学出版社1996年版，第39页。
② 同上书，第40页。
③ 同上。
④ 穆旦：《园》，穆旦著，李方编：《穆旦诗全集》，中国文学出版社1996年版，第41页。
⑤ 穆旦：《春》，《穆旦诗集（1939—1945）》，1947年版，第81页。

常见的乡野动物，烘托出自然祥和的田园氛围，表达出诗人对和谐生活的怀念与向往。白鹄的《夜歌》、林蒲的《羽之歌》和赵瑞蕻的《永嘉籀园之梦》，这些诗歌或在景物中舒展身心，或借自然景物抒发离别之情，遣散战争带来的痛楚。

自然先于人类存在，绵长久远，浩瀚无边。面对无法征服的自然，人类不可避免地感到自身的渺小、生命的有限。沈从文怀抱着对自然的敬畏之心，此时创作了《赤魇》与《虹桥》，小说突出了自然本身的价值，呈现了自然中无数生命的欢快律动，作者将自然与人类放在阔大永久的时空中加以体察，提出以谦卑之心尊重自然、崇敬自然是人类应有的态度。沈从文对自然的敬畏，在冯至这里实现了同调。在《〈山水〉后记》中，冯至表达着对自然的崇仰，思考在永恒存在的自然中，生命的延续与耐力。

人类在自然中可以实现身心的舒展与张扬，增进生命的韧性与耐力，这归其根本指向的是合乎人性、自由自在的生活方式。如果说，自然表现只是一个窗口，那么，尊重正常的情欲需求、追求生命的丰盈与充沛、向往爱与美，则直接期待着理想的人生。40年代，西南联大自由宽松的校园氛围、昆明乡郊的静谧祥和激发起沈从文的生命思索。在每周往返于昆明和呈贡的乡村小路上，在一次次看云的山坡上，沈从文感受着战乱时期难得的心灵安宁，他沉潜到了精神深处，思考生命的样式。在他看来，"生命一种最完整的形式，这一切都在抽象中好好存在，在事实前反而消灭"[①]，生命、理性只有在抽象中才得以展示出全部的面貌，这种认识赋予他此时作品以深刻的生命体验和形而上的哲思意味。《看虹摘星录》在正视情欲需求的同时，描绘了人性中的神性，一定程度上，代表了作者此时的文学成就。《新摘星录》讲述女主人公苦苦追寻灵肉一致的爱情，但总是陷入理想与现实的矛盾中。《看虹录》借助窗帘上

---

① 沈从文：《生命》，《烛虚》，文化生活出版社1941年版，第53页。

的花马，细微描绘了女主人公的身体，充满了神性的赞美，联系起文中同时出现的瓷器、元人素景、雕刻，以及百合花等意象，可以感受到作者面对女性身体产生的虔诚感和庄严感。小说融汇着作者对正常情欲需求的尊重，其实，这也是沈从文小说一以贯之的主题，从20年代后期的《柏子》《雨后》，到40年代末的《巧秀和冬生》，作者对人类正常的情欲需求始终是肯定的，在《看虹摘星录》中，更是赋予其一种神圣感。作者希冀通过小说，抵抗社会上流行的情欲不净观，解决滞塞人性的虚伪性道德和国民性等问题，但爱欲、人性的言说与当时的抗战主题相去甚远，日后几乎给沈从文带来了致命的麻烦。

　　沈从文并非只是指斥社会上的情欲不净观，某种程度上，这是他思考人性、生命、存在的一个方面。他始终倾听着内在的心灵话语，追寻独特的生命体验，《烛虚》《潜渊》《七色魇》就通过人事的变迁感慨世事的无常，借具体的小事寄托抽象的哲理思辨，记录了他此时的心灵探寻历程。在思辨气息颇为浓郁的《烛虚》中，作者讲述当年向往城市的"我"来到城市20年后，"生命俨然只淘剩一个空壳"[1]，对世事备感厌倦，作者以此思考生命存在的形式，反省人的退化现象，希望借助美与爱，重铸人类的生存家园，唤起人的尊严和使命感。诗歌《看虹》思考"虹"跌落后的生命存在，小说《雪晴》感慨乡人生命的丰盈，也共同寄托了对于"美与爱"的倾心。在《美与爱》中，沈从文说："一个人过于爱有生一切时，必因为在一切有生中发现了'美'，亦即发现了'神'。"[2] 这种对于"美与爱"的倚重，不觉让人们联系起了蔡元培。一定意义上，沈从文继承了蔡元培的"美育代宗教"的思想，努力通过

---

[1] 沈从文：《烛虚》，香港《大公报》1940年9月14日。
[2] 沈从文：《美与爱》，《沈从文全集》第17卷，北岳文艺出版社2002年版，第359页。

"一种美和爱的新的宗教,来煽起更年青一辈做人的热诚激发其生命的抽象搜寻,对人类明日未来向上合理的一切设计,都能产生一种崇高庄严感情。国家民族的重造问题,方不至于成为具文,为空话!"① 沈从文以美、爱和理想的人性,构筑着文学世界,以期重塑民族精神和品格,这种精神追求也出现在他人的作品中。李广田的小说《引力》讲述梦华不远千里来大后方寻夫,不断开拓着新生活,传递出人生是一个追求进步的过程的认识。此外,李广田的散文《说吃》、王季的小说《未举行的婚礼》、史劲的小说《古屋之冬》也都认为人生应有更高远的理想与追求。

沈从文等人呼唤一种高远的人生追求,穆旦、杜运燮等人也在思索着理想的人生形式,只不过较沈从文"抽象的抒情",他们更多关注现代人的生存状况。穆旦认为现代人受到物质文明的束缚而变得异化,向往一种自由自在的生活方式。在诗歌《还原作用》中,穆旦深入思考人的异化和还原问题,由个体生命的感受上升到对人类命运的整体观照。深陷在现实泥淖中的人想要挣脱外界的束缚,获得自由与解脱,却只能接受残酷的命运安排,被现实这一"污泥"异化,使生命沦为一个空壳。诗意的生活回忆未能缓解人的痛苦,面对这种令人绝望的现实,诗人思考着自我救赎的方法,"开始学习着在地上走步"②,也即摆脱现代文明对人的压制与造成的异化,回归到淳朴自然的天性中,尽管这一切是"无边的迟缓"③,人类自我寻找的过程注定是一个长期的工作。穆旦这首诗歌创作于1940年11月,此时中国正处于如火如荼的抗战时期,穆旦却从英美现代诗中窥见了中国未来可能面对的现代性困境,命运也是现代人需面对的问题,因而,诗作超越了具体时空,获得了永

---

① 沈从文:《美与爱》,《沈从文全集》第17卷,北岳文艺出版社2002年版,第362页。
② 穆旦:《还原作用》,桂林《大公报》1941年3月16日。
③ 同上。

恒的魅力。诗歌《黄昏》描述只有在黄昏后,"一天的侵蚀"[①] 才停止,人们终于可以暂时摆脱机械僵化的生活,告别现代物质文明对人的掠夺,迎来真实欢畅的自我,感受生命的美好。诗歌《智慧的来临》反思现代社会造成的人性异化,呼唤着本真人性的回归、充沛自由的生活。杜运燮的诗歌《无题》想要脱离目前的自己,让灵魂自由地飞翔。此外,罗寄一的诗歌《一月一日》《角度之一》、卞之琳的小说《山山水水》、钱锺书后期以西南联大为部分素材创作的小说《围城》,也都关注人的生活样态。

文学与哲思相结合,使西南联大人的生命感悟与存在体验更为深邃与高远。一方面抗战现实激发了他们对于战争、社会、历史、政治等问题的关注,另一方面,与西方现代派文学的密切接触,也使他们的思考超越了具象,深入到生存、死亡、精神等层面。1940—1941 年间,冯至居住在杨家山林场,茂密的森林、幽静的环境使冯至关注自身的生命体验,实现了与世界一流大师的思想共振。他服膺于里尔克的"诗是经验"的创作理论,又受到歌德的"断念""蜕变"理论的影响,把生活体验升华为对人类体验、生死之变的思考,达到了哲学的高度,此时完成的《十四行集》就是诗人的生命感悟与存在体验的结晶。《十四行集》共有 27 首诗,思考生命的意义、人与人的关系、万物的关联等话题,如其中的第二首:

> 什么能从我们身上脱落,
> 我们都让它化作尘埃:
> 我们安排我们在这时代
> 像秋日的树木,一棵棵

---

① 穆旦:《黄昏》,《穆旦诗集(1939—1945)》,1947 年版,第 75 页。

把树叶和些过迟的花朵
都交给秋风,好舒开树身
深入严冬;我们安排我们
在自然里,像蜕化的蝉蛾

把残壳都丢在泥里土里;
我们把我们安排给那个
未来的死亡,像一段歌曲,

歌声从音乐的身上脱落,
归终剩下了音乐的身躯
化作一脉的青山默默。①

  这首诗讲述了"脱落",描述人的精神嬗变,人经过"脱落""蝉蜕",与自然融为一体。生与死是生命中的两大主题,由生转入死,某种意义上,并不意味着生命的终结,而是与自然融为一体,成为更高层次的生。关于生与死的思考,融汇在《十四行集》的诸多篇章中,之一表达生命只要完成了最璀璨的时刻,即便结束也是一种新生;之四表现生死更替的正常;之三和之十三描述歌德在寂寞中思考着"死和变",通过"蜕皮"与"脱落",最终实现了成长。
  冯至在观照自然时,还发现了万物相互关联、彼此呼应、息息相通的关系。《十四行集》之十六写道:"哪条路,哪道水,没有关联,/哪阵风,哪片云,没有呼应"②。他的抒情散文集《山水》

---

① 冯至:《十四行二十七首·二》,《十四行集》,文化生活出版社1949年版,第5—6页。
② 冯至:《十四行二十七首·十六》,《十四行集》,文化生活出版社1949年版,第33页。

也融汇了万物相关联、生死相依存的认识。其中的《一个消逝了的山村》讲述一个山村虽然消逝，但是这里的小溪、鼠麹麦、菌子和晚上野狗、鹿子的叫声却不会消亡，正是因为这些自然景物，滋养了"我"的生命，并让"我"感觉到和70年前的村民"有着意味不尽的关联"。《一棵老树》也讲述人与动物的呼应与相通。在冯至看来，万物不仅紧密相关，人生的每一个选择也决定了未来的路途。诗歌《歧路》由选择一条前行的路，就要丢弃其余的路，感受到"全生命无处不感到／永久的割裂的痛苦"①，深入思辨了选择、割裂与前行的关系。正是因为诗人通过对生命意义的探寻，对个体存在超越性的思考，歌咏了一种不断奋进、勇于担当的人生态度，《十四行集》被李广田誉为"沈思的诗"②。

西南联大的知识分子生活于现实中，又远远超越了客观现实，不断进行着哲学、心理学的思考。穆旦的诗歌《在旷野上》表达了人们期待着理想的人生，却躲避不了生活中永恒的空虚与痛苦。"我久已深埋的光热的源泉，／却不断在迸裂，翻转，燃烧。"③这种永难摆脱的生命痛苦，正是现代人普遍要面对的人生问题。在诗歌《不幸的人们》中，穆旦描述人们永远处在不幸之中，又只能在深切感受与体验苦难中获得救赎。郑敏的诗歌《金黄的稻束》，由金黄的稻束想到"无数个疲倦的母亲"④，她们"肩荷着那伟大的疲倦"⑤"静默。静默。历史也不过是／脚下一条流去的小河／而你们，站在哪儿／将成了人类的一个思想"⑥，由稻束的静默姿态，

---

① 冯至：《歧路》，《十四行集》，文化生活出版社1949年版，第63页。
② 李广田：《沈思的诗——论冯至的〈十四行集〉》，桂林《明日文艺》第1期，1943年5月。
③ 穆旦：《在旷野上》，香港《大公报》1940年10月12日。
④ 郑敏：《金黄的稻束》，《诗集（1942—1947）》，文化生活出版社1949年版，第11页。
⑤ 郑敏：《金黄的稻束》，《诗集（1942—1947）》，文化生活出版社1949年版，第12页。
⑥ 同上。

从容地展示出母亲的伟大与崇高。郑敏还创作了思考事物变化的《怅怅》《云彩》,表露细微心理状态的《晚会》。由于学哲学出身,郑敏总是以哲学的眼光观照万物,把自然万物化为意象,细致入微地传达出自身的感受。袁可嘉的诗歌表现出浓烈的知性特征,赋予日常生活以理性的高度。诗作《沉钟》以沉钟自述:"生命脱蒂于苦痛,/苦痛任死寂煎烘,/我是锈绿的洪钟,/收容八方的野风!"[1] 表现出一种沉默、宽容、超脱的人生态度。诗歌《墓碑》中,"当生命熟透为尘埃"[2],生死旷达的态度显而易见。穆旦、郑敏、袁可嘉等西南联大校园诗人的出现,表明中国诗歌与世界诗歌的发展几乎实现了同步。

如果说西南联大的知识分子多追求个体的感受,强调文学的纯粹精神和诗性品格,那么,"鲁艺"师生的创作则紧贴现实,有着强烈的经世致用的救世情怀,即便作者谈论生命话题,也不离革命功利主义的精神归趋,趋向着集体主义、国家主义的宏大话语,呼吁个人为革命与理想而努力工作。

"人固有一死,或重于泰山,或轻于鸿毛"[3],延安时期,毛泽东曾引用司马迁的这句话,强调"为人民利益而死,就比泰山还重;替法西斯卖力,替剥削人民和压迫人民的人去死,就比鸿毛还轻"[4]。毛泽东倡导为人民服务,"鲁艺"人也认为只有投身于人民的革命事业,才能体现出生命的价值。何其芳的诗歌《生活是多么广阔》主张在解放区尝试各样的工作。《夜歌(八)》探讨了怎样活得更有价值,认为在平凡而又残酷的生活中:"最勇敢的/还是战

---

[1] 袁可嘉:《沉钟》,《半个世纪的脚印——袁可嘉诗文选》,人民文学出版社1994年版,第6页。
[2] 同上书,第9页。
[3] 《汉书·司马迁传》中的《报任少卿书》,原文是:"人固有一死,死有重于泰山,或轻于鸿毛。"
[4] 毛泽东:《为人民服务》,《毛泽东选集》第3卷,人民出版社1991年版,第1004页。

斗着死在敌人手里的。"① "活下去，／工作，／而且快乐！／一个人就是这样简单！／一切为了革命，／一切都是革命工作！"② 作者认为只有进行革命工作，为了人民的利益而活才最有价值。在散文《为孩子们工作》中，何其芳说："凡是正在为革命的大道铺着沙与石的，也就是在为孩子们建筑着未来世界了。是的，由于我们的努力，他们将来要比我们幸福些。他们将不再经历我们正经历着的这样多悲苦与残酷。"③ "人，尤其是觉醒了的人，并不……那样自私自利，那样只看见自己的渺小而又短促的存在"④，为要给孩子们营造一个更好的生活环境，作者表态："我们是革命者，我们应该能够使那些原来不存在的出现，弯曲的变直，萌芽的开花。"⑤ 作者自觉地为孩子们铺路，宣扬一种甘于奉献的人生观。这篇文章于1943年12月发表在西南联大学生社团文聚社刊物《文聚》的第2卷第1期。《文聚》能够刊载"鲁艺"人的文章，可见西南联大视野的开阔，也足见"鲁艺"人创作的影响力，这也在西南联大的体验型生命观之外，展现了一种革命功利主义的价值观。天蓝的《青年的歌》表达在斗争中不断获得胜利，热爱祖国、人民的态度。朱寨的《雨》分别展现战前"我"在家乡与弟弟垒龙王庙祈雨，和"七七事变"后"我"来到了外面的世界，由此感慨道："我在这当中的成长，却比得上以往的十几年"⑥，"我"应该长得更高，作者赞赏投身革命，认为这使人生更有意义。在黄钢的报告文学《刘呐鸥之路——回忆一个"高贵"的人，他的低贱的殉身》中，刘呐鸥言行举止一副高雅的派头，似乎在学术上有追求，但由于过于追求舒适享乐的生活，他漠视革命与政治，抗战爆发后，做

---

① 何其芳：《夜歌（八）》，延安《中国文艺》第1卷第1期，1941年2月。
② 同上。
③ 何其芳：《为孩子们工作》，《解放日报》1942年4月4日。
④ 同上。
⑤ 同上。
⑥ 朱寨：《雨》，《鹿哨集》，文化艺术出版社1982年版，第8页。

了汉奸,被刺身亡。与刘呐鸥的堕落生活相比,延安的生活充满了朝气和进步。作者否定了刘呐鸥自我毁灭的人生之路,认为只有献身于人民的革命事业,才能实现人生的价值。

除了投身革命、服务人民之外,劳作也能提升人的价值,赋予生命以存在的意义。何其芳在诗歌《什么东西能够永存》中,开篇便提出,在人短暂的一生中,每天忙碌是为了什么?又能给人世带来什么?当"我"读着书籍,感到无数祖先思想的结晶借书籍保留了下来,永远留在世上,当"我"环顾四周,周围的器具在人死了之后也可以保留下来,这些"都带着我们的祖先们的智慧和劳力的印记"[1],由此得出"只有人的劳作能够永存"[2],我们活着的每个人每天都要努力劳作。贾芝的《冬天的道路》也有这样的诗句:"哪里有劳动。/哪里就有辛苦和幸福,/哪里就有呕血的悲哀/和快乐的诗。"[3] 在诗人看来,劳动使生活多姿多彩,赋予了平凡的生活以更高的价值。

面对生活中的坎坷与磨难,作家提出要勇敢地面对人生,大胆迎接人生的风雨。周立波以作品向高尔基致敬,散文《这样纪念高尔基》表示要学习高尔基的精神,学习他有海燕和飞鹰的革命气概,学习他肯定人生和热爱人生的思想。在《我们有一切·因为困难》中,诗人说道:"因为困难,我更要吟歌,/因为狭窄,我更爱广阔。……为了世间的更多的梦幻,更大的强壮,/更深的思想,更好的反抗。"[4] 诗人表态因为有困难,所以要强壮,更要反抗,并以无所畏惧的态度表示:"欢迎呵,你人的命运带来的一切,/欢迎呵,你大地,和你的一切附属的东西。"[5] 在《我凝望着人生》

---

[1] 何其芳:《什么东西能够永存》,《解放日报》1942年4月3日。
[2] 同上。
[3] 贾芝:《冬天的道路》,《贾芝诗选》,大众文艺出版社1996年版,第94页。
[4] 周立波:《我们有一切·因为困难》,《草叶》第2期,1942年1月1日。
[5] 同上。

中表示不管前方怎样，都要大胆地奔跑，克服困难，不要哭泣。在这些诗篇中，周立波主张以大无畏的姿态面对人生风雨。井岩盾的诗歌《磷火》认为受苦受难的人虽然死去，但人类生命的火焰还在延续，生命力无比的顽强。作者把磷火比喻为生命之火，也赞美了延安斗争生活的意义。鲁藜的诗歌《野火的歌》也将野火比作生命，寓意着有力量的人生态度。

"鲁艺"作家多将生命言说放置在国家主义、集体主义的宏大主题下进行，将人生价值的思考导向革命战斗、劳动生产，并在趋向这一宏大主题时，表示出坚定无畏的气势和力度，这种强烈的救世情怀与西南联大文学的诗性品格呈现出对立的关系。当然，"鲁艺"也有一些谈论生命、信仰、价值的作品，这与西南联大文学又构成了对话。

严文井的散文《信仰》，由"信仰"和"永久的生命"两部分组成。在"信仰"部分，作者说道："忧虑，猜疑，只能使人畏缩，躲藏；而信仰却可以叫人往前走，甚至飞行。"[①] 每个人都要有信仰，信仰可以使人生活充实，内心生出光明。在"永久的生命"部分，作者认为逝去的生命永不再来，徒劳悲悯生命的流逝没有意义，生命本身是伟大的，它能够不断地创造出新的生命，人们应该更加勇敢地去追寻生命的意义。将信仰和生命并列，作者意在追求一种有信仰的生命状态、积极进取的人生态度。何其芳在诗歌《我想谈说种种纯洁的事情》中，也以坦诚率真的态度表露着对美、爱、年轻、人生的热爱，万物都在变化，纯洁的事物使人们体悟美好，新的一代成长壮大。细腻真切的语句展露出诗人丰富善感的心灵。这些篇章真诚地探讨生命、信仰与人生价值，实现了与西南联大文学的对话。某种程度上，"鲁艺"作家超越革命、战斗、劳动、贡献等单一话语，体悟生命存在，检视生命本身的常与变，

---

① 严文井：《信仰》，《草叶》第2期，1942年1月1日。

也使作品具有浓郁的人文情怀与文学趣味。

同时，战争时期的文学也都有着爱国救世的旨归，这或显或隐地存在于两校中，构成了两校文学潜在的对话关系。虽然西南联大师生的创作表现出个体生命的战争体验，表述着知识分子个人的精神感悟，多是形而上的思考，但是，文学无法离开时代，即便西南联大人的精神思考和文学语言玄而又玄，也离不开40年代抗战与建国的思想牵引，因而，沈从文倡导"美育代宗教"的主张，其目标也是要激起青年人崇高庄严的感情，以利于国家民族的重造。冯至、穆旦、郑敏等人进行着生死之辨，也希望通过思考现代人的生存难题，寻找人生价值的最佳实现方式，建设美好的未来。因而，在师生们对生命进行着诗性解读时，也内蕴含着难以去除的救世情怀，只不过相对于"鲁艺"人的创作来说，这种救世情怀还显得有些隐晦和间接。

第二节　救亡、革命、爱情、自我多重碰撞中的人性

人性书写是文学创作的永恒主题。西南联大师生对人性进行了蔚为壮观的探索，他们细致入微地摹写着或美丽，或寂寞，或忧伤，悲哀的心理感受，并正视自我内心世界的混乱、怯懦、卑琐与犹疑。与此同时，"鲁艺"师生在战争夹缝中也致力于人性深度的掘进，人性、爱情与美成为写作中难以绕开的话题。

在战争环境下，面对社会秩序的剧烈变动，每个人都会重置人生地图，灵魂也经受着巨大的拷问，因而，考察时代巨变下的人性，某种意义上，能够见出人性的复杂与多面。西南联大的一些作品表现了自我与外界之间的紧张关系。1939年4月，穆旦创作了诗歌《防空洞里的抒情诗》，主题虽然是跑警报，却以假想性的

"我"死去后"满脸上是欢笑,眼泪,和叹息"①,传达出了矛盾的战时感受:是应该完全投入到战争中去,为自己的死得其所感到欣慰,还是叹息个体生命与精神自由在战争中的消失?不管哪种,穆旦显然关注着战争中的个体。创作于1939年9月的诗歌《从空虚到充实》讲述战争使社会陷入沉沦与堕落,个体原有的生活秩序被打乱。Henry王、张公馆的少奶奶等人在动荡不安的社会中各自有着不同的遭遇,内心也经受着巨大的撕扯与裂变,他们既要追寻人生的意义,又痛苦于新我与旧我的矛盾冲突。穆旦关注着个体的内心世界,也时刻忧患着国家民族的命运,在他的诗歌中,家国的忧虑与个人的矛盾感受始终纠缠在一起。1942年2月,穆旦辞去西南联大的教职,3月参加中国远征军,奔赴缅甸抗日战场,《诗》②即创作于这人生巨大变动的2月。这首诗既描述知识分子由战争产生的家国忧患,也思考个人在宏大战争下产生的压抑感与矛盾感。诗句充满了相悖与冲突,是非不分的社会"给我们渺小的心灵又要它歌唱/雄壮的声音。个人的哀喜/被大量制造又该被蔑视"③ "让我们相信你句句的紊乱/是一个真理。……/你给我们丰富,和丰富底痛苦"④。强大的社会造成个人在时代面前的压抑,战争使人只能被迫去顺从,这造成了知识分子灵魂的混乱与矛盾,有着"丰富的痛苦"。罗寄一的诗歌《月·火车》描述月色下火车驰过废墟、坟地、荒野的情景,在连绵不断的黯淡景色下,个体也陷入忧戚、激怒、迷茫、绝望的精神感受中⑤,但在诗歌《序——为一个春天

---

① 穆旦:《防空洞里的抒情诗》,《穆旦诗集(1939—1945)》,1947年版,第9页。
② 发表于重庆《大公报》1942年5月4日时题为《诗》,后收入《穆旦诗集(1939—1945)》《现代诗钞》《旗》时,改题为《出发》。
③ 穆旦:《诗》,重庆《大公报》1942年5月4日。
④ 同上。
⑤ 罗寄一:《月·火车》,朱自清等编辑:《闻一多全集3 诗选与校笺》,开明书店1948年版,第523—525页。

而作》中，罗寄一在控诉社会的虚假与欺骗后，表示"我已经醒来，从一个梦里醒来"①，对外界与自我的认识表现出明显的乐观与期待。

战争时期，人的自我桎梏在社会现实的映照下更加明显。陈时的散文诗《悲剧的金座》讲述在午夜12点，书斋中的青年"我"面对社会的丑恶，愤怒无比，"我"想打破这黑暗的社会，拯救陷落的北平，"但是每当我想冲出去的时候，我往往陷在自己的悲剧中"②，一次次穿好大衣，戴好礼帽，又退缩回安静的书房。可见，阻止他冲出家庭、走向社会的，不是外界的阻力，而是熟悉的生活方式对他的无形桎梏。同样主题也出现在陈时的另一篇散文诗《地球仪》中，尽管他的眼泪已经在地球仪上流过了几个城市，但是悲伤并未促使他有所行动。穆旦的诗歌《漫漫长夜》，讲述"我是一个老人，失却了气力了，/只有躺在床上，静静等候"③，"我的孩子们战争去了"④"我总念着我孩子们未来的命运"⑤，想着他们在战场厮杀，而"我"却无能为力，"荒芜的精力/折磨我，黑暗的浪潮拍打我，/蚀去了我的欢乐"⑥，老人想要追回青春、为国杀敌，因此呼唤"什么时候/我再可寻找回来？什么时候/我可以搬开那块沉沉的碑石"⑦。作者以一个失去了行动能力的老人自比，强调人们思想上追求进步与光明，但囿于环境或自身的限制，却无能为力。这种源于思想与行动的矛盾产生的内心冲突，折磨着人的灵魂，诗作也流露出一种无奈感。

---

① 罗寄一：《序——为一个春天而作》，杜运燮、张同道编选：《西南联大现代诗钞》，中国文学出版社1997年版，第308页。
② 陈时：《悲剧的金座》，《文聚》第1卷第1期，1942年2月。
③ 穆旦：《漫漫长夜》，香港《大公报》1940年7月22日。
④ 同上。
⑤ 同上。
⑥ 同上。
⑦ 同上。

在战争的烛照下，人的盲从、愚昧、原始与野蛮也充分暴露出来。李广田的小说《追随者》讲述战争时期，一个没有主见、思想的青年人的故事。莫望尘追随革命，并非出于对社会的深入认识，而是无知。其实，不仅战争时期有莫望尘，任何时代与社会皆随处可见，只不过作者将其置于战争情境下，更放大了他的缺点。刘北汜的小说《机场上》以抗战时期修建飞机场为贯穿性事件，描述工人的生活状态。他们忍受工头剥削，艰难度日，更令人触目惊心的是，狭仄的环境刺激了工人们原始兽性的爆发，他们酗酒争吵、打架斗殴、玩弄女人，甚至杀人灭口，冲动野蛮与兽性放荡是其人性的全部，为了最起码的生存需求，你争我斗，丝毫没有文明与进步的气息。

当然，战争不仅凸显了人的惰性与无奈，放大了人的平庸与野蛮，也烘托出了人的坚韧与顽强、觉醒与新生。李广田的小说《废墟中》描述战争时期有钱人纷纷逃命、备感恐惧和荒凉时，一些无所投奔的穷苦人愈发显示出生命的顽强与丰茂，虽然他们经受生活的磨难与摧残，也会向更弱小者泄恨，行为粗野，情感粗糙，但他们为人自尊、自爱，生命充满了韧性，这种坚韧和顽强支撑他们渡过了难关。一些作品还表现出战争时期自我的觉醒与新生。穆旦的《玫瑰之歌》分为三个部分，第一个部分"一个青年人站在现实和梦的桥梁上"[1]，在这现实和梦的过渡地带，青年人想要摆脱令人疲倦的生活，寻找那在远方自由自在地生活的理想之梦；第二个部分"现实的洪流冲毁了桥梁，他躲在真空里"[2]，青年人自缚在狭小的家庭生活中，慵懒病恹的生活消磨了他的生命力，他"期待着野性的呼喊"[3]；第三部分"新鲜的空气透进来了，他会健康起

---

[1] 穆旦：《玫瑰之歌》，穆旦著，李方编：《穆旦诗全集》，中国文学出版社1996年版，第68页。
[2] 同上。
[3] 同上书，第69页。

来吗"①，青年人还生活在单调疲倦的环境中，他需要生活的突进，"开向最炽热的熔炉里"②，以崭新的信仰"期待着新生"③。在《我向自己说》中，穆旦表示个体要挣脱外界的控制，虽然磨难重重，但仍有所希冀。在《从空虚到充实》中，作者认为汹涌的洪水吞噬着旧我，也催生出了无数的新我，正是这充实起来的无数生命，是民族未来的希望。

冯至不局限于眼前的战争，他的思绪贯通古今，思考并表现着战争中个体的心灵之旅。中篇小说《伍子胥》创作于1942年冬至1943年春，灌注了作者多年的思考。小说表面上与抗战没有关涉，但是，战争、流亡、存在、精神等主题词却使其与抗战的实质暗合。逃亡中，伍子胥无论是清醒、抑或梦中，心里的仇恨始终如同顽石重压在身，无法摆脱，他"整日整夜浸在血的仇恨里"④"宁愿为它舍弃了家乡，舍弃了朋友，甚至舍弃了生命"⑤。为了复仇，他抛弃了一切美好的感情，舍弃了过正常日子的念想。这种执着于复仇、断念一切美好事物的心理，使他所经历的一切寻常事物都被放大与美化，伍子胥为了责任，割舍一切的做法也愈发显得悲壮。他要自觉远离楚狂夫妇静谧、祥和的生活氛围；压制在楚国边境听到招魂之曲产生的思乡之感；拒绝给予他恩情的渔夫的友谊；淡化与施舍米饭的女子的心有灵犀。正如文中所言："在长途的跋涉里，子胥无时不感到身后有许多的事物要抛弃，面前有个绝大的无名的力量在吸引。只有林泽中的茅屋，江上的晚渡，溧水的一饭，对于子胥是一个反省，一个停留，一个休息。"⑥ 对于是否拜访季札，

---

① 穆旦：《玫瑰之歌》，穆旦著，李方编：《穆旦诗全集》，中国文学出版社1996年版，第69页。
② 同上书，第70页。
③ 同上。
④ 冯至：《伍子胥》，文化生活出版社1946年版，第71页。
⑤ 同上书，第87页。
⑥ 同上书，第85页。

则充分显露出伍子胥的人生初心和复仇之愿的矛盾,由于作者受到歌德断念论思想的影响,伍子胥的内心挣扎某种程度上就是歌德断念思想的现实诠释。小说这样写道:"子胥想到这里时,对于登门拜访季札的心完全断念了。同时也仿佛是对于他生命里一件最宝贵的事物的断念。"① 经过这样一次次的舍弃和断念,伍子胥战胜了纠缠不清的念想,逐渐摆脱了旧我,坚定地走向自己独特的人生。在《〈伍子胥〉后记》中,冯至表示此篇主要是由战争来思考现代中国人的痛苦。小说虽然讲述的是战争时期的复仇故事,但作者却属意于在外界现实的影响下个人的内心变迁与人生路径的取舍。

如果说,个体在与外界现实的紧张对峙中,彰显出人性的复杂与多元,那么在爱情中更可以见出人性的多面。在西南联大师生的笔下,爱情不再是卿卿我我、热烈缠绵,也非是浅易直接的相思与表白。他们的作品虽然属于爱情题材,但是更注重对爱情进行理性分析,捕捉爱情中的个体感受,展露人性的多面以及人与人之间的关系。穆旦的《诗八首》集中表述了他的爱情体验。在这组诗歌里,或书写恋爱双方的不同感受,叹息"我们相隔如重山"②;或表达爱情中的两情相悦,沉迷于肉体的迷醉;或书写爱情使人思考自我的成长;或表达内在生命的野性与思考的理性的激烈交锋。穆旦认为爱情中的双方,或和谐一致或隔膜排斥。亲热缠绵的爱情使人向往,但沉溺在爱情中,又生发着新的危险:"相同和相同溶为怠倦,/在差别间又凝固着陌生"③,在诗人看来,爱情是两种性格的交锋,也是两颗心灵的守护、靠拢与背离,只有在探索爱情的旅程中寻找到双方相处的平衡点,才能维持爱情的鲜活。同时,这种体验又不仅仅限于爱情,可以推广到人性、理想、追求等精神层

---

① 冯至:《伍子胥》,文化生活出版社1946年版,第90页。
② 穆旦:《诗》,《文聚》第1卷第3期,1942年6月10日。
③ 同上。

面，其实，在穆旦渴望得到爱人的接纳，又无法忍受爱人的陌生，感叹爱情中的孤独时，就已经不只是一种单纯的爱情感受，而是对人性弱点的审视与理解。人永远是孤独的，渴望与他人接近，获得他人的认可，但是又有谁能真正理解自我呢？这种永恒的困境是人类注定无法摆脱的。罗寄一也创作了爱情组诗《诗六首》，在这六首诗歌中，罗寄一关注爱情双方的感受，也思考外界给爱情带来的影响：或是以廓大的胸怀俯视地球、山峦，"我将更领悟血和肉底意义"[1]，服从于感官世界的控制；或是"告诉我水中倒影的我底颜色"[2]，在对方眼神中安卧，灵魂为对方燃烧；或是"我们"虔诚地走向集体，从而告别哀愁与焦灼，获得了宁静；或是"我们在悠久的轨道上盘旋"[3]，遭受着时空的围困，依然表示"我赞美生命"[4]，"让我们时时承受人类的尊严"[5]，葆有"万有底荣光"[6]。王佐良的诗歌《异体十四行诗八首》表现世俗生活的凡庸琐碎，在它的冲击下爱情也变得烦腻。这种由爱情而产生的感受，也可以放置在广阔的人生中，表达一种无可奈何的情绪。一定意义上，现代派诗人穆旦、罗寄一、王佐良笔下的情诗并非是单纯的言情说爱，他们也未致力于浪漫派的风花雪月，而是在情诗中灌注强烈的个人体悟，寄托着个体与他者、集体、社会的复杂关系，探索着生命、理想、信仰、尊严等形而上的精神课题。

以哲学的思维来创作诗歌的郑敏，对万事万物有着更深刻的领悟。相对于毕业后更具思辨气息的诗歌，1943 年发表的一组诗略显感性。其中，《音乐》《无题》等表达着少女的爱情感受，也思考着人与人之间的关系。《音乐》打破人与人的客观地理位置，

---

[1] 罗寄一：《诗六首·一》，《文聚》第 2 卷第 2 期，1945 年 1 月 1 日。
[2] 同上。
[3] 同上。
[4] 同上。
[5] 同上。
[6] 同上。

以音乐相贯通，"我们却早已在同一个国度，/同一条河里的鱼儿"①；《无题》中虽然两人相爱，但"冷静的港上我们如两只小船"②，心灵的相通悬而未决。诗歌《冬日下午》直接展露出世人的隔阂。

西南联大师生也将思考的眼光转向了自我，书写着自我的内心世界，拷问着灵魂的裂变。穆旦诗歌中的"我"多处于分裂、破碎、不完整的状态。《我》两次出现了"永远是自己，锁在荒野里"③的语句，表现出因无法与人亲近靠拢，而陷入迷失、破碎，又只能永远寻找，绝望抗争的处境；《蛇的诱惑——小资产阶级的手势之一》中的"蛇"，直指人类面临的物质诱惑。战争中，富人们过着骄奢淫逸的生活，穷人们则生活在"垃圾堆，/脏水洼，死耗子，从二房东租来的/人同骡马的破烂旅居旁"④，富人享受到了物质的快乐，但是并不幸福，他们饱尝着"诉说不出的疲倦，灵魂的/哭泣"⑤；《哀悼》中，虽然"我"追求爱情、希望与勇敢，但又感觉这一切不过是虚妄，只能步入"无边的荒凉"⑥；在《夜晚的告别》中，"我"挣扎于肉体欢乐与理性思考的矛盾中，美丽多情的姑娘让"我"沉浸于爱情的欢乐，"风""海上的舟子"却在逼问"我"真善美和理想的含义，感情与理智的矛盾折磨着"我"；《神魔之争》也贯穿着诗人一直以来的思考，破坏与和谐、存在与死亡、反叛与坚持、个体与外界，乃至个体自我的种种矛盾纠缠着诗人。这些诗歌严肃地拷问生活，表现了人性的复杂与精神的裂变。

西南联大的知识分子进行了广泛深入并卓有成效的人性探索，

---

① 郑敏：《音乐》，《诗集（1942—1947）》，文化生活出版社1949年版，第3页。
② 郑敏：《无题》，《诗集（1942—1947）》，文化生活出版社1949年版，第17页。
③ 穆旦：《我》，重庆《大公报》1941年5月16日。
④ 穆旦：《蛇的诱惑——小资产阶级的手势之一》，香港《大公报》1940年5月4日。
⑤ 同上。
⑥ 穆旦：《哀悼》，《穆旦诗集（1939—1945）》，1947年版，第50页。

在硝烟弥漫的战争环境下,在柔情蜜意的爱情关系中,在深邃拥挤的自我世界里,人性展示出多元面孔,标举出40年代文学探索人性的深度与高度。与此同时,"鲁艺"人也在进行着人性深度的掘进。受之前文学观念的影响,师生们一时还难以摒弃个性、独立、自由的思想,即便在洋溢着战斗救亡、生产开荒热烈气息的解放区,他们也执着地探索着个人的精神世界。

解放区生产战斗的气息是浓郁的,文化人士积极投身于新社会、新生活,感受着这份热闹与喧嚣,但是,内心深处的寂寞与空虚也会时常悄然显露,促使他们探询着人性话题。何其芳来到延安后,诗风虽已发生了很大的转变,但细致绵密、感伤抒怀的风格仍难以根除,在很多诗篇中,我们似乎看到一个"孤独""忧郁"的知识分子在真诚地"感伤"着、"叹息"着。此时,他担任文学系的系主任。白天忙着备课上课、批改学生作业,辅导学生文学创作,处理系里琐碎而繁重的行政事务;晚上则经受着自我意识的纠缠。他反省过去编织的缥缈虚弱的幻梦。在《夜歌(一)》中,勉励自己忘记生活中的寂寞与痛苦,告别"小小的忧郁,小小的感伤"[①],明确目标,发挥才干,"相信人类有着美好的将来"[②]。《夜歌(二)》表达自己来到解放区之后,热爱这里的一切,渴望着自我改造,但是又依恋着过去的精神梦幻。"我是如此喜欢做着一点一滴的工作,/而又如此喜欢梦想,/我是如此快活地爱好我自己,/而又如此痛苦地想突破我自己,/提高我自己!"[③] 这种对自我的爱与恨,纠缠着他,给他带来巨大的痛苦。《夜歌(四)》既表示要以知识者的身份融入儿童、工人的生活,同时,也要"想一会儿我自己"[④]。渴望融入群众中,又渴望独处的矛盾心态跃然纸

---

① 何其芳:《夜歌(一)》,香港《大公报》1940年7月13日。
② 同上。
③ 何其芳:《夜歌(二)》,香港《大公报》1940年7月13日。
④ 何其芳:《夜歌(四)》,重庆《国民公报》1940年9月17日。

上。"我"应该去做"我应该做的事"①,但"我"又"那样需要着温情"②,挣扎于"新我"与"旧我"之间是多么痛苦。不独《夜歌》,此时创作的诗歌《叹息三章》也表现出何其芳面对革命事业,努力地纠正自我及劝导他人的体悟。《给 L. I. 同志》提出了一个问题:"总是感到生活里缺少一些东西"③,它不是物质的东西,不是生活中缺少糖、脂肪、鞋子、衬衣,而是感觉有点空虚。《给 G. L. 同志》讲述:"在工作的空隙中,/在不想做事情的时候,/有些感到空虚。"④ 可以想象,何其芳和朋友们一直饱尝着精神的空虚带来的折磨,黄昏时分,他们在延河边一遍遍地踯躅徘徊,努力地寻找解决的方法。针对"生活如此不美丽"⑤,作者在《夜歌(三)》中说道:"正因为如此,我们才走到了革命的队伍里"⑥,他相信革命能够改变现实,去除人们悲观、消极的情绪。在《给 L. I. 同志》中说:"缺少一些东西又算得什么呢,/为了革命/我们不是常常说着牺牲?"⑦ 革命同志们比"我们"缺少的东西更多,他们缺少休息,缺少健康,缺少睡眠,缺少生命的安全,比起他们,"我们"还有什么可抱怨?在《给 G. L. 同志》中,因为知识分子为了革命坚持在寂寞中工作,也足以让"我"感动。"革命"这一词汇的频频出现,成为纾解此时知识分子精神痛苦的良方。

爱情本来是人类最美好的情感之一,但在革命者看来,却是革命的绊脚石。自 20 年代的普罗文学起,革命与爱情的两难便困扰着很多进步人士,在延安,再次得到了表现。作为一个抒情诗人,

---

① 何其芳:《夜歌(四)》,重庆《国民公报》1940 年 9 月 17 日。
② 同上。
③ 何其芳:《给 L. I. 同志》,《解放日报》1942 年 2 月 17 日。
④ 何其芳:《给 G. L. 同志》,《解放日报》1942 年 2 月 17 日。
⑤ 何其芳:《夜歌(三)》,香港《大公报》1940 年 7 月 13 日。
⑥ 同上。
⑦ 何其芳:《给 L. I. 同志》,《解放日报》1942 年 2 月 17 日。

何其芳曾以大量的诗歌热烈地歌唱爱情，但在来到延安后写作的《叹息三章》中，他对革命与爱情的关系表示了新的理解。在《给T. L. 同志》中，他说："有了恋爱的人因为恋爱而苦恼。/没有恋爱的人因为没有恋爱而苦恼。/这真使人感到人生是多么可怜，/假若我们不是想到了/另外一个提高人生的名字，革命。"① 在这里，诗人主张通过投入革命的怀抱来忘记爱情的纠缠，并喊出了"打倒爱情"的口号。

爱与美是人们永恒的精神追求，黑暗、血腥、屠杀都无法遏制人们对于美与爱的热烈向往，无产阶级革命者也不例外。周立波在1941年11月到1942年11月，以他30年代的狱中生活与斗争为内容，创作了几篇连续性的短篇小说。这些小说讲述了革命战士坚定勇敢、视死如归的故事，也对人性进行了思考。《麻雀》讲述狱友小陈抓住了一只麻雀，在无聊的监狱生活中，因犯们从麻雀身上"寻找那甜蜜的自由生活的痕迹"②，视它为"一个刚从家里出来的亲人"③。就是这样一只给大家带来了无尽遐想与欢乐的麻雀，最后却被狱卒无情地踩死、碾碎了。狱友们由麻雀激起的对自由、美好生活的强烈向往，也随着麻雀的被碾死瞬间落空。这种因自由与美被毁灭引起的痛苦深藏在每个人的心里，但大家却为革命者应有更宏大的理想而羞于承认。《夏天的晚上》也触及普泛的人性问题。监狱中是否就不能思乡、怀念亲人？虽然小说借"我"来表明态度："对于同难们的情绪上的事，应该多一些宽容，少一些严责"④，但作者似乎更倾向于小柳的观点："对于低落的情绪，我们一定要坚决的扫除"⑤，并试图用更正确的观点来劝导、说服自己。对自由、

---

① 何其芳：《给T. L. 同志》，《解放日报》1942年2月17日。
② 周立波：《麻雀》，《草叶》第1期，1941年11月1日。
③ 同上。
④ 周立波：《夏天的晚上》，《解放日报》1942年8月22日。
⑤ 同上。

美、爱的追求和向往，思念家乡与亲人，是人的本性，美好事物被践踏引起的伤感、难过也是人之常情，革命志士虽然被视为是钢铁战士，但是他们也有人的基本感受，刻意回避、否认这种情绪是对人性的压抑。周立波认同这种观点，又将其视为无产阶级革命者的缺点，因此，日后周立波因人性书写被批判时，他的反省与忏悔都是无比真诚与彻底的。严文井的短篇小说《硬汉》也涉及如何看待人的情绪问题。吴少烈总表现出"硬汉"的姿态，反对他人的叹气与哭泣，厌恶眼泪与感伤，实际上，他的内心是最柔软、最善感的。在作者看来，人的情感不应被隐藏与矫饰，而应得到充分的尊重与理解，那种过分强调自己理智，批评别人"多愁善感"的人，是"不近情理的"①。

对人类美好情感的珍视，促使周立波此时还创作了短篇小说《牛》。相对于其他农村题材小说，《牛》突出了陕北农村悠远的意境与农民细腻的情感，显示出与众不同的格调。农民张启南为人慵懒，但比别人"更多一些风致，一点感情"②。小说表现了他在照顾母牛和小牛过程中的紧张与欢乐。此外，他家里养的蔓青、精心编制的筷子笼、打造的旱烟管、女儿比别人家的干净，足见张启南对雅致生活的向往与追求。小说通篇营造出田园牧歌式的氛围，洋溢着温暖与诗意。不可否认，小说也描述了陕北农民物质和精神生活的丰沛与充盈，但是，这掩饰不住作者对张启南生活格调的欣赏。按照当时的审美观点，避开那些积极、肯干的英雄模范，表现一个不太符合主流话语的农民，并欣赏这种农民身上的情调，有些不合时宜。

何其芳的《叹息三章》等诗作发表后，很快有人表示了反对意见。吴时韵在《〈叹息三章〉与〈诗三首〉读后》中认为何其芳的思想感情不健康，何其芳应该"立刻停止这样歌声"，并蛮横地指

---

① 严文井：《硬汉》，《草叶》第 1 期，1941 年 11 月 1 日。
② 周立波：《牛》，《解放日报》1941 年 6 月 7 日。

责何其芳"为什么要同青年的同志们,'一起走到野外去',在那柔和的蓝色的天空之下,'谈说种种纯洁的事情'呢?要青年的同志们也一同和何其芳同志'叹息'一番他命运的悲苦么?还是要青年的同志们一起都去生活在幸福的过去的回忆之中呢"①。吴时韵还认为在诗歌中抒发苦恼和烦闷,只会得到更大的苦恼和空虚,他说:"我的主张,要工作,就热烈地工作,要学习,就不声不响的学习;要恋爱就勇敢地选择适合的对象。"② 吴时韵的批评文字出现后,延安其他文人针对吴时韵简单、粗暴的文风做出了批评,但基本立场是维护吴时韵,批评何其芳③。1944 年 10 月,何其芳在《〈夜歌〉后记》中,回忆这些诗作时,说道"有一个旧我与一个新我在矛盾着,争吵着,排挤着"④,并进行了沉痛地自我否定:"由于现实的教训,我才知道人不应该也不可能那样盲目地、自私地活着,我就否定了那种所谓为艺术而艺术(实际是为个人而艺术)的见解。"⑤ 平心而论,何其芳的诗集《夜歌》是诗人"新我"与"旧我"斗争的记录,是知识分子认同集体、皈依革命的思想历程,在思想史上自有其意义,但是,从血雨腥风的革命形势来说,相对于缠绵悱恻的人性书写,解放区更需要的是知识分子融入集体,在革命与集体中升腾出对人性、爱情、美的新的认识,并表现出一种爱恨分明、斩钉截铁的态度。

---

① 吴时韵:《〈叹息三章〉与〈诗三首〉读后》,《解放日报》1942 年 6 月 19 日。
② 同上。
③ 金灿然的《间隔——何诗与吴评》与贾芝的《略谈何其芳同志的六首诗——由吴时韵同志的批评谈起》都不同程度地批评何其芳未和工农大众结合,流露出一种小资产阶级的情调和幻想。
④ 何其芳:《〈夜歌〉后记》,《夜歌》,诗文学社 1945 年版,第 176 页。
⑤ 同上。

第五章
文学创作的体式探索与语言风貌

西南联大与"鲁艺"师生的文学创作在艺术体式和语言风格上有着明显不同。前者延续学院派对文体的实验,尝试使用了十四行体、开放性的小说体式、诗剧体等,后者则大量启用民间的传统形式,如秧歌、传统戏、章回体小说等。英国艺术理论家克莱夫·贝尔曾提出"有意味的形式"①的观点,形式并非只是形式,它能激发起人们诸多审美情感,显露出作者不同的思想追求,因此,艺术体式也显露出两校不同的思想旨趣和文学情调。语言作为文学的组成要素,也标举出不同的风格。在西南联大越来越认同"新文言"时,"鲁艺"则大量兴起了革命白话。

第一节 战争不同阶段的文体选择与语言风貌

根源于对社会、政治、文学的差异性认识,作家选择了不同的体式和语言,这种选择受制于地域与时间,呈现出了迥然有别的景观。对于西南联大与"鲁艺"的文学创作来说,地缘性的区别明显,时效性则趋同,即在战争的白热化阶段,两校共同倾向于宣传

---

① [英]克莱夫·贝尔:《艺术》,周金环、马钟元译,中国文联出版公司1984年版,第4页。

性文体，战争进入相持期后，则追求精致繁复的艺术形式，同时，政治导向也发挥了巨大的作用，这使两校的文学风貌既交叉互渗，又迥然有别。

战争对文学的时效性影响是明显的。抗战初期，无论是国统区还是解放区，作家与读者普遍追求文学立竿见影的社会功用。这种期待与要求，催生了街头诗、街头剧、朗诵诗、报告文学、通讯、速写、说书、活报剧等一批短小轻便、迅捷精练的文艺体式。其中，街头诗运动最早出现在延安，1938年8月，一些简洁明快又富有战斗力的诗歌挂满了延安的大街小巷，表现着人们以文艺服务于战争、政治的热情。田间的诗歌因为坚定有力的语句和鼓点式的节奏享誉全国，影响了"鲁艺"的师生，贺敬之的《我走在早晨的大路上》等诗便受到人们的欢迎。"整风运动"之后，街头诗因为贴近政治斗争，再次成为党宣传意识形态的有力工具。"鲁艺"文学系还举办了《街头诗》的墙报，有力地宣传了党的思想。艾青、黄钢纷纷撰文，肯定街头诗的出现实现了文艺工作的新步调。[①]

不仅街头诗活动频现高潮，抗战初期和整风运动后，朗诵诗也渐成风气。从1937年底起，延安战歌社开展的朗诵诗活动风生水起。当然，如果说延安更活跃的是街头诗，那么朗诵诗活动的中心则多在国统区大后方。抗战后期，国民党日益暴露出专制独裁的面目，师生的反抗情绪如潮水般汹涌澎湃，他们纷纷借助朗诵诗宣泄对敌人的愤恨。1944年4月，学生社团新诗社顺应时势地产生了，闻一多作为社团的导师，积极鼓励朗诵诗创作，他说："中国新文艺应该彻底尽到它反应（映）现实的任务，目前我们需要崭新的文

---

① 艾青：《展开街头诗运动——为〈街头诗〉创刊而写》，《解放日报》1942年9月27日；黄钢：《街头画报·诗·小说——延安文艺工作的新步调》，《解放日报》1942年10月16日。

中国新文学史上的西南联大与"鲁艺"

艺形式和内容,我们要让文艺回到群众那里去,去为他们服务。……在我看来,目前最恰当的文艺形式是朗诵诗和歌剧。"[1] 在闻一多的指导下,新诗社成员以满腔的热情,创作了大量朗诵诗。何达的《我们的心》《我们开会》《我们》《选举》《五四颂》《民主火》、闻山的《山,滚动了》等诗作都掷地有声、铿锵有力,充满着战斗的激情。朗诵诗在誓师集会、文艺晚会、朗诵会上,也成为最吸引人的部分。在1945年5月2日的诗歌朗诵晚会上,闻一多朗诵了艾青的《大堰河》,光未然朗诵了《民主在欧洲旅行》。1945年昆明的诗人节纪念会上,学生也朗诵过艾青的《向太阳》、田间的《自由向我们来了》《给战斗者》等篇。"一二•一"运动后,大量的悼念诗出现,在这些诗中,师生们哀悼牺牲者,控诉敌人的凶残。关于朗诵诗热烈蓬勃的现象,李广田曾说:"诗歌方面由于'一二•一'运动的鼓舞,也空前活跃,以反内战争民主为内容的朗诵诗从教室走向街头,悼词、挽联、祭文都诗歌化了。这种新的形式感动了无数群众,给诗歌开辟了一条新路。"[2] 西南联大师生还将朗诵诗谱成歌曲,如《我们反对这个》《农家苦》《民主是哪样》等。这些朗诵诗点燃了师生的反抗热情,在爱国民主运动中,成为反抗敌人的斗争武器。正如何达所说:"我们的'诗'/只是铁匠的/'锤头'/木匠的/'锯'/农人的/'锄头'/士兵的/'枪'"[3]。朱自清也说:朗诵诗"是宣传的工具,战斗的武器"[4]。在当时被称为是第二战场的学生运动中,朗诵诗被广泛使用,有效地完成了政治宣传的使命。

中国是礼仪之邦,崇尚修养风度,西南联大知识分子作为传统

---

[1] 闻一多:《五四与中国新文艺》,《闻一多全集》第2卷,湖北人民出版社1993年版,第231页。
[2] 李广田:《重庆文协举行欢迎晚会》,《文汇报》1946年9月2日。
[3] 何达:《我们不是"诗人"》,《我们开会》,中兴出版社1949年版,第143—144页。
[4] 朱自清:《论朗诵诗》,《朱自清全集》第3卷,江苏教育出版社1988年版,第256页。

文化的承继者，也推崇着儒雅与优美，但是波澜壮阔的战争改变了他们的审美标准。在南迁途中，他们从民间底层体会到原始强劲之美，闻一多推崇"原始""野蛮"的"力"，在课堂上将"唐诗"课讲成了田间诗的课，称田间为"时代的鼓手"①，在学生中产生了广泛的影响。学生们向往并模仿着田间的诗歌风格，催生了朗诵诗这一适合宣泄阔大粗疏感情的艺术样式，相应地，一种不同于温柔敦厚的诗风也流行起来。叶华的诗歌《鼓》在当时便很有代表性，诗作推崇刚劲有力的鼓，彰显出宏大壮阔已然成为新的审美取向。

一定意义上，白热化的斗争形势促使两地师生自觉从事抗战文艺宣传，无论是街头诗还是朗诵诗，都是群体性的艺术活动，是以鼓动性的体式，释放自身及现场群众被压抑的愤懑情绪，表达大众对社会热点问题的关注。"鲁艺"与西南联大都创作了大量宣传鼓动性的诗作，但受制于不同的场域、使命和对象，两校的侧重点也有区别，相对于西南联大呼喊的民主、自由与平等，"鲁艺"的诗多是召唤人们投入到革命斗争与生产活动中。

活报剧、广场剧也受到人们的青睐。西南联大在抗战初期和"一二·一"运动期间，多次演出活报剧和广场剧，如《前夜》《汉奸的子孙》《放下你的鞭子》《三江好》《最后一计》《"匪警"》《告地状》《凯旋》《审判前夕》《潘琰传》等，他们还深入到农村、工厂进行演出。"鲁艺"戏剧系排练的活报剧也非常多，《希特勒之梦》《傻子打游击》《工人之家》《游击队的母亲》《小过年》《沉冤》《国际玩具店》等都产生一定影响。硝烟弥漫的战争环境使文化工作者自觉投入到抗战的洪流中，普遍重视文艺的宣传和动员功能，重用一切能够调动救亡积极性的文艺形式。

抗战进入相持阶段，社会心理和时代氛围日渐沉静与理性，两

---

① 闻一多：《时代的鼓手》，《生活导报周年纪念文集》1943年11月13日。

校师生共同倾向于精致繁复的艺术形式与美学风格。40年代前半期，西南联大师生一直致力于精致的艺术，他们实验了十四行体、小说散文化、诗剧体等，也演出了《原野》《阿Q正传》《雷雨》《日出》《秋收》《家》《一只马蜂》《风雪夜归人》等中国文学经典和《傀儡家庭》《权与死》①等外国剧目，外文系学生还用英语演出了《鞋匠的节日》《康蒂妲》等英语话剧。在西北的黄土高原上，这里虽然隔绝于现代主义思潮之外，但在1942年毛泽东发表《讲话》和"整风运动"之前，广大外来文化人也保持着对高精深文艺的喜好，追求文学的抒情化和个人风格。文学系师生喜爱朗诵诗歌，何其芳、周立波、天蓝都曾在小范围内朗诵过自己的诗作，何其芳的《我为少男少女们歌唱》《夜歌》在朗诵中拨动过每个听众的心弦，萧三还用俄语朗诵过普希金的诗篇。除了诗歌，散文、童话和文学论文也都在小范围的文学沙龙中朗诵过。在"鲁艺"进入到正规化教学阶段后，文学系的专业课更保持对整个世界文学开放的态势。周立波开设的"名著选读"课，涉及的不仅有苏联作家，还有普希金、莱蒙托夫、果戈理、托尔斯泰、屠格涅夫、陀思妥耶夫斯基、契诃夫等俄罗斯作家和蒙田、司汤达、巴尔扎克、梅里美、莫泊桑、歌德、纪德等西方名家，精致的艺术品位和人性评价尺度，深受学生欢迎，被誉为"最具浪漫色彩的篇章之一"②。众多师生喜欢俄国19世纪批判现实主义文学，果戈理、列夫·托尔斯泰、契诃夫等作家深受人们青睐，其文风也被岳瑟、潘之汀、李纳等学员们模仿；沙汀在讲授世界名著选读课时，曾说自己读过八遍果戈理的《死魂灵》，做梦都会梦见乞乞科夫③；贺敬之热衷

---

① 改编自易卜生的《海妲传》。
② 岳瑟：《鲁艺漫忆》，程远编：《延安作家》，陕西人民教育出版社1992年版，第232页。
③ 康濯1987年8月讲，引自吴福辉《沙汀传》，十月文艺出版社1990年版，第208页。

于研读普希金、涅克拉索夫、马雅可夫斯基的诗歌；毛星毫不讳言他对陀思妥耶夫斯基和俄国虚无主义小说的欣赏；岳瑟热衷于研究《浮士德》、康德、黑格尔、费尔巴哈①；冯牧也回忆说，在"鲁艺"的四年中，他不但认真地阅读过马克思、恩格斯、列宁，以及高尔基和鲁迅关于文学的理论著述，着迷地阅读过别林斯基和车尔尼雪夫斯基的著作，同时也十分起劲地研读过现代派诗人 T. S. 艾略特、瓦雷里和马拉美的诗篇，曾经真诚地为惠特曼和马雅可夫斯基的作品激动过。②对外国文学的迷恋一时几乎席卷"鲁艺"所有领域。在1940年，"鲁艺"开始试行俄国斯坦尼斯拉夫斯基的表演理论体系，戏剧系的演出重体验艺术，追求表演中的真实情感。一大批中外名剧上演，曹禺的《日出》、果戈理的《婚事》《钦差大臣》、契诃夫的《蠢货》《纪念日》《求婚》、包哥廷的《带枪的人》等众多剧目被搬上舞台，此时还未有"演大戏"的批评，专业的演出风潮十分兴盛。音乐系也对西方古典音乐十分热衷，1942年1月举办了专业水平极高、以各种声乐和器乐演奏西方民歌和歌剧选曲的"大音乐会"。美术系的庄言热衷于马蒂斯、毕加索的色彩和形式，创作了大量的油画。"鲁艺"还举办过罗丹雕塑图片展览、后期印象派画家塞尚、毕加索的画展等，均受到师生的欢迎。精致艺术体式的探索使此时的"鲁艺"和西南联大的艺术差距明显缩小。当然，较西南联大既有一批外国文学修养极高的教授，又有本身即是著名现代主义诗人兼理论家的威廉·燕卜荪的讲解，以及昆明能够看到外国最新出版的书刊、又有美国士兵涌入造成的文化冲击等条件，"鲁艺"对精致艺术的探索还有待深入与拓展，如周立波尽管提到波德莱尔、魏尔伦、艾略特等西方现代主义作家，但

---

① 岳瑟：《鲁艺漫忆》，程远编：《延安作家》，陕西人民教育出版社1992年版。
② 冯牧：《窄的门和宽广的路》，《冯牧散文选萃》，解放军出版社1994年版，第162—163页。

并未将其纳入授课内容。

文学有自身的发展规律，也不可避免地受到政治、社会的影响。战争时期，关于民族形式问题的讨论在不同地域引发了广泛争论。"五四"时期，文化先驱们在摒弃传统旧形式，追求西方文艺形式中开创了中国文学的新纪元，此后，关于如何认识、利用传统形式与外来形式，一直存在着不同的声音。在国统区，1939年4月柳湜发表的《论中国化》引起了国统区关于民族形式的争论。向林冰主张民间形式的消极因素在被批判后，应该成为民族形式的"中心源泉"①，胡风、茅盾、郭沫若等人明确反对，推崇着"五四"以来新的艺术形式。在延安，争论伴随着知识分子与当地民众的磨合而出现，"鲁艺"人对外来文学的迷恋，对高精深文艺的喜好，虽然满足了知识分子的心理定位，却和延安的现实状况扞格难通，他们的文艺演出延续着学生腔、学者腔，难以符合面朝黄土背朝天的农民的口味，几次演出均惨淡收场，不仅当地百姓怨声载道，"鲁艺"人也感觉到隔膜和寂寞。这种文艺创作的尴尬局面，自然也引起了中共中央领导的关注。1938年9月，中共六届六中全会召开，毛泽东在政治报告中对文艺的大众化形式表示了要求和期望。他说："洋八股必须废止，空洞抽象的调头必须少唱，教条主义必须休息，而代之以新鲜活泼的、为中国老百姓所喜闻乐见的中国作风和中国气派。"②毛泽东的号召引起了延安理论界关于"民族形式"的讨论。1939年7月，毛泽东的秘书陈伯达应邀到"鲁艺"作了题为《中国文化启蒙运动与文艺的民族形式》的报告，提出了民族形式的问题。面对领导人的殷殷期待，知识分子深感"五四"文学遗产难以适应解放区的崭新生活。1939年7月24

---

① 向林冰：《论"民族形式"的中心源泉》，重庆《大公报》1940年3月24日。
② 毛泽东：《中国共产党在民族战争中的地位》，《毛泽东选集》第2卷，人民出版社1991年版，第534页。

日,"鲁艺"文学系召开民族形式问题的座谈会,萧三、张庚认为中国文化遗产的精华应该继承,强调了民间文学的重要性;沙汀、何其芳认为如果片面强调大众艺术的重要性,会"降低艺术水准",双方的争论陷入白热化。1939年8月3日,在中央文化工作委员会扩大会议上,沙汀、何其芳、周扬仍然坚持之前的主张。1940年5月来延安小住的茅盾也参与了民族形式问题的争论,他从"五四"的启蒙主义立场出发,认为不应该以"旧形式"作为中国文学发展的基础,更不应以民间形式作为建设民族形式的中心源泉。众所周知,沙汀、何其芳、周扬、茅盾等人深受"五四"思想的影响,他们认为"五四"以来的新文艺并未脱离广大群众,而民间旧有的形式是和旧生活相匹配的,一是已经不能反映现代中国人的生活,二是旧形式中还包含有封建思想毒素,因而,不赞成过分倚重传统的旧形式,但是这种主张在延安不断经受着冲击。1940年1月,毛泽东便发表了《新民主主义论》,提出"新民主主义文化"是"民族的科学的大众的"[1]"中国文化应有自己的形式,这就是民族形式。民族的形式,新民主主义的内容——这就是我们今天的新文化"[2]。只有以这种文化为组成内容,才是"新民主主义共和国",也"就是我们要造成的新中国"[3],由此可见,民族形式、新民主主义文化的建设已经被领导者提升到了建国的高度,这一方面是为了与国民党主张的"三民主义文化"相抗衡,另一方面也是着眼于中国未来的文化建设,争夺文化的领导权。同时,在争取民众方面,只有重视民族形式,才能获得民众的认同,调动民众的积极性,建成广泛的抗日战线,因而,民族形式成为解放区大力推广的文艺发展方向,民族形式的问题也得到了中共理论家们的高

---

[1] 毛泽东:《新民主主义论》,《毛泽东选集》第2卷,人民出版社1991年版,第706页。
[2] 同上书,第707页。
[3] 同上书,第709页。

度重视。1940年7月24日,朱德对"鲁艺"师生作了《三年来华北宣传战中的艺术工作》的报告,强调艺术作品是给中国广大民众和军队看的,因此艺术要面向群众、面向士兵,提倡艺术的民族形式和民间形式,强调艺术的大众化和通俗化。1942年5月,毛泽东发表了《在延安文艺座谈会上的讲话》,对民族形式的问题做了定论,不仅结束了之前的多次纷争,并扭转了延安轻视民间艺术的局面,将延安文学乃至新中国文学引向了重视民间形式的道路。受战时文化心态的影响,中共领导认为在战争时期,农民作为战争的主力,如何调动这一部分人参与激烈壮阔的社会运动是一项重要的工作,文艺作为意识形态的重要形式,在动员民众方面势必要发挥它的优势,因此,一直受到民众喜欢的章回体小说、民歌、旧戏等得到了重视。

在争论中广大知识分子加深了对文艺、文艺形式的认识,结合文艺内在的发展规律,选择着适合的艺术形式。相对来说,国统区在论争过程中,虽有向林冰等人批判"五四"新文化运动的声音,但是,"五四"的精神遗产已被广大学院中人继承,西南联大继续进行着学院派的文体实验,尽管受到毛泽东《讲话》的影响,发生了一些新变,但基本河道并未转换,而延安文化人士则在毛泽东《讲话》的号召下,文体形式有了根本性的变化。《讲话》明确了文艺为工农兵服务的宗旨,要求文艺工作者深入到工农兵的艺术形式中去,重视地方性的秧歌、传统戏、墙报、壁画、民间故事等。"鲁艺"在战争形势和政治导向的双重规约下,践行并新变着民族形式,使其成为发展大众文艺的保障。

文体如此,语言亦然。威廉·冯·洪堡特说:"每一语言的内在形式,都表达了一种独特的世界观"[①]。人们以语言表达着对世

---

① [德]威廉·冯·洪堡特:《论人类语言结构的差异及其对人类精神发展的影响》,姚小平译,商务印书馆1999年版,译序第55页。

第五章　文学创作的体式探索与语言风貌

界的感悟与思考，传递着思维逻辑和情感态度，语言也制约着使用者的思想认知，语言的界限实际上就是说话者认知判断的界限。伴随着人们思想观念的嬗变，20世纪的语言风貌发生了几次转换。一方面，"五四"新文化运动完成了从文言文到白话文的历史更替，由于处在语言的过渡期，白话文从诞生起就被贴上"半文半白、中西夹杂"的标签，按照自身的发展轨迹和精英文学观念，在40年代流变为"新文言"。另一方面，从30年代的大众化运动起，一些人就尖锐指责"五四"的欧化语言，提出要以工农阶级的话语代替欧化白话文，在40年代的解放区，建设新民主主义文化成为人们的自觉，语言问题伴随着民族形式的论争愈发引人注意。当时有学者说："民族形式的运动，必伴随着文艺语言的改革运动"①，在为工农兵服务的要求下，解放区兴起了革命白话。因而，在抗日战争年代，既有西南联大等学院中人熟练使用的"新文言"，也有解放区铺天盖地的革命白话，二者并行发展，谱写着不同的文学景观。

"新文言"和革命白话使用着不同的词汇、句式与结构，标举出两套不同的话语系统。相对来说，"新文言"充满了欧化的色彩，语言含混、混沌、充满了歧义与阻隔，革命白话则明白晓畅、通俗易懂，洋溢着轻松与活泼，这自然满足了不同的社会需要。西南联大文学的言说对象是受过教育的知识者，语言表达方式趋向理性化，"新文言"因为适合理性思维的逻辑，是学者的思想认知、情感价值的对应物，成为联大的主要话语风格。与之不同，出于社会改革的需要，"鲁艺"文学面对的是工农大众，文化程度不高的接受群体决定了写作者的语言风格，革命白话因为其符号系统与解放区的社会生活相适应，成为"鲁艺"文学创作的主流。

更深入来说，语言并不只是书写工具，它还参与到写作者思维

---

① 黄绳：《民族形式与语言问题》，香港《大公报》1939年12月15日。

观念的生成过程中，建构着审美、主义、文化等多种系统。语言也透露出强烈的权力性，"新文言"的言说者多站在群体之上，以俯视的姿态俯察社会民生，显示出文学的贵族意识；革命白话则使新文学的话语方式发生了根本的转变，知识分子的优势地位不复存在，他们以平视的角度体察着大众疾苦，显示出广泛的社会参与度。当然，任何一种语言系统都不是封闭自足的，不同语言体系之间也存在着互相渗透、彼此移置的现象。在战争的白热化和相持阶段，两校的语言风貌便具有明显的趋同性，共同表现为或高歌猛进，或含混晦涩。

思维观念对应着文学体式与语言风格。学者的思维决定了文学体式的学院化、复杂化，也决定了语言风格的书面化、雅致化，而向人民大众看齐的文艺家，文学体式势必向民族形式的方向靠拢，语言也多是大众听得懂、看得明白的革命白话。

第二节　西南联大：学院派的文体实验与"新文言"的沿用

西南联大的文学体式和语言风貌属于典型的学院派。他们追求艺术表现上的新颖精致，强调艺术传达的客观性与间接性，在审美趋向上，也避免单一性的美学走向。师生们尝试着十四行体、开放化的小说体式，积极实践着"新文言"，体式和语言风格诠释出精英文学的理念。

十四行体原是西方的一种体式，曾被闻一多译为"商籁体"，以严密和繁复的结构形式为显著特点。在几百年的历史发展中，大致形成了意体十四行和英体十四行。两种体式都是四个段落，意体十四行遵循的是四、四、三、三的格律，英体十四行遵循的是四、四、四、二的格律。从内容来看，十四行体与现代人繁复多变的情绪十分合拍，在句式的变化、格律的转化中，于起承转合之间烘托了诗人起伏回环的情思,最适宜表现人们深切细密的人生经验,因而,一直受到人们的推崇。早在20年代,郑伯奇、浦薛凤、闻一多等人就借用十四行体作诗,新月派诗人也以十四行体实验着新格律诗,但彼时十四行体的探索也曾被质疑与反对。梁实秋怀疑中西文字与格调的不同,胡适反对诗歌创作受到格律的束缚,左翼人士更是从文艺大众化的角度指斥十四行体的欧化倾向,因而,在40年代之前,十四行体虽然一直受到文学人士的喜爱,但并未形成气候。直到西南联大师生将十四行体的火种延续下来,进行了积极的实践,才实现了中国新诗的现代化。冯至对于十四行体的移植与改造相当成功,《十四行集》无论在思想,还是体式方面,都得益于对里尔克的模仿和学习。他说:"里尔克《致俄尔甫斯十四行》给我树立了榜样。"①"我们准备着深深地领受"等诗传递着作者对人生的沉思经验。为了更好地在规定的诗行中表达无限的情思,实现十四行体的中国化,冯至又对这种西方诗体进行了改造。他说:"我写十四行,并没有严格遵守这种诗体的传统格律,而是在里尔克的影响下采用变体,利用十四行结构上的特点保持语调的自然。我有时在行与行之间、节与节之间试用跨句,有成功也有失败,成功的可以增强语言的弹性和韧性,失败的则给人以勉强凑韵的印象。"②冯至的话自然含有自谦的成分,事实上,他的《十四行集》"建立了中国十四行的基础"③。在体式上,冯至遵从意体十四行诗分四段,每段四、四、三、三的诗行,但在韵式上融入了中国古典诗歌的因子,使用中国传统的意象、语言和手法,拓宽了"寄托""言志"的诗歌理路,真正使这种诗体在中国走向成熟。不独冯至,王佐良此时也精心研究,创作了八首十四行诗,这八首诗体式

---

① 冯至:《外来的养分》,《外国文学评论》1987年第2期。
② 冯至:《诗文自选琐记》,《新文学史料》1983年第2期。
③ 朱自清:《诗的形式》,《新诗杂话》,作家书屋1947年版,第143页。

多样，第五首和第八首遵照意体的体式，其他的六首则创造性地采用了四、四、六的格式，在此格式下，王佐良又表达了不同的思想，造成诗节前后的联系与转换，因其体式多变，人们将这组十四行诗命名为"异体十四行"。

十四行体引起师生的思考与学习，多样的小说体式也引起了他们浓厚的兴趣，并进行了多方实践。卞之琳在 1943 年翻译了里尔克的《旗手》与福尔的《亨利第三》，在合集的序中，卞之琳认为："从一方面讲起来，《亨利第三》是取了诗中的抒情的方式，而《旗手》则取了讲故事的法则"[①]，"从另一方面讲起来，表面上里尔克在《旗手》里较近于普通的讲故事，可是他不是在这里塑造几个人物，而本质上却更是抒情——更点触到一种内在的中国所谓的'境界'，一种人生哲学，一种对于爱与死的态度，一些特殊感觉的总和"[②]。卞之琳在《译者序》中详细罗列了两诗相同的节奏等特征，从字里行间，可以感受到译者对两诗片段式、感觉呈现式的写作方式的推崇，并将这种创作方式延伸到了小说等文体。统观卞之琳《山山水水》的片段，可以看到作者并非追求连续完整的故事情节，而重在传达一种感觉。小说按人物所在的城市分成了几个部分，每部分虽有一定的写实情节，但更具特色的，是由事物引起的想象，以及由此进行的细致的心理分析，以及小说丰富的文化信息。

这种开放式的小说观，在沈从文的创作中也有生动的体现。沈从文早期被称为"文体作家"，强调"抽象的抒情"，西南联大时期，小说创作更具实验性质。他的小说具有一定的故事情节，但不以情节取胜，叙事只是抒情、议论的一种凭借，由此，小说和诗

[①] 卞之琳：《福尔的〈亨利第三〉和里尔克的〈旗手〉——译者序》，《卞之琳代表作·三秋草》，华夏出版社 2008 年版，第 198 页。
[②] 同上书，第 199 页。

歌、文论之间的界限得以打通。小说《看虹录》和《新摘星录》以精致的体式书写绅士与淑女的两性交往。《新摘星录》全篇流淌着女主人公的意识流动，简短的叙事之外，更多是一种抽象的议论与分析。诗性、华美的语言强化了小说的内倾性。《看虹录》共有三节，第二节相对独立，讲述男女之间神性的爱恋，令人称奇的是，小说又加入了游离性的第一节和第三节，讲述"我"阅读一本书的心情，此外，叙述人称的多变、空间转换的频繁，也增强了主题的隐晦性。针对此书的特异性，沈从文说："我这本小书最好读者，应当是批评家刘西渭先生和音乐家马思聪先生，他们或者能超越世俗所要求的伦理道德价值，从篇章中看到一种'用人心人事作曲'的大胆尝试。因为在中国，这的确还是一种尝试的。"[①] "用人心人事作曲"，从关注外界转向倾听内心，构成文体实验的内在动力。沈从文此时还受到弗洛伊德精神分析学说的影响，注重开掘人物的潜意识，披露人物微妙复杂的心理变化。为了更好地表现这种情绪，小说多处使用隐喻、象征，将具象的人事升华为一种抽象的情绪。某种意义上，《看虹录》中的人物只是观念传达的符号，男女的对话、交往也是对生命存在形式的思考，表达了"神在我们生命里"[②]的主旨。这些尝试使文本艰深晦涩，主题表达极其隐晦，扩展了人物心理表现的领域。"将小说与诗作比较，并突出诗对小说的重要意义，可视作沈从文 40 年代在小说形式方面所作的不懈探索。"[③] 沈从文曾说在想要的都已得到后，他准备"创造一点纯粹的诗，与生活不相粘附的诗"[④]，以这样的一种诗情叙述故事，描绘物象，营造意境，沈从文实践的正是一种诗性小说。

冯至的《伍子胥》把历史小说进行现代新编，过滤掉了血腥仇

[①] 沈从文：《看虹摘星录后记》，天津《大公报》1945 年 12 月 8 日。
[②] 沈从文：《看虹录》，《新文学》第 1 卷第 1 期，1943 年 7 月 15 日，著名上官碧。
[③] 凌宇：《从边城走向世界》（修订本），岳麓书社 2006 年版，第 336 页。
[④] 沈从文：《水云（下）》，《文学创作》第 1 卷第 5 期，1943 年 2 月。

杀，重在开掘情感体验，推动小说的不是情节，而是人物的情绪感受，因而，也呈现出诗化小说的风格。师承沈从文的汪曾祺也格外注重小说的戏剧性和诗性，在《短篇小说的本质》中，他说短篇小说可以"像诗，像散文，像戏，什么也不像也行，可是不愿意它太像个小说，那只有注定它的死灭"①，他主张小说不能只倚重情节、人物与环境描写，只有越接近其他文学体裁，才越有生命力。汪曾祺将抒情的成分注入小说中，使其此时的小说具有戏剧化和诗化的特征。80年代，汪曾祺更是开风气之先，以闲淡抒情的文风标举出小说的新写法，把文体设计作为小说创作的重要组成部分。别具一格的美学风貌打破了政治化叙事一统天下的局面，让读者耳目一新。

与开放的小说观念相关的是，师生的作品常常使用意识流。意识流是西方流行的一种文学创作手法，不追求故事情节与事件，而将思考的重心锁定在人物的内心世界，按照人物的心理活动串联全文，深入细致地摹写人物内心的孤独、迷惘、困惑等感受。战乱时期，学子们有幸阅读到普鲁斯特、弗吉尼亚·伍尔夫等的小说，为之迷醉与倾心，也创作了一些颇具意识流特征的作品。汪曾祺说："我的小说有一个时期明显受了意识流方法的影响，如《小学校的钟声》、《复仇》。"② 其实，40年代汪曾祺熟练地使用意识流，不止这两篇，同时期创作的《翠子》《悒郁》《待车》也把人物的心理变化用意识流串联起来，以此构成了小说的故事片段，使情绪的转变更为繁复。在这些小说中，作者主要描写人物的情绪和想法，烘托出作品较强的主观抒情色彩。《翠子》描写"我"观察大人的心理；《悒郁》表现少女银子情窦初开时变化不定的情绪；《谁是错的》以"我"冒犯了路先生而自责的心理活动贯穿；《待车》记

---

① 汪曾祺：《短篇小说的本质》，天津《益世报》1947年5月31日。
② 汪曾祺：《自报家门》，《作家》1988年第7期。

录一个人枯坐时的思维流动。尤其是1941年和1944年汪曾祺写了两遍《复仇》，前者是讲给孩子的一个故事，线索清晰，有头有尾；后者是对前者的改写，去掉连贯性的故事情节，而以一个个场景和片段来连缀，以各种声音和色彩烘托主人公的心理感受。同时期汪曾祺创作的散文《花园》也重在传递一种情绪，虽难以寻觅到明显的时空线索，但显而易见，花草虫鱼等所有生物都在作者思乡这一根意识的绳索上得以串联，变得完整。此外，陈时的散文诗《悲剧的金座》、俞铭传的诗歌《夜航机》也都记录了作者意识流动的轨迹。

师生们还尝试了诗剧体，穆旦的《神魔之争》与杨周翰的《哀求者与合唱队》为多声部展现，体现出西南联大诗歌戏剧化的尝试。多种文体实验，体现出西南联大师生对精美繁复艺术的青睐，标举出学院派的精英色彩。同时，"新文言"的语言风格也强化了精英文学的特质。

"五四"时期，白话文在现代口语的基础上通过引进西洋文法、外来词汇、融汇明清小品文成分，表现力大增。大量的外来词汇和句式，以及标点符号和分段的运用，改变了传统的叙述方式，便于写作者写文和造句，也便于读者阅读与理解。与之相关，新文学的语言出现了欧化的现象。这虽然受到一些人的诟病，却也赢得了一些学者、作家的支持和推崇。某种程度上，欧化的语言奠定了"五四"文学语言的底色，影响深广。西南联大的师生认同并沿袭这种语言风格，追求一种远非口语、具有散文诗或韵律特征的"新文言"。

在40年代，语言学家王了一说："所谓'白话'，如果是指一般民众的口语而言，现在书报上的'白话文'十分之九是名不副实的，所以有人把它叫做'新文言'。如果以白不白为语体文言的标准，'新文言'这个名称是恰当的。"[①] 西南联大文学的语言风格属

---

① 王了一：《文言的学习》，《国文月刊》第13期，1942年5月16日。

于"新文言"。虽然自"五四"起，语言大众化的呼声一直存在，并在战争时期愈演愈烈，但是，在学院中人看来，文学创作不能等同于口语化写作，口语的使用是为了满足日常交流的需要，不可避免地存在粗糙和浅陋的缺点，若将其直接用于书面文学，很难表现出作者的理性深度和感性广度，要严谨缜密地书写人物幽微复杂的意识活动，体现文化人的个人特色，不可避免地要欧化。朱自清认为，文学作品中的话语并不全是口语，而是有些欧化和现代化的趋向，不完全合于白话，有助于文字有自身独立的地位和尊严。沈从文在"大一国文"授课时，也很推崇这种文人化的语言，他从冰心的"文白杂糅"，讲到朱自清"文字基础完全建筑在活用的语言上"，再到废名的"不黏不滞，不凝于物，不为自己所表现'事'或表现工具'字'所拘束限制"[①]，追求一种吸收文言、白话中有生命力的因素，灵活、丰富、又有弹性的语言风格。

朱自清、沈从文、冯至、卞之琳、穆旦、王佐良、罗寄一、吴讷孙（鹿桥）等人的语言风格明显的书面化、学理化。这一方面来自他们对古代汉语古雅凝练之美的重视，为此融入一些浅近的文言词汇。新文学在白话文打败文言文，一统文坛后，一些知识分子不满白话文的直白与通俗，希冀在丰厚的古代汉语宝藏中吸收一些文言词汇，以此丰富白话文的审美内涵和表现力。沈从文在有生命力的湘西口语的基础上提炼加工，在白话中融入了一些浅近的古文，形成古朴清新、凝练传神的风格。在其小说中，"如""若""令""且""可""既""即""必""却""方""或""但见""俨然""别无""尚可""其时""未必""无妨""间或""业已""不消说"等被广泛使用。他还采用传统写意的笔法，讲究用词的精练与含蓄，注重虚实

---

① 沈从文的讲课内容整理之后，多发表在《国文月刊》上：《习作举例·从周作人鲁迅作品学习抒情》，《国文月刊》第 1 卷第 2 期，1940 年 9 月；《习作举例·由冰心到废名》，《国文月刊》第 1 卷第 3 期，1940 年 10 月。

第五章 文学创作的体式探索与语言风貌

相生、生动传神,如这一段:

> 炉火始炽,房中温暖如春天,使人想脱去一件较厚衣服,换上另外一件较薄的。橘红色灯罩下的灯光,把小房中的墙壁,地毯,和一些触目可见的事事物物,全镀上一种与世隔绝的颜色,酿满一种与世隔绝的空气。①

文字耐看、耐读,于普通的白话之间,传达出深厚的韵味,形成含蓄凝练的美学格调,这种语言风格与他所表现的神圣、庄严的生命形式相得益彰,大大增强了作品的神韵与气质。

鹿桥在毕业后的 1943 年以在西南联大的学习生活为蓝本创作了长篇小说《未央歌》,小说多次再版,广受好评。在作者看来,"古典文学、外国名著、各地方言、各行术语"② 都是好的"新文言"资源,他说:"未央歌是我主张,提倡,力行实验我所谓'新文言'的一篇试作。"③ 小说大量使用"也罢""素日""何致于""闹将起来"等词汇,营造出浓郁的古典小说氛围。人物的语言也是书面式的,无论是探讨艺术、人生、爱情等重大问题,还是抒发个人的愁绪与欢乐,都采用正式规范的书面语,讲究语言的音韵和谐,"未央歌每在情感一上升的时候文字就往新文言方向走。到了第十三章,全书最短的一章,文字还是可以上口,可是离口语就越来越远,或化成散文诗或是带了韵"④。这种语言风格与小说整体的牧歌情调是一致的,烘托出了小说世外桃源般的意境之美。当然,小说的成功不仅源于使用古典词汇,也吸收整合了一些外来语言,从而保持了书面化、文人化的语言本色。

---

① 沈从文:《看虹录》,《新文学》第 1 卷第 1 期,1943 年 7 月 15 日,署名上官碧。
② 鹿桥:《未央歌》,台湾商务印书馆股份有限公司 1984 年版,第 8 页。
③ 同上。
④ 同上。

另一方面，师生们还大量借鉴欧化词汇，以此丰富汉语的表达力和思想深度。他们吸纳着外国的词语，表达着彼时汉语词汇难以描述的事物、现象和精神。穆旦等诗人由于受西方现代主义文学影响，多使用晦涩难懂的词汇，实现了语言的多义性与含混暧昧的效果，以此进行复杂的艺术想象，表现现代人细致绵密的思想，挖掘作品的多重意义，外呈式地展现出他们精神深处与西方现代派作家的相通。

不仅使用欧化的词汇，他们还以欧化的文法叙事。中国传统文学没有明确的文法规定。为了达到含蓄传神的效果，作家多简笔勾勒，少细密描摹，因而，经不住严格语法的推敲。"五四"时，文化先驱们在译介输入现代性思想观念时，为表达得严密准确，开始借鉴欧式的句法结构，他们落实细节，不留空白，追求繁复的组织结构，又不失灵活、弹性的力量。到了40年代，中西文化碰撞更为激烈，为输入新思想、准确表达现代人繁复的思想观念与生活状态，此时大量的欧化语言与句法被使用。穆旦的一些诗歌词语寻常易懂，但是语句组合后却生涩拗口，这与大量使用关联词语有关系。他不遵循时空的自然顺序，而是努力捕捉文学的艺术时空和逻辑，造成句法的复杂多变。如"虽然我还没有为饥寒，残酷，绝望，鞭打出过信仰来，/没有热烈地喊过同志，没有流过同情泪，没有闻过血腥，/然而我有过多的无法表现的情感，一颗充满着熔岩的心/期待深沉明晰的固定。一颗冬日的种子期待着新生"[1]，以"然而"为转折，表达出丰富的内心世界；如"天际以外，如果小河还/是自在地流着，/那末就别让回忆的暗流使她凝滞"[2]，以"如果"表达着语义的假设；"我们必须扶助母亲的生长/因为在史

---

[1] 穆旦：《玫瑰之歌》，穆旦著，李方编：《穆旦诗全集》，中国文学出版社1996年版，第70页。

[2] 穆旦：《华参先生的疲倦》，重庆《大公报》1941年4月24日。

前，我们得不到永恒，/我们的痛苦永远地飞扬"①，以"因为"表示着语意的因果关系，显示出思想内涵的繁复。不惟穆旦，鹿桥在《未央歌》中也多用连词"并且""而且"等，连接成一个个绵密的长句，以此表达人物多变的心理活动。此外，穆旦的《神魔之争》等作品还使用了复调叙事。西南联大人避免语义表达得简单空泛、平铺直叙，追求严密叙述，实现了思想意蕴的密集广博。

抽象的词汇、复杂的句式、语意的模糊与晦涩的思辨倾向正符合语言学家王了一对此时期文学所概括的"新文言"的特征，联系九叶诗派的郑敏在90年代仍然主张在文言文和白话文结合的基础上发展新文学，反对只强调语言的通俗易懂②来看，西南联大的语言风貌具有内在的传承与延续性。这种语言风格提升了作品的美学品位，传达出更多的文化信息。当然，师生们所借鉴的文言的词汇、欧化的词语，并不是不顾客观实际，只顾主观兴趣，强行硬加植入的，可以说，复杂多变的社会环境要求大量的外来词汇和简练传神的古代词语与之匹配，汉语语言系统也欢迎大量的外来词语的输入，需要写实性强、节奏感强、弹性强的语法结构，以加速它的新陈代谢，这是语言自身发展的需要，也是社会不断发展的要求，更是中国积极融入世界的表现。

文体、语言与思维具有同一性，精致的文体探索和"新文言"式的语言折射的是作者的学者化思维和通识教育背景，反映出西南联大师生对现代精神质素的重视。语言学家黎锦熙认为"五四"以后，"陆续出了大量的白话翻译品，吸收了许多外来语和欧化的造句法，新的语言形式和新的思想内容是互相随伴着而来的"③。与对西方现代思想积极吸取相一致的是，现代文学语言本质上是书面化、学者化的，因而，当人们品鉴西南联大师生繁复多变的文体和

---

① 穆旦：《中国在哪里》，桂林《大公报》1941年4月25日。
② 郑敏：《世纪末的回顾：汉语语言变革与中国新诗创作》，《文学评论》1993年第3期。
③ 黎锦熙：《新著国语文法·今序（1951）》，《新著国语文法》，商务印书馆1956年版，第1页。

雅致凝练的语言的时候，可以感受到他们内在复杂的精神结构和深邃的现代性思想体系。

第三节 "鲁艺"：民族形式的新变与革命白话的兴起

中国民间艺术形式虽然自"五四"时就被知识分子挂在嘴边，但一直未取得卓著有效的成绩。抗战时期，民族意识空前高涨，但是欧美文艺体式还是学院中人的首选，中国民间艺术一直被压制与漠视，只有在延安，尤其是在毛泽东的《讲话》和"整风运动"的推动下，延安文艺界才全面掀起了到工农中去的高潮，文化工作者也意识到要真正实现文艺的大众化与通俗化，必须要尊重百姓的欣赏口味。在与百姓的紧密接触中，民歌、民谣、鼓词、评书及地方戏曲对"鲁艺"师生产生了深刻的影响，使他们接近并掌握了农民的文化心理、审美情趣和艺术爱好。他们自觉落实毛泽东提倡的通俗文艺的号召，操练起秧歌、传统戏、章回体小说等民间形式，并融汇当地农民的方言土语，全面推进了延安的工农兵文学方向。

陕北地区民间艺术资源素来丰富，秧歌、秦腔、信天游、郿鄠戏、道情、花鼓等数不胜数，"鲁艺"人生活在这片土地，在下乡实习或民间采风中自然会受到民间艺术的影响，他们也创作了很多清新质朴的作品。何其芳被郿鄠戏的曲调和节奏深深打动，创作了诗歌《郿鄠戏》；贺敬之借鉴信天游的形式，写出了家喻户晓的歌曲《南泥湾》；"鲁艺"人大力搜集民间音乐和民歌，整理成流传全国的《东方红》，声声曲调都指向着对新生社会、革命政权与政党领袖的赞美与讴歌。在走向民间文艺的过程中，"鲁艺"成功地实现了两个转变：自由歌唱之后是秧歌，话剧之后是传统戏改编。

秧歌剧是"鲁艺"收获最丰的艺术形式。秧歌原在陕北民间流行，是一种包括了音乐、舞蹈与戏剧等多种内容的综合性艺术形式，它载歌载舞，生动活泼，深受百姓喜爱，却有着封建神怪、男女调情等不健康气息。"鲁艺"师生对陕北秧歌进行了改造，保留其质朴、豪放的风格，加入拥政爱民、拥军优属、表现新人新事等政治内容。在表现形式上，也将传统秧歌的伞头、扇面、标牌等变为革命领袖的画像、五角星和标语，演员使用的道具也是与革命、生产相关的工具或是红色绸带等，经过全面改革后的秧歌呈现出了浓郁的革命气息。农民们把过去讨好地主所唱的称为"骚情秧歌"，而将这种改造后的秧歌，亲切地称为"斗争秧歌""翻身秧歌"。艾青说："秧歌剧是今天最好的宣传工具之一"①。在解放区，秧歌剧承担着重要的政治宣传任务。

1943年春节前后，延安出现了大规模的秧歌活动，"鲁艺"的秧歌队成为一颗耀眼的明星。王大化、李波出演的《兄妹开荒》②促使延安出现了"鼓乐喧天，万人空巷"的盛况。按照民间秧歌的传统套路，人物多是一男一女两人对戏，"鲁艺"师生为了消除夫妻关系所带来的男女调情等不健康的气息，将人物关系改为了兄妹。内容上，表现的是陕北农村掀起的热闹蓬勃的大生产运动，百姓们抓紧开荒的故事。结尾处合唱"男女老少一齐干，咱们的生活就改善。……赶走了日本鬼呀，建设新中国"③，把全剧主题由开荒生产提高到劳动对于抗日战争胜利的重要意义的高度。这出被誉为"鲁艺家的斗争秧歌"④的剧作，不仅消除了传统秧歌封建调情的成分，突出了革命宣传的政治功效，同时以诙谐的民间生活气息、地道纯熟的群众语言和轻松欢快的地方曲调，使观众喜闻乐

---

① 艾青：《秧歌剧的形式》，《解放日报》1944年6月28日。
② 即《王小二开荒》。
③ 《兄妹开荒》，《延安文艺丛书》秧歌剧卷，湖南人民出版社1985年版，第8页。
④ 鲁艺文学院校友会编：《延安鲁迅艺术文学院建院50周年纪念》（1938—1988），内部资料，1988年版，第7页。

见，获得了边区政府1944年春节文艺特等奖。此时，触发"鲁艺"人创作的媒介不再是艺术感悟，而是参与斗争的需要。对作者而言，"虽然没有获得只有市场经济才能准予的'自律状态'、'独立性'或'艺术自由'，但同时却被赋予了神圣的历史使命、政治责任以及最有补偿性的'社会效果'"①。

"鲁艺"等秧歌队在1943年春节的演出，为文艺界深入工农群众提供了很好的样板。1943年4月25日，《解放日报》发文《从春节宣传看文艺的新方向》，肯定了秧歌剧在为工农兵大众服务方面，"已经获得了第一步的成功"②。此后，"鲁艺"师生以更饱满的热情，创作、演出了大量的秧歌剧。如同戈壁舟诗歌中所写："有了毛主席的文艺方向，秧歌队到处扭唱。"③ 贺敬之执笔创作的秧歌剧《栽树》表现边区人民植树的新风尚；马可编剧的《夫妻识字》表现边区农民自觉学习文化知识；《刘二起家》描写二流子的改造过程，表现了边区健康的社会风气、农民的勤劳肯干和对美好生活的向往。此外，《张丕谟锄奸》《赵富贵自新》《减租会》等也都产生了一定的影响。在秧歌剧的基础上，编创的大型歌剧《周子山》无疑是此时的重要作品。1944年春，"鲁艺"工作团根据在子洲县搜集到的材料，经过整理写作、在延安演出了大型歌剧《周子山》④，剧作讲述周子山叛变投敌，潜伏在革命队伍中蓄意破坏，当地干部群众在革命者马红志的领导下将其抓获，展现了土地革命及保卫边区革命斗争的复杂和艰苦。在演出形式上，该剧借鉴了大量秧歌剧因素，吸引了众多观众。

不仅内容上老百姓喜欢看，秧歌剧的演出形式也考虑到百姓的

---

① 唐小兵：《大众文艺与通俗文学〈再解读〉导言》，《英雄与凡人的时代：解读20世纪》，上海文艺出版社2001年版，第253页。
② 《从春节宣传看文艺的新方向》，《解放日报》1943年4月25日。
③ 戈壁舟：《毛主席笑了》，《延安诗抄》，陕西人民出版社1978年版，第13页。
④ 又名《惯匪周子山》。

欣赏习惯。秧歌是广场演出，这和传统的舞台剧有着很大的差别，观众与演员之间的"墙"被打通了，距离拉近了，也便于加强演员与观众的情感交流。《兄妹开荒》中扮演哥哥的演员王大化曾说："这比在台上与观众关系更近了，这对一个习惯于演外国戏、大戏的舞台演员来说，就得丢掉过去那套架子，丢掉那套自以为是的演技，而向群众喜闻乐见的演技形式学习，只有如此，只有运用群众所熟悉喜欢的形式，才容易接近群众。"[1] 秧歌剧还采用民间的曲调，如《夫妻识字》采用了郿鄠中的"花音岗调"和"戏秋千"，《栽树》改编了陕北民歌《摘南瓜》，一些秧歌剧中的歌曲也广为传唱，如《挑花篮》中的《歌唱南泥湾》、《减租会》中的《翻身道情》等。民间曲调的融入，增强了秧歌剧的泥土气息与民族风格，让百姓们熟悉亲切。当漫山遍野的观众陶醉于这种广场歌舞剧时，革命政权的优越性、新社会穷人翻身做主人的自豪感也嵌入到他们的心灵深处。李方立的诗歌《山野间的歌舞》就描写了群众被秧歌舞所吸引，多得"好像无数条江河，/哗哗地流向湖沼"[2]，在观看秧歌舞中，更仿佛看见"中国像一个巨人"[3]，她的过去与未来。1943年春节，"鲁艺"的秧歌队演出之后，老百姓亲热地称呼这是"鲁艺家"的秧歌，周扬欣慰地说道："'鲁艺家'……多亲昵的称呼！过去，你们关门提高，自封为'专家'，可是群众不承认这个'家'。如今你们放下架子，虚心向群众学习，诚诚恳恳地为他们服务，刚开始做了一点事，他们就称呼你们是'家'了。可见专家不专家，还是要看他与群众结合不结合；这头衔，还是要群众来封的。"[4] 可以说，改编之后的秧歌剧，既符合农民的欣赏习

---

[1] 王大化：《从〈兄妹开荒〉的演出谈起——一个演员创作经过的片段》，《解放日报》1943年4月26日。
[2] 李方立：《山野间的歌舞》，《延安文艺丛书》诗歌卷，湖南人民出版社1984年版，第243页。
[3] 同上书，第244页。
[4] 马可：《延安鲁艺生活杂忆》，戴淑娟编：《文艺启示录》，中国戏剧出版社1992年版，第161—162页。

惯，又注入了新的时代内容，不仅农民喜闻乐见，"鲁艺"文化人也真正走向了民间。

由《兄妹开荒》，中经多幕秧歌剧《周子山》，最终产生了新歌剧《白毛女》。《白毛女》借鉴了西洋歌剧以音乐表现人物命运的方法，又吸收了话剧以对话推动情节的表演方式，融汇了"鲁艺"各部门的心血，由贺敬之、丁毅等人执笔完成。歌剧取材于40年代流行于河北阜平一带的"白毛仙姑"的民间传说，"鲁艺"师生对之进行了加工处理，从最初的"白毛仙姑"的封建迷信本事，到周扬开掘出的"旧社会把人变成鬼，新社会把鬼变成人"的主题，剧本强调地主与农民之间的尖锐矛盾，并突出农民只有参加共产党领导的革命武装队伍，才能改变苦难的命运，这一提炼过程有着明显的意识形态诉求。此后，剧作人员还根据群众的要求，多次对情节做出修改。1945年4月，《白毛女》在延安上演，取得了巨大成功，得到了中央领导的高度肯定，《白毛女》成功地完成向"七大"献礼的使命，并适合时宜地参与了中共新政权意识形态的构建，收到了巨大的社会效果。《白毛女》还从延安传到了其他根据地，在解放战争中，成为鼓舞士兵和百姓们作战抗争的重要动力[①]。从1945年到1962年，剧作经过了多次大的修改，不断强化着农民对地主的阶级仇恨。"鲁艺"人对细节的不断修改，也是不断舍弃自己的启蒙话语，服膺于革命话语的历程。观众从这出戏中

[①] "战士将为杨白劳、喜儿报仇的诗句刻在枪杆上，'解放战士'不用再上政治课，看了一场演出就可以调转枪口去打敌人。"（王昆：《我和歌剧〈白毛女〉的缘》，《新文化史料》1995年第2期）1946年7月，在怀演出时，"有的战士还把'为杨白劳报仇！为喜儿报仇！'的口号刻在自己枪托上"，被俘的国民党官兵看了演出后，"很多人都愿意调转枪口，去打国民党反动派"，在大同前线演出时，"台上台下高呼口号：'打倒黄世仁！解放大同！'"1948年深秋，在泊镇演出时，观众赞誉此剧："为我们解放平、津、保的工作增添了力量"，1949年2月，"在解放后的北平城里，《白毛女》连续演了36场，十分轰动，成为各机关、市民、学生、工人谈论的话题，加深了他们对党的政策及新文艺政策的了解"。（孟于：《忆我参加过的歌剧〈白毛女〉演出》，《中华魂》2004年第11期）

看到了自己的苦难生活与政治解放的希望，内心对地主阶级的仇恨被充分释放出来，观众也从中欣赏着"始乱终弃""人鬼互变"的民间故事，陶醉于中国古典戏曲、民间戏曲的曲调中，这都使《白毛女》蕴含了多元解读的可能。新中国成立后，《白毛女》多次演出，于1951年荣获了斯大林文学奖二等奖，还被改编为电影、京剧、芭蕾舞剧，并传播到了国外。多年来，《白毛女》一直是中国红色经典中的典范。

秧歌之外，传统戏的改编也颇有成效。京剧是从清朝流行的艺术样式，它具有程式化的表演歌唱方式、特殊的服装与化妆样式，内容上多表现古代中国的社会生活与人们的日常活动，在漫长的发展过程中，一直受到上至王公将相、下至平民百姓的欢迎与喜爱，也成为统治阶级控制人们思想的重要方式。但是，京剧程式化的演出模式是与古代生活内容相一致的，要在现代社会继续利用和发展，必须要对其思想内容和表演模式进行改革。若能对此艺术形式进行成功改造，势必会产生显著的政治意义，因此，京剧改革在解放区受到特别的重视。在延安，京剧的发展就一直伴随着改造革新的工作。

1938年下半年，"鲁艺"为党中央六届六中全会演出了京剧现代戏《松花江上》，受到观众的热烈欢迎。这出由王震之编剧，按照旧京剧《打渔杀家》的模子编写的京剧现代戏也成为京剧①改革较早实行"旧瓶装新酒"的代表作。该剧表现了抗日武装斗争的内容，彰显了劳苦大众受压迫，只有造反革命才有出路的主题。1939年2月、3月间，"鲁艺"成立了旧剧研究班，进行京剧的研究和演出活动，编演了《刘家村》《夜袭飞机场》《赵家镇》等剧目。1939年9月，京剧《钱守常》的演出在旧形式与新内容的结合方面取得了明显进步。1940年元旦起，"鲁艺"又演出了改编的传统

---

① 延安时期称之为平剧。

戏《法门寺》《梁红玉》《吴三桂》等，毛泽东在看了《法门寺》后，总结出"贾桂思想"就是奴才思想，将之援引到多次谈话中①。1940年4月，"鲁艺"平剧研究团的成立使学校对于平剧技术的研究更加系统和深入，也更频繁地改编并演出着传统戏。毛泽东本人十分喜爱京剧，珍藏有一些唱片，他曾将自己的《戏考》一书借给平剧研究团，促进了平剧团对传统戏的学习与排演。在观看《独木关》后，毛泽东以薛仁贵的战功被抢走，类比当下八路军被国民党军队陷害的事实②，提出了借古鉴今、古为今用的改编思想。在此思想指导下，"鲁艺"剔除传统剧本的色情、庸俗、低级趣味的内容，注入阶级对立、革命造反的思想，强调人物的革命性与进步性，激励民众抗战的决心。

1942年10月，"鲁艺"平剧研究团和八路军120师战斗平剧社共同组建的延安平剧研究院正式成立。毛泽东为平剧研究院的《延安平剧研究院成立特刊》题词："推陈出新。"朱德和林伯渠也分别题词："宣扬中华民族四千余年的历史光荣传统。""通过平剧使民族形式与革命精神配合起来。"领导们的题词极大激发了研究院人员京剧改革的激情，也成为他们京剧研究与编演的指导思想。1943年秋，中共中央党校"大众艺术研究社"集体创作，杨绍萱、齐燕铭执笔完成了新编京剧《逼上梁山》，1943年12月正式演出。剧本根据《水浒传》中林冲被逼投奔梁山的故事改编，并赋予其新

---

① 毛泽东"特别欣赏王一达演的贾桂。剧中赵廉让座于他，他说他站惯了，完全是一副奴才相。后来毛泽东同志在多次谈话中，常引用这个事例，用毛泽东同志的话叫作'贾桂思想'，也就是奴才思想。毛泽东同志说，中国人民不要有一丝一毫的贾桂思想，对日本帝国主义、汉奸和国民党反动派，要敢于斗争，敢于胜利"。任桂林：《毛泽东同志和京剧》，任文主编：《永远的鲁艺》上册，陕西师范大学出版总社有限公司2014年版，第133页。

② "毛泽东同志说，《独木关》中的张士贵好比蒋介石，薛仁贵有功不赏，反要处罚他，这是多么不公平的事呀！我们共产党人就受到了这样的遭遇。"任桂林：《毛泽东同志和京剧》，任文主编：《永远的鲁艺》上册，陕西师范大学出版总社有限公司2014年版，第135页。

第五章　文学创作的体式探索与语言风貌

的政治因素。相对于旧戏渲染林冲的不幸遭遇,新剧将关注点放在林冲怎样受到群众的影响,由相信统治阶级转向了群众,而高俅的卖国投降和林冲的坚持抗金,正义和非正义的对比也让人们联想到国共抗日的不同态度。改编符合延安政治环境对文学的期待与要求,受到领导人的高度赞扬。毛泽东在观看了两次后,给杨绍萱、齐燕铭写信,热烈称赞其工作,信中写道:"历史是人民创造的,但在旧戏舞台上(在一切离开人民的旧文学旧艺术上)人民却成了渣滓,由老爷太太少爷小姐们统治着舞台,这种历史的颠倒,现在由你们再颠倒过来,恢复了历史的面目,从此旧剧开了新生面,所以值得庆贺。……你们这个开端将是旧剧革命的划时期的开端"①。毛泽东还希望编剧人员"多编多演,蔚成风气,推向全国去"②。根据毛泽东的建议,延安平剧研究院于1944年7月又编演了新编历史京剧《三打祝家庄》,这出集体创作的戏由任桂林、魏晨旭、李伦执笔,分三幕,十多个场次,反映了梁山起义军攻打地主寨子祝家庄的经过,剧作家们在传统《水浒传》故事的基础上,依据毛泽东的指示,强调了作战中调查研究、各个击破、依靠群众、里应外合的重要性,以及农民起义军从盲目斗争到寻找到正确策略的过程。在剧本的编写过程中,还多次邀请军事理论家和军事干部参加讨论,提炼出较强的政治教育意义。1945年2月该剧在延安正式公演,连演五六十场,党中央领导人多次观看,毛泽东更是先后看了十余次,对该戏进行了极高的评价,赞誉"此剧创作成功,巩固平剧改革的道路"③。

改编使传统戏剧焕发了前所未有的生机,既去除了传统戏的程

---

① 毛泽东:《关于文艺问题的十七封信·致杨绍萱、齐燕铭》,《延安文艺丛书》文艺理论卷,湖南文艺出版社1987年版,第70页。
② 同上。
③ 任桂林:《毛泽东同志和京剧》,任文主编:《永远的鲁艺》上册,陕西师范大学出版总社有限公司2014年版,第136页。

式化缺陷，又表现人民大众的觉醒与反抗，使传统故事传递出强烈的革命战斗信息。党中央领导人的高度赞誉，一定程度上也和改编后剧作强烈的教育意义有着密切的关系。关于大量排演京剧传统戏的做法，当时也有人持有不同意见，但是广大群众和干部士兵喜欢看，改编后的京剧传达着进步的思想，能为人民、社会主义服务等事实，证实了传统戏改编的强大生命力和存在的必要性。当然，如今看来，直到20世纪60年代改编的京剧现代戏在艺术上才真正成熟，但此时的改编无疑为日后奠定了坚实的基础。

传统的小说形式也使"鲁艺"在民族形式的追求上取得了显著的成绩。宋代以来，流传在市井勾栏中的说书艺术深得民间百姓的喜爱，英雄好汉或者神魔鬼怪的故事内容与连贯性、传奇化的讲述方式，使传统章回小说长期垄断了市民读者，成为一种很有民族特色的文体。虽然"五四"时期从外国引入的"横截面"式的小说结构形式，标志着中国小说体式的现代化，但由于广大百姓还处于文盲或半文盲的状态，他们对于这种叙事并不适应，也无法接受，因此，尽管新文化运动已经过去了近30年，时间指向了20世纪40年代，占据老百姓精神与文化生活的仍是通俗旧小说，但彼时的知识分子对此种小说是轻视的。毛泽东的《讲话》与整风运动后，传统小说形式才被知识分子真正重视起来，他们把传统的英雄神怪、绿林好汉的故事内容更换成了具有革命思想的英雄传奇，程式化的叙事方式变为有头有尾、来龙去脉清楚的讲述形式。

邵子南生活在根据地，了解百姓的阅读口味。他借鉴宋元话本和民间曲艺的表达技巧，以评书体的小说体式创作了短篇小说《李勇大摆地雷阵》。小说借鉴说书人讲故事注重故事来龙去脉清楚的特点，首先交代了地雷战在晋察冀边区的盛行，日寇对之闻风丧胆的情况，在这样的形势下，作者请出了主人公："可是出了李勇，地雷战那才算得更有声有色"①，接下来，作者以说书人般的口吻介绍道："李勇是阜平五丈湾人氏"②，从他生活如何艰辛、怎样参加了共产党、练就一身本领的经历说起，再讲述李勇如何进行地雷战，以及在成功破敌后表现出了骄傲情绪，在党的领导与教育下改正了缺点，更加英勇善战、爱护群众，游击组其他成员也参照李勇的战术，进一步推动地雷战取得了成功，最后明确交代了李勇获得了社会的认可，既让敌人闻风丧胆，也获得了边区的奖励，李勇也决心继续提高本领。整个故事情节连贯、完整，又时有波澜，作者以说书人的节奏，强化了故事的张弛有致，吸引了读者的阅读兴趣。如敌人并未踩雷的险要关头，作者话锋一转，烘托出李勇的重要性，"好一个李勇，灵机一转：'他不踩地雷，我得叫他踩！'"③用枪子打中日本鬼子，造成日寇队伍的大乱，从而使敌人在拥挤慌乱中，脚下踩雷，死伤无数。在讲述故事时，作者几次采用说书中的"诸位"等字眼，直接和读者进行对话，如在讲述敌人踩不到雷时，文中写道："诸位，地雷厉害是厉害，就这个缺点：踩不着，它不响。……我们有好多的地雷阵就这样白糟蹋了"④，在强调李勇的战术思想时，这样写："诸位，记着：在地雷战术里边，从李勇起，加上了大枪。这叫做'大枪和地雷结合'的战术思想。"⑤作者还善于使用说书中"花开两朵，各表一枝"的方法，如"这边闹成一团，且慢些说。那边李勇的脸，早变了颜色"⑥。可以说，小说故事的情节讲述、人物的出场方式都借用了传统说书人讲故事的方法，在情节的矛盾冲突中，作者又通过人物的言行展现人物的性格，很少做静止的心理描写，从而推进了小说的节奏，使小说更

---

① 邵子南：《李勇大摆地雷阵》，《解放日报》1944 年 9 月 21 日，后改题为《地雷阵》。
② 同上。
③ 同上。
④ 同上。
⑤ 同上。
⑥ 同上。

加明快活泼。此外，穿插诗歌、韵文散文结合的方式，也使文章朗朗上口、明白易懂，保留了很强的口头性文学的特点，真正实现了文学的大众化与通俗化。同时期柯蓝的《洋铁桶的故事》与稍后出现的马烽、西戎的《吕梁英雄传》，孔厥、袁静的《新儿女英雄传》都将传统的好汉故事升华为革命英雄传奇，成为影响广泛的新章回体小说。一定意义上，"鲁艺"的新秧歌剧、传统戏改编，连同新章回体的小说，成为解放区文学的样板，影响波及"十七年"，乃至"文革"。

不仅通俗易懂的艺术形式为老百姓喜闻乐见，鼓舞了人们的斗争热情，在积极落实民族形式的过程中，"鲁艺"也兴起了革命白话，全面地走向工农兵方向。"五四"以前，上层贵族牢固地掌握话语权，文学作品一直采用文言文。"五四"时期，白话文战胜了文言文，新文学的读者群面向小资产阶级知识分子、城市职员、店员与学生等，但广大的工农群众对新文学仍相当隔膜。尽管北大发起过歌谣化活动，"左联"提出过文艺大众化主张，但欧化的语言、考究的词汇、多变的句式都阻碍着工农大众对新文学的理解与亲近。在30年代，瞿秋白就曾猛烈批判过当前文学的风气："完全不顾口头上的中国言语的习惯，而采用许多古文文法，欧洲的文法，日本的文法，常常乱七八糟的夹杂着许多文言的字眼和句子，写成一种读不出来的所谓白话，即使读得出来，也是听不懂的所谓白话。"[1] 为倡导普洛文学，他主张："开展一个新的文化革命的剧烈斗争。这就必须去研究大众现在读着的是些什么，大众现在对于生活和社会的认识是什么样的，大众现在读得懂的并且读惯的是些什么东西，大众在社会斗争之中需要什么样的文艺作品。总之，是要用劳动群众自己的言语，针对着劳动群众实际生活里所需要答复的一切问题，去创造革命的大众文艺，在这个过程之中，去完成劳

---

[1] 瞿秋白：《大众文艺的问题》，《文学月报》创刊号，1932年6月10日，署名宋阳。

动民众的文学革命,造成劳动民众文学的言语,而领导起劳动民众自己的文化斗争。"① 瞿秋白对"五四"白话的批判针对的既是语言,也含有对"五四"以来的文法与写作方式的否定,但囿于理论层面的限制,瞿秋白的批判并未取得实质性的突破。真正实现了文艺大众化与通俗化的还是40年代的延安文学。

在"鲁艺"的文学社团"路社"成立不久的1938年9月,毛泽东曾给路社写信,他写道:"诗歌要反映人民生活,要写抗日斗争,诗歌工作者要参加人民群众的生活。诗歌要用接近群众的语言来写,要大致押韵。"② "整风运动"时期,毛泽东在《反对党八股》中,要求文学工作者在创作时"想一想自己的文章、演说、谈话、写字是给什么人看、给什么人听的"③。在延安文艺座谈会上,毛泽东继续强调:"现在工农兵面前的问题,是他们正在和敌人作残酷的流血斗争,而他们由于长时期的封建阶级和资产阶级的统治,不识字,无文化,所以他们迫切要求一个普遍的启蒙运动,迫切要求得到他们所急需的和容易接受的文化知识和文艺作品"④。在延安,既然工农大众是社会主体,文学作品是写给工农大众看的,自然要使用大众自己的语言体系,更深一层说,这并非是单纯的语言问题,号召知识分子们采用工农大众的语言,也是文化人融入工农大众、自我改造的重要途径。在毛泽东的倡导下,知识分子改变了原本文绉绉的话语风格,学习和使用工农大众的语言。同时,战争文化心理也影响着人们的语言风貌,一些作品直接宣讲革命意识形态内容。一时间,文学作品中出现了大量表现革命意识形态的白话,这既改变了新文学曲高和寡的尴尬,使现代文学真正由

---

① 瞿秋白:《大众文艺的问题》,《文学月报》创刊号,1932年6月10日,署名宋阳。
② 毛泽东给文学系"路社"的信(1938年9月),鲁迅艺术文学院旧址·陈列展厅。
③ 毛泽东:《反对党八股》,《毛泽东选集》第3卷,人民出版社1991年版,第836页。
④ 毛泽东:《在延安文艺座谈会上的讲话》,《毛泽东选集》第3卷,人民出版社1991年版,第861—862页。

雅入俗，也实现了文学对革命的宣传功效。

为尽快创造出工农兵文艺，"鲁艺"及延安文化人自觉地从民间生活中撷取通俗明了的方言、土语、俗语、俚语、歇后语，以此表现乡村常见的农艺劳作、田间地头、饮食穿着与家庭关系。葛洛的《卫生组长》、潘之汀的《满子夫妇》、孔厥的《一个女人翻身的故事——记边区女参议员折聚英同志》、梁彦的《磨麦女》等小说，使用了大量的方言土语，如大（爸爸）、女子（青年女子）、婆姨（老婆）、汉（丈夫）、麻达（麻烦）、受苦（劳动）、解开（明白）、猴猴（瘦小）、牛不老儿（牛犊）、引（带）、一满（全部、肯定）、咋价（怎么）等。小说还使用了众多的歇后语，如"糊日头子乱刮风，闹得天昏地暗""炕上翻到席子上，一个样儿""望着山，跑死马，老不见走""尼姑生的娃娃，众人扶持""拐子上台，真有一套""放着河水不洗船，没怎么用功""现上轿现扎耳朵眼，可迟啦""瞎子点灯，白费""吃了碗里，还望在锅里，没个够""瘸子担水，一步步来""舌头磨牙，软磨硬"等，作者们凭借着对农民语言的熟稔，频频使用方言土语和歇后语，强化了小说浓郁的陕北地方气息，符合农民的说话习惯，使作品通俗易懂。不仅小说，在直接来自地方的秧歌剧《兄妹开荒》《夫妻识字》中，陕北方言更是构成一股强烈的气场，以此实现语言和文艺体式的一致。

不仅作品中夹杂大量的方言土语，"鲁艺"人还以民间口语讲述故事。《一个女人翻身的故事》中，折聚英妈妈这样骂："这鬼仔子，再不快走，看咱不把你往崖下撩咧！"[①]《磨麦女》中，桂英娘控诉道："我孩子你买去后，我竟听你说这些甜嘴麻舌的话"[②]。

---

① 孔厥：《一个女人翻身的故事》，新华书店1949年版，第27页。
② 梁彦：《磨麦女》，《延安文艺丛书》小说卷（上），湖南人民出版社1984年版，第167页。

当然，仅在人物对话中使用口语还不是真正的大众化，解放区作品的叙述语言也要求使用群众口语。周扬曾指出延安作者普遍存在的问题，"我们的文艺作家一般地都只在描写人物的对话中，采用了民间口语（这比初期革命文学者写工农兵，都是满口知识分子话，是一个很大的进步），但却没有学会在作叙述描写时也运用群众语言……甚至没有感觉到这样做的必要"①。他主张以群众的语言作为基础，在叙述故事和评论人物时，使用地道的农民口吻。为了实现叙述语言的口语化，一些作品采用了农民自我倾诉的形式。葛洛的《卫生组长》与孔厥的《受苦人》便如此，如果说前者中的卫生组长限于身份的双重性，叙述时既有方言土语，又有知识分子的精神气息，那么，后者中的贵女儿则因为乡下女子的身份，完全使用地道的农民口语，这匹配着贵女儿哀婉痛彻的遭遇，强化了穷苦人苦难多舛的悲剧人生。在话语表述上，"鲁艺"师生的叙述语言尽量符合当地农民话语习惯。潘之汀的《满子夫妇》出现了"看来忠厚的太"②，孔厥的《凤仙花》也说："可美的太呀"③，梁彦的《磨麦女》借鉴当地习惯说法，描述女同志"体态很匀整，长得清清的"④。马烽的短篇小说《第一次侦察》与西戎的短篇小说《我掉了队后》还用农民的口语讲述故事。《第一次侦察》中这样叙述："我听了让我去，高兴的什么似的，撒腿就跑。"⑤《我掉了队后》叙述道："我听了老乡的话，心里感激的什么似的。"⑥"我二话没讲就撒腿往外跑，心里着急的什么似的。"⑦ 在描述人物的

---

① 周扬：《〈马克思主义与文艺〉序言》，周扬编：《马克思与文艺》，解放社1950年版，第13页。
② 看来太忠厚。潘之汀：《满子夫妇》，《解放日报》1945年9月14日。
③ 可太美了。孔厥：《凤仙花》，《解放日报》1941年9月16日。
④ 梁彦：《磨麦女》，《延安文艺丛书》小说卷（上），湖南人民出版社1984年版，第150页。
⑤ 马烽：《第一次侦察》，《解放日报》1942年9月16日。
⑥ 西戎：《我掉了队后》，《解放日报》1942年10月31日。
⑦ 同上。

心理活动时，作者不再细致分析人物复杂多变的心理状态，不再推敲精致繁密的书面化语言，而是用"什么"来带过。此外，《第一次侦察》中，"我听了这样尿泡打人的话，心里直冒火，恨不得把他的脑袋打烂。但他有一支枪，他妈的，没办法"①。"我听着，身子冷了一半，心想这回算完了，等我回头来看，是他妈的刘杰。"②《我掉了队后》中："抬头一看，原来是那汉奸狗日的打了我一个耳刮子。"③ 直白的语言贴近了农民的语言习惯，使文化程度尚浅的读者阅读此类作品毫无违和感。此外，邵子南的小说《李勇大摆地雷阵》《贾希哲夜夜下西庄》、贺敬之的诗歌《太阳在心头》、侯唯动的诗歌《美丽的杜甫川淌过的山谷》，也以质朴明快的口语讲述故事，浅显易懂、明白如话，实现了工农大众能够听得懂的目标。

这些以工农兵为叙述主体的作品，采用与主人公身份一致的大众语言进行叙述，语调风格前所未有的活泼明快。农民语言符码大量进入文学作品，主导着作品的文学风格，这在新文学史上尚属首次，也标举着延安新的话语机制的建立。当然，使用大众的方言、口语，只表明文化人有着向工农大众学习的决心和努力，更重要的是，在让读者轻松知晓内容之余，要利用这些通俗易懂的语言，传达党的意识形态，进行政治教化。这些大量使用方言创作的作品，实际上都积极宣讲着斗争、生产、学习、进步、文化等思想。

语言风格反映着思维观念。当"鲁艺"师生全面实践这种革命白话的语言时，他们要抛弃沿袭多年的鲁迅式的言说方式，将工农兵的语言植入自己的文学创作中，也要内在地认同工农大众的主体地位，消泯知识分子的精神优势，投入工农兵的情感怀抱。"鲁

---

① 马烽：《第一次侦察》，《解放日报》1942年9月16日。
② 同上。
③ 西戎：《我掉了队后》，《解放日报》1942年10月31日。

艺"人立足于革命实际，在创作中注重人民本位思想，最大限度贴近社会现实，表现战争发展形势，自觉贯彻文学作品的宣传工具作用，演绎了革命功利主义的文艺观，这与把艺术视为文学生命，偏重于内倾式写作的西南联大迥然有别，可以说，这是两种不同的艺术态度与美学观念，也是两种难分上下的文学话语。"鲁艺"淡化了"五四"文学在解放区的影响，促进了高雅艺术与大众文化的互渗，开创了大众文艺的新纪元。

第六章
外国文学资源的移植与价值取向

中国现代文学演进之路坎坷不平，总体来看，吸收、借鉴的主体是欧美思想。从严复的《天演论》、林纾翻译的欧美小说开始，易卜生、斯宾诺莎、拜伦、雪莱、弗洛伊德、王尔德、波德莱尔、白璧德、叔本华、尼采、瓦莱里、托尔斯泰、屠格涅夫、狄更斯、奥尼尔、契诃夫、莫泊桑、果戈理等人都对中国文坛产生了影响，尤其是艾略特、燕卜荪、奥登、里尔克等人更给西南联大的师生带去了现代派思想的润泽，使其实现了与西方现代主义文学的同一步调。同时，自二三十年代起，马克思主义文艺理论在中国广泛传播，苏俄的普列汉诺夫、卢那查尔斯基、别林斯基、车尔尼雪夫斯基、杜勃罗留波夫、高尔基等人的思想纷纷涌入中国，苏联"岗位派"、日本"纳普"等促进了中国革命文学、左翼文学的生发，延安文学在 40 年代继续大力吸收俄苏文艺思想，尤其对苏联文学情有独钟。不同外来文学资源的移植与生发，催生了西南联大与"鲁艺"不同的文学景观，也折射出两校不同的意识形态立场，深远地影响着中国文学未来的格局。

第一节　现代主义文学在西南联大的盛行

西南联大的教授大多具有留学英美的经历，外国文学修养十分深厚。《联大八年》介绍道:"联大一百七十九位教授当中,九十七位留美,三十八位留欧陆,十八位留英,三位留日,廿三位未留学。三位常委,两位留美,一位未留学。五位院长,全为美国博士。廿六位系主任,除中国文学系及两位留欧陆,三位留英外,皆为留美。"① 从数字可见,留学欧美占有较高的比例,如朱自清曾留学英国、游历欧洲,闻一多、杨振声曾去美国留学。这种经历不仅使他们亲身接受了欧风美雨的洗礼,扩大了视野,形成广取博收的思想观念,也便于他们自觉地将现代主义文学思潮引入校园。

在课程设置上,学校格外重视英语和英国文学的地位。全校大一学生必修英文,外文系、文法学院的部分学生必修"大二英文"的课程,其他专业学生选修。语言的课程夯实了学子们的英语基础,为其系统地接触现代主义文学做好了准备。文学课程中,"欧洲文学史""欧洲文学名著选"等必修课程让学生领略了欧洲文学的经典。选修课中的"现代英诗""现代英国文学""法国诗""德国抒情诗"等国别文学史和欧洲古代文学、欧洲中古文学史、文艺复兴时代文学、伊丽莎白时期文学、18世纪、19世纪、现代英国文学等断代文学史和体裁文学史,以及雨果、歌德、尼采等作家研究课程,无不给学生以系统的外国文学知识体系,使其从历史发展趋势上经过古典主义的脉络路径,走进现代主义的大门,触摸到了现代主义文学的精神气息。

课堂讲授之外,教授们还以作品译介和文学创作助推着现代主义在西南联大的传播。叶公超熟悉英美的现代派文学,在30年代前半期,他便译介过艾略特诗歌及其诗论②,翻译过弗吉尼亚·伍尔芙的作品③。冯至30年代在德国留学时受到雅斯贝斯的存在主义

---

① 《联大教授·前言》,西南联大《除夕副刊》主编:《联大八年》,西南联大学生出版社1946年版。
② 叶公超:《爱嚣式(艾略特)的诗》,《清华学报》第9卷第2期,1934年4月。
③ 叶公超翻译了弗吉尼亚·吴(伍)尔芙夫人的《墙上一点痕迹》,并撰写"译者识",发表于《新月》第4卷第1期,1932年1月。

思想教育影响，这种哲学思想和歌德的"断念""蜕变"论、里尔克的"诗来自于经验"的理论，相互融合生发，内塑了冯至的思想观念。他不仅翻译了里尔克的《给一个青年诗人的十封信》《里尔克诗十二首》，还创作了中篇小说《伍子胥》，采用里尔克的诗行形式写作了诗集《十四行集》，以文学作品诠释着对里尔克"诗是经验"观念的理解，启示着人们将生活经验内化为人生认知，他通过对歌德"断念""蜕变"论的接受，提炼出一种通达超脱的人生态度，多次发表相关演讲。卞之琳30年代的诗歌追求非个人化、主智化的倾向。辗转延安、归入西南联大时，他带来的《慰劳信集》对解放区新人新事的讴歌就暗藏在冷却的叙述中。1941年，卞之琳将1930年到1939年创作的诗歌，辑成《十年诗草》集，记录了诗人对诗歌章法、句法、用字等方面的探索。卞之琳还翻译了艾略特的《传统与个人才能》、奥登的《战时在中国作》、里尔克的《旗手》与福尔的《亨利第三》等，积极助推了艾略特、奥登、里尔克等人的作品在西南联大的传播。此时，朱自清的《新诗杂话》、李广田的《诗的艺术》也较早评价了卞之琳、冯至的诗作，对其诗歌的现代主义品格积极称道，肯定了诗人的尝试与努力。在学院的一方环境中，教师们或授课，或创作，或研究，或演讲，营造着浓郁的现代主义氛围，为学子们走向现代派文学起到了示范作用，培养出了穆旦、王佐良、郑敏、杜运燮、袁可嘉等一批诗人及评论家。1943年，闻一多还受到英国文化界的委托，编选选本《现代诗钞》。《现代诗钞》收录了65位作者，联大师生就有十余人，陈时、俞铭传、罗寄一、穆旦、杜运燮、王佐良、杨周翰、何达、沈季平等青年诗人榜上有名，尤其是初露头角的穆旦，有11首诗被收入，现代主义诗歌占有一定的比重。虽然编选尚未完成，闻一多就抱恨而死，但是从入选的篇章可见编选者对现代主义诗风的推崇。

学子们尤其追随外聘教授燕卜荪和访华诗人奥登，由此跨进了现代派文学的圣殿。英国著名诗人威廉·燕卜荪 1937 年至 1939 年在外文系执教，他曾私淑英国现代主义诗学大师瑞恰慈。在西南联大期间，燕卜荪讲授"现代英诗"和"莎士比亚"课程。在课堂，他热情地介绍着艾略特、奥登等人的诗论和作品，切中肯綮地评价其作品的表达技巧，推崇以晦涩和暧昧为主的诗歌风格。王佐良回忆燕卜荪的课程"内容充实，选材新颖，从霍甫金斯一直讲到奥登，前者是以'跳跃节奏'出名的宗教诗人，后者刚刚写了充满斗争激情的《西班牙，1937》"。"我们对他所讲的不甚了然，他绝口不谈的自己的诗更是我们看不懂的。但是无形之中我们在吸收着一种新的诗，这对于沉浸在浪漫主义诗歌中的年轻人，倒是一副对症的良药。"① 这种现代主义营养出现得十分适时，"中国新诗也恰好到了一个转折点。西南联大的青年诗人们不满足于'新月派'那样的缺乏灵魂上大起大落的后浪漫主义，如今他们跟着燕卜荪读艾略特的《普鲁弗洛克》，读奥登的《西班牙》和关于中国战场的十四行，又读狄仑·托玛斯的'神启式'诗，他们的眼睛打开了——原来可以有这样的新题材和新写法！"② 可以说，燕卜荪为西南联大的学子们打开了通往现代主义诗学的大门。正是在他的带领下，王佐良、杨周翰、穆旦等人深入学习叶芝、艾略特、奥登等人的作品，学习近代西方文论，由此告别了浪漫主义，开始热衷于现代派的思想和艺术技巧。有学者曾高度评价燕卜荪对于西南联大学子们接近现代主义文学的意义："从某种角度说，如果没有燕卜荪，西南联大学生与世界——当然主要是英美——'当代'诗歌的接轨要迟滞几年甚或不可能发生。"③ 颇为幸运的是，1938 年，英国诗人

---

① 王佐良：《穆旦：由来与归宿》，《一个民族已经起来》，江苏人民出版社 1987 年版，第 1—2 页。
② 王佐良：《谈穆旦的诗》，《中楼集》，辽宁教育出版社 1995 年版，第 183 页。
③ 姚丹：《西南联大历史情境中的文学活动》，广西师范大学出版社 2000 年版，第 153 页。

中国新文学史上的西南联大与"鲁艺"

奥登来到中国进行为期四个月的访问，更拉近了学生们与现代主义诗歌的距离。奥登自然率真的性格和卓绝优异的才华，使其在中国获得了颇多知音。早在燕卜荪的"现代英诗"的课程上，学子们就领略了《西班牙，1937》的魅力，奥登的访华更掀起了学生们追随的热潮。此期间，奥登创作的十四行诗《战时在中国作》，也在学生中引起强烈反响。王佐良说："我们更喜欢奥登。原因是他的诗更好懂，他的那些掺和了大学才气和当代敏感的警句更容易欣赏。"① 杜运燮说："文字上，我也宁愿学奥登的明快干脆，而不学艾略特等的虽有深度但过于艰涩难懂。"②

现代派文学在中国学子中引起了广泛的回响。他们如饥似渴地接受这些异域营养。王佐良说："从外国刚运来的珍宝似的新书，是用着一种无礼貌的饥饿吞下了的。"③ 杜运燮回忆道："记得当时昆明'文学青年'们读得最多的还是几首名诗：艾略特的《荒原》与《普鲁弗洛克的情歌》；里尔克的《豹》和奥登的《在战时》。"④ 郑敏说："40年代在西南联大学习英诗的现代里程碑《荒原》，和冯至先生讲授翻译的里尔克歌德及他本人的《十四行集》涌现在我文学鉴赏的天际，同时也成为我终身迷恋诗歌和诗歌写作的一种主要原因。"⑤ 穆旦也醉心于阅读叶芝、艾略特、奥登等人的诗作。正是在冯至、卞之琳、威廉·燕卜荪、奥登等人营造的现代主义氛围中，年轻一辈诗人登上了诗坛。穆旦、杜运燮、郑敏、袁可嘉等人的文学实践，在80年代还被文学史家总结为"九叶诗派"。

在现代派文学的启发下，师生们用知性、综合的品格，阐释着

---

① 王佐良：《穆旦：由来与归宿》，《一个民族已经起来》，江苏人民出版社1987年版，第2页。
② 杜运燮：《在外国诗歌影响下学写诗》，《世界文学》1989年第6期。
③ 王佐良：《一个中国新诗人》，《文学杂志》1947年第二卷第二期。
④ 杜运燮：《在外国诗歌影响下学写诗》，《世界文学》1989年第6期。
⑤ 郑敏：《且说"经典"》，《中华读书报》1999年5月5日。

对社会、生死、自我的理解。相对于"五四"的历史环境，40年代的中国虽然战火遍地，但毕竟可以感受到西方现代文明的气息：社会迅猛发展、专业分工日趋精细、交通通信工具盛行、个人思维感觉繁复……，这都促使着师生们思考自我的存在状态。艾略特的《荒原》等诗恰在此时出现，这与处在精神探索中的西南联大师生一拍即合，也启示着他们重视自我感受，捕捉复杂的思想，并借鉴英国17世纪玄学派诗人的精神传统，将感情与意志紧密结合。身处战争环境，西南联大诗人不可能无视灾难深重的社会现实，这既是中国的现实状况使然，也是对艾略特反拨前期象征主义诗人沉浸于纯诗的响应。师生们紧密关注着现实世界，不再赤裸裸地呐喊与暴露，也不简单地描摹与反映，而是由客观实际出发，经过理性思考的过滤沉淀，以含蓄暗示的手法，表现出独特的主观感受和知性沉思，实现了"现实、象征、玄学的综合"[①]。学子们还从奥登那里感受到了人性的力量，农民兵的形象开始走入他们的视野。对农民兵又爱又恨的矛盾态度，裹挟着人性的关怀流淌在西南联大人的笔下。杜运燮的《草鞋兵》、王佐良的《诗·六》、穆旦离校后发表的《农民兵》都显露出他们对农民的复杂态度。

师生们还将艾略特的诗学主张和中国传统诗学理论相结合，寻找"客观对应物"，追求"思想知觉化"，将主观情思、人生体验衍射到客观物象上，借用着西方诗作中的经典意象，追求诗歌含蓄蕴藉的美学效果。穆旦《还原作用》中的"通信联起了一大片荒原"[②]，《我》中"永远是自己，锁在荒野里"[③]，无不表现出自我精神的孤寂，显示出对艾略特《荒原》中"荒原"意象的还原，但在与艾略特同样传递着对现实绝望、不满、悲凉的体验外，中国

[①] 袁可嘉：《新诗现代化——新传统的寻求》，《论新诗现代化》，生活·读书·新知三联书店1988年版，第7页。
[②] 穆旦：《还原作用》，桂林《大公报》1941年3月16日。
[③] 穆旦：《我》，重庆《大公报》1941年5月16日。

学子们又进行了拓展和深化。穆旦在诗中表达了奋起抗争的决心和意志，《还原作用》的末节表示要通过"学习着在地上走步"①，寻找最适合人类发展的生活方式；《我》"仇恨着母亲给分出了梦境"②，表示绝不妥协，誓死反抗。

　　师生们对诗歌结构进行了积极的探索，按照各自的精神气质，私淑着西方不同的诗人。袁可嘉在40年代后期将诗歌创作的经验提升到理论的高度，提出了"新诗戏剧化"的理论主张，虽然这植根于中国文艺发展的土壤，但也有着艾略特"戏剧化"理论思想的影子③。袁可嘉认为诗的戏剧化存在三种不同的方向："有一类比较内向的作者，努力探索自己的内心，而把思想感觉的波动借对于客观事物的精神的认识而得到表现的。这类作者可以里尔克为代表。……第二类诗的戏剧化常被比较外向的诗人所采用，奥登是杰出的例子。……还有一类使诗戏剧化的方法是干脆写诗剧。"④ "戏剧性"的表达手法将一些事物予以戏剧化、客观化呈现，主张曲线表达诗人的思想与情感，这既便于中国作者表达日趋矛盾性与复杂性的社会认知，也纠正了抗战以来诗歌标语口号化的倾向。西南联大人从里尔克那里，学会了将内心隐藏于客观事物中；从奥登那里学习了巧妙诙谐、机智聪明地显露主体态度。私淑前者的冯至、郑敏、穆旦，将个人感悟移入客观物象的深处，注重描摹物象的姿态与神情，展现出事物的本质和诗人的体验，诗人的主观情绪不断流动，物象相对静止，构成了潜隐的呼应关系。杜运燮、穆旦的讽刺诗则深得奥登诗的神韵。杜运燮以机智的态度作诗，将讽刺、厌恶、同情等态度隐藏在诗句的语气及细节中。《追物价的人》不仅

---

　　① 穆旦：《还原作用》，桂林《大公报》1941年3月16日。
　　② 穆旦：《我》，重庆《大公报》1941年5月16日。
　　③ 艾略特发表过《传统与个人才能》《哈姆雷特》《玄学派诗人》《诗的三种声音》等文，尤其是《诗的三种声音》直接阐述了诗的"戏剧化"问题。
　　④ 袁可嘉：《新诗戏剧化》，《论新诗现代化》，生活·读书·新知三联书店1988年版，第26—28页。

机智反讽,更直击对象的要害,在明快干脆中直指国统区物价飞涨的现实,为了突出主题,诗人将自由选择的片段和细节连缀成篇,巧妙地表达了主观态度。

西方现代派诗歌语言普遍晦涩含混,这影响到了联大师生,强化其"新文言"的语言风貌。燕卜荪不仅以课堂讲授传播着现代派文学的精义,也通过诗学论著熏陶着学生,他撰写的《朦胧的七种类型》认为"对朦胧的利用则是诗歌的根基之一"[①],这种观念影响到了他的亚洲学生。李赋宁说:"燕卜荪教授教导我如何从语言一词多义的特性和语言的含混性的角度深入发掘作品的含义,对作品进行深入的分析。"[②] 循此观念,西南联大现代派作品普遍晦涩难懂,抽象词汇、欧化文法、通感象征等手法增强了诗歌的表现力,凸显理智深邃、玄思隽永的美学风貌。

现代主义文学的译介研究经过师者的耕耘,在学子的心灵沃土中生根发芽。王佐良、杨周翰、袁可嘉、杜运燮在40年代走上学术研究之路。王佐良完成了介绍艾略特的系列文章[③],杨周翰介绍了艾略特文学批评形成的渊源[④],撰写了《奥登——诗坛的顽童》[⑤],系统介绍奥登诗歌的特点,袁可嘉撰写大量文章分析艾

[①] [英]威廉·燕卜荪:《朦胧的七种类型》,周邦宪等译,中国美术学院出版社1996年版,第3—4页。
[②] 李赋宁:《回忆我在清华和西南联大的几位老师》,西南联合大学北京校友会编:《笳吹弦诵情弥切——国立西南联合大学五十周年纪念文集》,中国文史出版社1988年版,第132页。
[③] 王佐良计划完成专著《艾里奥脱:诗人及批评家》,但是,只完成了五章和序言,即《〈艾里奥脱:诗人及批评家〉序》(北平《平明日报》1947年10月13日)、《一个诗人的形成——〈艾里奥脱:诗人及批评家〉之第一章》(天津《大公报》1947年2月23日)、《普鲁佛劳克的秃头——〈艾里奥脱:诗人与批评家〉之第二章》(天津《益世报》1947年7月5日)、《现代文化的荒原——(艾里奥脱论第三)》(天津《大公报》1947年3月16日)、《宗教的回旋——〈艾里奥脱:诗人与批评家〉之第四章》(天津《益世报》1947年6月14日)、《诗的社会功用——艾里奥脱论第五章》(天津《大公报》1947年4月6日)。
[④] 杨周翰:《合米·德·古尔蒙与艾略特》,昆明《中法文化》第1卷第2期,1945年9月。
[⑤] 杨周翰:《奥登——诗坛的顽童》,重庆《时与潮文艺》第4卷第1期,1944年9月15日。

略特、奥登、里尔克在中国新诗现代化过程中的重要影响[1]，杜运燮阐述了奥登的文学创作来源和艺术特征[2]，他们日后都成为现代主义文学研究的重镇。

一定意义上，威廉·燕卜荪的"现代英诗"课程、奥登的访华，打开了师生们遥望已久的通往现代主义诗歌的大门。现代主义思想与战乱环境下师生孤独、生存、死亡等感受相遇合，使中国继20年代的早期象征主义诗歌、30年代的现代派诗歌之后，又一次掀起了现代主义诗歌创作浪潮，并且此次文学潮流终于和世界文学几乎保持了同步。

第二节 苏联文学对"鲁艺"的吸引

"鲁艺"与苏联文学有着紧密的联系，建院宗旨和战时语境使它在诞生之初就带有鲜明的意识形态色彩，诉诸日常教学、文艺创作活动，就是配合党的工作需要，接受和发展苏联的功利主义文学理论。相似的战时语境与思想立场，建设无产阶级革命统一战线的整体考量，以及左翼文学浪潮的推动，加速了苏联文学对"鲁艺"的平行影响。"鲁艺"顺应时代要求，以崭新的艺术形态和话语体系孕育了党性文学的雏形，为新中国文学进行提前预演，它的发生发展、功过得失也镌刻着苏联文学的深刻印痕。

俄国十月革命的成功给包括中国在内的殖民地半殖民地国家树立了样板，其组织、路线、理论、实践等方面的示范作用是不言而喻的。随着陕甘宁边区社会的稳定和党的组织机构在延安建制的完成，向苏联学习，接受共产国际的指示，就成为一项急切的工作要

---

[1] 这些文章大多发表于1946—1948年，收入袁可嘉《论新诗现代化》（生活·读书·新知三联书店1988年版）一书。
[2] 杜运燮：《海外文讯》，桂林《明日文艺》第1期，1943年5月。

务。政治上如此，文艺上亦然。洛甫在《抗战以来中华民族的新文化运动与今后任务》中说，中国文化应该吸收"无产阶级革命已经胜利，马克思列宁主义已经占统治地位的社会主义苏联的文化"[①]。毛泽东说："外国的好经验，尤其是苏联的经验，也有指导我们的作用。"[②] 因此，在国统区文学逐渐走向深潜、多元的时候，延安文学沉浸在对苏联文学移植与建构的热情中。"鲁艺"从教学方针到演出活动再到文学创作，都深受苏联文艺的影响，其极富意识形态色彩的文学作品和批评话语已然成为陕甘宁解放区的主旋律。一定意义上，"鲁艺"以蓬勃热烈的校园文学景观隐喻了一个党性文学时代的来临。

沙可夫、李伯钊、萧三等一批教师曾访苏或留学苏联，他们将苏联的文艺为政治服务的功利主义观念带入了"鲁艺"，在讲台上宣讲，在创作中践行。如果说西南联大在国统区赓续着国民教育传统，关注着启蒙、救亡、人性、存在等形而上的精神课题，那么"鲁艺"在解放区推行的则是理论与实践相结合的教学方针，文艺创作走的是一条宣传党的思想、服务社会现实的功利主义道路。尤其是在"整风运动"和毛泽东《在延安文艺座谈会上的讲话》发表之后，"鲁艺"更是转向苏联，从日常教学到理论研究，从文学创作到美学风格，都镌刻着苏联文学的印痕。

日常教学中，"鲁艺"强调"以马列主义的理论与立场，在中国新文艺运动的历史基础上，建设中华民族新时代的文艺理论与实际，训练适合今天抗战需要的大批艺术干部，团结与培养新时代的艺术人才，使鲁艺成为实现中共文艺政策的堡垒与核心"[③]。践行

[①] 洛甫：《抗战以来中华民族的新文化运动与今后任务》，《延安文艺丛书》文艺理论卷，湖南文艺出版社1987年版，第133—134页。

[②] 毛泽东：《在延安文艺座谈会上的讲话》，《毛泽东选集》第3卷，人民出版社1991年版，第862页。

[③] 罗迈：《鲁艺的教育方针与怎样实施教育方针》，《延安文艺丛书》文艺理论卷，湖南文艺出版社1987年版，第794页。

党的文艺思想、成为党的文艺样板的想法使得"鲁艺"在创作观念上越过了批判现实主义和现代主义思潮，自觉地与苏联功利主义文学实现对接。教师不仅大力译介苏联进步作家作品，开设"苏联文艺""俄文选读"等课程，还积极宣传文学服务政治、服务工农兵的观念，在"暴露与歌颂"之间主动选择"歌颂"一路。1938年春，毛泽东来"鲁艺"讲话，号召师生从"小观园"走向"大观园"，并以法捷耶夫的《毁灭》和绥拉菲摩维奇的《铁流》为例，对师生描写革命斗争生活提出要求和期望。① 之后，学校积极贯彻落实在校学习、前线实习、返校学习各三个月的"三三制"及初、高级两个阶段的开放式教学路线，大批师生深入工厂、农村、前线部队，谱写歌曲、编演戏剧、展览木刻、撰写战地报告，将所学知识融入生活、服务抗战，发挥文艺的动员功效。1942年5月，毛泽东在《讲话》中强调"无产阶级的文学艺术是无产阶级整个革命事业的一部分，如同列宁所说，是整个革命机器中的'齿轮和螺丝钉'。因此，党的文艺工作，在党的整个革命工作中的位置，是确定了的，摆好了的；是服从党在一定革命时期内所规定的革命任务的"②。在对苏联文艺思想的吸收、发展过程中，党的文艺政策也日渐成型——高度重视文学的社会功用，强调文学作品的思想教育意义，最大限度地让文学承担起政治宣传的使命。

实践教学的同时，苏联文艺理论的译介与研究亦引起师生的兴趣。"鲁艺"设立有编译处，直接负责译介马恩理论及苏联书籍。萧三发表了《高尔基逝世三周年纪念》③ 等文章，强调高尔基文学

---

① 何其芳：《毛泽东同志对鲁艺师生的讲话》，文化部党史资料征集工作委员会、《延安鲁艺回忆录》编委会编：《延安鲁艺回忆录》，光明日报出版社1992年版，第6页。
② 毛泽东：《在延安文艺座谈会上的讲话》，《毛泽东选集》第3卷，人民出版社1991年版，第865—866页。
③ 萧三：《高尔基逝世三周年纪念》，《新中华报》1939年6月20日。

作品的社会动员功效；曹葆华翻译了高尔基的文论《论文学》①、《年青的文学和它的任务》②，以及他的小说《亚里克金》③，看重文学的社会属性及战斗作用；周扬更是倾心于马克思及俄苏文学理论，来到延安后，继续30年代对"别、车、杜"④的译介，翻译了车尔尼雪夫斯基的《生活与美学》⑤，发表了《唯物主义的美学——介绍车尔尼舍夫斯基的〈美学〉》⑥等文章。在宣传车尔尼雪夫斯基"美即生活"主张的过程中，周扬建构起自己的文艺思想体系——艺术必须和现实相结合，必须为人民的利益服务⑦，作家要有长期的生活积累，否则无法产生伟大的作品⑧。车尔尼雪夫斯基等人的美学主张不仅奠定了周扬文艺观的基础，更内化成他40年代文艺批评的思维方式——关注新主题、新人物，侧重社会意识形态论、反映论和阶级论，按照《讲话》要求，演绎"政治标准第一、艺术标准第二"的批评准则。作为"鲁艺"副院长，周扬的文艺批评折射出时代政治的光影，直接促进了苏联文艺理论的广泛传播，文学与政治的关联意识不断强化。

在抗日救亡的大背景下，功利主义文学观念引领着"鲁艺"，政治激情话语笼罩着校园，洋溢着英雄气概的宏大叙事成为文学书

---

① [苏]高尔基：《论文学》，曹葆华译，《解放日报》1941年12月17日。
② [苏]高尔基：《年青的文学和它的任务》，曹葆华译，《解放日报》1941年10月30日。
③ [苏]高尔基：《亚里克金》，曹葆华译，《解放日报》1941年11月6日。
④ 别林斯基、车尔尼雪夫斯基、杜勃罗留波夫。
⑤ [苏]车尔尼雪夫斯基：《生活与美学》（鲁艺丛书之四），周扬译，华北书店1942年版。
⑥ 周扬：《唯物主义的美学——介绍车尔尼舍夫斯基的〈美学〉》，《解放日报》1942年4月16日。
⑦ 周扬说："为着艺术和生活的密切结合斗争，为着艺术之'生活的教科书'的任务斗争，这就是车尔尼舍夫斯基的美学的目的。让它也成为我们学习他的美学的目的。"周扬：《唯物主义的美学——介绍车尔尼舍夫斯基的〈美学〉》，《解放日报》1942年4月16日。
⑧ 周扬说："我是主张创作家多体验实际生活的，不论是去前线，或去农村都好。"周扬：《文学与生活漫谈》，《解放日报》1941年7月18日。

中国新文学史上的西南联大与"鲁艺"

写的机枢，激励了一代又一代读者。有学员回忆说，"那时延安的文学书籍很少，能够看到的是迁移到延安的三联书店出版的几部翻译的苏联小说，如《毁灭》《铁流》《我是劳动人民的儿子》《钢铁是怎样炼成的》。能够看到的报刊，也只有延安出版的《解放日报》。……副刊上时常发表翻译的苏联作品，有小说，有战地通讯，有诗歌，这些作品在苏德战争的战火硝烟中诞生，描写苏联红军战士可歌可泣的英雄事迹，教育意义大，感染力强，给英勇奋战中的中国军民以极大的鼓舞和影响。我当时受苏联作品的影响很深，读过很多翻译过来的苏联作品"①。"鲁艺"学员"看的文学作品，苏联的占相当大的比例。因之，当时鲁艺文学系的同学创作出来的大大小小的作品，几乎都是歌颂抗日战争中的英雄和模范人物，他们着力描写的，是那个伟大时代的历史风貌"②。血雨腥风的战争岁月，使师生们与苏联作品产生了高度共鸣，表现斗争生活的激烈严酷、歌咏人民的英雄气概成为他们的创作底色。周立波曾翻译过肖洛霍夫的小说《被开垦的处女地》（第一部），农业集体化意识的渗透，社会主义现实主义创作方法的熟稔，最终催生了日后的《暴风骤雨》和《山乡巨变》，前者还获得斯大林文学奖的殊荣。民族情感的发酵刺激，最易繁荣的还是诗歌。马雅可夫斯基的长诗内蕴着崇高的政治激情，短促的节奏、楼梯式的结构犹如催人奋进的号角，鼓舞了许多驿动的心灵。何其芳说："最能激动我们的不是别人，正是马雅可夫斯基。"③ 贺敬之因为创作了《生活》《雪花》等诗，赢得了中国"十七岁的马雅可夫斯基"的美誉，贺敬之也说马雅可夫斯基的诗歌"给了我最深刻的影响"④。被苏联浪潮所裹挟，

---

① 马荆宇：《我与鲁艺文学系》，文化部党史资料征集工作委员会、《延安鲁艺回忆录》编委会编：《延安鲁艺回忆录》，光明日报出版社1992年版，第570页。
② 沈蕴敏：《难忘的鲁艺学习生活》，文化部党史资料征集工作委员会、《延安鲁艺回忆录》编委会编：《延安鲁艺回忆录》，光明日报出版社1992年版，第618页。
③ 何其芳：《马雅可夫斯基和我们》，《人民日报》1953年7月19日。
④ ［俄］切尔卡斯基：《马雅可夫斯基在中国》，苏联科学出版社1976年版。

戏剧系也加入了这个合唱。苏联话剧《钟表匠与女医生》《海滨渔妇》《带枪的人》搬上了"鲁艺"的舞台,苏联剧作家柯涅楚克的话剧《前线》更是配合"整风运动",受到党中央领导人的肯定与鼓励,该剧多次演出,呼应着解放区的军队建设。

文学风格上,师生借鉴苏联文学的人民性话语,弘扬英雄主义气概和国家意志,呈现出鲜明的大众化倾向。一定程度上,政治激情式创作与大众化风格一体两面,共同指向文学的宣传、动员功能。"鲁艺"文艺工作团主张"部队文艺需要大众化,需要采用朗读,利用旧形式,及一切易于被接受的民间形式,以及用图画来配合文字等各种方法去接近群众"①。通俗易懂、浅显直观的街头诗、朗诵诗、战地通讯等大量涌现,"鲁艺"师生更在工农兵身份的同化中,吸收民间文艺营养,创造出新秧歌、新编历史剧等旧形式与新思想相结合的艺术形式。

除日常教学、学术研究、文艺创作、艺术风格之外,《我们是红色的战士》《穿过海洋穿过波浪》《假若明天战争》《布琼尼进行曲》《伏罗希洛夫进行曲》等昂扬向上、鼓舞人心的苏联歌曲在"鲁艺"广泛传唱②,苏联美术作品也大量集中展览,甚至在伙食较差时,人们还把稀罕的小米锅巴称为"苏联的饼干""列宁饼干",因为"那时人们常常把好东西说成是苏联的"③,对苏联的热情与崇拜已然渗透到"鲁艺"的方方面面。

恩格斯曾说,一种学说的流行程度与实践对它的需求往往成正比。在这方面,苏联文学契合了中国的社会历史状况及意识形态立场,满足了延安文艺体系构建的焦灼心理,并顺承 30 年代左翼文

---

① 鲁艺文艺工作团集体写作:《关于敌后文艺工作的意见》,《延安文艺丛书》文艺理论卷,湖南文艺出版社 1987 年版,第 337 页。
② 蒋玉衡:《回忆延安鲁艺第五期音乐系》,文化部党史资料征集工作委员会、《延安鲁艺回忆录》编委会编:《延安鲁艺回忆录》,光明日报出版社 1992 年版,第 390 页。
③ 王培元:《延安鲁艺风云录》,广西师范大学出版社 2004 年版,第 28 页。

学的余绪。师生们把战争时期对文学功用的期待、左翼时期对文学的探索，都具体化作对苏联文学生产、创作、流通、批评等体制的学习与吸收，他们渴望以崭新的文学形态走向理想主义的社会。虽然此时此地的延安与苏联在历史背景、文化传统、接受对象、欣赏习惯等方面有诸多不同，对苏联文学的全面认识还有待时日，但是，毫无疑问，延安乃至新中国的文艺实践中潜藏着苏联文学的精魄。

第三节 "亲欧美"与"亲苏俄"的价值取向

中国新文学的现代性求索之路漫长而坎坷。"五四"时期，写实主义、浪漫主义、启蒙主义、人本主义、新人文主义等欧美思想学说蔚为壮观，引起中国知识分子一次次的心灵悸动，表现主义、精神分析、意识流也留下夺目的光芒，并促成了早期象征派诗歌、现代派诗歌、九叶诗派、新感觉派小说等中国的现代主义文学思潮。某种程度上，正是欧美文化促使中国文学形态从古典转入现代。"五四"后期，新文化统一阵营开始分裂，在纷繁芜杂的思想、主义中，马克思主义凭借强大的思想动员功能和整体解决的社会方案脱颖而出，成为社会革命的主流话语，苏联的成立，也让中国人看到建设社会主义国家的曙光。相应而来，中国文学也发生了全面的转型，革命文学、左翼文学、解放区文学渐成大潮，新文学的效仿对象从"欧美"转向了"苏俄"。事实上，在改造中国封建社会积习及探索现代思想文化的征程上，文学始终担任着急先锋的角色，承载着繁重的意识形态使命。欧美与苏联的文化建设经验一直伴随着政治革命走入了中国，效仿欧美与学习苏联也折射出社会变化的种种症候，其中的利弊得失也体现在中国现当代的文艺实践之中。

一般而言，任何外来文学资源要想在本土落地生根，必须能够满足当地思想文化的现实需要。欧美的种种理论和学说之所以能在"五四"初期和抗战时期大后方受到人们的青睐，和当时的思想文化建设有关。早在晚清，梁启超就以欧洲文学为标杆，在中国积极主张"小说界革命""诗界革命"与"文界革命"。文学革命倡导前后，鲁迅看重尼采"任个人而排众数，掊物质而张灵明"的个性主义；周作人借鉴欧洲人道主义思想观念，倡导"人的文学"；宗白华效仿柏格森以生命为本；茅盾欣赏尼采的破毁偶像精神。对于"五四"知识分子来说，传统的儒释道已经不再是他们的精神家园，他们更多崇尚19世纪欧洲资产阶级文学，将此作为中国文学未来发展的思想资源。借助西方的思想观念和价值模式，中国知识分子对中国传统封建思想观念进行了有力的抨击。他们反对以文学的形式表现封建社会的纲常伦理，坚决摒弃"文以载道"的观念，也反对传统文人或逃避现实，或漠视自我的风气。如果说，西方中世纪崇尚"神权"，压制"人权"，那么，在中国几千年的封建社会下，礼教规约也总是以强大的道德之名压制着"个人"，占据主流地位的儒家更主张"存天理，灭人欲"，反对张扬个人的精神意识和真实欲望。知识分子以西方资产阶级的人道主义和个性解放为思想武器，吸收其自由、平等、博爱等思想，重新估计一切价值。他们思考着科学民主、个性解放、婚姻自主、人的觉醒、改造国民性、知识分子的命运等问题；批判社会上的不公正、不合理现象；也强调自我表现、尊崇个人的主观感受，有力地拉近了文学与社会人生、个人的关系。可以说，正是凭借着欧美的思想主张，"五四"一代知识分子有力地推翻了陈腐守旧的文学观念。不独观念，在小说艺术形式和语言风格等方面，中国文学也效仿西方。横截面的艺术形式，突出了事件的片段性；欧化的语言便于新文学更好吸收异域思想。新文学在性质、主题、内容、艺术、风格诸方面让读者耳目一新，中国文学也真正告别了封建思想的牢笼，捕捉到了具有现代特征的西方文化的气息。

风雨飘摇的中国不可能让作家们安逸地思考生命、人性、自我等精神课题，积贫积弱的社会现状将作家越来越推向惨淡的社会现实面前，于是，所有关于人生的思考最终都归结到社会解放与变革这一核心话题上。与此同时，1921年中国共产党成立，工农大众的阶级意识得到强化，并在历史发展与历次革命运动中，成为推动社会变革的主要力量，因此，对于中国现实来说，取得社会制度根本变革的胜利，就是号召起工农大众，从事反帝反封建的社会革命。这一悬置在所有任务之上的总任务，主宰着经济、教育、文化等所有领域。中国的社会任务也从以往的反封建，更多转向了反帝。1917年，苏联建立了世界上第一个社会主义国家，"俄国布尔什维克的赤色革命在政治上，经济上，社会上生出极大的变动，掀天动地，使全世界的思想都受他的影响。大家要追溯他的远因，考察他的文化，所以不知不觉全世界的视线都集于俄国，都集于俄国的文学；而在中国这样黑暗悲惨的社会里，人人都想在生活的现状里开辟一条新道路，听着俄国旧社会崩溃的声浪，真是空谷足音，不由得不动心。因此大家都要来讨论研究俄国。于是俄国文学就成了中国文学家的目标"[1]。毛泽东也说："中国有许多事情和十月革命以前的俄国相同，或者近似。封建主义的压迫，这是相同的。经济和文化落后，这是近似的。两个国家都落后，中国则更落后。先进的人们，为了使国家复兴，不惜艰苦奋斗，寻找革命真理，这是相同的。"[2] 相似的国情使中国人对苏联的社会主义制度和文艺思想充满了向往。可以说，正是中国的社会状况，将中国的知识分子推向了苏联。与此同时，时代环境的变化，也决定了中国选取苏联作为自己效仿的榜样。毛泽东曾说："第一次帝国主义世界大战和

---

[1] 瞿秋白：《〈俄罗斯名家短篇小说集〉序》，《瞿秋白文集》文学编第2卷，人民文学出版社1986年版，第248页。
[2] 毛泽东：《论人民民主专政》，《毛泽东选集》第4卷，人民出版社1991年版，第1469页。

第一次胜利的社会主义十月革命,改变了整个世界历史的方向,划分了整个世界历史的时代。"① 历史发展的趋向指出了文学未来的发展之路,既然社会主义革命是历史发展的必然趋势,那么,一定程度上,文学也要走向社会主义,中国文学的未来发展趋向就并非是追随19世纪或20世纪资产阶级的民主主义文化,而是要建设苏联那样的代表着历史发展方向的社会主义的文化,中国的文学发展也势必要和反帝斗争紧密联系在一起。随着"五四"之后新文学阵营的渐趋分化,更多激进的知识分子抛弃了欧美,转投苏俄的怀抱,知识分子们通过效仿苏俄,寻觅到了解决社会革命的方案。20年代初中国的现代文学已经逐渐远离了欧美,走向了苏俄。

借助苏联这一外部窗口,"无产阶级文学""党的文学""社会主义文学"等主张纷纷传入中国,这既契合延安的社会现实,又对中共的脾胃,无疑加强了人们对苏联文艺思想和政策的信赖。彼时,整个解放区都极力推崇苏联文学。中共机关报《解放日报》在显著位置连载苏联的翻译文章;各根据地成立了出版社和专门的书店,用于翻译、传播苏联的文艺理论和文学作品;一些高级将领甚至参照苏联作品关于战斗要领的讲述,取其中要点,摘印成传单或教材发给各级将士。苏联文学在解放区的政治、军事、思想各方面都起到了示范的作用。随着延安的党政军建设步入常态,党的文艺政策制定提上了日程。发挥文艺的社会功用,突出阶级性与战斗性,成为多数党员的共识。苏联在建国之初,为应对帝国主义国家的武装干涉和国内叛乱,领导者极其重视文艺的功用价值。1905年,列宁在《党的组织和党的文学》中吸收马克思、恩格斯的观点,提出了无产阶级执政时期党要管理文艺的问题。在30年代的斯大林时期,苏联对文艺的组织、管理已形成一套切实可行的套

---

① 毛泽东:《新民主主义论》,《毛泽东选集》第2卷,人民出版社1991年版,第667页。

路。中共参照苏俄的经验,将文学与抗战救亡紧密联系在一起,以强大的组织力量引导文学的想象方式和未来走向,这包括思想立场、机构设置、话语策略、批评原则等。"鲁艺"设立之初,就明确为中共培养文艺干部的宗旨,并不断调整教学纲领和实施方案,毛泽东、朱德、周恩来等领导人来"鲁艺"讲话,前方部队对"鲁艺"的要求与期待,都影响着学校的风格定位。中国传统文化一向讲求经世致用、修齐治平的思想,国家民族生死未卜的现实威胁也需要文学发挥战斗的品格,加之,无产阶级革命统一战线建立的整体考量,世界范围内左翼文学浪潮的推动,残酷的战时语境和相似的意识形态立场使苏联文学在"鲁艺"蔚为壮观。

20 世纪 20 年代中后期开始,"革命""集体"成为文学的强势话语,文学理论资源的取向也发生着明显的改变,但是,校园文学有着内在的相对封闭的发展理路。顺着"五四"时期对欧美启蒙主义和人道主义的借鉴与模仿,中间经过 30 年代文化人对西方人文主义、自由主义思潮的介绍与传播,到了 40 年代的西南联大时期,学院中人继续保持着对欧美文学紧紧跟随的节奏。杨振声、朱自清、冯至等人都是"五四"新文化运动的推进者,西南联大的教师群体又多有留学欧美的履历,加之外聘教师的耳传心授,使得西南联大不断靠拢着西方的文学,并取得了沉甸甸的收获。"五四"时期从西方习来的心理表现、意识流、十四行体等继续得到有效的尝试,30 年代新感觉派实践的现代派手法也被西南联大师生继续使用,而现代主义的诗歌创作则直接继承欧美现代派文学的衣钵。如果说,"五四"时期,中国知识分子对西方的学习还是在补一二百年落下的"课",他们紧锣密鼓地学习西方的文化资源,那么西南联大时期的知识分子则几乎同步于西方的现代主义文化潮流。冯至、穆旦、袁可嘉、郑敏、汪曾祺、王佐良等人在思考外界与个人的冲突、人的异化与寂寞,以及在生死之辩等问题上,自觉地追随着西方的燕卜荪、艾略特、奥登……,他们以朦胧多义的诗歌、内涵丰富的小说，使西南联大弥漫着浓郁的现代主义氛围，也将中国文学拉上了与世界文学几乎同步的轨道。

战争时期，社会政治变革极大地影响了文学的发展格局。当抗日救亡、民族解放成为全国的首要任务时，文学被界定在夺取全国胜利、服务社会革命的层面。在解放区，共产党借鉴苏联的文艺建设经验，加大了对文学的整合力度。1934 年 8 月 17 日，日丹诺夫在苏联第一次作家代表大会上提出："资产阶级文学的衰落与腐化，是由于资本主义制度的衰败与腐朽而使之如此的，……反映资产阶级制度对于封建制度的胜利而创造出资本主义繁荣时代的伟大作品的资产阶级文学，她的时代已经一去不复返了。"① 在 40 年代，毛泽东也认为，"资产阶级的文艺""是为资产阶级的"，"无产阶级领导的人民大众的反帝反封建的"文艺，才"是为人民的"，是"现阶段的中国新文化"②。由此，启蒙主义、自由主义、个性主义便在延安失去了发展土壤，"五四"多元化的道路日趋窄化，建构现代民族国家的无产阶级文艺成为单一声部。

"鲁艺"人在经受从文化精英到自我消融的精神苦旅的同时，也开启了文艺观念和表达技巧的转型历程。"整风运动"前，经过"五四"精神洗礼的"鲁艺"知识分子为延安自由、宽松的空气兴奋不已，他们徜徉在精英文学的天地中，吸纳着世界文学的菁华，以启蒙者的眼光重视人性、书写自我。周扬重视西方资本主义文艺复兴到 19 世纪的古典名著，强调"五四"新文学对"人"的发现的重要意义，主张要发挥文艺界的民主、文学创作的自由；周立波的"名著选读"课程，以人性评价的视角聚焦各类型的作家；毕业留校的天蓝醉心于研究亚里士多德的美学体系；岳瑟痴迷过 18、

---

① 《苏维埃的文学，是世界上最有思想，最先进的文学》，《国际文学——第一次苏维埃作家代表大会汇刊》，东方出版社 1939 年版，第 10 页。
② 毛泽东：《在延安文艺座谈会上的讲话》，《毛泽东选集》第 3 卷，人民出版社 1991 年版，第 855 页。

19 世纪的德国古典哲学。在创作方面，何其芳发表过渲染个人苦闷矛盾情绪的《夜歌》；周立波创作过温情诗意的小说《麻雀》《牛》；严文井的《一个钉子》与朱寨的《厂长追猪去了》更是将批判的矛头指向了延安的不合理现状。1941 年 5 月 24 日，周扬拟定了《艺术工作公约》，其中一条是"不对黑暗宽容；对于新社会之弱点，须加积极批评与匡正"①。周立波也在授课过程中强调："作家要忠实于自己的气质，才能和想象。……描写你最欢喜的东西。"② 在 1942 年"鲁艺"建院四周年的纪念大会上，周扬还强调"鲁艺"的"教育精神为学术自由，各学派学者专家均可在院自由讲学，并进行各种实际艺术活动"③，但是，在民族危难的时刻，"人的文学"终成明日黄花，"阶级的文学"正当其时。"鲁艺"及时改弦更张，调整步履，参与到新生活、新人物与新秩序的构建中，以一种崭新的话语形态呈现出党性文学的雏形。

如果说"鲁艺"师生的文艺创作投射了社会现实和时代风云的症候，其调整变革的轨迹，呼应着中共文艺政策的初建与成型，亦伴随着从"众声合唱"走进苏联文学"单一声部"的价值转向，那么西南联大则在自由民主的校园氛围中，演绎着社会、人性、精神、生死等话题，同时不乏政治、阶级的呐喊，但是，待延安文学模式辐射全国后，欧美文学资源被拒在国门之外，西南联大诗人群的现代主义诗歌探索则成为中国现代主义文学的绝唱。

詹明信曾说，"第三世界的文本，甚至那些看起来好像是关于个人和力比多趋力的文本，总是以民族寓言的形式来投射一种政治"④。在战争岁月，当自由、独立的理想遭遇险象丛生的环境

---

① 《鲁艺订艺术工作公约》，《解放日报》1941 年 5 月 24 日。
② 周立波：《谈果戈理和他的〈外套〉》，《周立波鲁艺讲稿》，上海文艺出版社 1984 年版，第 76 页。
③ 《鲁艺举行四周年纪念》，《解放日报》1942 年 4 月 12 日。
④ [美] 詹明信：《处于跨国资本主义时代中的第三世界文学》，《晚期资本主义的文化逻辑》，张旭东编，陈清侨等译，生活·读书·新知三联书店 2013 年版，第 429 页。

时，人们会调动起一切力量进行革命斗争，被视为"意识形态的武器"的文学亦要承担起冲锋的重任。延安时期，救亡图存的号角考验着每个"鲁艺"人的神经，师生适应时代的要求，放大了文学的社会属性，追随着苏联文学的步伐，以高昂热烈的艺术作品见证了历史的硝烟，增强了民族意识，满足了国家和民众的精神需要，收到了战时文学的巨大社会效果，但是，某种程度上，社会动员功能的过分强调有可能带来审美艺术稀薄的负面影响。苏联文学的哲学基础是唯物主义的反映论，追本溯源来自西方的模仿说，革命民主主义批评家"别、车、杜"阐释了文学是社会生活的形象认识，列宁借托尔斯泰的创作提出了文学能动地反映现实。受马克思主义文艺理论著述和苏联文论的影响，中国的文艺反映论思想逐渐成形。毛泽东《在延安文艺座谈会上的讲话》中，认为"作为观念形态的文艺作品，都是一定的社会生活在人类头脑中的反映的产物"[①]，确立了文艺反映论在中国的主导地位。反映论重视文学对生活与世界的认识功能，马克思主义的能动反映论也突出了社会存在与社会意识的辩证关系，但如果将其放置于马克思的经济基础和上层建筑的理论体系中去考察，却容易得出文学的党派性、阶级性，推导出文学为无产阶级革命服务，文学工具论的结论。苏联30年代后期的文艺反映论已经趋向静态与机械，传入中国后，更陷入僵化与停滞的泥潭。文艺对生活的反映被直接简化为文艺对政治斗争的配合，创作主体的阶级属性轻易被认定为对政治、斗争的趋附与顺从。

新中国成立后，为无产阶级专政呐喊助威的解放区文学成为主流。在第一次中华全国文学艺术工作者代表大会（简称文代会）上，周扬自豪地介绍了解放区的文艺运动，并用斩钉截铁的口气宣

[①] 毛泽东：《在延安文艺座谈会上的讲话》，《毛泽东选集》第3卷，人民出版社1991年版，第860页。

布:"毛主席的《文艺座谈会的讲话》规定了新中国的文艺的方向,解放区文艺工作者自觉地坚决地实践了这个方向,并以自己的全部经验证明了这个方向的完全正确,深信除此之外再没有第二个方向了,如果有,那就是错误的方向。"[1] 浸润着功利意识的文学实践"被鲁艺文学系的同学带到全国各地,对新中国的革命文学事业,发生了强大的推动作用"[2]。在投向苏联怀抱的同时,中国文艺界则对欧美关闭了大门,现代主义文学更是在中国几乎绝迹,中国文学自动脱离、也被排除在世界文学潮流之外,在封闭自守的民族文学资源中孜孜求索。在这种保守的思想观念中,文艺家也自动维护这一封闭式的文学格局。周立波在《讲话》发表之后说道:"不过外国文学中的象征主义、印象主义和'意识之流'等等,是要不得的。这些东西也曾传进中国,给与(予)我们的文学很多的影响,这使我们的形式变得暗晦,小巧,而且很做作,这使我们许多作家稍稍离开了现实,专门去讲求形式的精致和新奇。这是形式主义的倾向。我们要清洗这一种倾向。"[3] 新中国还追随苏联主流话语,不顾"别、车、杜"文艺与生活之间并非亦步亦趋的主张,轻易地在生活与文学、革命与文学、政治与文学之间画上了等号,将毛泽东的唯物主义反映论思想庸俗化,否认了创作主体的能动性,周扬更是一度认为文学艺术"是阶级斗争的神经器官"[4],将反映论文艺观全面政治化。不可否认,身处严酷的战时形势,"鲁艺"人的功利主义艺术观不可避免地高涨,关于新社会、新政权、新人物的书写极大地发挥着文艺的认识功能,为新民主主义文学顺

---

[1] 周扬:《新的人民的文艺》,《中华全国文学艺术工作者代表大会纪念文集》,新华书店1950年版,第70页。
[2] 沈蕴敏:《难忘的鲁艺学习生活》,文化部党史资料征集工作委员会、《延安鲁艺回忆录》编委会编:《延安鲁艺回忆录》,光明日报出版社1992年版,第618页。
[3] 周立波:《思想、生活和形式》,《解放日报》1942年6月12日。
[4] 周扬:《我国社会主义文学艺术的道路——1960年7月22日在中国文学艺术工作者第三次代表大会上的报告》,人民文学出版社1960年版,第3页。

利过渡到社会主义文学进行了"热身",但个性、启蒙、自由话语的缺席,却导致了文学景观的衰败,"文革"时甚至满园萧瑟。

萨义德认为,世俗的力量和国家的影响,是文学的一部分[①]。在强大的政治话语面前,"鲁艺"人经受着个人气质与现实环境的不和谐,逐渐倾斜于主流话语。如众所知,文学创作是一项极具创造力的事业,苏联已在赫鲁晓夫时代破除了斯大林迷信,流行起"解冻文学",直至新时期,《上海文学》发表了评论员文章《为文艺正名——驳"文艺是阶级斗争的工具"说》,质疑长期统治文坛的霸权话语,第四次全国文代会上邓小平代表党中央做的《祝辞》疏通了文艺淤塞的河道,文学终于具备了日后或高雅精致,或狂欢媚俗的可能。

今天,功利主义的文学观因社会环境的变迁而渐渐远去,人们追随着世界文学的潮流,演绎着多元文学共生的发展格局,但是,回望过去,中国现代文学在对欧美与苏俄文学资源吸收过程中折射的时代政治症候仍具有较高的价值,"鲁艺"对苏联文学接受与发展过程中解决的文艺大众化等难题,至今也仍有深远的借鉴意义,以此,可以更好地理解文学与政治之间纠结缠绕的关系,也为客观地认识现代文学,乃至新中国文学提供了无限可能。

---

① [美]爱德华·W. 萨义德:《文化与帝国主义》,李琨译,生活·读书·新知三联书店2003年版,第452页。

第七章
精英文学与工农兵文学的生成与建构

　　统观西南联大师生的文学创作,既有密切抗战现实的战争书写,也有关注个人精神世界的现代派倾向,呈现出校园文学现实与外倾、深潜与内省多元并存的品格。这样一种氛围,让西南联大的知识分子在现实担当的同时,葆有一种与世界文化对话的心境。一方面,他们关注战争,具有体恤民生、强大祖国的热切心愿;另一方面,学院派的生存空间使其在表现抗战意志与行动的同时,思绪往往超越了具体时空的限制,他们不满足于仅展览战争过程、表达民族情绪,而渴望开阔视野,将客观现实提升到形而上的精神层面,追求文学的超越性与独特价值,因此,在表达民族忧患时,急切的现实关怀相对较少,传达时代精神本质、关注恒久的人性居多。在严酷的战争环境下,西南联大师生传承着"五四"启蒙薪火,追求健康优美的人生形式,以极富个人色彩的战争体验与独特的人性体认,赋予文学以超越性,由此,在抗战文学之外提供了一种融汇着救亡、启蒙、现代性诉求的精英文学范式。这固然相对地远离了时代,并不可避免地出现一些危机,但却丰富了40年代的中国文学,展示出了校园创作的巨大潜力和发展前景。

　　相对于西南联大显示了40年代文学的多样性,"鲁艺"则创造了紧密联系现实的抗战文学。在抗战炮火中,"鲁艺"师生为革命激情所感召,他们以文学充当社会革命的急先锋,赞美着高涨的民族意识、昂扬的战斗精神，渲染着革命将士的英雄品格，演绎着与社会现实密切相关的抗战文学。1942年，毛泽东发表了《讲话》，他根据新民主主义的革命性质和延安的现实情况，提出了文艺工作的工农兵方向，要求文艺工作者深入到工农兵群众与实际斗争中去，积极学习马列主义，确立无产阶级和人民大众的立场，创造出表现工农兵、为工农兵服务的文艺。师生们响应毛泽东的号召，积极向工农大众靠拢，走向战斗前线、走上田间地头、走入工厂作坊，全力表现工农兵火热的斗争、生产与日常生活。联系40年代整个文学状况，毛泽东的《讲话》和"鲁艺"的文学创作事实上正在创造一种新的文学范式，开启着一种崭新的工农兵文学方向。虽然当时的延安没有现代工业，文学主要落在农民和战士书写上，但是工人阶级的重要地位是毋庸置疑的。从此，歌颂光明、书写工农、知识分子改造……一种全新的意识形态话语在延安建成，文学的工农兵品格得到前所未有的强调。

毋庸置疑，西南联大的精英文学与"鲁艺"的工农兵文学成为40年代并存的两种范式。在救亡图存的社会背景下，两校的创作虽然时有渗透、相互影响，但是在对抗日战争、现实社会、生命人性的书写上、在文学体式和语言探索上，又存在着明显的差异。西南联大延续着"五四"的精英文学，"鲁艺"响应着毛泽东的《讲话》精神，开创着工农兵文学方向。作为两种文学链条上的典型代表，西南联大和"鲁艺"师生的创作成为人们观照精英文学和工农兵文学的一个窗口，分析两校文学风格迥异的原因，某种程度上，也就是对精英文学和工农兵文学范式进行探微，二者具有同质同构的关系。大致来说，这两种迥然有别的文学维度，既是国统区、解放区不同的"社会场域"导致，也是"五四"启蒙文学与二三十年代革命文学、左翼文学的不同传统使然，同时，和作家的主体定位也有着密不可分的关系。

中国新文学史上的西南联大与"鲁艺"

第一节 "社会场域"的浸染与文学空间的形成

法国学者皮埃尔·布迪厄曾提出了著名的"场域理论"。他这样定义:"从分析的角度来看,一个场域可以被定义为在各种位置之间存在的客观关系的一个网络,或一个构型。正是在这些位置的存在和它们强加于占据特定位置的行动者或机构之上的决定性因素之中,这些位置得到了客观的界定,其根据是这些位置在不同类型的权力(或资本)——占有这些权力就意味着把持了在这一场域中利害攸关的专门利润的得益权——的分配结构中实际的和潜在的处境,以及它们与其他位置之间的客观关系(支配关系、屈从关系、结构上的对应关系,等等)。"[①] 在高度分工的社会中,场域是指一些"社会小世界",是相对独立又有连接的社会空间,在每个空间中,有自身的规则和边界,各种复杂相连的客观关系不断在争斗。在西南联大和"鲁艺"这两个不同"场域"中,便活跃着社会、政治、经济、教育、艺术等多种要素。

西南联大地处战时边陲,与前线距离较远,昆明的政治形势又颇复杂,既有国民党的中央统治、龙云的地方势力,又有日渐壮大的中共和不断活动的民盟。这种犬牙交错的政治力量,为西南联大的文化发展无形中提供了保障。其中,龙云与蒋介石的矛盾就为西南联大的发展支撑起了一把保护伞。1929 年,国民政府任命龙云为云南省主席。龙云掌控云南后,和国民政府貌合神离,他实行着完整的地方统治,拥有自己管辖的滇军,发行滇币,俨然一个独立

---

① [法]皮埃尔·布迪厄等:《实践与反思:反思社会学导引》,李猛等译,中央编译出版社 1998 年版,第 133—134 页。

的王国。国民党在战前对云南的统治也比较松弛,但在政府内迁至重庆后,开始逐渐加强对昆明政治、经济、军事的渗入,这引起了同龙云的种种冲突。在经济方面,收取出入境的税款、国民政府发行的法币对云南本省发行的滇币造成的威胁,引起了双方的抵牾;在政治方面,从1938年7月开始,蒋介石开始组建三民主义青年团①,并在昆明设立筹备处,在各大学设立支团部,龙云对三青团非常反感,1940年曾下令不准三青团在各大学设立支部;在军事方面,龙云拥有听命于自己的滇军。此外,龙云并非是黄埔军校出身,始终未能成为蒋介石的心腹。种种分歧激化了两人的矛盾,也使蒋介石加紧了对云南的控制。为避免被吞并的危险,龙云采取多方措施以增强实力。他争取民心,聚集地方势力,又逐渐与中共、民盟建立友好的关系。从中共方面来说,也需要龙云的帮助才能开展活动,并且,朱德、叶剑英与龙云同出自云南讲武堂,一直保持着良好的关系,因此,龙云积极帮助中共在省政府内建立了八路军重庆办事处的秘密电台,支持中共的《新华日报》在昆明设立营业处。基于民盟的政治主张符合龙云的政治利益,龙云也积极支持民盟在昆明的活动,同意民盟的机关报《民主周刊》在昆明发行。

龙云不仅富有政治远见、重视军事、支持抗战,同时也支持教育。云南本省教育不发达,在西南联大到来之前,只有一所1922年底唐继尧创办的东陆大学,1934年改名为云南大学,考虑到内迁高校对云南教育事业、文化传承带来的意义和影响,龙云为西南联大的发展费心尽力。龙云本人亦十分重视文化,礼贤下士,他曾经在西南联大设立过龙云奖学金,奖励成绩在80分以上的学生,发动过百万元募捐活动,救济昆明大学生,他还尽力保护游行的学

---

① 简称三青团。

生，使其免遭特务的毒手，促进了西南联大的爱国学生运动①。1938年5月，《云南日报》发表社论《谨献给联合大学》，希望三校师生继续发扬"五四"的奋斗精神，为云南学生树立榜样。龙云夫人也曾捐赠盖过西南联大的女生宿舍，为西南联大在昆明的发展打下了良好的基础。在龙云的影响下，百姓们形成了崇敬文化的风气。某种程度上，正是龙云强力有效的保护措施，使国民党难以越过龙云插手地方事务，即使采取大量措施加强对学校的思想控制，也多半流于形式，这就为西南联大的发展提供了良好的外部环境。但是，1945年10月，蒋介石突然在昆明发动政变，逼迫龙云下台，指定卢汉接任，这种安稳、平和的校园空气一去不返。

　　除地方势力龙云的保护之外，国民政府在西南联大师生中一度享有威望，它所推行的教育方针，也使师生们能够安心学习与工作。抗战甫始，蒋介石的庐山讲话表明了抗战到底的决心，国民政府对抗战投入了较大的兵力和财力，国共合作也消除了师生关于抗战的焦虑。在正面战场，国民党军抵御日军的大规模入侵，展开了淞沪、太原、徐州、武汉、广州、南昌、随枣、长沙、桂南、浙赣、鄂西、常德等众多战役，虽然失利、败退的消息时时传来，但是台儿庄大捷、昆仑关大捷、五原大捷等，还是极大鼓舞了抗日军民的精神和士气，师生将抗战胜利的希望寄托在国民政府领导的抗战上。1937年8月，国民政府在《总动员时期督导教育工作办法纲领》中强调全国各地各级学校要力持镇静；1938年4月起，国民政府确立了抗战、建国并重的方针；1939年3月，在第三次全国教育会议上，蒋介石重申了战时如平时的教育方针，他说："我们这一战，一方面是争取民族生存，一方面就要于此时期中改造我们的民族，复兴我们的国家，所以我们教育上的着眼点，不仅在战

---

①　"康泽以三民主义青年团中央团部组织处处长身份来昆，试图使云南地方政府在昆明逮捕进步学生和民主人士，设集中营，因未得到云南省主席龙云的支持，未果。（按：康泽曾任复兴社书记长。）"西南联大北京校友会编：《国立西南联合大学校史：1937至1946年的北大、清华、南开》，北京大学出版社1996年版，第513页。

时，还应当看到战后，我们要估计到我们的国家要成为一个现代的国家，那么我们国民的智识能力应该提高到怎样的水准。我们要建设我们的国家成为一个现代的国家。……这些问题都要由教育界来解决。"[1]强调教育对于改造民族，复兴国家的作用，主张教育要超越现实，这使西南联大的教育走向了正轨，坚持正规大学的办学标准，为日后培养出"建国"之人才，起到重要保障。此外，国民政府发放贷金、空袭救济费、物价救济费，设立学术奖、清寒优秀学生奖学金等一系列战时文化政策也激励师生注重全面能力的培养，不过到了抗战后期，国民党政治上的独断专行、经济上的通货膨胀，逐渐引起民众的失望，1944年豫湘桂战役时国民党军的节节败退，更引起全国人民的强烈不满，国民政府的威望也一落千丈，大批师生开始走出安静的学府，走向了十字街头。

有保障的政治环境、明确的方针政策之外，稳定的物价和社会各界的资助为安稳师生的身心，促进学校的发展也起到积极的作用。相较于抗战中后期国共形势变化、通货膨胀导致的民不聊生，1941年前的昆明物价稳定，教师收入丰裕，学生生活也未受威胁，师生的身心都处于较为舒适的阶段，并且，从1938年建校开始，西南联大便收到社会各界的捐款资助[2]，学校还设立了名目繁多的

---

[1] 李云汉主编：《中国国民党临时全国代表大会史料专辑》，中国国民党中央委员会党史委员会、近代中国出版社1991年版，第363页。

[2] 1938年6月，西南联大接受中华文化教育基金董事会补助的理工设备费10万元；1940年10月，华西协合高级中学教职员学生为联大惨遭敌机轰炸，来函慰问，捐款456.65元；1942年10月，美国红十字会赠予大批药品；1944年1月，中国红十字会救护队捐赠药品；1944年3月，美国麦克尼尔先生夫妇为纪念其子麦克尼尔君，赠予联大美金200元，作为补助本大学学生医疗费之用；1944年4月，美国援华会斯维式（Sweet）先生赠予联大教授药品；1944年7月，美国副总统华莱士先生来校参观并赠送物品；1944年8月，重庆中央银行汇来英伦捐给联大教师的款项20英镑；同月，成都的西南联大、北大、清华、南开四校校友会联谊会汇来尊师金国币10万元；1944年11月，中国驻印军密支那西南联大同学会为响应成都校友会于教师节发起尊师捐款，捐汇44200元。（西南联合大学北京校友会校史编辑委员会编：《国立西南联合大学校史资料》，北京大学出版社、云南人民出版社1986年版，第14、32、46、55、56、56、57、57、57、60页）

奖学金①，奖励学习成绩优秀的学子。社会的捐款资助和奖学金一定意义上保障了学子的生活，完善了学校的设施设备，使师生们能够埋头于书斋，潜心于研究，贡献出颇为丰厚的文学、研究成果。

抗战生活的日常化也使师生们进入到最佳的创作、研究状态中。抗战爆发后，师生们对于战事究竟会持续多久并没有把握，但随着时间的流逝，他们逐渐做好了长期作战的心理准备，并适应了这种生活状态。昆明空袭警报频响，为避免空袭，学校更改了作息时间，师生跑警报久了，也从最初的慌乱变为例行公事。警报解除10分钟后，图书馆便开馆，一小时内便照常上课，很快恢复教学秩序。久之，师生们逐渐适应了战时生活，视跑警报为日常生活的一部分。针对学习场所短缺的问题，学校周围的凤翥街、文林街、青云街和府甬道的小茶馆受到学生青睐。这些小茶馆收费低廉，学生们买杯茶水，可以待半天或一天，或尽情沉浸于个人的精神世界，或与同学热烈地讨论问题。王佐良追忆道："在许多下午，饮着普通的中国茶，置身于乡下来的农民和小商人的嘈杂之中，这些年青作家迫切地热烈讨论着技术的细节。"② 汪曾祺西南联大期间的很多作品就是在茶馆中完成的。某种程度上，学子们泡茶馆看

---

① 奖学金大致可以分成三类：国家设置的奖学金，有中正奖学金和林森奖学金。地方性的奖学金种类比较多，如云南本地的龙太夫人在遗嘱中将国币5万元并给昭通商会放商生息，以所得利息作为奖学金；龙云设立的"龙氏奖学金"；云南省政府拨款给省教育厅，设立的滇籍学生奖学金。还有众多以个人或团体名义设置的奖学金，如1938年7月，成立膺白奖学金委员会；1939年11月，成立"黄梅美德夫人纪念奖学金委员会"；1941年4月，叙永分校成立"朱智仁先生清寒学生奖学金"委员会；1943年8月，接受交通银行请设置"育才奖学金"，接受全国学生救济委员会请设置"建国奖学金"；1944年5月，本校教职员从教职员消费合作社盈余项下拨付两万元，捐助"敬恒奖学金"；1945年8月，西南联大接受美国华盛顿大学之请，在西南联大设置永久奖学金9名。（西南联大北京校友会编：《国立西南联合大学校史：1937至1946年的北大、清华、南开》，北京大学出版社1996年版，第491、502、514、531、537、551页）此外，航空委员会空军队长杨季豪、檀香山侨胞、孙毓驷家属、黄美之先生、张邦翰先生、徐行敏先生等人为学校捐款，学校成立了与捐款人名字相关的奖学金委员会。

② 王佐良：《一个中国新诗人》，《文学杂志》1947年第二卷第二期。

书、讨论、写作，已经成为生活常态。不独学生们适应了战时生活，教师们常常往返于城乡之间，领略着自然的宁静祥和，也形成了闲适安稳的心境。

便捷方便的交通带来发达的信息资源，使师生们视野开阔，和世界保持同步。1938年12月国际交通干线滇缅公路全线通车，此条交通路线对于抗战时期物资的运输起到难以想象的重大作用。英国政府曾在一段时间内开通了此路。法国也曾开通过滇越路。1945年1月，中印公路正式通车。这些道路的开通既给昆明带来战略物资、抗战前线与国际前沿的种种信息，也使师生们能够阅读到新近出版的欧美杂志和文学著作。此外，美国空军来华期间，大批美国人入昆，带来了最新的美国读物和文学书籍，也加强了中西文化交流，因此，师生们虽然处于西南大后方，却能够及时了解国际形势，阅读到世界前沿信息和文学资料，便于他们形成开阔的视野，跟随世界文学潮流。

地方势力龙云的保护、国民政府前期有效的方针政策、平稳的物价、社会各界的资助捐款、抗战生活的日常化，以及方便迅捷的交通信息……使西南联大的文学创作相对来说，未受到外界强有力的冲击，延续着学院派的创作风范。知识者在这种自由宽泛的文学空间中，葆有着敏锐的洞察力、强烈的启蒙思想、深切的人文关怀和卓越的生命理念，呈现出旺盛强健的创作活力，自如地谱写着"五四"的精英曲调。

在中国西北的黄土高原上，"鲁艺"师生生活在另一片不同的"场域"中。中共中央率领中国工农红军陕甘支队于1935年10月到达陕北，1937年初进驻延安，在中共几年的经营之下，40年代初的延安已经初步形成规模，但险峻的战情仍使延安处于紧张的备战状态。如果说，抗战前期，西南联大师生的日常生活环境还较为安稳，师生们基本消除了对于战争的顾虑与担忧，那么，延安此时却遭遇着日军武装侵略与国民党封锁压制的双重威胁。面对日军的武装侵略，虽然国民党在正面战场不断抵御着日寇的进攻，但是中共根据敌强我弱的实际情况，也不断开辟着敌后战场，在根据地以游击战的形式积极配合着正面战场的战事。八路军在华北创建了晋察冀、晋西北、大青山、晋冀豫、晋西南、山东等抗日根据地。新四军在华中创建了苏南、皖南、皖中、豫东等抗日根据地，尤其是作为中共中央所在地陕甘宁边区也得到了有力的巩固。中共展开了大量独立自主的游击战，仅"从 1937 年 9 月到 1938 年 10 月，八路军和新四军同敌人作战 1600 余次，毙伤俘敌 5.4 万余人"①。进入到相持阶段后，日军"将军事打击的重点指向了共产党领导的敌后抗日根据地"②。1938 年 11 月起，日军轰炸延安，造成多处建筑被毁，多人受伤。从 1938 年 11 月到 1940 年底，日军发动了大规模的军事进攻和"扫荡"，中共领导抗日根据地的军民不断进行着反"扫荡"战争。1940 年 8 月，八路军发起了百团大战，这次战役规模大、持续时间长，取得了重大的胜利，击碎了八路军"游而不击"的谣言，但是八路军也遭遇了巨大的牺牲。从 1940 年冬天开始，日军实行"三光"政策，开始更为频繁、大规模的"扫荡"与"清乡"，制造了大量的"无人区"，根据地的军民以麻雀战、地道战、地雷战、水上游击战等形式进行反击。"1941 年至 1942 年，八路军、新四军和游击队、民兵共作战 4.2 万余次，毙伤俘日伪军 33.1 万余人。"③ 频繁的作战，消耗了中共大量的人力、物力与财力。

艰苦环境中的延安不仅面临日军的威胁，还遭遇国民党的封锁压制。抗战初期，国民政府尚对陕甘宁边区和八路军、新四军拨划经费，但抗战进入到相持阶段后，国共两党关系逐渐恶化。1939

---

① 王秀鑫、郭德宏主编，中共中央党史研究室第一研究部编著：《中华民族抗日战争史》，中共党史出版社 2005 年版，第 199 页。
② 同上书，第 260 页。
③ 同上书，第 404 页。

第七章　精英文学与工农兵文学的生成与建构

年1月,国民党的五届五中全会确定了"溶共""限共""防共""反共"的方针,处处排挤、限制共产党,对陕甘宁边区实行经济封锁,对中共军队的经费供给也常有中断,到了皖南事变时则完全停止。这使以往依赖国民党经济援助的延安不可避免地陷入财政困难,加之陕北本身自然灾害频发,大量外来人口的涌入也使边区的物资供应出现了严重的困难局面。经济封锁之外,国民党还不断压制、进攻边区。从1938年底,国民党不断制造反共摩擦事件,1939年底起,更升级为大规模的武装进攻,阎锡山制造晋西事变,进攻山西红军;胡宗南部和反动地方武装进攻陇东和关中地区;朱怀冰进攻冀西,压迫八路军第129师青年纵队和冀西游击队。1941年,更是发生了震惊中外的"皖南事变"。此外,延安的特务破坏活动也是比较猖獗的。特务会利用报纸的空隙写反动标语,会以弄来的边区各机关学校的证件混入组织搞破坏活动[①]。置身于日军的武装侵略和国民党封锁压制的特定环境,抗战救亡、抵御外侮成为延安的第一要务。

作为一个成长期的政党,中共在抗日根据地不仅面临着诸多"外患",还有着自身巩固和发展的"内忧"。鉴于根据地多为落后、贫困的小农经济,又常受到日军的进攻破坏,加之国民党对中共实行的经济封锁,陕甘宁边区和抗日根据地的经济财政问题日益严峻。为了解决严重的物资供应困难,并坚持抗日,1939年2月,中共中央召开生产动员大会,李富春作了《加紧生产,坚持抗战》的报告,毛泽东提出"自己动手,自力更生,艰苦奋斗,克服困难"的口号,号召陕甘宁边区的党政军学人员和广大群众一起开荒种地,从事农业生产。冼星海创作的《生产大合唱》歌唱"家家户户种田忙""多打些五谷充军粮",就是此时人们大力发展生产

[①] 龚亦群:《党的艺术教育事业的辛勤开拓者——沙可夫同志》,刘运辉、谭宁佑主编:《沙可夫诗文选》,文化艺术出版社1990年版,第391页。

的心声。1941年后，陕甘宁边区率先发动了轰轰烈烈的大生产运动。延安的各机关单位、公私军民男女老幼一律投入到热烈的生产自救运动中。中共还创办了诸多经济实体，如开办工厂、商店等，发行纸币，种种措施解决了紧急的经济危机。同时，中共也在着手建设自己的文学，呼唤本阶级的文学作品，但是，延安的部分文人自由散漫，集体意识不强。处于这种内忧外患的环境中，作为中共一手扶持起来的文艺院校，"鲁艺"自然要承担起这份重任，按照中共的要求，积极整改，统一思想，自觉为工农兵服务，将文艺的实用价值发挥到最大限度。

"鲁艺"大力发展工农兵文学，也和延安的物质条件、师资情况有着密切的关系。延安当时的物质生活十分困难。"伙食标准一般是，每人每天一斤半小米、一钱油、两钱盐。主食主要是小米饭，基本上没有什么副食，肉更是难得吃上一次，几乎顿顿是盐水煮土豆、白菜汤或南瓜汤。"[1] 毕业留在美术系的华君武想吃夜宵，只能吃糊窗户剩下的半碗糨糊；学生柯蓝忍受不了每天都没有一点油花的水煮洋芋片，偷偷地吃没有熬熟的小蓖麻子油[2]。延安当时整体的物质条件是比较差的，学校的办学条件也不是很充分。曾在"鲁艺"工作的龚亦群回忆道："仅经过不到两个月的筹备，学院就招生、开学了，有学员68人，教员20余人，干部10余人，建立了戏剧、音乐、美术3个系和教务、训育、秘书3个处，教学设施（教室、图书室等）和生活设施（宿舍、食堂等）也粗具规模。"[3] 在北门外刚刚成立时，"鲁艺""只在靠西边的山坡上，建有三排窑

---

[1] 王培元：《延安鲁艺风云录》，广西师范大学出版社2004年版，第26页。
[2] 柯蓝：《青春火样红》，文化部党史资料征集工作委员会、《延安鲁艺回忆录》编委会编：《延安鲁艺回忆录》，光明日报出版社1992年版，第567页。
[3] 龚亦群：《党的艺术教育事业的辛勤开拓者——沙可夫同志》，刘运辉、谭宁佑主编：《沙可夫诗文选》，文化艺术出版社1990年版，第387页。

洞，坡下平地上有几间简陋的木棚"①。此后一年左右，教师才由20余人增加到了30余人。"当时物质条件同国统区比起来十分艰苦。没有固定的教室，一般都头上戴顶草帽，在露天里上课。遇到落雨，就挤在一眼较为宽敞的窑洞里学习。同学们一般只有用三块木板做成的简易矮凳，双腿上则放块较大的木板，权当书桌。"②第三期学员穆青也说："我们每周只上几次课，一般学习都在露天，冬天找块太阳地，夏天躲到阴凉地。大家一人一个小板凳，走到哪儿搬到哪儿，膝盖就是'自备书桌'。"③晚上煤油不够用时，"有人就到窑洞外借着月光看书"④，陈学昭说："这个学院够得上称为世界上最困苦的艺术学院，……没有戏台，没有音乐厅，也没有画室，排演、演奏……都在露天做。"⑤学生进餐也"没有桌子和凳子"⑥，学生宿舍"用的东西简单得惊人"⑦。学校图书馆的藏书虽然在延安算是不少，但是相对于正规的院校，无论种类还是数量，还是远远不够，学生们为了能够借到一本名著，往往要先预约登记，再等几个月才能借到，即便图书馆规定了较快的周转速度，仍然供不应求。穆青说："为了一本书，有时我早早地等在图书馆门口；有时跑十几里，甚至几十里路到外单位去求借。只要能找到一本书，就恨不能立刻从头到尾把它'吞'下去。"⑧由于交通困难，邮购不便⑨，延安的进口书籍杂志更是奇缺，和大后方的思想文化

---

① 王培元：《延安鲁艺风云录》，广西师范大学出版社2004年版，第41页。
② 沙汀：《漫忆担任代主任后二三事》，《文艺报》1988年4月16日。
③ 穆青：《鲁艺情深》，《人民日报》1988年5月26日。
④ 王培元：《延安鲁艺风云录》，广西师范大学出版社2004年版，第35页。
⑤ 陈学昭：《延安访问记》，北极书店1940年版，第145页。
⑥ 赵超构：《延安一月》，南京新民报社1944年版，第153页。
⑦ 同上。
⑧ 穆青：《鲁艺情深》，《人民日报》1988年5月26日。
⑨ 赵超构：《延安一月》，南京新民报社1944年版，第117页。

的交换陷入中断,几乎处于闭关状态中①。"鲁艺"的教师也不够齐备。种种客观条件的制约,使"鲁艺"不能像西南联大一样,以大量的课程对学生进行艺术的熏陶和培养,相反多鼓励学生开展多样的文艺活动,自然推动了工农兵文学的发展。

  处于如此险恶艰苦的环境,"鲁艺"人创作了一些服务抗战、宣传动员的作品,但是也出现了向高精深方向发展的趋势,这一方面缘于延安的广大群众在获得了基本的生存保障后,对精神生活和文化活动的需求有所增加,另一方面则是因为知识分子将外来的文化风气带入了延安。从1937年起,延安周末和节假日晚会流行跳交际舞;1940年起,延安文化俱乐部成立开放,文化人士交流谈心更为方便;"鲁艺"和延安其他艺术团体也纷纷上演了《日出》《雷雨》《带枪的人》等大戏,连演多场,场场爆满……可以说,在前方战事紧张和偶尔遭遇空袭的情况下,延安的知识分子们还在尽情地享受着自由与宽松、惬意与愉快。"鲁艺"也沉浸于高精深文艺中,实行着正规化、专门化的教育。这种潮流遭到了毛泽东、朱德、贺龙等人的反对。"毛主席很反对鲁艺的文学课一讲就是契诃夫的小说,也许还有莫泊桑的小说。他对这种做法很不满意。"②贺龙也表示:"他不满意鲁艺当时的关门提高,把好学生好干部都留在学校里,不派到前方去,而对于抗战初期派到前方去的学生又不关心他们,和他们联系,研究并帮助解决他们在实际工作中间所碰到的艺术上的问题。"③ 也有人指责"鲁艺是中央领导的单位,条件很好,却不为边区的群众服务"④。众口一词的反对,可见领导人与社会各界对"鲁艺"应该紧密配合党中央的政治任务、发挥

---

  ① 赵超构:《延安一月》,南京新民报社1944年版,第78页。
  ② 胡乔木:《关于延安文艺座谈会前后》,《胡乔木回忆毛泽东》,人民出版社1994年版,第60页。
  ③ 何其芳:《记贺龙将军》,《新华日报》1946年1月17日。
  ④ 何其芳:《毛泽东之歌》,《何其芳全集》第7卷,河北人民出版社2000年版,第399页。

文艺宣传作用的定位与期待。不仅如此，文艺界还不时流露出批判的调子。文人之间的矛盾纠葛也被带到了延安。1941年7月17日至19日，周扬因发表《文学与生活漫谈》涉及对延安一些作家的批评，引起了萧军、艾青、舒群、罗烽、白朗等"文抗"成员的不满。因为这场争论，"鲁艺"被视为歌颂光明的"光明派"，"文抗"被认为是主张暴露黑暗的"暴露派"。文人相轻，自古有之，加上积攒多年的宿怨，自然会有爆发的时日，但是，在解放区这样打笔墨官司，互相排斥，便显得不合时宜。这些不适于战时的文化活动和文学现象，引起了中共领导者的注意与忧虑。

随着战争局势的变化，共产党认识到要实现从革命党到执政党的转变，建设新的文化范式迫在眉睫。为了更好地发挥文艺的宣传整合功能，提倡文艺为政治服务、文艺为工农兵服务尤为必要，于是，召开文艺座谈会和进行文艺界整风就提上了日程。1942年4月13日，毛泽东召集"鲁艺"文学系和戏剧系的几位教师探讨文艺问题，何其芳、周立波、曹葆华、严文井、姚时晓等受到了毛泽东的邀请，畅谈文艺问题。1942年5月2日、16日和23日，毛泽东主持召开了延安文艺座谈会。周扬、何其芳、艾青、周立波、陈荒煤、严文井、萧军、公木、天蓝、李雷、张桂等人参加了座谈会。毛泽东明确提出文艺为政治服务、知识分子改造、重视传统的民族形式等问题。他说："要使文艺很好地成为整个革命机器的一个组成部分，作为团结人民、教育人民、打击敌人、消灭敌人的有力的武器，帮助人民同心同德地和敌人作斗争。"[①] "无产阶级的文学艺术是无产阶级整个革命事业的一部分，如同列宁所说，是整个革命机器中的'齿轮和螺丝钉'。因此，党的文艺工作，在党的整

[①] 毛泽东：《在延安文艺座谈会上的讲话》，《毛泽东选集》第3卷，人民出版社1991年版，第848页。

个革命工作中的位置，是确定了的，摆好了的；是服从党在一定革命时期内所规定的革命任务的。"① 把文学纳入政治体制，建立"文""武"两支队伍，一种全新的话语体系建立起来了。

这一阶段，大力开展的"整风运动"也为毛泽东的《讲话》提供了一种氛围，及时规整了知识分子的思想。从 1941 年 5 月起，毛泽东陆续做了《改造我们的学习》《整顿党的作风》《反对党八股》等报告与演讲，尤其是随着 1942 年 4 月 3 日中宣部发布的《关于在延安讨论中央决定及毛泽东同志整顿三风报告的决定》，对"整风运动"做了细致明确的规定。"整风运动"直指留苏派和党内的知识分子，旨在去除党内存在的主观主义、教条主义、宗派主义，杜绝照搬马列经典，盲目崇拜苏联的风气。延安各机关、"鲁艺"等学校在很短的时间内成立了"整风运动"的领导机构，知识分子们停止了日常工作，纷纷投入到纠正、检讨个人思想的活动中。周扬带领全院师生对教育教学、文学创作诸多方面问题展开热烈讨论。1942 年 4 月 3 日，"鲁艺"布置整顿"三风"工作。5 日，周扬对全院师生作了整顿"三风"的动员报告。8 日，"鲁艺"召开总检查工作委员会第一次会议，讨论整顿三风的决定。10 日，成立了以周扬、宋侃夫为首的整风委员会。22 日的《解放日报》报道了"鲁艺"的整风消息，具体到学习 22 个整风文件的内容。随着毛泽东 1942 年 5 月 30 日来"鲁艺"亲讲《讲话》，号召师生走出"小鲁艺"，到工农兵群众的"大鲁艺"中去学习，改造思想感情，以工农兵为立足点，真正成为革命文艺工作者，成为全院人员的努力方向，"鲁艺"的讨论活动也更为热烈。6 月 16 日的《解放日报》报道了"鲁艺"决定改变工作作风的决心和具体举措。7 月后，师生们围绕"鲁艺"的教育方针与实施方案等展开了激烈的

---

① 毛泽东：《在延安文艺座谈会上的讲话》，《毛泽东选集》第 3 卷，人民出版社 1991 年版，第 865—866 页。

辩论，经过讨论，师生们基本认为"鲁艺"的教学活动和实际、和运动脱节。9月9日周扬发表《艺术教育的改造问题——鲁艺学风总结报告之理论部份（分）：对鲁艺教育的一个检讨与自我批评》，检讨"鲁艺"教学中存在的脱离实际、关门提高的错误倾向，表示要改变"鲁艺"作风的八项举措[①]。与之相关，以往高精深的文学被知识分子摒弃，师生们投入到人民大众中，真正建设起工农兵文学。

经由毛泽东的《讲话》与"整风运动"的洗礼，"五四"精神传统在延安被削弱，形成了工农伟大、集体至上、革命斗争等新的文学生长空间，民间艺术形式也迎来了发展的春天，秧歌、传统戏、章回体小说被广泛采用，工农大众的原生态语言前所未有地进入文学作品，文艺人也被规整到党的组织之中，文艺刊物、社团置于党的领导之下……延安已经建立起了党的文艺体系。一时间，中国作风、中国气派、文艺大众化、知识分子改造……成为"鲁艺"乃至陕甘宁边区文艺的主题词，广大文化人在延安这一"场域"里，建设着工农兵文学，谱写着新的文学话语。

不同的"社会场域"支撑起独特的文学发展空间，赋予文学迥然的风貌特征：或是在犬牙交错的政治力量、安稳平和的外界环境中，得以潜滋暗长；或是在严峻的战争环境、窘迫的物资条件、强大的政治力量下，变为武装斗争的工具，如果说前者在一定程度上还保持着主体、自由、精英的面目，那么，后者则承载着政治、革命等质素，沿着为工农兵服务的路径勇往直前。

第二节 精神传统的赓续与文学观念的再认

任何事物都不可能是天外来物，它必然来自某种传统，尤其

[①] 周扬：《艺术教育的改造问题——鲁艺学风总结报告之理论部份（分）：对鲁艺教育的一个检讨与自我批评》，《解放日报》1942年9月9日。

是成为体系的文学范型，必定是多种因素长期累积而成。精英文学和工农兵文学体现的是两种既相互联系又截然对立的精神传统和思维观念：一是"五四"时期鲁迅所开创的启蒙文学，一是二三十年代的革命文学、左翼文学。不同的思想资源和精神取向，使知识分子趋向于不同的文学观念，决定了两种迥然相异的文学系统。

从思想资源和精神取向来看，西南联大承续的是"五四"启蒙文学的理路。杨振声、朱自清、闻一多、冯至、沈从文、卞之琳、李广田等人都积极助推了新文学的发展，参与到"五四"文学的多声部合唱中。"五四"时期，他们热烈地谈论着"人的文学"，以饱满的热情参与着社会建设，以启蒙主义的精神思考着人生。面对现实社会的黑暗、封建思想的禁锢、宗法制度的强大、个性的被压抑、婚姻恋爱的受阻、国民性痼疾等问题，他们试图以文学的力量除旧布新。虽然对于这些社会问题，知识分子并未提出具体有效的解决方法，但是以文学的形式记录下来，以期引起人们的关注与思索，也足以见出知识分子强烈的社会忧患意识和参与态度。众多知识分子用小说的形式记录着社会问题，留下了无数民间惨剧的文学影像。杨振声关注下层劳动人民的生活疾苦，小说《渔家》讲述渔民受到天灾人祸的侵袭和苛捐杂税的勒索，最后家破人亡的悲惨故事；《贞女》控诉封建婚姻制度强迫妙龄少女嫁给亡夫，使其悬梁自尽的罪恶。1918年冬，杨振声与傅斯年、罗家伦在北京大学组建了新潮社。1925年还出版了中篇小说《玉君》，表现了"五四"时期的社会主题。沿着"人的发现"这一理路，彼时文学界出现了"为人生"与"为艺术"两个流派，前者关注社会人生问题，批判种种不合理现象，主张以文学的形式参与社会，改良人生。朱自清参加了文学研究会，积极关注自我以外的现实世界，他倡导白话新诗，1922年1月，与他人共同创办了中国新文学史上第一份新诗专刊《诗》。虽然文学创作起步于诗歌，但是，散文更代表他的文学成就。在朱自清的散文篇章里,有抒发小资产阶级知识分子家境困苦的《背影》《给亡妇》,字里行间流动着哀婉凄伤的动人情思;有摹写优美景致的《荷塘月色》《桨声灯影里的秦淮河》《绿》等,文中也跃动着知识者的道德情怀。这些篇章在抒情绘景方面,丝毫不逊于古代散文,是中国新文学白话文的典范,多次被收入教科书。"五四"时期的"为艺术"派将关注的重点转向了人的精神世界,将个体推到了显著的位置,强调个人内心情感的流露,真实表现自我的意识与潜意识。冯至参与了以表现知识青年苦闷情绪为主的浅草——沉钟社,但是他的创作又别具一格,强调艺术的节制和内敛,《我是一条小河》《蛇》等诗歌受到时人的极高评价,冯至也被鲁迅誉为"中国最为杰出的抒情诗人"[①]。新月派的闻一多在20年代留美期间创作了饱含着爱国情怀的诗集《红烛》,其中的《太阳吟》《孤雁》等篇,袒露着诗人对祖国的赤诚之心。回国后,他不满军阀统治下祖国的黑暗现实,同时着力反拨新诗倡导期自由体诗的散漫无序,提出创作"新格律诗"。在《诗的格律》中,倡导"音乐的美""绘画的美""建筑的美",《死水》便不乏唯美主义的色彩,也充分实践了他的新诗格律化的主张。沈从文在20年代中后期开始发表作品,《柏子》《萧萧》《边城》等致力于表现人性,这些书写古朴风俗、自由人性、人与自然和谐相亲的小说,勾画了令世人向往的湘西世界。30年代前半期,沈从文接编《大公报·文艺副刊》,成为当时颇有影响的京派领衔人物。基于反对文学的商业倾向、党派色彩,维护文学的纯正品格,他还挑起了京海之争。40年代,他继续自己的文学理想,努力从人性的角度寻找着民族品德重造的门径,某种程度上,他的人性探索更多延续着"五四"时期"人的文学"的观念,持续进行着改造国民性的工

---

① 鲁迅:《小说二集》导言,赵家璧主编:《中国新文学大系》,上海良友图书印刷公司1935年版,第5页。

作。卞之琳和李广田在30年代因《汉园集》成名，这本1936年出版的青年诗人的合集，给卞之琳、李广田、何其芳带来了"汉园三诗人"的雅号。在30年代，卞之琳创作了《距离的组织》《尺八》《断章》《白螺壳》等，以哲学的思维开掘日常生活现象，赋予事物以浓厚的智性色彩，显示出探索人性、人生哲理的热情。李广田虽然有诗歌问世，但是更显其文学成就的是散文。在30年代，他出版了散文集《画廊集》《银狐集》《雀蓑记》等，营造出一种素朴阔大的乡土氛围，这些书写故乡风物人情的篇章，充满了对社会小人物的同情，对社会不公现象的愤恨，预示着作者40年代的文学成就。

西南联大的教师积极参与并推动着新文学的发展。"五四"倡导的个性主义、自由精神、改造国民性、优美健康的生命理念、重视外国文学等都已内化为他们的精神气质和价值标尺。纵观中国现代文学的发展脉络，从"五四"到抗战时期的西南联大，战争并没有打破校园文化内在的传承，西南联大依然坚守着新文学的理路，教师们也将这种思想资源带入校园，通过言传身教影响着学生。虽然在抗战岁月里，救亡成为全民的主要任务，人们为民族呐喊、为抗战呼号，西南联大的知识分子也被抗战的呼声吸引，创作了很多强化民族意识、表现抗战精神的佳作，但这并未改变他们启蒙者的角色认知，也无法更改他们对精英文学的青睐。对于他们而言，开启民智、启蒙大众是自我体认，个性自由、精英话语是身份标识，他们的立身处世表现出对"五四"精神的自觉捍卫。

对"五四"新文学的重视是杨振声、朱自清、闻一多、冯至、沈从文、李广田等人的自觉意识。虽然从"五四"到40年代，新文学已经发展了20多年，出现了众多堪称经典的作品，但在大学课堂，新文学还远没有站稳脚跟，现代文学教师也寥寥可数。为了扩大新文学在大学校园中的声势与影响，杨振声提议聘请了新文学名家沈从文、李广田来校授课。某种程度上，"五四"文学名家在西南联大的存在本身就是新文学不断壮大的表现，并成为号召新文学发展的重要力量。"中外文系更拥有一批著名诗人、作家、教授，如中文系的闻一多、朱自清、沈从文、杨振声、罗常培、余冠英、李广田、废名等，外文系的吴宓、叶公超、钱锺书、冯至、卞之琳、燕卜荪等，他们吸引着爱好文艺的青年。"① 中文系和外文系开设的课程从中外两方面使学生接近了文学经典。杨振声开设的"现代中国文学""文学概论""世界文学名著选读及试译"等课程，沈从文主讲的"现代中国文学""各体文习作""创作实习"等科目，李广田讲授的"各体文习作""文学概论"等课程，展现了新文学的风采和魅力；"欧洲文学史""欧洲文学名著选"等课程也使学生进入了高雅的文学殿堂。

为了扩大"五四"新文学的影响，普及新文学知识，西南联大还划时代地设置了面向全校一年级的公共必修课——"大一国文"，并由 1938 年成立的大一国文编撰委员会编选教材。在杨振声的主持下，《大一国文读本》选择了 11 篇语体文，数量几乎与文言文齐平，可见编选者对于新文学的重视。新文学也终于进入了大学课堂，奠定了在大学教学中的牢固地位。鲁迅、徐志摩、林徽因、丁西林等新文学名家开始深入人心，《示众》《我所知道的康桥》《窗子以外》《压迫》等作品和胡适的文论《文学改良刍议》也参与了学生精英文学观念的建构。朱自清、沈从文、李广田等多位名师讲授此门功课。学生张源潜回忆道："北京大学原是'五四'新文学运动的发源地，可能是继承这一传统的关系，现代文学作品特别受到重视，不仅放在前面，而且当一位教授和一位助教（或教员）合开一个小班这门课程的时候，担任现代文学作品讲授任务的总是教授，助教（或教员）只教古文，并负责批改作文。"② 现代文学的

---

① 袁可嘉：《我与现代派》，《诗探索》2001 年第 Z2 期。
② 张源潜：《大一（1942—1943）生活杂忆》，《云南文史资料选辑》（第三十四辑）"西南联合大学建校五十周年纪念专辑"，云南人民出版社 1988 年版，第 162 页。

地位提升由此可见。在课程内容上，从鲁迅这一新文学的原点入手，无疑是最好的开始。鲁迅以强烈的启蒙意识，正视国民的精神状态，唤醒国民精神的觉醒，给学生以强烈的精神砥砺，促使他们发现农民的愚昧与落后，在 40 年代继续着国民性改造的话题。徐志摩的浪漫抒情气息、丁西林世态喜剧中的机智与幽默，都传递着一种对文学的诗意化、精致化的理解。至于林徽因的《窗子以外》就不仅仅是一种文学观念的传达，而是一种文人的生存态度的呈现。正是通过对中国现代文学经典篇目的讲解，提高了学生鉴赏文学的水平，使其形成了精英式的文学观念。同时，课程也为学生们提供了可资借鉴的文学创作技巧、精妙的语言和讲究的文学体式，培养了一大批新文学的作家。汪曾祺推崇《大一国文读本》是"我走上文学道路的一本启蒙的书"[①]，在此影响下，他完成了《钓》《翠子》《悒郁》等早期小说。

朱自清、闻一多、冯至、沈从文、李广田等人不仅在课堂上讲授语体文写作，同时也是南湖诗社、高原文艺社、南荒文艺社、冬青文艺社、文聚社、文艺社、新诗社等新文学社团的导师，他们的文学创作无疑具有示范的作用。沈从文、冯至的作品在学生中广为传阅，被学生们奉为经典。教师们还进行文学创作的演讲、为学生修改习作、推荐优秀作品发表、积极提携文学新人等。此外，老舍、曹禺、林语堂等名家也受邀来此讲学，极大促进了精英文学的传播与发展。正是通过日常授课、课外辅导、讲座演讲、文学习作等途径，教师们将"五四"文学资源传递给了学生，培养了汪曾祺、林元、林蒲、穆旦、王佐良、赵瑞蕻、吴讷孙、袁可嘉等新一代作家。早期的穆旦、赵瑞蕻，以及闻山、秦泥的诗歌延续着"五四"浪漫主义的诗歌风格，推崇主观、个性与自我表现。郑敏、杜运燮等人继承"五四"表现人的传统，又专攻西方的现代派文学，深入挖掘人的存在体验，

---

① 汪曾祺：《西南联大中文系》，《汪曾祺全集》第 4 卷，北京师范大学出版社 1998 年版，第 356 页。

探索着心灵家园的深度与广度。教师们在既有文学观念、思想资源的基础上,不断开拓着更为宽广的文学之路。

相对于西南联大知识分子借鉴"五四"的启蒙、个性、自我等精神资源,在风雨如晦的战争岁月,继续书写着精英话语,"鲁艺"演绎的则是工农兵文学。在延安,毛泽东将文学纳入到社会、政治、阶级中,赋予文学前所未有的重要性。其实,强调文学的政治功利色彩,并非始自此时。从历史变革、文学演进的角度来看,工农兵文学的出现有着坚实的土壤。它延续的是20年代的革命文学、30年代左翼文学的余绪。在"鲁艺"的开学典礼上,毛泽东曾将"鲁艺"的知识分子分为两类,一类是在上海等城市从事左翼文艺运动的文化人,即"亭子间的人";另一类是在革命根据地从事文艺活动的人,即"山顶上的人"[1]。一定程度上,正是这批"亭子间的人"把普罗文学的主张带到了延安,并使以往停留在纸面上的文学想象终于在40年代的解放区落到了实处。

20年代中后期到30年代初,随着世界形势向左转,中国文学界掀起了浩大的左翼文学浪潮。早在20年代中期,蒋光慈便向中国文学界介绍了苏联十月革命及文学的情况。20年代后期,更多的创造社、太阳社成员将马列主义文艺理论、苏俄文艺理论和世界左翼文学作品引入中国,旗帜鲜明地批判"五四"文学,倡导从文学革命走向革命文学,宣告了无产阶级文学时代的来临。他们提出要创立劳苦大众自己的文学,这种文学要与社会运动紧密联系起来,要反映底层群众的生活和斗争。郭沫若积极号召实践"表同情于无产阶级的社会主义的写实主义的文学"。在1928年的革命文学论争中,李初梨的《怎样地建设革命文学》、成仿吾的《从文学革命到革命文学》都试图勾画出无产阶级文学的面目。李初梨在文章

---

[1] 宋贵仑:《毛泽东与中国文艺》,人民文学出版社1993年版,第157页。

中国新文学史上的西南联大与"鲁艺"

中批判了"五四"文学的惯常观念，反对"文学是自我的表现""文学的任务是在描写生活"，他以阶级斗争与文学发展是同步进行的角度，主张阶级社会里文学是宣传的武器。成仿吾在文章《从文学革命到革命文学》中，从意识形态和语言形式等方面全面否定了"五四"新文学，他认为："我们要努力获得阶级意识，我们要使我们的媒质接近农工大众的用语，我们要以农工大众为我们的对象。"① 周扬在 1929 年推崇美国作家辛克莱，认同他的"一切的艺术是宣传，普遍地不可避免地是宣传；有时是无意的，而大底是故意的宣传"②。这种观点曾遭到鲁迅的批评，但是并未扭转革命文学倡导者对文艺的认识，周扬在 1943 年还认为，辛克莱此话"虽然朴素，却在艺术服从政治这一个正确意义上帮助我们建立了革命文学理论之初步基础"③。倡导者从苏俄、日本接触这种先锋文学，回国后大张旗鼓地将其确立为新文学未来发展的方向，强调文学要面向工农大众，避免描写个人，多表现集体与群众。此时，中国的左翼文学发展蔚为壮观、盛极一时。人们争相追逐普列汉诺夫、卢那察尔斯基、日丹诺夫、高尔基等人的文艺论著。据冯雪峰说，从 1926—1936 年，马克思主义文艺理论的译介十分集中，涉及的内容广泛而又深入，尤其是文学的阶级性、党性，实现了从"资产阶级民主主义文学"到"无产阶级革命文学"的本质转变④。苏联"拉普"重视文学的宣传性，要求文艺从属于政治的论调逐渐深入人心。1930 年 3 月 2 日，"中国左翼作家联盟"（简称"左联"）在上海成立。在 1933 年下半年瞿秋白、冯雪峰被调离上海后，周扬成为"左联"的领导人。"左联"对中国左翼文学的发展具有较

---

① 成仿吾：《从文学革命到革命文学》，《创造月刊》第 1 卷第 9 期，1928 年 2 月 1 日。
② 周扬：《辛克来（莱）的杰作：〈林莽〉》，《北新》第 3 卷第 3 号，1929 年 2 月 1 日。
③ 周扬：《中苏英美文化交流》，《解放日报》1943 年 2 月 6 日。
④ 冯雪峰：《论民主革命的文艺运动》，《冯雪峰文集》第 2 卷，人民文学出版社 1983 年版，第 96 页。

大的推动作用，不仅积极翻译介绍马克思主义文艺理论，大力输入苏联和世界的进步文学，还努力倡导社会主义现实主义创作方法。"左联"声势的扩大，加深了人们对无产阶级文学的认识，此后，无产阶级文学的性质、思想内容、创作方法等逐渐为人们所接受。1936年，出于建设抗日民族统一战线的考量，"左联"宣告解散，尽管作为一个组织，"左联"结束了，但是"左联"成员仍持有坚定的革命立场，标举出无产阶级文学的创作倾向。无论是"左联"时期，还是"左联"解散之后，左翼作家普遍重视书写文学与政治、社会、革命之间的密切关系，这种激进的文学思潮也一直贯穿在中国现代文学的发展历程中。毛泽东所谓的"亭子间的人"，正是这些革命作家，他们把革命的文艺思想与精神传统带入了延安，继续开展富有政治、革命色彩的文学创作与活动。

周扬在30年代主要致力于翻译包括俄苏在内的外国文艺理论。他译介苏联文学的读物，编译了《高尔基创作四十周年纪念论文集》，对俄苏文艺理论表示出强烈的偏好，尤其是对俄苏文艺理论家别林斯基、车尔尼雪夫斯基、杜勃罗留波夫的文艺思想十分重视。在1935年周扬阅读了别林斯基的《1847俄国文学一瞥》，抽取出其中的《论自然派》一节，进行了翻译，成为"别林斯基的文学论文的最早中译文"[1]。在1936年，周扬还以"列斯"为笔名发表了《纪念别林斯基的125周年诞辰》。同年，《译文》开辟"杜勃洛柳蒲夫诞生百年纪念"专栏，对其进行专门介绍。在1937年撰写的《艺术与人生——车尔芮雪夫斯基的〈艺术与现实之美学的关系〉》一文中，周扬详细地阐述了车氏的文艺著作，称其为"战斗的民主主义者"，认为其发展了别林斯基的艺术再现现实生活的革命民主主义美学思想，赞赏其关于艺术不仅要"再现人

---

[1] 汪介之：《回望与沉思——俄苏文论在20世纪中国文坛》，北京大学出版社2005年版，第10页。

生",而且还要"说明人生",成为"人生教科书"的主张,周扬还将车氏的思想和当时中国大力倡导的社会主义现实主义思潮联系起来,认定其是社会主义现实主义的重要理论来源。此外,周扬也关注苏联共产党的文艺政策和日本共产党的文艺理论。在"别、车、杜"之外,周扬编撰、写作了《十五年来的苏联文学》《果戈理的〈死灵魂〉》《高尔基的浪漫主义》等。除了大量译介俄苏的文艺理论,周扬在1929年到1935年间,还写作了《辛克来(莱)的杰作:〈林莽〉》《巴西文学概观》等。在对俄苏等外国文艺思想的介绍、翻译过程中,结合中国的具体实际,周扬也形成了"文学的真实性""典型与个性""社会主义的现实主义与革命的浪漫主义""国防文学"等思想,这些观点集中表述在《文学的真实性》《现实主义试论》《典型与个性》《论〈雷雨〉和〈日出〉》等文章中。周扬认为:"文学的真理和政治的真理是一个。……政治的正确就是文学的正确。……在广泛的意义上讲,文学自身就是政治的一定的形式"[1],"文学斗争"应"从属于政治斗争的目的,服务于政治斗争的任务之解决"[2],可见,周扬此时主张的是文学服务于政治的机械反映论。

作为共产国际的一个支部,左翼的文学活动亦步亦趋地借鉴着苏联经验。苏联走向"辩证唯物主义创作方法",中国左翼文学界也强调世界观对创作的"直奔主题式"决定作用;苏联尊奉"社会主义现实主义",周扬于1933年11月1日也发表了《关于"社会主义的现实主义与革命的浪漫主义"》一文,倡导社会主义现实主义创作方法,并据此修正自身在"左联"初期的偏激做法,批评唯物辩证法的创作方法与"忽视艺术的特殊性,把艺术对于政治、对于意识形态的复杂而曲折的依存关系看成直线的,单纯的……把

---

[1] 周扬:《文学的真实性》,《现代》第3卷第1期,1933年5月1日。
[2] 同上。

创作方法的问题直线地还元（原）为全部世界观的问题"①。"社会主义现实主义"主张真实地写出"生活的丰富和复杂"，同时注重倾向性，但在周扬的引介过程中，却明显重视后者，忽视了前者。

经周扬的介绍，周立波参加了"左联"，加入了中国共产党，开始了文学翻译和研究工作。他不仅翻译了肖洛霍夫表现苏联农村集体化运动的小说《被开垦的处女地》（第一部），也翻译了捷克作家基希的报告文学《秘密的中国》，并在学习马克思主义文艺理论、苏联文论的过程中，撰写了大量的论文。这些学术论文集中地表露出他对文艺的社会功用、文学的特性、创作方式的认识。在《文学的永久性》中，他认为文艺具有"反映现实""认识现实"的功能，"愈能反映时代精神的作品，便愈不朽"②，此外，《艺术的幻想》《形象的思索》《文学的界限和特性》《一九三五年中国文坛的回顾》《一九三六年小说创作的回顾》等文章也表现了他此阶段的思考。周立波极力推崇现实主义文学，对表现人性丑陋与阴暗的现代派文学抱有较深的偏见，他指斥意象派、象征派等现代派文学"缺乏思想内容"，"空洞，只有形式"③，他批评詹姆斯·乔易（伊）斯的作品内容空虚，艺术矫揉造作，认为"潜意识"和"内在的独白"的方法"对于文学都没有裨益"④。这种对西方现代派文学的隔膜态度，使其独尊现实主义，在功利性文学观的引领下愈走愈远。

经过二三十年代及左翼文论家对俄苏文艺思想的积极引入，延安文学拥有了理论的沃土，这些无产阶级文学活动成为延安文

---

① 周扬：《关于"社会主义的现实主义与革命的浪漫主义"——"唯物辩证法的创作方法"之否定》，《现代》第 4 卷第 1 期，1933 年 11 月 1 日。
② 周立波：《文学的永久性》，《读书生活》第 2 卷第 5 期，1935 年 7 月 10 日。
③ 周立波：《文艺的特性》，《读书生活》第 2 卷第 2 期，1935 年 5 月 25 日。
④ 周立波：《詹姆斯乔易（伊）斯》，《申报·自由谈》1935 年 5 月 6 日。

学的重要资源。对于这种思想传统，"鲁艺"人是十分重视的。周扬说："'五四'以来的新文艺特别是左翼十年中的革命文艺的历史传统，我们必须继承，离开它，我们便失掉了立脚点。"① 拥有了革命文艺的历史传统，确认着革命功利主义的文学观念，"鲁艺"师生在面对无产阶级政权、文学的政治意义、作家的思想转变、创造大众文艺等主张时，自然熟悉亲切，接受起来也得心应手。

第三节　主体定位的选择与文学价值的追求

不仅"社会场域"相异、精神传统不同，两所院校知识分子的自我定位也存在着明显的差别。西南联大师生秉持着独立、民主、自由的立场，把文化复兴视为民族复兴的根本，主张以文化的延续和发展推动社会的进步，致力于文化薪火的代代相传。而在延安，"鲁艺"知识分子作为"公家人"，已被整合进党的意识形态中，教师中高比例的党员教师紧跟党的思想，尤其在"整风运动"后，师生们更是服膺于党的领导。不同的主体定位，使其对文学价值有着迥异的理解与追求。

西南联大的教师多接受过完整的传统教育，他们胸怀天下、承担道义，有着公共知识分子的社会良知。抗战爆发后，忧国忧民的情怀使他们热切地寻觅保家卫国之道，焦虑于战争阶段如何自处以及他处。抗战初期，师生们曾有过对战时教育的争论，但是，"文章千古事，得失寸心知"，文化传承对一个民族和国家发展的重要性自不待言，这种超越现实的视野与追求，与此时期国民政府实行的"抗战""建国"并重，"战时须作平时看"的文化政策相遇合，使他们多走向了"读书不忘救国，救国不忘读书"的文化救国之

---

① 周扬：《艺术教育的改造问题——鲁艺学风总结报告之理论部份（分）：对鲁艺教育的一个检讨与自我批评》，《解放日报》1942年9月9日。

路。校长梅贻琦也强调大学机构在培养通才、实现新民方面的重要作用，强调大学教师"其所以自处之地位，势不能不超越几分现实，其注意之所集中，势不能为一时一地所限止。其所期望之成就，势不能为若干可以计日而待之近功"①，认为大学教育要超越抗战与现实，不为具体时空所阻止。

这种观念影响着学校的风气和发展走向。1931年，梅贻琦就职清华大学校长时曾说过这样一段著名的话："所谓大学者，非谓有大楼之谓也，有大师之谓也。"② 正是因为意识到了文化研究对于民族、国家的重要意义，才部分促使梅贻琦执掌西南联大后，实行教授治校的制度，努力为教授们营造一个舒心满意的校园环境，激发起他们高涨的研究热情。在梅贻琦的积极推动下，西南联大的科学研究工作取得了不菲的成绩，教师们也把文化传承视为民族复兴的根本，形成了扎实明确的知识圈子，成为各学科的专家，贡献出了重要的成果。

西南联大人主张以文化知识参与社会。尽管他们不乏忧国忧民的责任感和关心政治的热情，也有800余师生走上沙场，奔赴抗日前线，但他们对自己的身份、工作有着明确的定位。早在抗战炮声刚刚打响的1931年12月，梅贻琦就教诲学生道："中国现在的确是到了紧急关头，凡是国民一分子，不能不关心的。不过我们要知道救国的方法极多，救国又不是一天的事。……各人在自己的地位上，尽自己的力，则若干时期之后，自能达到救国的目的了。我们做教师、做学生的，最好、最切实的救国方法，就是致力学术，造成有用人材，将来为国家服务。"③ 冯友兰在撰写的布告中，也勉

---

① 梅贻琦：《大学一解》，王学珍等主编，北京大学等编：《国立西南联合大学史料》1 总览卷，云南教育出版社1998年版，第28页。
② 梅贻琦：《就职演说（1931年）》，梅贻琦著，文明国编：《梅贻琦自述》，安徽文艺出版社2013年版，第13页。
③ 同上书，第13—14页。

励学生:"不有居者,谁守社稷?不有行者,谁扞牧圉?"①"全国人士皆努力以做其应有之事。"②他们认为,社会有分工,每人应尽到自己的职责,做好分内事。直接抗日是军人的职责,战事的胜负固然体现在城池的得失,但更为重要的是民族精神的传承,而民族复兴的根本是文化的复兴,只有致力于文化的创造与延续,才能维护中华民族的命脉、守护住中华民族的尊严。钱穆曾对学生讲过:"今日国家困难万状,中央政府又自武汉退出,国家需才担任艰巨,标准当更提高。目前前线有人,不待在学青年去参加。"③朱自清的儿子朱乔生回忆父亲时也说:"因为教授们也感觉到,自己上战场打仗是不太可能的。我父亲,他认为自己的任务就是保持中国弦诵不绝,就是读书的传统不要绝。这个对中国的长远发展意义重大。因为不能说全民抗战,后方培养人也都不培养了。"④闻一多在蒙自时由于每日辛苦工作,被人称为"何妨一下楼主人"。在他们看来,尽一个学者的本职,以刚毅坚卓之精神,维系住民族文化的血脉,保持民族文化的精神,是战乱时期知识分子最大的贡献,于是,他们将抗战胜利寄望于政府,谨守着文化人士传道授业、著书立说的使命,力求从学术研究中寻求精神支撑。这种自我定位,使他们此时的文学创作和学术研究充满了神圣感和庄严感。

  无数将士奔赴沙场,为国捐躯,为后方师生撑起一片开阔的天空,面对此情此景,西南联大人笳吹弦诵时怎能不殚精竭虑,全力以赴?一定意义上,师生们拼命地教学、创作、研究,实在是想多为抗战尽一份力。在如火如荼的抗战烽火中,他们似乎脱离于时代大潮,享受着平和安稳的岁月,其实,他们何尝忘怀于世事,民族

---

  ① 此语见(晋)杜预《春秋左传正义》卷第十六《僖公二十八年》,清嘉庆二十年南昌府学重刊宋本十三经注疏本,冯友兰在此引用。宗璞:《漫记西南联大和冯友兰先生》,《中华读书报》2007年9月5日。
  ② 宗璞:《漫记西南联大和冯友兰先生》,《中华读书报》2007年9月5日。
  ③ 钱穆:《八十忆双亲师友杂忆》,生活·读书·新知三联书店2012年版,第223页。
  ④ 张曼菱:《西南联大行思录》,生活·读书·新知三联书店2013年版,第27页。

兴亡的忧患时时潜涌于胸,建国复兴的重任又催促他们努力,他们对国家、民族命运的思索只有通过文化著述的方式来传达。冯友兰说:"从表面上看,我们好像是不顾国难,躲入了'象牙之塔'。其实我们都是怀着满腔悲愤无处发泄。那个悲愤是我们那样做的动力"①,因此,他们克服种种困难,在闭塞的内地致力于文化的薪火相传,笳吹弦诵中践行着学术救国的抱负。这在一定程度上助长了启蒙主义、现代主义思想的传播,由此,出现了冯至的十四行诗,穆旦、杜运燮的现代诗歌,沈从文、汪曾祺的人性写作也就不足为怪了。

与此同时,随着抗战的爆发和《为抗日救国告全体同胞书》的发表,中共表明了抗日民族统一战线的态度。1937年9月,中国共产党得到国民政府的承认,陕甘宁边区享有行政、财政、教育、文化等方面的自主权力,共产党开始成为具有稳定政权的组织,大量知识分子奔向延安。1939年12月1日,中共中央发出《大量吸收知识分子》,指示"在建立新中国的伟大斗争中,共产党必须善于吸收知识分子"②,时任中组部部长的陈云也认为"谁抢到了知识分子,谁就抢到了天下"③。据统计,当时来到延安的知识分子有4万余人④,正是这些知识分子的到来推动着中共领导者思索如何引导这股力量开创新的文学范式。

20世纪40年代,延安建立了战时共产主义供给制,一定意义上,这是苏联社会主义制度在中国的回响。"鲁艺"师生与其他来到延安的知识分子很快被分配到学校或机关单位,归属了某个团体。这一独特的中共干部群体在当时属于"公家人",日常生活的

---

① 冯友兰:《怀念金岳霖先生》,《哲学研究》1986年第1期。
② 毛泽东:《大量吸收知识分子》,《毛泽东选集》第2卷,人民出版社1991年版,第618页。
③ 刘家栋:《陈云在延安》,中央文献出版社1995年版,第30页。
④ 在中央书记处工作会议中,任弼时说:"抗战后到延安的知识分子总共四万余人"。《胡乔木回忆毛泽东》,人民出版社1994年版,第279页。

吃、穿、住、用、行、医等，由公家负责，基本生活用品由公家供给，并有自己的伙食单位，每月还领取一定的津贴，过着一种类似军事共产主义的生活。生活上全面依靠组织，省去了生计的奔波与操劳，使知识分子全身心投入到生产、工作和教学中。冼星海致信朋友："这比起上海武汉时虽不如，但自由安定根本不愁生计，则是在那些地方所没有的。"[1] 国统区新闻记者赵超构在1944年访问延安时，也观察到："一般工作人员的生活享受，虽说有小小的差异，也只是量上的差，而不是质上的异。没有极端的苦与乐，这件事对于安定他们的工作精神自有很大的作用。"[2] 同时，赵超构也发现不仅"生活标准化，延安人的思想也是标准化的"[3] "在有些问题上，他们的思想，不仅标准化，而且定型了。"[4] 某种程度上，"公家人的生活"意味着思想、行动上相应的被管制。"鲁艺"曾实行过军事化或半军事化的管理方式，形成了校园紧张活泼的氛围[5]。随着1941年"皖南事变"后国共两党关系的日趋恶化，延安和大后方的交通线路被切断，除非组织派遣，个人不能再随意往返于国统区与解放区，这对于来到延安的知识分子来说，只能在此环境里安身立命。在这个公家管制、负责的社会里，如果离开组织，不仅意味着事业中断，连起码的生活保障都将失去。交通受阻

---

[1] 冼星海：《我学习音乐的经过》，《中国青年》第2卷第8期，1940年6月15日。
[2] 赵超构：《延安一月》，南京新民报社1944年版，第77页。
[3] 同上。
[4] 赵超构：《延安一月》，南京新民报社1944年版，第77页。就此问题，赵超构分析了三点原因：第一，"因为生活标准化，对于生活的希望、需要、趣味、感情等等也逐渐趋于统一"；第二，"他们的小组批评，对于他们的意识观念有绝大的影响力"；第三，"由于边区和大后方的隔膜，思想文化的交换陷于中断，就延安看来，简直是在闭关状态之中，……这使得他们的认识不得不局限于边区以内所能供给的资料之中"。赵超构：《延安一月》，南京新民报社1944年版，第78页。
[5] 钟敬之：《延安鲁迅艺术学院概貌侧记》，《新文学史料》1982年第2期。后在罗迈的提议下，改变"鲁艺""偏重自上而下的军队式的'管理制'"为"领导与自治并重的委任与民主并用的制度"。但是，在总体上还是紧密服从党的领导。罗迈：《鲁艺的教育方针与怎样实施教育方针》，《延安文艺丛书》文艺理论卷，湖南文艺出版社1987年版，第803页。

后，延安的社会环境和精神氛围较以往发生了一些变化，逐渐兴起了对毛泽东崇拜的风气。与"公家人"身份相应，知识分子的创作、出版也归中共统筹安排。这种体制改变了知识分子的独立生存状态，他们不再是自由写作、卖文为生的个体，而是党的文化工作者、文化战士。

同时，延安的各学校、报刊也在整合知识分子的思想。从1935年11月起，为了安置大量到来的知识分子，延安很短时间内几乎成为一座遍布学校的城市。中共中央党校、抗日军政大学、陕北公学、鲁迅艺术学院、马列学院、中国女子大学、八路军军政学院、泽东青年干部学校、行政学院、延安大学、军事学院、西北党校等大量建起。这些学校重视对学生进行思想教育，成为传播马列主义意识形态的重要基地。葛兰西在《狱中札记》中说："任何在争取统治地位的集团所具有的最重要的特征之一，就是它为同化和'在意识形态上'征服传统知识分子在作斗争，该集团越是同时成功地构造其有机的知识分子，这种同化和征服便越快捷、越有效。"[①]作为一个新兴的政党，要巩固自己的政权基础，无疑要同化知识分子，整合文化资源，打造一支"文化"的军队。延安的大量学校便起到整合知识分子思想的作用，使延安逐渐形成并巩固了马列主义意识形态的浓郁氛围。结合党政机关和各个学校创办的名目繁多的报刊，如《新中华报》《解放》《中国工人》《中国青年》等，解放社出版的《马恩丛书》等各种宣传政治理论的书籍，共同在延安掀起了红色理论的热潮。以政治为统帅的"鲁艺"、抗大、陕北公学等高校自觉地加快意识形态形塑的步伐。同时，"鲁艺"的教师群体中有相当数量的中共党员，这显示出"鲁艺"不同于一般院校的特点。据统计，在"鲁艺"成立后的一年左右，教师发展到了

---

① [意]安东尼奥·葛兰西：《狱中札记》，曹雷雨等译，中国社会科学出版社2000年版，第5—6页。

30余人,"在37名教师中,老苏区来的3人,占8%;左翼文化人、'非左翼'文化人各17人,各占46%"①,共产党员占有一定的数量,并具有多年的左翼文学经历,自然具有鲜明的政治倾向和明确的政治立场。这些党员教师作为学校的中流砥柱,自觉地把党的思想带入到教学、研究工作中,如此,党性文学就成为"鲁艺"师生自觉追求的鹄的。

意识形态话语规约着师生们的思想,促使他们形成统一的观念。在《鲁迅艺术学院院歌》中,师生们这样唱道:"我们是艺术工作者,我们是抗日的战士,用艺术做我们的武器,为打倒日本帝国主义,为争取中国解放独立,奋斗到底!学习,学习,再学习,理论与实践密切联系,一切服从神圣的抗战,把握着艺术的武器。这就是我们的歌声,唱吧,唱吧,高声的唱吧,我们是抗日的战士,我们是艺术工作者。"②革命话语规整着他们的思想,使他们摒弃了文学独立性的认识,服膺于功利主义的文学观念。

尽管延安的大多数知识分子自觉趋向马列主义意识形态,但是,也有少许人传统文人气息浓厚,不能完全融入延安的环境。"鲁艺"师生在投奔革命以前,大多是具有进步倾向的小资产阶级知识分子,1938年、1939年,对于党对文化的"统一"领导,一些人还不适应,依然我行我素地标榜个人的文艺观念。知识分子走向基层、和工农兵融合的良好局面也未能到来③。随着延安建制的

---

① 龚亦群:《党的艺术教育事业的辛勤开拓者——沙可夫同志》,刘运辉、谭宁佑主编:《沙可夫诗文选》,文化艺术出版社1990年版,第388页。
② 《鲁迅艺术学院院歌》,文化部党史资料征集工作委员会、《延安鲁艺回忆录》编委会编:《延安鲁艺回忆录》,光明日报出版社1992年版,第11页。
③ "鲁艺"文艺工作团虽然在部队生活了9个月,仍然"不能真正了解斗争者的生活、感情和思想,而仅仅观察了其表面的生活和行动"("鲁艺"文艺工作团集体写作:《关于敌后文艺工作的意见》,《抗战文艺》第6卷第2期,1940年5月15日)。何其芳在带领学生到前方实习时,一直带着做客的心,没有接触到真正的战斗生活,"不去参加下级部队生活与战斗行动,不去与那些民运工作人员一起到敌我争夺的区域跑,经常与老百姓打交道,只是呆在政治部里和几个同时上前方的知识分子天天在一起"。(何其芳:《〈星火集〉后记一》,《诗文学丛刊》第1辑《诗人与诗》,1945年2月)。

第七章 精英文学与工农兵文学的生成与建构

逐步完成,外来知识分子普遍扎根,他们和老红军之间的矛盾更加明显。1941年到1942年初,延安文艺界出现了暴露、批判的启蒙思潮,"鲁艺"师生也深受影响,创作了批判等级制、官僚主义、不良社会现象的一些作品。在自由开放的环境中,启蒙、自我、现代主义多元融汇,以至今天的研究者都会感叹在抗战烽火中也有人写孤独、写柔情。经过毛泽东的《讲话》与"整风运动"的洗礼,外来知识分子的自豪感才烟消云散,他们开始融入集体大潮,汇入众口一声的"合唱"中,也自觉按照党的思想理论指导个人言行。

一段时间里,延安的知识分子普遍沉浸在自我忏悔、自我批评的浪潮中。周扬的《艺术教育的改造问题》、何其芳的《论文学教育》《改造自己,改造艺术》、周立波的《思想,生活和形式》《后悔与前瞻》等,都表示知识分子要与工农群众相结合、文学创作要表现新生活的决心。在文章中,何其芳认真清算了自己30年代的文学创作,认为:"文学艺术只能是革命当中的战斗之一翼,然而却又是很重要的不可缺少的一翼。"[①] 他为自己1939年逃离前线返回延安而忏悔,在《改造自己,改造艺术》中说:"整风以后,才猛然惊醒,才知道自己原来像那种外国神话里的半人半马的怪物,一半是无产阶级,还有一半甚至一多半是小资产阶级。"[②] 周立波也深感文人的无用,认为自己来到延安后还有"做客"的心态,"还爱惜知识分子的心情,不愿意抛除"[③],希望自己能够"很快被派到实际工作去,住到群众中间去,脱胎换骨"[④]。陈荒煤发表于1942年5月的《打倒书呆子》,表示要"打倒书呆子",理论联系实际、活学活用。马可、孙铮、姚时晓、于蓝等众多"鲁艺"人也反思以往疏离了现实的缺点,表示要到工农大众中改造思想,向老

[①] 何其芳:《论文学教育》,《解放日报》1942年10月16日。
[②] 何其芳:《改造自己,改造艺术》,《解放日报》1943年4月3日。
[③] 周立波:《后悔与前瞻》,《解放日报》1943年4月3日。
[④] 同上。

百姓学习。① 一定意义上，正是因为无数个知识分子在亡国灭种的民族危机下，在社会斗争异常尖锐的时期，意识到了民族、国家、人民高于一切的重要地位，主动追随革命，及时规整文学服务于政治的步履，才成就了中国的工农兵文学方向，推动了解放区的文化、精神和制度建设，促进了社会的解放与民族的新生。

  对时代要求与个人使命的不同体认，使西南联大和"鲁艺"的师生在主体定位方面判然有别，也使他们对文学价值的理解与追求各有千秋。"鲁艺"师生真诚地服膺于党的文艺思想，争当工农兵的服务者，以文学服务于政治，收获了战时文学的巨大社会功效。西南联大的知识分子坚守文化救国的使命，以文化人自命，似乎远离于时代与人民，却超越了战时环境，取得了文化上的累累硕果。作为两种不同的文学景观，精英文学和工农兵文学有着不同的生发土壤、精神渊源和主体认知，但是，毋庸置疑，它们都谱写着璀璨辉煌的文学图景。

---

① 马可：《延安鲁艺生活杂忆》，《红旗飘飘》第 16 集，中国青年出版社 1961 年版，第 148—166 页；孙铮：《延安"鲁艺"学习生活片段》，《上海戏剧》1962 年第 Z1 期；姚时晓：《戏剧教育的尝试》，《戏剧艺术资料》1983 年第 9 期；于蓝：《难忘的课程——〈在延安文艺座谈会上的讲话〉发表二十周年有感》，《电影艺术》1962 年第 3 期。

第八章
精英文学与工农兵文学的
龃龉及文学史价值

同时成立于1938年4月,同样在中国这片土地上为抗战呼号、为文学而歌,西南联大和"鲁艺"在教育观念和文学创作方向呈现出了不同的色彩。无论是继续"五四"时期的通识教育,致力于"化大众"的精英文学,还是走向实践化教育,开创"大众化"的工农兵文学,西南联大和"鲁艺"所代表的两种难分轩轾的路径都有其不可替代的价值。"如果说'五四'是一个文学革命时代,则延安时代继它之后是20世纪上半叶又一次文学革命,两次文学革命分别引领了20世纪中国文学的上下半区"[1]。作为精英文学和工农兵文学两种文学范式的典型代表,一定意义上,新中国成立后的许多文学现象都能直接或间接地在西南联大和"鲁艺"这里找到注解,两校的文学探索、曲折和成就也就格外值得人们深思。

第一节 精英文学与工农兵文学的龃龉

自"五四"大刀阔斧地扫荡了封建文学的禁锢,开始了中国新

---

[1] 李洁非、杨劼:《解读延安——文学、知识分子和文化》,当代中国出版社2010年版,第123页。

文学的征程后，新文学的发展就面临着精英文学与工农兵文学不同的路径。在一些作家专心建构希腊的人性小庙，追求和平静穆之美时，一些左翼知识分子则掀起了沸反盈天的革命文学、大众文学运动。西南联大与"鲁艺"在不同的社会场域、精神传统与主体定位的影响下，走向了不同的话语体系。此后，以西南联大和"鲁艺"为代表的精英文学和工农兵文学范型按自身的轨迹流变绵延，缠绕纠结，在新文学史上腾挪跌宕了数十年。

"五四"时期，北大的"一校一刊"掀起了蓬勃热烈的新文化运动，也开启了中国现代精英文学一路。在现代文学的初创期，鲁迅以《狂人日记》《阿Q正传》《祝福》《孤独者》等篇，开启了思想启蒙、改造国民性等现代文学母题。随后，乡土文学的台静农、彭家煌、王鲁彦等人继承了鲁迅的国民精神之问，以浓重乡土气息和地方色彩的小说，直指故乡的黑暗与落后、农民的愚昧与麻木。叶绍钧、杨振声、冰心、朱自清、王统照等人强调着文学为人生的宗旨，以文学反映着社会人生问题。与此同时，另一些强调自我抒情的作家，以文学表现自我、尊崇个性，抒发了"梦醒后无路可走"的青年人的精神痛楚，郁达夫、郭沫若、田汉、陈翔鹤、林如稷等人营造着浓郁的主观抒情的调子。此外，周作人、废名精心地耕耘着纯美的艺术家园；闻一多、徐志摩实践着"理性节制情感"的新格律诗；李金发、穆木天创造着"纯粹的诗歌"；丁西林发掘着戏剧中的喜剧趣味。30年代的京派延续"五四"时期的人文主义理想，沈从文、卞之琳、何其芳书写着乡野人生的和谐雅静与知识者的内心悸动；新感觉派也以西方和日本的现代主义手法，追踪都市中现代人的意识流动；老舍、巴金、曹禺、戴望舒、李健吾等人纷纷贡献出《骆驼祥子》《家》《雷雨》等经典之作。40年代，抗日战争的发生打破了既定的文学格局，大批文化精英迁徙到西南、西北大后方，战争带给知识者颠沛流离的生活，也带给他们深入审视人性的机遇，冯至、沈从文、卞之琳等校园知识分子继续

第八章 精英文学与工农兵文学的龃龉及文学史价值

思考着人的存在状态;钱锺书、张爱玲表现出人性的深邃;七月诗派、九叶诗派不仅记录了时代的呐喊,还深入到民族的深处;胡风更是以鲁迅弟子的身份,以主观战斗精神的理论显示出学养的丰厚。文化精英们以文学的形式推动着社会的变革和时代的进步。这些流传在上流社会、知识群体、民间百姓手中的文学作品,传达着人文主义、人道主义的思想主张,以精美繁复、考究多变的体式与语言,显示出精英文学的实绩。

工农兵文学标举出一种不同于精英文学的艺术风格,在中国也走过了一条鲜明的印辙。"五四"时期,在各种外来的主义、学说中,马克思主义成为革命家、知识分子、普通民众共同接受的思想资源。在20年代中后期,随着马克思主义在中国渐成风潮,越来越多的知识分子将救国的希望寄托在无产阶级革命上,革命文学应运而生。后期创造社、太阳社的李初梨、成仿吾等人以马克思主义为学理依据,提出了文学的阶级属性,标榜文学作为意识形态,对社会、革命的影响作用,革命文学应运而生。革命文学甫一出现,便对"五四"文学进行了全盘否定,批判"五四"文学是小资产阶级知识分子领导的反封建的启蒙运动,认为其历史使命已经完成。从此,阶级话语取代了"五四"人的话语,文学的表现对象也确定为"以农工大众为我们的对象",强调文学发挥政治宣传的作用。受此观念的影响,一批"革命+恋爱"的小说开始出现,蒋光慈的《少年漂泊者》《短裤党》描绘了革命运动时期进步青年追随革命的故事,勾勒了早期工人运动的概貌和社会氛围,华汉、洪灵菲、柔石、胡也频也都描绘了早期知识者投身革命的身影,赞颂着革命中成长起来的工农领袖。30年代的左翼文学延续着革命文学的激进态势,强调文学与革命、政治、阶级、集体之间的密切关联,文学的阶级性、对政治的服务性深入人心,此时的文艺大众化运动还探讨着"五四"文学脱离大众的缺失。茅盾、吴组缃、叶紫等人用社会分析的方法解剖社会、认识生活,表现着农民的阶级仇恨。40年代的解放区则在毛泽东的革命政权领导下，将无产阶级革命文学落实，开启了工农兵文学方向。在解放区，文学被规整到政治范畴内，成为政党夺取胜利的重要工具，思想内容、艺术形态、批评标准及管理体制全面革新，秧歌、传统戏、章回体小说等民间艺术形式也得以积极改造并推广。工农兵从被启蒙的对象一跃成为英雄，广大知识分子成为被改造的对象，赵树理的小说被官方树立为"赵树理方向"，成为文艺界效仿的样板，解放区逐渐建设起不同于"五四"的另一种文学。正如有学者所言："解放区文学以及1949年后当代文学发展的许多重要阶段，是看不到五四新文学传统的。"[①]

当然，这并不意味着彼时国统区与解放区在思想认识、文学观念与文化活动等方面不相通。抗战救亡是悬于两地文化人士心头的共同症结，发挥文学的宣传鼓动效能也是两地人的共识。解放区知识分子普遍认同文艺是政治的螺丝钉，国统区的左翼文化人士也紧密团结在"文协"的周围，主张着"文章入伍"，"文章下乡"，积极开展民族形式的讨论，西南联大的教师吴晗鼓励学生阅读马克思主义史学著作、闻一多在课堂上大讲田间的诗歌等都展示出国统区知识分子也在努力向工农大众靠拢。延安文艺界与国统区社会名流之间还多次往来。何其芳、刘白羽曾奉命去重庆宣讲毛泽东的《讲话》，开展了许多文艺活动。周恩来去重庆后，组织演出了《兄妹开荒》，使社会名流和文艺人士陶醉在锣鼓声的欢乐中。卞之琳、沙汀、老舍、茅盾等人也曾来延安或暂住，或访问。沙汀在1939年11月离开了延安，回到大后方后，负责主要由"鲁艺"供稿的文学刊物《文艺战线》在重庆的出版发行；老舍在1939年的延安之行后，在《抗战文艺》上常发表"鲁艺"师生的作品和消息；茅盾在1940年10月离开延安、回到重庆后，撰写了报告文学《记

---

① 谢泳：《西南联大与中国现代知识分子》，福建教育出版社2009年版，第81页。

鲁迅艺术文学院》，向大后方介绍了"鲁艺"的相关情况。此外，赵超构、黄炎培等也曾访问延安，这都促进了两地思想、文化的交流与沟通。

抗日战争胜利后，"鲁艺"分赴东北、华北、山西等地，开展新的文艺建设。周立波在1946年10月到达东北尚志县参加土地改革，1948年完成了长篇小说《暴风骤雨》。他自觉以党的土改方针、政策作为指导思想，按照革命现实主义的理念，在小说中，对东北农村土改工作中出现的偏差进行了自觉过滤，集中书写符合党性和阶级性的部分。坚持以政治为底色的文学书写，使小说荣获了1951年斯大林文学奖三等奖的殊荣。西南联大的知识分子在返回京津后，继续着文化、教学等活动，但沈从文等作家却遭遇了政治风浪，九叶诗派等作家团体在即将到来的新中国面前被集体雪藏，原在国统区生活的朱光潜、胡风、路翎等人也受到了批判。

新中国成立后，以"鲁艺"为代表的工农兵文学成为新中国文学的主流，解放区的文艺范式被扩展到了全国。文艺与现实、政治的联姻，强化了意识形态宣传的效果，也放大了文学的社会动员功能，使文学在新中国的上层建筑体系中占据着重要的地位，历次批判运动都或多或少与文学有关，文学因此硕大无朋，恢宏无比。"文革"中，文艺上的八个样板戏，浩然的《艳阳天》《金光大道》等负载政治内容的作品得到了政府权力机构的宣传与推广，相应地，那些偏离意识形态的作品则丧失了创作传播的合法性，如此，本应是丰富多元的文学园圃演变成了意识形态的斗争舞台，这无疑使中国文学违逆了历史发展的趋势，也违背了马克思主义的基本原理。

一体化的文学体制压灭不了"五四"理性批判的火种。尽管官方力倡工农兵文学方向，也阻止不了"文革"时期"地下写作"发出启蒙、人性、自由的声音。"白洋淀诗群"、手抄本小说、作家表达真实心声的日记，都执着于打破时代的蒙昧与专制，探求人的觉醒和解放。尽管这些作品只能在极其狭窄的渠道内流通、传播，但毕竟在晦暗的时代以启蒙之光，照亮了自己，也照亮了别人。随着新时期的到来，"五四"启蒙重回人们的视野。个性、人道、民主、自由等议题日渐升温。伤痕文学、反思文学冲破了种种思想禁锢，恢复了人在文学中的主体地位，表现了人的觉醒。发源于白洋淀诗群的朦胧诗，也将批判的矛头指向了封建专制的"文革"统治，反思"文革"造成的迷茫痛苦、理想失落，执着地重新寻找人的尊严和权利，以及永不泯灭的人生希望。人们还像发掘出土文物一样，争相评说沈从文、钱锺书等人作品的价值。被称为"中国最后一个士大夫"的汪曾祺在80年代复出，《受戒》《大淖记事》等一批"风俗画"小说相继问世，使人们在经历了政治话语的长期疲惫后，得以重温民间生活的亲切。汪曾祺散文化、抒情性的写作，冲击了文坛长久以来的僵化体制，使文学真正回归到了自身，其乡土诉说还开启了"寻根文学"的潮流。阿城、何立伟等作家撇开政治意识形态的纠缠，精心营造着悠远和谐的艺术之境，与伤痕文学、反思文学、改革文学共同谱写着新时期文学的繁荣。"天下何曾有山水，人间不解重骅骝"，1981年江苏人民出版社出版了《九叶集》，诗坛从此有了"九叶诗派"一说。人们兴奋地谈论着穆旦的诗作，感叹他诗歌中深刻的人生体验与西方现代主义思想的紧密联系。

在沈从文、汪曾祺、穆旦等人的创作终于摆脱了被遮蔽的命运，重新回到读者和研究者的视野，被给予极高评价的同时，工农兵文学却遭受到人们的冷落，被视为是对政治意识形态的演绎，缺乏对人性的尊重与关怀，更缺失艺术个性。革命作家的地位也是一落千丈，在几次文学大师座次排序中，均不敌自由主义作家。读书市场上，沈从文、钱锺书、汪曾祺等人的作品长期占据畅销书榜单，革命文学、左翼文学、工农兵文学的读物则少有人问津，除一些研究者抱着学术科研的目的，主动搜集阅读外，人们对此类作品普遍兴趣不大。其实，如果人们能摒弃偏见，还原作品出现的历史情境，尊重文学发展的规律，自然会对这类作品的思想价值给予充分的肯定，也会对其艺术风格给予更多的包容和理解。

纵观20世纪中国文学的发展图景，精英文学与工农兵文学的对立与冲突，某种程度上，可以视为是"化大众"与"大众化"的分歧。"化大众"意味着通过文学工作的实践，启蒙民智、唤醒人性，使民众摆脱麻木愚昧的思想，走向精神独立。"五四"文化先驱以社会先锋者定位，他们享受着知识赋予的优先特权，以文学布道，普及进步思想，以此实现着自我价值，"化大众"的过程让他们充分享受着知识带来的精神优越感。精英文学也一直致力于暴露与批判社会痼疾、国民劣根性。"大众化"则意味着文学不再是个人思考的产物，而要面对与深入大众，走向普遍与广泛，文学要平民化，成为群体性的艺术。文学不再是知识分子以文学精英的身份指点江山，而是要满足大众的需要，甚至要由大众自己来书写，在思想内容、艺术形式、语言风格等方面都要求大众化。由此可见，精英文学的实质是"化大众"，工农兵文学的根本是"大众化"。二者的龃龉也在社会力量的不断争斗与重组中得到展现。

无论是精英文学还是工农兵文学，两种文学样态在20世纪中国文学史上一直起伏不断，整个中国现当代文学也始终在政治与艺术、贵族与平民、知识分子与工农大众之间摇摆。工农兵文学因为适应战时社会的需要，成为文学界的主导，精英文学则因外界战争的侵袭、政党意识的介入等因素，未能得到充分发展，但精英文学并未销声匿迹，一直时隐时现地存在着。新时期以后，精英文学重新迎来了春天，它与工农兵文学并驾齐驱，各有精彩之作，这反映了文学发展的不平衡，也彰显出中国现当代文学的多元样态。某种意义上，中国现当代文学的浮沉兴衰正是两种文学形态博弈的结果，而中国文学百年来的沧海桑田也源于对精英文学与工农兵文学的不同认识。

第二节 多样现代性的分化与融合

"化大众"与"大众化"两种维度的并置与映照,容易让人们忆起马泰·卡林内斯库的"两种现代性"理论。在《现代性的五副面孔》中,马泰·卡林内斯库提出了"两种现代性"的理论,他认为现代性包括两种,一种是美学概念的现代性,另一种是作为文明史阶段的现代性。前者指的是现代性思想在文化和美学领域中的发展,是现代性审美活动的产物;后者"是科学技术进步、工业革命和资本主义带来的全面经济社会变化的产物"[1]。马泰·卡林内斯库的概括指出了现代性的不同表征。

作为一种思想文化概念,现代性伴随着西方国家的现代化过程而产生。自西方文艺复兴运动以来,科技、政治、社会、经济、文化等各个领域,均表现出了极大的进步,按照历史与社会的发展规律,逐步走向现代化。在此过程中,基于西方理性主义思想发展而来的现代性思想产生了,它打破了宗教神学对人们精神世界的统治,破除了封闭、守旧的思想,促进了人们的精神觉醒,突出了人的主体性,强调了自由、平等、科学、民主的原则,指出人类依靠自身的意志可以改变世界。众多文化先哲阐述了关于现代的认识:谢林认为现代是依赖未来而存在;黑格尔看重现代的新的时代的性质;马克斯·韦伯也阐述过对现代性的理解。从19世纪上半期开始,现代性在发展过程中内部已经发生了分裂,当代美国学者马泰·卡林内斯库注意到这种分裂,提出了两种现代性理论。

按照马泰·卡林内斯库的分类,作为文明史阶段的现代性,追求科学技术、重视时间、崇拜理性、以实用主义和崇尚行动的做法

---

[1] [美] 马泰·卡林内斯库:《现代性的五副面孔:现代主义、先锋派、颓废、媚俗艺术、后现代主义》,顾爱彬、李瑞华译,商务印书馆2002年版,第48页。

迈向现代社会,也就是说,从历史、社会角度出发,现代性可以指涉社会的生产力水平、科技进步、物质发展等,可以界定为"社会的现代性"。早在19世纪,马克思在深入思考现代性的物质基础与资本主义历史发展的规律后,批判改造了经济政治制度的现代性,构想了共产主义社会的伟大前景。苏联最早成功地实践了马克思主义思想,取得了社会主义的伟大胜利,并在斯大林时期逐渐建立起代表官方意识形态的社会学美学的理论体系,美学与国家政治、社会政策紧密相关。这种具有强烈政治指向性的美学理论,在传入中国后,与中国传统经世致用的思想整合生发,建构起中国社会美学的思想体系。"鲁艺"置身于艰苦的自然环境和严酷的抗战环境中,走向了"作为文明史阶段的现代性",即"社会的现代性"。一方面,他们借鉴苏联的社会学美学理论;另一方面,也继承了晚清时期梁启超的文学工具思想,以及革命文学、左翼文学倡导者强调的文学服务于政治的观念。他们将文艺视为解决社会问题、实行政治变革的工具,希望以此实现社会进步,走向民族独立和国家富强。

如果说,文明史阶段的现代性是人们改造客观世界、理性支配的结果,它注重社会经济基础、政治结构方式,那么,美学概念的现代性则是指人们在生产实践过程中,作为感性认知的主体,追求审美文化的结晶,即从个体价值实现的维度,对传统规范的摒弃,对生命、价值、自由、美等精神的追寻与推崇,即为"美学现代性"。关于美学现代性,可以追溯到18世纪的德国哲学家鲍姆加登。鲍姆加登认为认识可以分为理性认识与感性认识,包括艺术在内的审美是感性认识中非常完善的形态。鲍姆加登的观点启发了德国古典哲学对美学理论体系的建构。康德将自然、社会、心灵等纳入美学研究的对象范畴,强调主客体在审美判断中的不同作用,突出主体的主观美感,强调艺术的独立地位。黑格尔的观点逐渐全面,他强调美具有客观精神性,突出现代性中的主体性存在。他说:"说到底,现代世界的原则就是主体性的自由,也就是说,精神总体性中关键的方方面面都应得到充分的发挥。"① 从主体性原则出发,黑格尔强调个人主义,主张个人具有批判的权利,具有把握自我意识的理念。此外,席勒1793年写作的《审美教育书简》赋予艺术以社会、革命的作用,认为艺术能够代替宗教,深入人的精神深处发挥作用,这种观点影响了中国学者。王国维倾心于艺术和美,从中国传统美学出发,他肯定个人的情感、欲望。与梁启超重视工具理性的社会现代性相对照,王国维在中国开启了审美现代性一维。接过王国维美育衣钵的是蔡元培,蔡元培提出了以美育代替宗教的思想。

虽然,文化先驱对于美学现代性的论说各有侧重,但是毫无疑问,他们都强调了审美活动中主体的重要性,偏重于人的感性认知、审美感受,强调人的灵性、情感的需求。其实,从哲学认识论出发,美学现代性是主体对客体的认识与审美,它必然突出主体的认识作用,强调着主体性、能动性与审美性,建立起一种以主体认知为核心的心理结构范式。同时,被观察的事物作为不能言说的客体,它只有借助于审美主体的观察才能呈现,这一过程受制于审美主体的思想认知、精神传统、美学观念与生存环境。这种一切从自我意识出发的视角,使个人对世界的认识判断成为基础,相应地,淡化了秩序、规则、法律、要求等外界力量。人们将艺术作为世俗生活的彼岸憧憬,追求文学的独立价值与审美品格,并深入人的内心世界,表现人们丰富充沛的思想感情与复杂多变的精神灵魂,由此,心理描写和意识流成为常用的手法。与社会现代性的理性观照不同,美学现代性发掘人们对客观现实的感性认识,遵从艺术的自律原则,从审美层面将感性给予提升和深化。西南联大的知识分子希冀通过美的教育,尊重个体感知、向往自然、拥抱自然,在自然

---

① [德]黑格尔:《黑格尔全集》第7卷,商务印书馆2012年版,第439页。

中体验生命,追求理想的生命形态,并在生死体验中思索着生命的价值与意义,探究复杂的人性,从而促进个人的健全发展。同时,他们也推崇现代主义艺术,实践多样的体式手法,尝试多元的美学风格,趋向于"美学现代性"。

社会现代性与美学现代性具有不同的发展领域、哲学基础与理论根据。马泰·卡林内斯库说,两种现代性之间"发生了无法弥合的分裂"[①],"充满不可化解的敌意"[②],他们之间存在着显著的差异与剧烈的冲突。社会现代性从社会发展的角度,注重物质的累积、社会的变革与意识形态的构建,强调群体的意识。同时,现代工业的发展导致的环境破坏、冲突频发、核武器使用等也让人们意识到了现代化带来的负面效应,因而,社会现代性的理论意义与实践意义是巨大的,它推动着历史不断进步,尤其在中国抗战时期,的确能起到促进国家民族解放的重要作用,因此,特殊的社会环境要求文学担负起配合社会、思想变革的重任,承载起除美学之外的诸多社会内容。相对在社会发展中起到重要作用的社会现代性,美学现代性突出了文学艺术在人们生活中的作用,强调以文学艺术建构新型的人与社会、人与他人、人与自我的关系,使人们在追求现代性的过程中也能享有精神的独立与自由,享受丰富多元的生活,并且,美学现代性有助于深入认识人的本质,促进人的主体意识的觉醒,有助于丰富人们对生命的理解,形成尊重自然、尊重生命、正视生死等良好习惯。此外,因为美学现代性注重表现人们的审美感性与内在灵性,也为文学活动奠定了发展的合法性,促进了每一个时期先锋文学的到来。

社会现代性与美学现代性之间不仅存在着明显的差异,两者的

---

① [美] 马泰·卡林内斯库:《现代性的五副面孔:现代主义、先锋派、颓废、媚俗艺术、后现代主义》,顾爱彬、李瑞华译,商务印书馆2002年版,第48页。
② 同上。

发展也是不平衡的。社会现代性是从社会变革层面，表现政治、经济、科技等的发展进步，美学现代性强调的是人的主体性的觉醒，生命、感性、自我的释放。可以说，人类正是在追求美的过程中，个体才能不断向善，实现心灵的成长与灵魂的净化。同时，美学现代性又对政治形态与社会理性表示质疑与批判，反思社会现实出现的某种偏差与弊端，具有强烈的否定和反抗现实的态度，这自然会与现实社会造成一定程度的矛盾，甚至将批判的矛头对准现实社会。现实社会也必将对崇尚自我、标榜个性、乐于批判的审美现代性构成反批判。同时，在不同的话语体系与文化语境下，美学现代性的内涵也有所区别，对个人主体性的维护、对极端理性化社会的质疑与批判也程度有别。

在中国文学发展之路上，社会现代性与美学现代性的发展经常失衡，偏执一端的现象十分严重，尤其是后者在中国的发展很不充分。囿于忧患的社会现实、功利主义的文学观念，表现社会进程的文学常居于主流，倾向审美的文学常常被压抑与遮蔽。在封建社会，文学多是封建礼教的工具，是传播旧道德旧思想的载体；在近现代，文学常被战争、政治、社会所左右，在革命文学、工农兵文学轰轰烈烈的同时，具有审美色彩的文学退居到了边缘，不断遭受伐挞，艺术本体更是被忽略；新中国成立后，意识形态对文学提出了更高的要求，文学一次次成为政治批判、社会斗争的工具。新时期以来，文学终于告别了政治噩梦，走向了自由，但是，一些作家又被市场经济的物欲横流迷惑了双眼，满足于身体叙事、感官刺激……多少次，我们的文学被外界力量所裹挟，处于错位与失语的状态，真正能够给人们带来精神享受、心灵抚慰的作品，常失去了存在与发展的可能。

某种意义上，中国现当代文学之所以能够成为显学，并且声势显赫，凭借的并不是文学的美学力度，而是社会变革的现实需要与满足现代民族国家的利益需求。就20世纪中国的社会现实来看，

第八章　精英文学与工农兵文学的龃龉及文学史价值

借助文学之力完成济世救民的任务是无可非议的，但在这一过程中，文学的美学内涵一定程度上被忽略了，人学属性、艺术特质没有得到充分的展示，这造成中国文学对人性的探索至今仍显现出某种程度的薄弱与匮乏。就中国的社会现实而言，我们无法判断哪类作品更胜一筹，其实，它们各有千秋。与社会现实密切关联的作品适应着时代、政治、意识形态的需要而产生，参与完成着重要的社会任务；具有美学特征的作品以美与爱烛照着人们贫瘠的心灵，为绝望无助的人们标举出精神的高度，以精致的艺术技巧呈现着人们的梦中图景。它们都在书写着自己的话语与理想，为人们提供了不同的阅读感受。在当下，读者的阅读品位和鉴赏能力各具一格，社会现代性与美学现代性拥有着广阔的生存空间。

事实上，任何现象都不是单纯的一副面孔，社会现代性与美学现代性虽然存在着巨大的鸿沟，但两者也具有相互渗透、共趋一致的共同点。正如马泰·卡林内斯库所说："但在它们欲置对方于死地的狂热中，未尝不容许甚至是激发了种种相互影响。"[1] 无论是社会现代性还是美学现代性，都共同致力于人的终极解放与自我实现，既追求物质进步的社会历史性存在，也追求自由、灵性、精神的解放。也就是说，只有实现了稳定的社会基础，符合历史运动的内在规律，建构起内在依据和理论支撑，美学现代性才有生发的可能，同时，只有依靠美学现代性构建的精神家园，人们才能在追求生命的本真状态中，完成对社会现状的观照与省思、纠偏与整合，促进社会更好地发展。一定意义上，美学现代性对美的倚重、对人的觉醒的企盼，寄托着宏大的社会旨意。因而，如果说，社会现代性以生产发展、物质进步为途径，推动着社会历史的变革，那么，美学现代性则是以美育来解决国民性滞后的问题，最终也是面对社

---

[1] ［美］马泰·卡林内斯库：《现代性的五副面孔：现代主义、先锋派、颓废、媚俗艺术、后现代主义》，顾爱彬、李瑞华译，商务印书馆2002年版，第48页。

会人生，殊途同归。美学现代性在促进社会发展方面，同样具有不可替代的重要作用。蔡元培在"五四"时期就标举美育代宗教，沈从文也希望以健全人性完成民族品德的重造，他说："我们得承认，一个好的文学作品，照例是会使人觉得在真美感觉以外，还有一种引人'向善'力量的。"① 从蔡元培、沈从文的"美育代宗教"的思想理念中，我们不难发现他们与席勒之间的思想传承，对艺术改造人性、推动社会进步的共同期待。不可否认，那些拥有崇高理想、追求人性自由的作品，确实能使读者感受到生命力量的丰盈，民族新生的可能。

　　正如美学现代性与社会现代性彼此差异，发展失衡，但又相互渗透，共趋一致，西南联大与"鲁艺"所代表的精英文学和工农兵文学也在百年中国文学史上，相互渗透，融合相生，共同绘制了丰富璀璨的文学景观。在 20 世纪的中国，文学与社会、政治的关系异常密切，文学无法超然于世事，独立于社会现实之外，尤其在 40 年代，民族危机空前严重、社会状况复杂丛生、思想取向多元共存，此时思想文化革命对于社会变革与发展更是起到不可估量的重要作用。虽然，精英文学致力于美的探索与实践，追求个人主体的自由，但也承受着意识形态的重压，有着重建民族品德、建设国家的宏大旨趣。同样，工农兵文学亦非只关注社会与革命。由于新中国成立后，文学在一段时期内受到社会上极"左"思想的影响，一味强调政治内涵，研究者偏重于关注此类文学的革命内容，忽视了作品丰富的审美意义，尤其是在"文革"中，文学更是被纳入到文艺上"两条路线斗争"的政治运动中，这无疑影响了工农兵文学的美学成就。其实，仔细考量《暴风骤雨》《太阳照在桑干河上》《白毛女》等作品，可以发现，它们不仅有着革命政治内容，其对人性的探索、多元艺术方法的尝试也不能不令人称赞。一定意

---

① 沈从文：《短篇小说》，《国文月刊》第 18 期，1942 年 2 月 16 日。

上，正是因为美学现代性与社会现代性存在着既相互冲突、又同构相生的复杂关系，使现代性充满了矛盾与张力，我们的文学才具有如此丰富多彩的景观，而经得住时间淘沙的作品也正是在美学现代性与社会现代性之间找到了最佳的平衡点。

一定意义上，中国的现当代文学史就是一部思想观念的演变史，现代性是其中的重要课题。马泰·卡林内斯库划分的文明史阶段的现代性与美学概念的现代性是广义现代性中的分支，二者虽时有抵牾，但又共同有着促进社会发展的精神向度。如今，两种现代性的并置与交融还在延续。在中国广袤的土地上，美学现代性和社会现代性有时是同步的，有时是背离的，但它们互融互渗，共同致力于人的自我实现与社会的健全发展。某种程度上，这与西南联大、"鲁艺"的教育理念和文学风格有着异曲同工的地方。

第三节　两种文学样态的文学史价值及当下启示

中国现当代文学自1917年文学革命肇始以来，至今跨越了百年，相比于几千年的古代文学，这只是历史长河中的短短一瞬，但是在这百年的时间中，文学却呈现出极为丰富的景观，各种文学思潮也竞相登场。先是"五四"新文学以叱咤风云的气魄打破了传统守旧的封建文学，以颇具精英意识的观念与形式，引领着中国文学的发展道路，在三四十年代校园文学继续传承着这股精英之流时，延安却延续着二三十年代出现的无产阶级文学，于1942年后在解放区全面将其放大，开启工农兵文学方向，在新中国成立后将其推广到全国，笼罩日后二十七年的文坛，并将影响延伸到新时期和新世纪文学。与此同时，精英文学也在新时期以来及当下发出了夺目的光辉，标举出了作家创作的新高度。一定意义上，中国现当代文学上的许多事件，可以追溯到"五四"与延安，二者俨然是中国现当代文学的两个精神源泉，形成了两种不同的知识谱系，由此整合生发出的思想主张与情绪感受，也造成文学界一次次的集体震动，对中国现当代文学产生了深远的影响。

以西南联大与"鲁艺"为个案，20世纪中国精英文学与工农兵文学存在着明显的差异，在思想基础、文艺观念、主题内容、艺术手法等方面皆有不同，这种差异又折射出了社会、革命、政治、思想、文化等诸多信息符码，因此，对其认识必须从文学史的脉络复原到特定的历史情境中，不能以单一维度论处其优劣。众所周知，任何一种评价体系，都不能做到绝对的客观与公正，对文学范式的是非曲直进行评价也不例外。从不同的标准来看，二者各有千秋。

以纯文学的尺度来看，精英文学真正坚守了文学本体论立场，让文学回到了自身。在思想观念上，精英文学抛弃了传统的"文以载道"观念，不再传递腐朽的专制思想，不再宣传僵死的陈腐观念，而是输入现代的思想认识，主张科学、民主、自由，真正使文学回归到审美本身，追求文学独立自足的品格。20世纪初，王国维就确立了非功利的美学观念，主张文学"无用之用"，反对文学受到政治、道德的束缚，强调文艺通过美的熏陶影响人们的思想精神。此后在各个时期，精英文学的倡导者都反对文学沦为政治的奴仆与工具，他们不乏介入社会的意识，但更主张文学回归到审美自身，以文学传达人的感性意识与心灵感受。20年代的创造社、浅草—沉钟社都将文学视为个性满足与审美愉悦的媒介；30年代的京派更是深得西方人文主义的精髓，倡导文学摆脱政治与商业，坚持独立自主地位，强调文学怡情养性的功用，希冀以理想的人性重造民族品德；40年代的西南联大作家群持续关注文学的美学质素，以文学实现生命与自我的释放。某种程度上，经过倡导者坚持不懈的努力，精英文学已经回到了文学本体。人们在这些作品中享受着文学带来的美感愉悦，感悟到了生命的本质，同时也提升了自我的精神境界。

第八章　精英文学与工农兵文学的龃龉及文学史价值

精英文学坚持"人学"的立场，对个体、人性倾注了极大的关注。"文学是人学"是人尽皆知的命题。文学关注人，表现人性、人情，也是文学的题中之义。"五四"时期，人作为独立的个体开始进入知识分子的视野，"人的文学""平民文学"等思想广泛普及，肉体的觉醒、自我的发现牵动着文化前驱者的神经。此后在各个阶段，精英文学始终思考人的存在形式与生存状态。沈从文构筑着希腊小庙，里面供奉着人性；曹禺思考着人的原始生命力的被压抑与释放；施蛰存从人性的角度还原历史人物；胡风提出的"精神奴役创伤"说指向了农民的精神痼疾……知识分子始终在文学中思索与想象着理想的人生形式。抗战时期，西南联大的师生依然思考着战争形势下人性的复杂与多变，在自处与他处中，拷问着人性。新时期以来，人性叙说重新浮出地表，文学回到"人学"的轨道，作家们开始尊重人的价值与尊严，关怀个体生命。伤痕文学、反思文学矫正着被扭曲的人性；寻根文学从偏僻的山村野民身上发掘着人类的原始性情；先锋文学从人类的怪异行为中洞穿人性的寂寞与孤独；新写实文学看到了人类存在的庸常性……纵观中国现当代文学，只有正视人类的生存状态，表现多元复杂的人性，文学才拥有无穷尽的精神内涵。从思考人性、人情入手，中国文学塑造了众多的人物形象，这里有饱受欺压，却依靠精神胜利的阿Q；有美丽单纯、与世无争的三姑娘；有静美灵慧、淳朴天真的翠翠；有为了复仇，舍弃美好情感的伍子胥；有深陷多重围城、无法挣脱的方鸿渐……他们出现在不同时期，却共同裹挟着自我、现实、外界、存在等多重内涵，经受着苦闷彷徨与焦虑忧愤，在重重冲突下，展示出人性的复杂与深邃，也使作品拥有了丰富的生命主题。

在审美方面，精英文学多具有复杂多变的艺术体式、雅致含蓄的语言风格，这与作品深邃的主题相生发，强化了文学的学院派特征。从新文学发轫到抗战之前，知识分子们一直致力于"文的觉醒"。胡适从西方引入了横截面的小说体式，闻一多倡导"节的匀称""句的均齐",沈从文讲究多样文体互渗互融,施蛰存尝试心理分析等。抗战胜利后,西南联大师生表现出对艺术体式积极探索的态度。同时,语言也受到人们的关注。白话文在"五四"时期取得了正宗的地位,在多次探讨中逐渐形成了繁复凝练、精致考究的语言风格。周作人、俞平伯的"涩味",闻一多、李金发、戴望舒的音乐性,路翎的密集含混,钱锺书的机智幽默,穆旦、袁可嘉的晦涩多义等。新时期以来,文体探索与语言实践更加自觉。高行健在探索现代小说技巧时,侧重从情节、结构、语言、人称、意识流等方面入手,思考多样的小说创作方式。受到西方美学观念的影响,现代派小说、先锋小说表现出对文体、形式、语言实验的浓厚兴趣。

显而易见,纯文学的评价尺度、"人学"的评判标准对工农兵文学并不公平。事实上,工农兵文学是在严峻的战争环境下催生的,是特定的历史境遇促成了政治与文学的联姻,是救亡图存的民族危机选择了与社会现实密切相关的文学形态。在险象环生的战争时期,毛泽东强调文化力量对战争胜负的重要意义,将文化纳入服务战争的轨道上。他说:"我们要战胜敌人,首先要依靠手里拿枪的军队。但是仅仅有这种军队是不够的,我们还要有文化的军队,这是团结自己、战胜敌人必不可少的一支军队。"[1] 考虑到这支文化的军队面对的是文化程度尚浅的农民,因此,强调知识普及的重要性。可以说,是革命斗争的急切需要催生了工农兵文学,并赋予了它功利的性质;是战争的主体——农民,决定了工农兵文学的大众品格,因此,工农兵文学的重要性应放在社会发展的维度中加以评判。

---

[1] 毛泽东:《在延安文艺座谈会上的讲话》,《毛泽东选集》第3卷,人民出版社1991年版,第847页。

第八章 精英文学与工农兵文学的龃龉及文学史价值

安德森说："小说无声地、不断地渗入到真实当中，默默地创造着一种非凡的共同体信念，这正是现代国家的特征。"① 也就是说，文学是国家与民族认同的重要思想资源，创造着现代国家的主体特点。在40年代的解放区延安，革命斗争、政治党派对文学提出了更高、更迫切的要求。严峻的社会形势确立了文学的政治内容、意识形态的主导思想和阶级斗争的批评思维。从表现内容与对象来说，抗日救亡、边区政权建设、人民当家做主成为首要话题。工农兵作为大众的主体，反映他们的斗争生活与精神风貌，自然理所应当。知识分子在与工农大众结合过程中，被其思想感情、生活方式所整合，也成为不可缺少的陪衬。从效用来看，文学要以颇具阶级意识的话语配合着革命斗争，体现出特定阶级和政治党派的利益需要，从而推动着社会制度、改革运动的发展。为强化工农兵文学方向，在赵树理的小说《小二黑结婚》出版后，周扬盛赞赵树理的创作"具有新颖独创的大众风格"，是文学创作上的重要收获。这种适应战时需要而出现的文学形态扭转着"五四"的精英文学传统，整合着解放区的作家队伍和文化风貌，在推动社会制度变革、政权更迭方面，发挥了重大的作用。新中国成立后，工农兵文学扩展到全国，以作品的形式配合政治任务的宣传，成为文学的主要内容。《红日》《红岩》《红旗谱》《创业史》《青春之歌》《山乡巨变》《保卫延安》《林海雪原》等小说，普遍体现出强烈的政治色彩，发挥了文学的战斗品格，对于稳定新中国的社会环境、应对国内外的武装冲突，起到重要的作用。

在制度建设上，工农兵文学为政党领导文学事业积累了经验、铺设了道路。工农兵文学具有不同于"五四"文学自由化的特征，它严格隶属于党的领导，文化生产的每一环节——生产、出版、传播、流通等都被纳入到章程规定之中。新中国成立后的文艺制度基

---

① ［美］乔纳森·卡勒：《文学理论》，李平译，辽宁教育出版社1998年版，第39页。

本沿袭了延安文学的做法,毛泽东的《讲话》成为文艺路线、方针、政策的思想纲领。《讲话》中关于服务对象、创作方法、提高与普及的关系,文艺批评的标准等问题,都以制度规范的形式,得到了进一步保障。延安时期党对文艺的组织领导经验也被推广到全国。第一次文代会成立的中华全国文学艺术界联合会和中华全国文学工作者协会,将新中国未来文艺明确纳入到党组领导之下。知识分子被纳入到体制化机构中,既接受着国家每月发给的工资,享受着行政级别,又要接受党的思想、政治领导,按时完成上级交付的创作任务。同时,刊物、图书的出版与发行,文艺作品的稿酬与评奖等也受到党的领导。文艺批评也严格规范着作家的创作倾向,符合时代语境的作品被树立为样板,与主流意识形态偏离的作品,则被质问批判,甚至由此展开大规模的政治运动。新中国成立后陆续进行的对电影《武训传》、俞平伯《红楼梦研究》,以及胡风文艺思想的批判等,都极大规整了文艺界的思想风气。这些管理经验、组织机构和制度规范,很大程度上,都得自延安时期的工农兵文学。

工农兵文学还实现了"五四"以来文艺大众化的夙愿,使劳苦大众真正拥有了自己的文学。胡风曾说:"新文学运动一开始,就向着两个中心问题集中了它的目标。怎样使作品底内容(它所表现的生活真实)适合大众底生活欲求,是一个;怎样使表现那内容的形式能够容易地被大众所接受——能够容易地走进大众里面,是又一个。这是文学运动底基本内容,也是大众化问题底基本内容"①。众所周知,中国新文学自诞生起就追求大众化的目标。"五四"时期,提出了"平民文学"的主张,也开展过民间歌谣的搜集工作;20年代末,革命文学努力要普及到工农大众中。成仿吾提出文学

---

① 胡风:《大众化问题在今天》,《剑·文艺·人民》,泥土社1950年版。

第八章　精英文学与工农兵文学的龃龉及文学史价值

"要努力获得阶级意识","要使我们的媒质接近工农大众的用语","要以工农大众为我们的对象"。① 以文学作品促进工农阶级的觉醒与反抗,成为彼时文艺的主要目的。30 年代的"左联"也多次进行文艺大众化的讨论,但这些多半流于形式。只有在 40 年代的解放区,工农兵文学才真正打破了知识分子对文化的控制与垄断,树立起工农大众的主体地位,实现了前所未有的文学大众化。较之"五四"时期仅在理论上倡导的"人的文学""平民文学",20 年代革命文学仅在政治上追求集会暴动,30 年代"左联"仅停留在口头上的文艺大众化主张,40 年代的解放区文学无疑有实质性的突破,它从内容、主题、人物、体式、语言、风格各方面,推动了文化重心的下移,使文学真正走出了书斋和学院,走向了工农大众,实现了中国现代文学一直未曾实现的大众化的目标,也为 90 年代通俗文化的兴起埋下了伏笔。

尤其在语言方面,工农兵文学打破了"五四"以来新文言的禁锢,实践起通俗易懂的革命白话,使劳苦大众参与到文化建设中,实现了文化的平等。在漫长的文学发展过程中,知识精英一直专享着文言文的特权,言说内容也不外乎封建礼教、传统道德、宗法意识。贵族化的语言符号维护着封建阶级的统治,广大民众由于在文学中没有相应的语言符号,失去了发声的权利,更谈不上被尊重与理解,他们的精神食粮只有民谣、小调、戏曲等。"五四"新文化运动以后,文言文一统天下的局面被打破,白话文登上了历史舞台,这使语言突破了贵族圈子,走向了大众,打破了封建礼教独霸天下的局面,传入了现代文化和思想观念。令人惋惜的是,白话文虽然突破了贵族群体,但是,并未深入到工农大众中,底层民众对这种透露着欧化气息的白话文敬而远之,白话文学在民间始终缺乏广阔的接受面。只有在解放区,大量方言、土语、俚语进入文学作

---

① 成仿吾:《从文学革命到革命文学》,《创造月刊》第 1 卷第 9 期,1928 年 2 月 1 日。

品，作者采用白话写作，才使广大群众看得懂、听得明白，不仅能在文艺作品中读到自己熟悉的生活，甚至能直接参与到文化建设中来，真正实现了文化的民主与平等。

此外，从文学资源来说，工农兵文学真正发掘出以往被忽略的民间文化资源和传统艺术形式，使民间艺术焕发出新的生机。各种民间曲调、歌谣舞蹈、戏曲音乐、说书艺术进入文化人的视野，充实了现代文学的资源库。延安时期，文艺界对秧歌的改造、京剧现代戏的推陈出新、传统小说叙述技巧的新变等，使旧形式具有了强烈的意识形态意味，展现出新的美学特质。邵子南、柯蓝、马烽、西戎、孔厥、袁静的小说之所以能产生广泛的影响，就是因为他们对传统小说形式进行了改造。一定意义上，工农兵文学对民族化、大众化艺术的践行与新变，影响波及"十七年"，乃至"文革"。1958 年，毛泽东倡导发动的"新民歌运动"，便主张在民歌中寻找中国诗的出路，由此开始了全国范围的搜集与创作民歌活动。闻捷、贺敬之、郭小川等人也在民族化方面进行了卓有成效的探索，闻捷的《吐鲁番情歌》、贺敬之的《回延安》、郭小川的《祝酒歌》，或具有清新明朗的牧歌风格，或借鉴陕北的"信天游"形式，或采用了民歌体。小说中，曲波的《林海雪原》、李英儒的《野火春风斗古城》、梁斌的《红旗谱》、知侠的《铁道游击队》、刘流的《烈火金钢》、冯志的《敌后武工队》等在故事组织、结构设计、人物塑造、美学风格等方面，某种程度上都受到民族形式的影响，有的更是直接采用新章回体的小说形式，体现出较强的民族化特征。

相应地，在社会发展维度的观照下，精英文学则略显尴尬。尽管从"五四"以来，精英文学就致力于以文学启蒙大众、改造国民精神痼疾，西南联大也在战争时期高扬民族精神与战斗口号，但是，与自觉服务于革命政治的工农兵文学相比，精英文学在血雨腥风、亡国灭种的紧要关头，还执着于人性探索、生命体验与生死考量,确实易被指责为抽象玄乎、不合时宜。

正如社会现代性与美学现代性既存在着裂痕与冲突,也互渗互融、相抗相生,精英文学与工农兵文学也在对立中有一致,冲突中有靠拢,二者既有内在的张力,也存在最终的和谐统一。精英文学积极追求人的独立,表现人性的觉醒,这种致力于思想启蒙的价值观,在一切向政治倾斜的社会场域中,不可避免地指向民族解放这一宏大主旨。启蒙先驱们虽然动辄批判落后的国民性,指斥人性的病态与麻木,究其根本也是因为他们将国民性的落后视为国家落后的重要原因,立人的根本,还是为了立国。因此,不难理解为何精英文学如此热爱讨论生命、人性与自我,只缘表现人仅是媒介,离不开个人生存的社会现实,在革命战争时期,最终指向的是社会革命、民族国家的宏大主旨。工农兵文学致力于革新政治、建立现代国家,也只能通过社会主体——人来实现,只有人性的健全发展,理想人格的积极营构,才能实现保家卫国的历史任务,推进民族解放与进步。在广阔的文学天地中,不同文学形态之间交叉、渗透的现象是常见的。正是这样多元并生、彼此融汇的文学景观才显示出了文学园圃的绚丽多姿。忽视任何一种形式,都是文学视野的狭窄与偏颇。

精英文学和工农兵文学的精神对当下文学的发展也有着一定的启示意义。在当下,社会语境已经走向自由与多元,庸俗社会学、狭隘阶级论等失去了存在的土壤,人们开始卸去文学身上的政治负担,还文学以自由。精英文学和工农兵文学也沿着各自的轨道继续前行,他们吸收了时代、文化、历史等多种元素,呈现出广阔的发展前景。

一方面,精英文学呈现出良好、旺盛的发展态势。新时期和新世纪以来,西方现代主义思潮既"五四"后再次大规模涌入中国,名目繁多的主义再度吸引了人们的注意,现代派小说、先锋小说、新历史小说等文学现象一次次博得人们的眼球。人们热烈地探讨着人的生存状态，试验着各种新颖的艺术手法，莫言、余华、苏童等作家也深得人们喜爱。他们以奇幻诡丽的笔墨饮誉文坛，营构着曼妙的意境，渲染出颇有韵味的情调，小说疏离政治、解构革命、想象历史、虚构情境，在对历史的拷问中，逼问人性的丧失和救赎；情节的虚构与淡化，只为了传达作者的一种主体意识，小说的形式感和审美愉悦都得到了极大的增强。

另一方面，工农兵文学也避免政治思想的直接渗入，追求着广阔的艺术天地。"鲁艺"密切现实的史传传统继续演绎，现实主义仍受到广泛欢迎，文学仍注重叙事的能力，作家以一种对社会、历史、政治的实录态度，发挥着文学经世济用的社会功效。在鲁彦周的《天云山传奇》、周克芹的《许茂和他的女儿们》、古华的《芙蓉镇》、路遥的《平凡的世界》、贾平凹的《土门》《高老庄》、莫言的《蛙》等一批社会史式的小说中，我们看到了文学与史诗的紧密结合，社会历史发展被巧妙地融进个人命运中，以小人物记录大时代，留下了社会变迁、历史沿革的面影。作者以强烈的社会责任感和使命感，洞察社会现象，无论是新时期的伤痕文学、反思文学、改革文学，还是90年代的新写实、现实主义冲击波，都可以看到作者从时代发展的高度，审视着现实人生。这些小说实录生活的自然叙述、连贯完整的情节内容、平实质朴的风格，有着广阔的读者市场。近年来，一些作品渗透着对底层的认识，体现出对底层民众的尊重。作家们关注社会转型时期底层人们进城打工的血泪辛酸、他们物质生活的贫瘠、精神世界的空虚，以及遭受到的不公正待遇等现象，暴露出了社会发展过程中某些不合理、亟待改善的问题。针对底层写作的概念，文学界还出现了为了底层写作与作为底层写作等不同声音，无论哪种，底层写作本身已经显示出了文艺与现实、人民、大众之间的密切关系，显示出文艺"人民性"的发展趋向。近年来，一些评论家还提出了"非虚构"的概念，主张实录生活的态度。可见，工农兵文学的关注现实，强调社会功用的思想，以及现实主义的创作手法等，在当下都得到了有力地继承和深化。

90年代以来，随着市场经济取代计划经济，人们的生活环境、生存方式，乃至整个社会的文化心态都发生了明显的转型。作家、作品、刊物、出版社开始直接面对市场，一些作家或为了丰厚的经济收入"下海"，或改业从事着大众读物、广告文学、影视剧的编创。港台通俗小说、流行歌曲搭乘着经济快车占领了文化市场，大陆的私人写作、新生代小说、表现市民趣味的作品也颇能受到人们青睐。欲望、金钱、权势、性爱、暴力等极端叙说大量充斥着文坛。这种以大众为接受群体，编织独特话语方式的大众文学，显示出囊括一切、呼风唤雨的气魄，并借助商业文化的推动，变成全民性的介入与参与，成为一股不可阻挡的浪潮。显而易见，大众文化实属消费娱乐性质，它颠覆了以往的文学话语，一方面，对精英文学构成了强大的挑战。启蒙精神开始式微，科学、民主、自由、崇高、艺术等词汇消磨掉了耀眼的光芒，人文关怀、精神超越、终极思考更是遭到无情消解。另一方面，大众文学在解构工农兵文学的同时，又与后者有着精神上的相通之处。这种诞生于世俗语境中的文学形态，消解了工农兵文学强烈的政治色彩，摆脱了对宏大社会历史进程的关注热情，而将利益、消费、商品等经济概念强加给文学，大大强化了文学的大众化与通俗化，但是，在强调以大众为表现主体与接受对象、关注普通人的生存状态、反叛精英话语的世俗立场、追求大众的价值观念与阅读趣味，以及强调文学的平民意识和语言的通俗易懂等方面，大众文学又显现出对工农兵文学精神的内在继承，而工农兵文学强调的作家要告别精英身份、与工农兵相结合、为大众写作等思想，无不对当下的底层文学、非虚构文学提供宝贵的精神资源。

当然，执着于心灵观照、灵魂关怀的精英文学永远闪烁着动人的光芒，读者需要借助神圣、崇高的文学以激发生活的斗志，扬起战胜困难的勇气和力量,作者也需要借助文学的光辉维持启蒙者的社会身份,因而,即便在物欲横流的时期,也有众多文化界精英继续发扬鲁迅精神,执着于思想追求与理性批判,发挥着启蒙者的本色,为人们指引理想的精神家园,维护着文学的独立空间,批判着官本位和商本位思想对文学的污染,愤怒地指斥市场文化的泛滥,孜孜于维护纯文学的艺术光彩,但是,在强劲的商品经济潮流中,精英文学遭遇了滑铁卢,知识分子虚弱的思想与精神也难以抵御无处不在的物欲诱惑。新时期以来,人文精神的多次讨论,无疑是对"五四"话语的回归与再现;知识分子的精神重建等问题,也让人们再次感叹和佩服"五四"文化先驱的操守品行与思想追求。某种程度上,"五四"是一项未竟的事业,它呼唤着一代代中国学人持续地思考文学的本质和精髓,致力于人的精神解放与价值构建。

结　语
话语讲述的时代和讲述话语的时代

今天，我们回过头来观照20世纪40年代西南联大与"鲁艺"的文学，感受其扑面而来的战争气息与人性光晕，这些或沉思，或亢奋；或个体，或集体；或主观渗透客观，或客观呈现的迥异的抗战情绪，分明呈现出两种抗战文学风貌，形成了精英文学与工农兵文学的两种形态。西南联大的精英文学是自"五四"就已开启的范型，在三四十年代被联大师生发扬光大。"鲁艺"的工农兵文学方向则经历了一个从革命文学、左翼文学，最终登堂入室的过程，这一过程伴随着毛泽东的政治革命的进程，最终尘埃落定，确立了在解放区，乃至新中国的主流地位，并由此带来了叙述者身份的变化、思想主题的迁移、主要人物的转换、艺术手法的更迭，呈现出了文学发展的多元可能性。

福柯曾表达过这样的态度，重要的不是话语讲述的时代，重要的是讲述话语的时代[1]。本书分析西南联大与"鲁艺"的文学，以两校师生的文学创作为研究对象，真正指向的是对精英文学和工农

---

[1] 米歇尔·福柯在探讨惩罚机制、监狱的诞生时，说自己写监狱的历史，并不是意在分析"监狱的环境是否太严酷或太令人窒息，太原始或太有章法，而在于它本身作为权力工具和载体的物质性"。章节结尾处，他说："如果这意味着从现在的角度来写一部关于过去的历史，那不是我的兴趣所在。如果这意味着写一部关于现在的历史，那才是我的兴趣所在。"［法］米歇尔·福柯：《规训与惩罚：监狱的诞生》，刘北成、杨远婴译，生活·读书·新知三联书店1999年版，第33页。

兵文学的探究。在彼时彼地血雨腥风的战争环境下，对两种文学形态的描摹与表述，有着明确的认识，但是，在笼罩时代的雾霭慢慢散去后，我们在此时此地更可以重新打量这段文学，以更加客观公正的视角和态度重新评判两种文学的风貌。众所周知，无论是精英文学，还是工农兵文学，它们都力图通过作品实现与读者关于美的交流，以作品传递着时代社会的知识网络，建构起历史文献档案。但是，由于两种文学范型在发展过程中，很多时候并非是文学自身因素的角逐，而是各方力量相互作用的结果，两种不同的话语也折射出了社会、政治、经济、文化等多种信息符码，因而，我们在评价这段历史时，应尽可能地考虑到多方因素，对两种文学的关系及利弊得失予以辩证的观照。

40年代，西南联大呈现出的精英文学与"鲁艺"代表的工农兵文学，沿着各自的轨道齐头并进，并未构成真正的交锋，只不过随着中共政权的稳固和建设新中国未来文艺蓝图的迫切感，左翼文化界已经有意识地向大后方文艺渗透，加速文化人的思想转变，一次次发起对精英话语的批判，这引起了自由主义文人或强或弱的反批评，两种文学形态在文学观念、艺术形式、生产方式、组织形态等诸多方面发生了碰撞。但随着无产阶级政党力量的日益壮大，全国战争形势的转变，一定程度上，中共的意识形态已经能够排斥异己的话语，无论在解放区，还是在国统区，文学的发音都不同程度地受到政治掣肘，两种文学形态在新中国成立后的主次地位也有着明确的预示。

今天当我们重新审视中国百年文学时，虽然不能无视工农兵文学偏于政治化书写等缺憾，但是，如果考虑到特殊的战争情境，这种文学形态便具有历史的合理性。在形势极为严峻的关头，国家出路、民族兴亡成为压倒一切的绝对话语，政治也会调动起包括文学在内的所有力量，共同致力于民族解放的大业，这是时代对文学的要求，也是文学理应承担的责任。"在如此严峻、艰苦、长期的政治、军事斗争中,在所谓你死我活的阶级、民族大搏斗中,它要求的当然不是自由民主等启蒙宣传,也不会鼓励或提倡个人自由人格尊严之类的思想,相反,它突出的是一切服从于反帝的革命斗争,是钢铁的纪律、统一的意志和集体的力量。任何个人的权利、个性的自由、个体的独立尊严等等,相形之下,都变得渺小而不切实际。"[1] 无数知识分子以文学为国家、民族、革命发出了强有力的呐喊,使文学参与到拯救民族危亡的壮阔大业中,鼓舞了无数志士走上前线,捍卫着中国民族的尊严与道德,这种气魄与勇气至今仍让人们感动!它不仅促成了民族解放的大业,在各个时期,也推动了历史的进步。当然,新中国成立后,国家的主要矛盾和中心任务发生了变化,文艺虽然要鼓舞人们的社会主义建设的斗志,起到配合社会主义建设的任务,但也应该适当允许陶冶人们情操的优美文学的存在。显而易见,这类文学发展的土壤还略显贫瘠。尽管对文学的发展有着更高的企盼,但如果从新中国成立初期,政权还需巩固的特殊情况来看,工农兵文学以强烈的政治性、战斗性和思想性的品格,完成了时代的使命,还是起到难以替代的重要作用。此外,文学由此冲出了贵族精英的狭窄圈子,走向了广阔的社会天地,被人民群众所接纳,成为大众共同的精神食粮,工农兵文学据此也有了无尽的价值和意义。

战争时期,西南联大的话语构建虽然也受到诸多外部因素的制约,但在多重力量的作用下,师生们得以延续学院派的精神,继续致力于多样的文学。他们深入阐释着人性的复杂与多面,持续地进行着生死的思考,对外国文学资源的吸收与借鉴更是从未停下脚步。沈从文、冯至、穆旦、郑敏、王佐良等人都显示出了思考的深度与宽度,贡献出代表性的作品,使40年代的文学闪烁着璀璨夺

---

[1] 李泽厚:《中国现代思想史论》,天津社会科学院出版社2003年版,第27—28页。

目的光辉。相对于丰富多元的精英话语，时代与战争对文学提出了更为急切、功利的要求，文学要表达群体的意志，要随着社会、政治、革命一起律动，师生们以壮阔粗疏的笔触描写了战争场景，讲述了令人感佩的英雄事迹，但是相对于更有成就的人性叙说来说，这部分笔墨还略显单薄。某种程度上，他们在追随心灵声音的同时，与广大文化程度尚浅的大众之间确实还存在着一层厚障壁。

不同力量的介入与重组、不同观念的碰撞与交汇，使西南联大与"鲁艺"呈现出迥异的风貌。相对来说，"鲁艺"在紧随时代步伐，以文学服务于建国大业，将大众化的理想落到实处的同时，在复杂多变的语境下，更多受到革命、社会、阶级、政治的影响；西南联大则坚持着独立的文学理想，进行着超越时空的人性对话与艺术实验，这使它在启蒙探索、美感追寻方面收获颇丰，某种程度上接近或体现了纯文学的高度，但是也影响了它与人民大众的密切关系，减弱了以文学激动民心的强劲势头。

"文学史，就其最深刻的意义来说，是一种心理学，研究人的灵魂，是灵魂的历史。"[1] 作为表现人的感情和思想、研究人的灵魂的学科，在历史向前推进的过程中，文学自然应该表现时代关注的话题，但也应拥有相对独立的空间。众所周知，经济基础决定上层建筑，艺术属于上层建筑中的意识形态部分，并且只是意识形态众多学科门类中的一种，在社会发展过程中，并不居于中心位置，边缘的地位便于艺术保持自身的独立性，但是，功利主义的观念促使人们一次次将艺术从边缘拉入中心，让其承担起社会政治变革转型等多重任务。直到新时期，文学才得以自由发展，但某种程度上，还在社会话语轨道下滑行，并在市场经济大范围推进后，又落入消费文化的泥潭。虽然从中心撤退后，文学不可避免地感受到寂

---

[1] ［丹］勃兰兑斯：《十九世纪文学主流》第1分册，张道真译，人民文学出版社1980年版，引言第2页。

寞与冷清，但是不用承载宏大的社会任务，未尝不是一件好事，从此，知识分子可以致力于真善美，深入地挖掘语言的表现性，真正地为文学的理想而写作。

今天，"精英式"文学已失去了轰动效应，不再是舞台的中心，从人人争说的"个性解放""婚姻自由""伤痕""反思""寻根""先锋"等思潮现象，到念念不忘的"小感伤""小情调""致青春""戏谑""拼贴""穿越"等消费主义话语。应当说，文学正在或已经走向"普罗"大众，视点的下移成为一种现实，这之中，思想的贫血、精神的苍白可能是难以避免的代偿，但我相信，随着人们对文学和市场认识的加深，文学会拥有更广阔的话语空间，文学创作会拥有更多的自由，写作者也能葆有独立、自主的意识，在多重机遇与挑战中走向未来。

参考文献

一　国内主要文献

（一）作品

和西南联大师生相关：

卞之琳：《卞之琳文集》上、中、下卷，安徽教育出版社2002年版。

陈铨：《陈铨文集》，华夏出版社2000年版。

杜运燮：《诗四十首》，文化生活出版社1946年版。

杜运燮、张同道编选：《西南联大现代诗钞》，中国文学出版社1997年版。

杜运燮：《杜运燮60年诗选》，人民文学出版社2000年版。

冯至：《伍子胥》，文化生活出版社1946年版。

冯至：《十四行集》，文化生活出版社1949年版。

冯至：《冯至全集》第1、3、4、5、6卷，河北教育出版社1999年版。

龚纪一编：《"一二·一"诗选》，人民文学出版社1983年版。

何达：《我们开会》，中兴出版社1949年版。

李光荣编选：《西南联大文学作品选》，人民文学出版社2011年版。

李广田：《李广田文集》第1、2、3、4、5卷，山东文艺出版社1983、1984、1984、1986、1986年版。

林元：《碎布集》，文化艺术出版社1991年版。

刘北汜：《山谷》，文化生活出版社1946年版。

刘北汜：《曙前》，文化生活出版社1948年版。

刘超先、蔡平主编：《寒窗草——刘重德诗文选集》，湖南师范大学出版社2003年版。

刘兆吉：《刘兆吉诗文选》，西南师范大学出版社2003年版。

鹿桥（吴讷孙）：《未央歌》，商务印书馆股份有限公司1984年版。

穆旦：《穆旦诗集（1939—1945）》，1947年版。

穆旦著，李方编：《穆旦诗全集》，中国文学出版社1996年版。

秦泥：《晨歌与晚唱》，西南财经大学出版社1994年版。

沈从文：《烛虚》，文化生活出版社1941年版。

沈从文：《沈从文全集》第10、11、12、15、17卷，北岳文艺出版社2002年版。

孙昌熙等编选：《杨振声选集》，人民文学出版社1987年版。

孙菊华、戴炽昌编：《刘克光纪念文集》，内部发行，2002年版。

汪曾祺：《汪曾祺全集》第1、3卷，北京师范大学出版社1998年版。

王佐良：《中楼集》，辽宁教育出版社1995年版。

闻一多著，朱自清编辑：《闻一多全集》，开明书店1948年版。

萧荻（施载宣）：《最初的黎明——萧荻诗选》，内部发行，2005年版。

袁可嘉：《半个世纪的脚印——袁可嘉诗文选》，人民文学出版社1994年版。

赵瑞蕻：《梅雨潭的新绿》，江苏人民出版社1983年版。

郑敏：《诗集（1942—1947）》，文化生活出版社1949年版。

朱自清：《朱自清全集》，江苏教育出版社1988年版。

和"鲁艺"师生相关：

《解放区短篇小说选》，人民文学出版社1978年版。

《邵子南选集》，四川人民出版社1980年版。

《延安文艺丛书》编委会：《延安文艺丛书》，湖南人民出版社1984、1985年版。

艾青：《艾青全集》第1—5卷，花山文艺出版社1991年版。

白原：《十月》，五十年代出版社1951年版。

陈荒煤：《荒煤短篇小说选》，人民文学出版社1980年版。

陈荒煤：《荒煤散文选》，人民文学出版社1983年版。

陈荒煤：《荒煤选集》第1、2卷，四川文艺出版社1990年版。

陈俐、陈晓春主编：《诗人·翻译家——曹葆华》诗歌卷，上海书店出版社2010年版。

陈涌：《陈涌文论选》，人民文学出版社2009年版。

冯牧：《冯牧文集》1评论卷、6战地纪事卷，解放军出版社2002年版。

戈壁舟：《延安诗抄》，陕西人民出版社1978年版。

葛洛：《雇工》，中南新华书店1950年版。

公木：《公木诗选》，吉林人民出版社1981年版。

何其芳：《夜歌》，诗文学社1945年版。

何其芳：《夜歌》，文化生活出版社1950年版。

何其芳著，蓝棣之主编：《何其芳全集》第1、2、4、6、7卷，河北人民出版社2000年版。

贺敬之：《贺敬之诗选》，人民文学出版社1997年版。

侯唯动：《黄河西岸的鹰形地带》，华东人民出版社1951年版。

侯唯动：《美丽的杜甫川淌过的山谷》，新文艺出版社1951年版。

胡征：《胡征诗选》，陕西人民出版社1984年版。

黄钢主编：《中国解放区文学书系》报告文学编1、编2，重庆出版社1992年版。

贾芝：《贾芝诗选》，大众文艺出版社1996年版。

晋驼：《结合》，人民文学出版社1986年版。

井岩盾：《摘星集》，作家出版社1958年版。

孔厥：《一个女人翻身的故事》，新华书店1949年版。

孔厥：《孔厥短篇小说选》，人民文学出版社1982年版。

李南力：《李南力选集》，重庆出版社1987年版。

鲁藜：《鲁藜诗选》，人民文学出版社1983年版。

陆地：《陆地作品选》，漓江出版社1986年版。

骆文：《骆文文集》第2卷诗歌上，长江文艺出版社2007年版。

莫耶：《生活的波澜》，陕西人民出版社1984年版。

穆青：《穆青通讯》，新华出版社2003年版。

沙汀：《沙汀选集》第4卷，四川人民出版社1984年版。

舒群：《舒群文集》第2卷，春风文艺出版社1983年版。

天蓝：《天蓝诗选》，人民文学出版社1981年版。

魏巍编：《晋察冀诗抄》，中国青年出版社1959年版。

西戎：《西戎代表作》，河南人民出版社1987年版。

严文井：《一个人的烦恼》，中国文艺联合出版公司1983年版。

严文井：《严文井文集》第1、2、4卷，湖北少年儿童出版社2000年版。

中国社会科学院新闻研究所中国报刊研究室编：《延安文萃》，北京出版社1984年版。

周立波：《铁门里》，工人出版社1955年版。

周立波：《周立波文集》第2、4、5卷，上海文艺出版社1982、1984、1985年版。

周扬：《周扬文集》第1卷，人民文学出版社1984年版。

朱寨：《鹿哨集》，文化艺术出版社1982年版。

（二）著作

和西南联大相关：

陈平原：《抗战烽火中的中国大学》，北京大学出版社2015年版。

封海清：《西南联大的文化选择与文化精神》，云南人民出版社

2006年版。

李光荣、宣淑君：《季节燃起的花朵：西南联大文学社团研究》，中华书局2011年版。

李光荣：《民国文学观念：西南联大文学例论》，商务印书馆2014年版。

李光荣：《西南联大与中国校园文学》，人民出版社2014年版。

李洪涛：《精神的雕像：西南联大纪实》，云南人民出版社2001年版。

王喜旺：《学术与教育互动：西南联大历史时空中的观照》，山西教育出版社2008年版。

闻黎明：《抗日战争与中国知识分子——西南联合大学的抗战轨迹》，社会科学文献出版社2009年版。

西南联大研究所编：《西南联大研究》第1、2辑，中国大百科全书出版社2005、2014年版。

谢泳：《西南联大与中国现代知识分子》，福建教育出版社2009年版。

杨立德：《西南联大的斯芬克斯之谜》，云南人民出版社2005年版。

杨绍军：《西南联大时期的文学创作及其外来影响》，作家出版社2007年版。

杨绍军：《战时思想与学术人物——西南联大人文学科学术史研究》，社会科学文献出版社2012年版。

姚丹：《西南联大历史情境中的文学活动》，广西师范大学出版社2000年版。

赵新林、张国龙：《西南联大：战火的洗礼》，上海世纪出版集团、上海教育出版社2000年版。

和"鲁艺"相关：

黄科安：《延安文学研究——建构新的意识形态与话语体系》，文化艺术出版社2009年版。

黄仁柯：《鲁艺人——红色艺术家们》，中共中央党校出版社 2001 年版。

李洁非、杨劼：《解读延安——文学、知识分子和文化》，当代中国出版社 2010 年版。

李书磊：《1942：走向民间》，山东教育出版社 1998 年版。

苏春生：《中国解放区文学思想流派论》，中国社会科学出版社 2000 年版。

万国庆：《凝眸黄土地：延安文学史论》，湖北人民出版社 2003 年版。

王培元：《抗战时期的延安鲁艺》，广西师范大学出版社 1999 年版。

王培元：《延安鲁艺风云录》，广西师范大学出版社 2004 年版。

吴敏：《宝塔山下的交响乐：20 世纪 40 年代前后延安的文化组织与文学社团》，武汉出版社 2011 年版。

徐明君：《鲁艺文艺道路研究——以秧歌剧为中心的考察》，人民出版社 2015 年版。

袁盛勇：《历史的召唤：延安文学的复杂化形成》，中国戏剧出版社 2007 年版。

朱鸿召：《延安文人》，广东人民出版社 2001 年版。

朱鸿召：《延安日常生活中的历史（1937—1947）》，广西师范大学出版社 2007 年版。

朱鸿召：《延河边的文人们》，东方出版中心 2010 年版。

（三）史料·回忆录

和西南联大相关的史料：

北京大学、清华大学、南开大学、云南师范大学编：《国立西南联合大学史料》（6 卷本），云南教育出版社 1998 年版。

李光荣：《西南联大的后期文学社团》，《新文学史料》2006 年第 1 期。

李光荣：《西南联大的早期文学社团》，《新文学史料》2005年第3期。

梅贻琦：《梅贻琦日记（1941—1946）》，黄延复、王小宁整理，清华大学出版社2001年版。

南开大学校史编写组：《南开大学校史》，南开大学出版社1989年版。

浦江清：《清华园日记·西行日记》，生活·读书·新知三联书店1987年版。

清华大学校史研究室编：《清华大学史料选编》，清华大学出版社1994年版。

吴宓：《吴宓日记》，生活·读书·新知三联书店1999年版。

西南联大《除夕副刊》主编：《联大八年》，西南联大学生出版社1946年版。

西南联大北京校友会编：《国立西南联合大学校史：1937至1946年的北大、清华、南开》，北京大学出版社1996年版。

西南联大北京校友会校史会编：《国立西南联合大学校史资料》，北京大学出版社、云南人民出版社1986年版。

萧超然、周承恩、沙健孙等：《北京大学校史（1898—1949）》，上海教育出版社1981年版。

一二·一运动史编写组编：《一二·一运动史料选编》上、下卷，云南人民出版社1980年版。

和西南联大相关的回忆录：

常玆恩：《西南联大回忆鳞爪——对启蒙师长的追念》，《云南师范大学学报》1985年第3期。

冯友兰：《三松堂自序：冯友兰自传》，江苏文艺出版社2011年版。

何炳棣：《读史阅世六十年》，中华书局2012年版。

何兆武口述，文靖撰写：《上学记》，生活·读书·新知三联书店2006年版。

南开大学校史研究室编：《联大岁月与边疆人文》，南开大学出版社2004年版。

钱穆：《八十忆双亲·师友杂忆》，生活·读书·新知三联书店1998年版。

任继愈：《我心中的西南联大》，《人民日报》2007年11月23日。

王景山：《忆李广田师和西南联大文艺社》，《新文学史料》1982年第4期。

王瑶：《关于西南联合大学和闻一多、朱自清两位先生的一些事》，《云南师范大学学报》1986年第4期。

西南联合大学北京校友会、校史编辑委员会编：《笳吹弦诵在春城——回忆西南联大》，云南人民出版社、北京大学出版社1986年版。

西南联合大学北京校友会编：《笳吹弦诵情弥切——国立西南联合大学五十周年纪念文集》，中国文史出版社1988年版。

西南联大北京校友会编：《我心中的西南联大：西南联大建校70周年纪念文集》，清华大学出版社2008年版。

许渊冲：《追忆逝水年华——从西南联大到巴黎大学》，生活·读书·新知三联书店1996年版。

许渊冲：《诗书人生》，百花文艺出版社2003年版。

云南省政协文史资料研究委员会、西南联合大学北京、昆明校友会、云南师范大学合编：《云南文史资料选辑》第34辑·西南联合大学建校五十周年纪念专辑，云南人民出版社1988年版。

云南西南联大校友会编：《难忘联大岁月》（国立西南联合大学在昆建校六十周年纪念文集），云南教育出版社1998年版。

张曼菱：《西南联大行思录》，生活·读书·新知三联书店2013年版。

赵瑞蕻：《离乱弦歌忆旧游》，文汇出版社2000年版。

郑敏口述，祁雪晶采访整理：《郑敏：回望我的西南联大》，《中国教育报》2012年3月16日。

政协四川省叙永县委员会文史资料委员会编：《叙永县文史资料选辑》第13辑，《西南联大在叙永》，1990年版。

中国人民政治协商会议云南省委员会文史资料委员会编：《云南文史资料选辑》第53辑·内迁院校在云南，云南人民出版社1998年版。

宗璞：《漫记西南联大和冯友兰先生》，《中华读书报》2007年9月5日。

和"鲁艺"相关的史料：

艾克恩编纂：《延安文艺运动纪盛》（1937年1月—1948年3月），文化艺术出版社1987年版。

陈学昭：《延安访问记》，北极书店1940年版。

贺志强、张来斌、段国超：《鲁艺史话》，陕西人民出版社1991年版。

刘增杰等主编：《抗日战争时期延安及各抗日民主根据地文学运动资料》（上、中、下），山西人民出版社1983年版。

鲁艺文学院校友会编：《延安鲁迅艺术文学院建院50周年纪念》（1938—1988），内部资料，1988年版。

《延安大学史》编委会编：《延安大学史（1937—2007）》，人民出版社2008年版。

延安平剧活动史料征集组编：《延安平剧改革创业史料》，文津出版社1989年版。

赵超构：《延安一月》，南京新民报社1944年版。

钟敬之：《延安鲁艺：我党创办的一所艺术学院》，文物出版社1981年版。

钟敬之编：《延安文艺的光辉十三年》（1935—1948），华龄出版社1993年版。

中国延安鲁艺校友会主编：《中国革命文艺的摇篮——延安鲁迅艺术文学院建立六十周年纪念》（1938—1998），内部资料，1998

年版。

和"鲁艺"相关的回忆录：

艾克恩编：《延安文艺回忆录》，中国社会科学出版社1992年版。

戴淑娟编：《文艺启示录》，中国戏剧出版社1992年版。

任文主编：《永远的鲁艺》（全2册），陕西师范大学出版总社有限公司2014年版。

王海平、张军锋主编：《回想延安·1942》，江苏文艺出版社2002年版。

文化部党史资料征集工作委员会、《延安鲁艺回忆录》编委会编：《延安鲁艺回忆录》，光明日报出版社1992年版。

岳瑟：《鲁艺漫忆》，《中国作家》1990年第6期。

中央电视台、陕西广播电视台《大鲁艺》摄制组著，闫东主编：《大鲁艺》，中国民主法制出版社2014年版。

（四）论文

和西南联大相关的期刊论文：

邓招华：《论西南联大诗人群的学院文化背景》，《山东师范大学学报》2008年第6期。

邓招华、李亚辉：《论西南联大诗人群的爱情抒写》，《山东师范大学学报》2010年第3期。

邓招华：《论西南联大诗人群的知性化诗学策略》，《文学评论》2012年第3期。

邓招华：《"文学场域"视阈下的西南联大诗人群再考察》，《广西社会科学》2015年第4期。

黄科安：《诞生和死亡的时辰——论西南联大现代诗人与战争之题材》，《云南社会科学》2006年第4期。

江渝：《传递不灭的文化薪火——从西南联大看大学文化与现代文学之关系》，《当代文坛》2010年第3期。

李光荣：《西南联大文学教育与新文学传统》，《中国现代文学研究丛刊》2005 年第 4 期。

李光荣、宜淑君:《试论西南联大办学的社会环境》,《云南民族大学学报》2007 年第 5 期。

李光荣:《抗战文学的别一种风姿——论西南联大文学》,《西南民族大学学报》2007 年第 2 期。

李光荣:《试论西南联大现代主义文学思潮的形成》,《学术探索》2008 年第 5 期。

李光荣:《西南联大文学与云南地方文化》,《云南师范大学学报》2008 年第 2 期。

李光荣:《西南戏剧劲旅——论抗战时期的联大剧团》,《西南民族大学学报》2011 年第 1 期。

李光荣:《中国现代文学的劲旅——文聚社》,《中国现代文学研究丛刊》2011 年第 3 期。

李光荣:《中国校园文学的一座高峰——论西南联大学生创作》,《云南师范大学学报》2012 年第 6 期。

李光荣:《新诗社三诗人初论》,《成都大学学报》2013 年第 1 期。

李光荣:《文学抗战的艺术呈现——论西南联大抗战文学》,《社会科学研究》2014 年第 5 期。

李丽:《论西南联大现代主义诗派》,《文艺争鸣》2009 年第 3 期。

李丽平:《在平衡中拓展诗歌天地——论西南联大现代主义诗群诗学特征》,《四川师范学院学报》2002 年第 4 期。

刘启涛:《论西南联大诗歌的沉思特质》,《当代文坛》2013 年第 4 期。

马绍玺:《边地风景体验与西南联大诗歌》,《文学评论》2015 年第 1 期。

庞学峰:《抗战时期昆明的外国文学译介研究》,《天津外国语大学学报》2014 年第 3 期。

唐闻颖:《艰难的"学院派"——重审西南联大现代主义诗群》,

《江汉大学学报》2010年第6期。

王燕：《西南联大诗人群战争诗的三大主题》，《西南农业大学学报》2009年第5期。

文学武：《战争夹缝中的现代性追求——以西南联合大学作家创作为中心》，《晋阳学刊》2011年第1期。

谢本书：《西南联大的民主精神——西南联大研究之二》，《云南师范大学学报》1991年第5期。

杨经建：《西南联大作家群与存在主义》，《中国现代文学研究丛刊》2015年第2期。

杨绍军：《西南联大群体的新诗研究及其外来影响——以闻一多、朱自清为中心的探讨》，《学术探索》2008年第3期。

杨绍军：《西南联大与中国现代文学》，《学术研究》2009年第1期。

杨绍军：《西南联大的新文学研究及其学术史意义》，《社会科学论坛》2014年第4期。

姚丹：《西南联大中文系，外文系和校园里的新文学创造》，《中国现代文学研究丛刊》1999年第1期。

宜淑君、李光荣：《西南联大文艺社的组成及其活动》，《成都大学学报》2007年第2期。

张同道：《中国现代诗与西南联大诗人群》，《中国社会科学》1994年第6期。

张新颖：《学院空间、社会现实和自我内外——西南联大的现代主义诗群》，《当代作家评论》2001年第1期。

和"鲁艺"相关的期刊论文：

陈丹：《鲁艺的历史语境：中共意识形态的文艺样本》，《乐府新声》2012年第2期。

韩晓芹：《时代交替的文学标本——延安鲁艺新人洪流的创作解读》，《文艺理论与批评》2008年第5期。

黄妍：《暴露与歌颂——延安鲁艺文人创作理论与实践的演变》，《贵州工业大学学报》2007年第5期。

黄妍：《延安鲁艺办学前期的精英话语意识》，《绥化学院学报》2007年第6期。

闵靖阳：《论延安鲁艺对毛泽东文艺"二为"方向的实践》，《四川戏剧》2013年第8期。

庞海音：《张闻天与延安鲁艺前期的文艺教育》，《文艺理论与批评》2010年第6期。

任动：《"鲁艺"：我党创建的第一所高等艺术学校》，《兰台世界》2011年第14期。

孙国林：《延安鲁艺——革命文艺的摇篮》，《党史博采》2004年第8期。

袁盛勇：《论后期延安文学中的"语言"》，《学术月刊》2007年第5期。

袁盛勇：《论延安文学观念中悲、喜剧意识的嬗变》，《文学评论》2007年第3期。

和西南联大、"鲁艺"相关的学位论文：

邓招华：《西南联大诗人群研究》，山东师范大学，博士学位论文，2009年。

付道磊：《文人的理想与新中国梦——1936至1942年延安的文化与文学剖析》，南京大学，博士学位论文，2000年。

朱鸿召：《兵法社会的延安文学》，华东师范大学，博士学位论文，1998年。

黄葵：《"秋风里飘扬的风旗"——西南联大现代主义诗人群诗歌创作研究》，贵州师范大学，硕士学位论文，2007年。

黄妍：《从延安鲁艺文学活动看延安文人话语方式的变化》，福建师范大学，硕士学位论文，2006年。

江世芳：《初绽于校园的自由之花——"西南联大学生小说创作

群"研究》,山东师范大学,硕士学位论文,2014年。

刘青怡:《论"西南联大诗人群"的客观化抒情策略》,南京师范大学,硕士学位论文,2004年。

吴敏:《"倾斜"与"缝隙":试论延安文人40年代的思想转变》,中山大学,博士学位论文,2002年。

周致远:《抗战时期大后方文艺救亡的校园抒写——西南联大学生文艺社团研究》,重庆师范大学,硕士学位论文,2008年。

(五)报纸、刊物

《草叶》(1941—1942年)

《谷雨》(1941—1942年)

《国文月刊》(1940—1949年)

《解放日报》(1941—1947年)

《抗战文艺》(1938—1946年)

《文聚》(1942—1945年)

《文艺战线》(1939—1940年)

《新华日报》(1938—1947年)

《新中华报》(1937—1941年)

《中央日报》(1937—1946年)

二 国外主要文献

[法]米歇尔·福柯:《什么是启蒙?》,汪晖、陈燕谷编:《文化与公共性》,生活·读书·新知三联书店1998年版。

[法]米歇尔·福柯:《规训与惩罚:监狱的诞生》,刘北成、杨远婴译,生活·读书·新知三联书店1999年版。

[法]皮埃尔·布迪厄等:《实践与反思》,李猛等译,中央编译出版社1998年版。

[美]爱德华·W. 萨义德：《文化与帝国主义》，李琨译，生活·读书·新知三联书店2003年版。

[美]冈瑟·斯坦：《红色中国的挑战》，马飞海等译，上海译文出版社1999年版。

[美]马克·赛尔登：《革命中的中国：延安道路》，魏晓明等译，社会科学文献出版社2002年版。

[美]马泰·卡林内斯库：《现代性的五副面孔：现代主义、先锋派、颓废、媚俗艺术、后现代主义》，顾爱彬、李瑞华译，商务印书馆2002年版。

[美]约翰·伊斯雷尔（中文名：易社强）：《战争与革命中的西南联大》，饶佳荣译，九州出版社2012年版。

[美]詹明信：《处于跨国资本主义时代中的第三世界文学》，《晚期资本主义的文化逻辑》，张旭东编，陈清侨等译，生活·读书·新知三联书店2013年版。

[意]安东尼奥·葛兰西：《狱中札记》，曹雷雨等译，中国社会科学出版社2000年版。

后　　记

　　战火纷飞的时刻，西南联大与"鲁艺"的师生在不同的场域，绘制着璀璨的精神图谱，无论是前者沉潜于精神深处，创造出累累学术硕果，还是后者奔赴抗战前线，在炮火中以艺术张扬起抗战的大旗，都令人感佩与追念！两校可歌可泣的厚重篇章已成为无数知识分子的精神源泉。怀着对这段历史的景仰与对两校文学范型的兴趣，我走进了它们。从2014年至今，我一直徜徉于大量的文字、图像资料中，每每因为历史的触动而感慨良多，为作品的悲欢而感受内心的充盈，也为作家的遭遇而唏嘘不已，更为重要的是在写作的过程中，两校的精神气质给我太多的精神砥砺！至今还记得当我从各种文字、图像资料中，感受到西南联大师生的意气风发；当我在延安大学鲁迅艺术学院的走廊里，伴随着今日"鲁艺"学子铿锵有力的音乐，仰视墙壁上往昔"鲁艺"人的风采；当我在鲁迅艺术学院的旧址桥儿沟，抚摸那旧日的钢琴与纺车，我似乎穿越了历史，碰触到先辈们的精神脉搏，从先辈那里领受了气质熏陶，引导和铸造着我未来的思想生命……

　　虽然在写作过程中，无论是从学识上，还是从思想精神上，我收获甚多，但是，写作注定不是一件轻松的事情。由于两校声名显赫，关于两校的各种回忆、口述及其他出版物浩大繁多，使我每每感叹精力的不济与能力的有限，并且，两校囊括大量作家，钩沉每位作家在校时间十分艰难，细致考证作家在校期间的作品更为繁琐，对于一些学界不甚关注的作家作品更是难上加难，各种资料有时也各执一词，更增添了考证的难度。我力求做到准确与全面，但囿于时间、条件的限制，以及个人的资质愚钝与才疏学浅，拙著肯定存在着种种纰漏，还恳请专家老师们批评指正。

在书稿即将付梓之际，我也要向给予我指导与帮助的上海师范大学刘忠教授、杨剑龙教授、钱文亮教授、李平教授、陈彦教授、刘畅教授表示诚挚的谢意！向给予我支持与关心的牡丹江师范学院的领导、同事们深深致谢！向为本书的顺利出版付出辛勤劳动的王玉静等编辑表示由衷的感谢！